ANDREA STORM
Kriegerin der Wikinger

acabus

AF144884

ANDREA STORM

KRIEGERIN DER WIKINGER

DIE JELLING-DYNASTIE
BAND 2

acabus

Historischer Roman

Storm, Andrea: Kriegerin der Wikinger. Die Jelling-Dynastie. Band 2. Hamburg, acabus Verlag 2022

1. Auflage 2022
ISBN: 978-3-86282-827-2

Dieses Buch ist auch als eBook erhältlich und kann über den Handel oder den Verlag bezogen werden.
ePub-eBook: ISBN 978-3-86282-829-6

Lektorat: Sarah Weber
Umschlaggestaltung: © Stephanie Gauger, Agentur Guter Punkt, München
Umschlagmotiv: Hintergrund © rdonar/iStock/Getty Images Plus; Berge © weise_maxim/AdobeStock; Rahmen © Epic Fantasy Maps/AdobeStock; Körper Frau © VJ Dunraven/AdobeStock; © Yuriy Seleznev/AdobeStock; Narwale © John Finch/Getty Images Plus

Bibliografische Information der Deutschen Nationalbibliothek:
Die Deutsche Nationalbibliothek verzeichnet diese Publikation in der Deutschen Nationalbibliografie; detaillierte bibliografische Daten sind im Internet über https://www.dnb.de abrufbar.

Der acabus Verlag ist ein Imprint der Bedey & Thoms Media GmbH, Hermannstal 119k, 22119 Hamburg

Sei gewarnt vor dem innigen Wunsch,
dein Traum möge in Erfüllung gehen.
Er könnte Wirklichkeit werden
und dein Leben für immer verändern.

Ich tausche das weibliche Gewand der Wikingerin gegen ein männliches und beginne das Leben einer *het-ja*, einer Kriegerin!«

»Was murmelst du?«

Erschrocken drehte Thyra sich um. Gorm stand hinter ihr und stemmte sich auf dem schwankenden Kriegsschiff gegen den Sturm. Der Wind verfing sich in seinem Umhang und Regen peitschte ihm ins Gesicht.

»Ich?« Unbehaglich starrte Thyra den verzerrten Wellenbergen des tosenden Meeres entgegen.

»Nichts!«

Thyra drückte ihren Körper fest gegen den Holzmast des dänischen Drachenschiffes und ließ, über den Bug der *dreki* hinweg, die angreifenden Nordseewellen nicht aus den Augen.

Schaumkronen und Algen flogen übers Deck. Sie verschmierten die Holzplanken, während das Meer sich mit den schweren Tropfen der vom Sturmwind verzerrten Wolken vereinte. Thyra wiederholte voller Angst vor dem Tod durch Ertrinken und den Dämonen, die unter dem Schiffsrumpf auf die Seefahrer lauerten, ihr Versprechen.

»*Het-ja*[1], Kriegerin. Ich werde eine *het-ja*!«

Die schaumige Meeresgischt trieb der Wind in dicken gelbweißen Flocken übers Deck. Das Drachenschiff glitt übers Wellenmeer und Thyra umklammerte den grün-schmierigen Mast. Ihre Hände glitten ab. Die Holzplanken boten keinen Halt.

Angewidert schluckte sie den sauer aufsteigenden Mageninhalt herunter. Über ihren Kopf blähte sich das dunkelrote Segel und argwöhnisch lugte Thyra zur Fock.

»Ich hoffe, du bleibst, wo du bist«, murmelte sie, umarmte den Mast und wartete ergeben auf irgendein Ende.

Das Wikingerschiff kämpfte gegen die brutalen Unbilden und schob sich vom Wind getrieben, die gigantischen Wellen hinauf.

---

1   Kriegerin.

»Gleich«, schluckte Thyra, während sie zusah, wie die *dreki* die rasende Fahrt ins abgrundtiefe Wellental aufnahm. Sie starrte in den schwarzblauen, wirbelnden Abgrund. »Ooooohhh!«

Sie spürte, wie der Drache auf dem Wellengipfel tanzte, schlingerte und fühlte den erneuten Angriff des Windes. Den Druck. Die Kraft. Das ungebändigte wilde Wesen. Entsetzt beobachtete Thyra, wie das Rahsegel den Sturmwind einfing. Die Bö hob die Luvseite[2] der *dreki* aus der Gischt und legte das Schiff knirschend auf die andere.

»Verkleinert das Segel«, brüllte Ongull, der Steuermann, und sah sorgenvoll zum Purpursegel, wie es sich der Leeseite der brodelnden Wasseroberfläche gefährlich näherte.

»Schneller verdammt! Beeilt euch! Oder wollt ihr ins Leichengefolge unserer Meeresgöttin Rán treten und auf dem Meeresgrund Muscheln und Knochen der Toten sammeln? Der Sturm drückt unser Schiff längsseits!«

»Weib! Verschwinde!« Thyra wurde grob angefahren und vom Mast weggezerrt.

Sie stolperte zum freien Platz einer Ruderbank und umklammerte die Reling, nachdem sie sich auf das Holz gesetzt hatte.

»Der Wind kommt zu stark aus Nordwesten«, brüllte Gorm Ongull zu. »Viel zu früh für die Jahreszeit.«

»Brecher!«, schrie jemand. Jeder *Ascomann*[3] auf der *dreki* umklammerte augenblicklich einen hoffentlich festen Gegenstand.

Der Wind drückte das Langschiff und tauchte auf der Leeseite das purpurfarbene Segel ins Meer.

»Verdammt!«, brüllte Ongull. »Wollt ihr, dass wir alle den Meeresboden küssen? Rafft das Segel! Schneller!«

---

2   Dem Wind zugewandten Seite.

3   Dänischer Wikinger.

Schwerfällig schob sich die *dreki* aus dem abgrundtiefen Meeresloch. Eiskaltes Salzwasser strömte in unregelmäßigen Kaskaden vom Leinensegel über die Seefahrer, hinein ins Schiff.

»Bei Odin!«, murmelte Gorm, der Häuptling der *Ascomanni* mit skeptischem Blick auf die Wellenberge. »Lass das Segel nicht reißen und Ocker, Fett und Teer ihm helfen, das Wasser ablaufen zu lassen.«

Die Segelmacher Galti, Asroor und Oli bekamen Unterstützung von Snoorri und Bror um das Hauptsegel zu reffen und es aus dem Wind zu nehmen.

»Das wird auch Zeit«, knurrte Siguror und trat mit gerunzelter Stirn an Gorms Seite. »Der Orkan erhöht den Druck aufs Masttop.«

»Macht schon! Beeilt euch!«, brüllte Gorm. Sorgenvoll warf er einen Blick zur goldenen *vedrviti*[4], die sich hoch oben am Mast den Launen des Sturmes hinwarf.

»Wenn der Wind zulegt, können wir nur noch die Rahe absenken.« Siguror schüttelte das Wasser aus seinem triefenden Haar.

»Beeilt euch!«, brüllte Gorm scharf.

»Refft das Segel. Jetzt! Langsam«, gab Ongull den Rhythmus vor. »Fasst an jedem Ende gleichzeitig an!«

Die Wikinger hingen in den Seilen und zogen abwechselnd, rhythmisch und kraftvoll das Tau, das durch viele Löcher an den verstärkten Rändern des Segels führte. Galti und Asroor standen mit den Männern Richtung Bug und zogen kraftvoll.

Ongull stand abseits und gab mit ausgestreckten Armen Anweisungen.

»Jetzt!«

Sofort hörten Galti und Asroor mit dem Ziehen auf und hielten das triefend nasse Tau locker in den Händen. Sie spürten wie

---

4   Wetterfahne.

Oli, Snoorri, Broddr mit den anderen *Ascomanni* vom Heck aus am Seil zogen.

»Jetzt«, taktierte Ongull und sofort legten Galti, Asroor und acht zusätzliche Wikinger sich in den nassen Tampen.

Die Männer zogen abwechselnd das Seil von vorn nach hinten und von hinten nach vorn. Und ganz allmählich fing das durchnässte Purpursegel an, sich in Falten auf die Decksplanken zu legen. »Weiter«, befahl Ongull. »Langsam. Ruhig. Schwenkt die Rahe.«

»Brecher!«, dröhnte der Warnruf übers Deck.

»Festhalten! Lasst die Seile nicht los! Die Rahe darf nicht seitwärts schwenken!«

Thyra umklammerte verzweifelt die Reling, während die Welle schmerzhaft auf ihren Körper prallte. Sie zerschmetterte alles, was sich ihr schutzlos entgegenstellte.

»Boah!«, stieß Thyra schreiend ihren angehaltenen Atem aus und blickte in die furchtlosen Gesichter der Wikinger.

Das stechend kalte Wasser floss ab. Jeder stemmte sich gegen die Strömung auf den rutschigen Planken und versuchte, irgendwo Halt zu bekommen. Schnell refften die erfahrenen Seemänner die purpurne Rahe und legten es eilig längsseits zum Deck. Mit geübten Handgriffen befestigten sie das schwere Leinen.

Grinsend zwinkerte Gorm seinem Freund Siguror zu und meinte zungenfertig: »Hast du je gezweifelt, dass unsere Landsleute dies nicht schaffen könnten?«

»Ich?« Siguror schüttelte das Salzwasser aus seinem langen, mittlerweile zotteligen Haar. »Nie!« Seine Augen funkelten belustigt.

Thyra wurde von ihrem Platz verwiesen, sodass sie auf allen Vieren zum Mast krabbelte, während sich an der Reling ein Nordmann niederließ.

Wind, Meer und Regen schlugen erbarmungslos ein, zerrten an jeden *skinnklaedi*[5] und auch an deren Gemütern. Wieder

---

5 Kleidung auf See, zusammengenähte Häute, die vor Nässe schützen.

tänzelte das Langschiff auf dem Gipfel einer Wellenklippe. Es stürzte rasend schnell vornüber nach unten. Der Drachenkopf tauchte ins tiefe Meer.

Thyra spürte Gorm nicht. Zu sehr war ihr Verstand auf das aufbrausende Meer fixiert. Er stand hinter ihr, umarmte sie schützend und drückte sie mit seinem Körper gegen den Mast.

Gorm kannte diese ersten Herbststürme. Wie der Wind mit dem Meer spielend raufte und brüllte, wie kämpfende Wikingerhorden, die über den Feind herfielen. Die *dreki* tanzte auf der Welle und Gorms Blick glitt kurz suchend über den Horizont.

»Stryk-r!«,[6] rief er. »Stryk-r, ich empfange dich!«

Er fühlte, wie die *dreki* kippte und grinste.

»Komm, Drache, zeige dem Gott des Meeres, was ein *Ascomanni* ist!

Die *dreki* fiel.

Gorm presste seinen Körper gegen die Frau in seinen Armen und schützte Thyra mit seinem Körper, während er den Mast umklammerte.

Thyra hörte das Holz der *dreki* knirschen. Die Männer hatten ihre Riemen[7] eingezogen und kauerten auf ihren Sitzkisten.

Bleich öffnete sie die Augen, um sofort einer dämonischen Welle ins Gesicht zu sehen.

»Wann ist der Sturm endlich vorbei? Wann?« Jammernd vergrub sie ihr Gesicht in ihren Armen und unterdrückte ein seekrankes Würgen.

Plötzlich fühlte sie etwas. Ihr Puls schlug schneller und ihre Knie zitterten. Langsam drehte sie sich um und sah in Gorms lächelnde Augen.

»Seit wann stehst du hinter mir?«

»Schon eine ganze Weile.«

---

6   Sturmwind.

7   Langes Holzruder.

»Ich hasse diesen Sturm!«, zischte Thyra zornig und schluckte den nach oben strebenden Mageninhalt hastig herunter. »Wann lässt dieser schreckliche Wind nach?«

»Halte durch.« Er strich ihr eine nasse Haarsträhne aus dem Gesicht. »Er wird es auch.«

»Ich dachte, Wikinger fahren nicht bei Sturm auf dem Meer.«

Gorm grinste. »Machen wir auch nicht!« Er spöttelte und verfolgte begeistert die Fahrt der *dreki* ins nächste Wellental. Die Bugspitze tauchte bodenlos ins graubraune Wasserlabyrinth der Meeresgöttin.

»Meistens.«

»Aha. Meistens! Und was ist das jetzt?«

Gorm grinste Thyra an, während die *dreki* erneut auf dem Gipfel einer Welle tanzte.

»Jetzt?«, brüllte er und lachte dem Wind ins Gesicht. »Jetzt ist die Ausnahme!«

Tief stürzte das Schiff und Thyra umklammerte mit geschlossenen Augen, angefüllt mit Todesahnung den Mast. Sie war glücklich, seine kräftigen Arme schützend um ihren Körper zu wissen. Und dann – dann spürte sie nur noch Wasser!

Das Meerwasser war grausam kalt und überall! Das Salzwasser durchdrang die Kleidung, leckte rau über ihre Haut, kühlte sie aus und rann über die Holzbodenplanken zurück zum Ursprung. Thyra konnte nichts sehen. Nicht atmen. Sie fühlte nur stechendes Salz auf der Haut, in ihren Augen, in Mund und Nase.

Eine Riesenwelle hatte das Langschiff überrollt und drückte es unter die Meeresoberfläche. Die *dreki* tauchte. Sie schwebte im Totenreich der Meeresgöttin Rán.

›Das Meer hat uns verschluckt!‹

Thyra wollte atmen, doch sie wusste, das wäre ihr Tod! Hemmungslos schlug sie mit dem Kopf hin und her. Sie versteifte gequält alle Muskeln, krallte sich fest.

›Ich will atmen! Atmen!‹, schrien ihre Gedanken.

Sie fühlte, wie Gorm sich gegen ihren Körper presste. Plötzlich lag seine raue Hand auf ihrem Gesicht. Er drückte ihr Mund und Nase zu. Sie wusste, es war richtig und doch wehrte sie sich.

›Ich will atmen! Atmen! Ich brauche Luft!‹

Sie ließ den Mast los und krallte ihre Finger in seinen Arm, zog und zerrte. Sie schlug ihren Kopf hin und her. Glaubte voller Angst, wahnsinnig zu werden.

Der Tod zog sie ins dämonische Tor zur Hölle.

Gorm hielt sie und drückte unbarmherzig zu.

Die *dreki* schaukelte und wippte. Sie quälte sich schwerfällig in wiegenden Bewegungen an die Wasseroberfläche und wurde in den tosenden Herbstwind katapultiert.

Thyra hörte Gorms Schrei, noch bevor sie ihren ersten Atemzug tat.

»*Dreki*! Kämpfe wie ein *Ascomann*!« Gorm nahm seine Hand von Thyras Gesicht.

Thyra riss ihren Mund auf und füllte ihre Lunge mit der herrlich salzigen, kalten, lebensspendenden Luft. Sie schnappte danach, wie ein Fisch an Land, während ihre Beine versagten und sie bewusstlos am Stamm herunterrutschte. Doch Gorm hielt sie.

»Sind noch alle an Bord?«, rief er und blickte fordernd in Sigurors Richtung.

»Weiß nicht!«

Thyra blinzelten sich das Salz von den Augenlidern.

»Kannst du dich alleine halten?«, fragte Gorm besorgt und streichelte ihr Gesicht.

Sie sah ihn an, nickte und umklammerte mit jedem Körperteil den Mast.

»Du zählst die Männer zur Linken unserer *dreki*«, befahl er Siguror und zählte die Männer zur rechten Flanke.

»Ongull, Ulkell, Tanni, Styrmir, Afaldr, Geiri, Hallgeirr, Eirikr, Njal, Kali, Knut, Fargrim.« Er stutzte kurz. »Gestr?« Doch dann fiel es ihm ein. Gestr war tot. Gestorben nach dem Kielholen. »… und Ketill.«

Siguror überschlug die Seeleute zur linken Relingseite.

»Bergfin, Gizur, Einar, Arnthor, Ulf, Aalakr, Broddr, Vester, Orlyg, Gunnar, Konall, Eirikr, Agmundr, Hafr.« Er sah zu Gorm, der zählte noch.

Der Sturm grinste ihnen ins Gesicht und Siguror stieß seine Faust gegen den Wind und die tosende See.

»Sturmwind! Wir sind *Ascomanni*! Wir sind Krieger!«

Gorm blickte grinsend zu Siguror, dem das Wasser von beiden Bartzöpfen tropfte. Er nickte ihm zu.

»Alle an Bord.«

»Die Götter fordern uns heraus!«

»Ja, Rán spielt mit uns.«

Sie beobachteten die unruhige Kimmung.

»Der Orkan ist bösartig.«

»Zusammen mit Gjalp, ihrer launenhaften Tochter«, ergänzte Siguror grimmig, während er sich an die Bordwand krallte. Prustend schüttelten beide das Salzwasser aus den Haaren. »Sie versucht, es ihrer Mutter gleich zu tun.«

»Gjalp scheint eine gelehrige Schülerin zu sein!«, brüllte Gorm Siguror ins Ohr.

Der Wind spielte mit den schwarzen Wellenungetümen, formte sein bösartiges Gesicht und grinste allen fletschend entgegen.

»Hat sich etwas gelöst?«

»Alles festgezurrt. Selbst die Tiere«, griente er und warf einen schnellen Blick auf die am Boden liegenden Pferde.

Erneut kam eine Welle.

»Diese Brecher sind riesig.« Stirnrunzelnd schätzte Gorm die Giganten. »Zwanzig Meter, vielleicht!«

Siguror taxierte die Wellenberge.

»Oder höher. So ein Unwetter habe ich noch nie erlebt! Wir sollten Rán ein Blutopfer anbieten!«

»Jetzt?«, spuckte Gorm und rieb sich den Bart.

»Am Abend könnte es zu spät sein. Dann könnte unsere Flotte schon mit Seeungeheuern, Fischen und Krabben auf dem Meeresgrund tanzen.«

Lachend schlug Gorm seinem Königsdrengir Siguror auf die Schulter und brüllte gegen den Sturm. »Du könntest recht haben. Lass uns unser bestes Pferd dem Meer übergeben, damit wir Rán und Gjalp in ihrem Wahn besänftigen können.«

»Aalakr!«, rief Siguror. »Aalakr! Nimm Broddr und Ulf zur Hilfe und schneide unser bestes Pferd von den Seilen.«

Erstaunt rieb Aalakr sich das salzige Wasser aus den Augen. Doch dann blinzelte er verstehend und nickte aufgeregt. Ungestüm tickte er Ulf, der vor ihm saß, auf die Schulter und deutete zu den Pferden. Dann drehte er sich zu Broddr um und befahl in knappen Worten: »Nimm dein schärfstes Messer und komm mit.«

Broddr sah Aalakr entrüstet an. »Ich habe nur scharfe Messer«, knurrte er mürrisch und stand auf.

Siguror und Gorm standen bereits bei den Pferden.

»Welches?«, fragte Gorm.

»Fifa.« Aalakr deutete auf die braune Stute. »Sie ist unser schnellstes Pferd und gebärt die talentiertesten Fohlen.«

»Broddr«, entschied Gorm und deutete auf die fest zusammengeschnürte Stute. »Schneide ihr in Ráns Namen und im Namen ihrer Tochter Gjalp die Kehle durch, so dass ihr Blut den Durst unserer Meeresgöttinnen stillen möge und das warme Fleisch den Hunger von Thor, dem stärksten aller Götter bändigt und er das Unwetter besänftigt.«

Kaum sprach Gorm die Worte aus, stach Broddr tief in die Halsschlagader der treuen Stute mit den großen braunen Augen. Sie stöhnte nicht einmal, so schnell ging es. Das schäumende Meereswasser entzog ihr gierig das rote dampfende Blut und sog es durch die Ritzen der Holzplanken in die Tiefe.

»Ulf, Aalakr.« Broddr knurrte in seinen langen Bart und stellte sich breitbeinig aufs schwankende Schiff. »Jetzt! Lasst uns die Stute Fifa den Göttern übergeben.«

Gemeinsam mit Orlyg und Gunnar wuchteten sie den warmen, leblosen Pferdekadaver über die Reling, ins tosende Meer.

»Mögen die Götter unser Geschenk annehmen«, rief Gorm voller Inbrunst, der nur kurz auf den Wellen schwimmenden Stute zu. Der nächste Brecher rollte heran und das Pferd sank lautlos ins Totenreich, hinunter in die bodenlose schwarze Tiefsee.

»Festhalten!«, schrie Siguror gerade noch und umklammerte den Hals eines schwarzen Wallachs, der mit aufgerissenen Augen, zusammen mit den anderen Pferden, festgezurrt in der Mitte des Schiffes auf den Planken lag.

Gorm sah es und grinste.

»Deiner Liebsten wird es nicht gefallen, wenn du Männerfreundschaften so intensiv pflegst.«

Er erntete einen vernichtenden Blick, dann griff Gorm eilig in die Seile. Der Brecher überspülte mit ungeheurer Wucht das Deck. Seine Beine wurden weggespült. Das Seil, an dem er sich festhielt, schlingerte und Gorm rutschte übers Deck zu schlittern an.

»Verdammt! Falsches Seil!«, fluchte er und rutschte über die rauen Decksplanken, prallte gegen die an den Füßen festgeschraubten Sitzkisten und stieß schließlich Aalakrs Beine fort.

»Hmpf«, stöhnte der große Wikinger. Er fiel, griff ins Leere, packte schließlich mit einer Hand Gorms Gewänder, und während die *dreki* ächzte und stöhnte, schlingerten nun beide Männer über die Decksplanken. Das Langschiff schnellte die Wellenklippe hinab und schmetterte beide gegen die Bordwand.

»Hmpf.« Aalakr verzog sein Gesicht.

»Grrrh. Verdammt!«, fluchte Gorm.

»Möge Thor unsere Stute schnell aufnehmen und unsere rachsüchtigen Göttinnen besänftigen.«

Aalakr rappelte sich eilig auf, bevor der nächste Wellenberg von der *dreki* erklommen wurde.

»Wenn Rán es schon versteht, unseren Häuptling von den Beinen zu schlagen …«

»Das war eine Welle«, ächzte Gorm.

»Eben«, kam von Aalakr die vernichtende Antwort.

Gorms Blick wanderte zu Thyra. Pitschnass hockte sie am Fuße des Mastes und umklammerte das Holz mit Armen und Beinen. Leichenblass sah sie in seine Richtung.

Gorms Mundwinkel zuckten nach oben.

»Tapferes Weib.«

Gorm sah, wie Siguror den breiten Hals des Wallachs losließ.

»War er gut?«, rief er anzüglich gegen den Wind.

»Was Besseres kann es nicht geben. Ich werde Sjöfn, unserer Liebesgöttin, ein Opfer bringen müssen.«

»Das wirst du. Du wirst ihr aber etwas ganz Besonderes bieten müssen. Sonst wirst du auf ewig mit dem Wallach dein Lager teilen müssen!«

»Unsere Liebesgöttin wird meine Verzweiflungstat verstehen. Sjöfn ist sehr verständnisvoll.«

»Welle!«

Der Warnruf von Ongull, dem Steuermann, kam gerade noch rechtzeitig.

Thyra stöhnte und mit einem Blick zu den schwarzen Wolken schickte sie ein Stoßgebet zum Himmel.

»Bitte, lass diese schreckliche Fahrt bald ein Ende haben und …«

Ein Brecher prallte gegen das Schiff.

Die Männer kämpften gegen die Urgewalten. Das keltische Meer forderte alles von ihnen.

Thyra zitterte, saß auf den Planken, umklammerte mit allen Gliedmaßen den Mast und merkte nicht, wie der Griff ihrer Hände erlahmte. Wieder krachte eine Welle übers Deck.

Sie war müde, erschöpft und hoffnungslos.

Ihr Kopf lehnte am Segelmast. Sie konnte und wollte nicht mehr denken, nicht mehr fluchen und nicht mehr beten. Ihre Kräfte schrumpften und eine wunderbare Müdigkeit legte sich wie ein warmes, friedliches Betttuch über ihren Körper.

»Schlafen. Endlich schlafen.«

Langsam fielen ihre Augen zu.

Die nächste Welle.

Wie ein streichelnder Liebhaber zog das Wasser ihre Beine sanft vom Mast und lockte sie über die Decksplanken. Der Griff ihrer Hände löste sich. Sie segelte ins Reich der Träume. Zitterte nur vor Erschöpfung und Kälte. Aber diese friedliche Ruhe war einfach nur erlösend. Bis der nächste Brecher sie mitriss.

Ihre Tunika und der nasse, mit Meerwasser vollgesogene Umhang drückten sie bleischwer nieder.

»Mir ist so kalt«, murmelte Thyra, während sie kraftlos schlingernd über die Decksplanken rutschte. »So kalt.«

Die *dreki* wanderte erneut einen Wellenberg hinauf.

Sie stieß gegen eine, am Boden verankerte Seekiste.

»*Thrael*[8]!« Konall packte zu. Fest umklammerte er ihren Rocksaum.

Thyra drehte und bewegte ihren Körper in der Strömung. Sie sah in grotesker Weise ruhig und gelassen in das besorgte Gesicht des Wikingers.

»Grrrh«, knurrte Konall mit zusammengebissenen Zähnen.

Seine Hände waren steif vor Kälte. Der Schmerz stach durch die Muskeln seines Armes, sodass er langsam vom Holz der Reling rutschte. Jeder Muskel bis zum Bersten angespannt.

»Thyra.«

Zähnefletschend rissen seine Finger ein Loch in den Stoff. Er sah in ihr Gesicht und erkannte, dass sie ihn nicht mehr wahrnahm.

Der nächste Brecher.

---

8 Sklavin.

»Eirikr!«, rief er.

Der Wind trug seine Worte, denn Eirikr hob fragend den Kopf und griff in den langen Haarschopf der Sklavin.

»Ahhh.« Thyra verzog das Gesicht, wehrte sich aber nicht. Sie war im Land der Träume und wunderte sich über die Schmerzen, obwohl der Rest ihres Körpers so wunderbar gefühllos war. Langsam betastete sie ihren Kopf.

»Thyra!«, brüllte Konall.

Der Stoff riss.

»Thyra!«

Sie glitt ihm aus den Fingern. Mit dem Sog des Wassers drehten sich Arme und Beine, verfingen sich, in den zusammen gezurrten Pferdebeinen und drehten sich kurz darauf aus dem Beinknäuel wieder hinaus.

»Wer quält mich so grässlich?« Ihre Kopfhaut schmerzte. »Au, lass mich los.«

»Ich kann sie nicht halten!«, brüllte Eirikr verzweifelt. Ein erneuter Schwall überschüttete die Menschen an Bord.

Die nassen Haare glitten ihm durch die Finger. Thyra hob die Arme und fand endlich den Ursprung des Schmerzes. Irgendjemand krallte so unerschütterlich wie der Biss eines tollwütigen Hundes seine Hände in ihre Haare.

»Was soll das? Lass mich los!«

Sie würgte. Das Salzwasser fand seinen Weg aus ihrem Magen hinaus. Thyra brach den Mageninhalt aus und fühlte sich elendig.

»Warum quälst du mich so?«, jammerte sie mit geschlossenen Augen und umklammerte Eirikrs Handgelenk.

Die *dreki* schoss in rasender Fahrt hinab ins Wellental und stieß abgrundtief mit dem Drachenkopf ins Meer.

»*Thraell!*« Eirikr spürte, wie sie ihm entglitt, und blickte entsetzt auf das lose Haarbüschel in seiner Hand.

Allmählich kämpfte sich das Drachenschiff den nächsten Hügel hinauf. Es ächzte und stöhnte, kämpfte und arbeitete.

Ein zweites Mal landete Thyra auf dem weichen Pferdebauch und öffnete erstaunt die Augen. Verwirrt drehte sie den Kopf.

»Pferde?«

Sie rutschte weiter. Prallte gegen die Seekiste von Agmundr und versuchte, diese zu greifen.

»Oh nein!«

Ihre Hand rutschte ab. Sie schlitterte fort. Agmundr griff beherzt zu und wollte die Sklavin fassen. Das Schiff schlingerte und auch sein Griff ging ins Leere.

Entsetzt erkannte Thyra, dass sie genau aufs Heck zusteuerte. Genauso entsetzt wie Kalman!

Kalman saß zur rechten Seite des Hecks und hielt das Steuerruder fest in seinen großen Händen. Er versuchte, das Langschiff auf Kurs zu halten. Er hatte diese schreckliche, dumme Frau schon die gesamte Zeit im Auge. Beobachtete, wie sie hin und her schlingerte.

»Weib, pass auf, wohin du schleuderst! Reiß mir nicht das Ruder aus der Hand!«

Die *dreki* knarrte, während sie sich dem Wellenberg hinauf arbeitete. Thyra riss ihre Augen auf. Das Salz brannte. Tränen liefen übers Gesicht.

»Oh nein!«

Thyra war der Meinung, sie hätte geschrien. Doch es war nur ein Flüstern. Ihr Körper prallte gegen einen festen und dennoch nachgiebigen Gegenstand.

Thyra blickte genau in die skrupellosen Augen von Hafr.

»Hallo, meine Kleine«, knurrte er bösartig und zynisch grinsten seine Lippen. »Du landest direkt in meinem Schoß. Was für ein Zufall! Den Schoß, den du kastriertest.«

Sein Lächeln verschwand und Hass und Bosheit zeichneten sich auf seinen Gesichtszügen ab.

»Welch glückliche Fügung der Götter.«

»Hafr.«

Thyra dachte augenblicklich an ihre erste Begegnung mit ihm. Vor ihrem inneren Auge entstand das Bild, wie er auf ihr lag. Sie gierig und lüstern angrinste. Mit gezielten Handgriffen den Rock hochschob und sich einen Weg für seinen steifen Penis bahnte, um in sie einzudringen und zu vergewaltigen.

Entsetzt presste Thyra die Augenlider zusammen.

›Diese Erinnerung kann ich jetzt nicht gebrauchen! Nicht jetzt!‹

»Kleine Schlampe«, raunte Hafr mit tiefer Stimme, packte ihre Taille und setzte Thyra breitbeinig auf seinen Schoß. »Spürst du das?« Er drückte sie fest auf seinen schlaffen Penis.

»Hafr!«, keuchte Thyra angewidert, drehte ihr Gesicht zur Seite und stemmte die Hände gegen seinen Brustkorb.

»Spürst du das?«, zischte er zornig und voller Hass presste Hafr die Sklavin noch inniger gegen seinen Körper.

Thyra schnaubte und dachte sarkastisch: ›Was soll ich da spüren?‹

»Wehre dich nur, *fál-a*[9]!«, schnaubte Hafr gefährlich. »Du hast mein Leben ruiniert. Du hast mich mit einer Hand kastriert! Meinen Schwanz abgeknickt und mich vor jedem *Ascomanni* im gesamten Reich erniedrigt. Du hast mir meinen Schwanz und meine Lust genommen.«

Thyra spürte seine kalten, nassen Lippen an ihrem Ohr und seinen ekelerregenden warmen Atem am Hals und im Nacken. Der Angstschauer rieselte an ihrer Wirbelsäule entlang.

›Er bringt mich um und wirft mich über Bord. Nun wird er doch mein Henker!‹

»Keuche nur.« Er packte ihre linke Brust.

Unermüdlich tobte der Orkan und Thyra starrte plötzlich in Gorms wütendes Gesicht. Stocksteif stand er am Segelmast und beobachtete das Geschehen.

»Welle!« Ein Warnruf von Ongull.

---

9   Hexe.

Thyra warf sich zur Seite, rutschte dem hohen Heck entgegen und prallte gegen die Reling.

»Grmpf. Ahh!«

Ihr Schädel brummte und vor ihren geschlossenen Augenlidern flimmerten glitzernd bunte Lichter.

»Welle. Welle«, wisperte sie, wie um sich zu ermahnen, schnellstens einen Halt auf dem tanzenden Wikingerschiff zu suchen. Ein Pferd wieherte, zu ihrer Rechten erklang ein unterdrücktes Stöhnen, Holz knirschte.

Thyra griff blindlings zu. Sie fühlte Beine und hörte einen derben Fluch. Mit schmerzverzerrtem Gesicht hob sie ihre Arme, schob sich an Kalman, dem Rudermann, der sie brutal wegdrückte, vorbei und ergriff den Querbalken vor dem Heck.

Sie hörte Kalman fluchen.

»Verdammtes Weib! Verschwinde! Wie soll ich das Ruder halten bei diesem Sturm?«

Mit den Füßen stemmte Thyra sich gegen die Holzwand und drückte ihren Körper mit letzter Kraft in die enge Spitze des Hecks. Sie sah das dunkle Wellental, erblickte kurz den Horizont mit seinen grauschwarzen, vom Wind zerfetzten Wolken und erkannte die weißschäumende Gischt. Sie schluckte und in rasender Fahrt ging es hinab, in das Reich der leidenschaftlichen, nach leblosen Menschenkörpern gierenden Meeresgöttinnen.

»Wie spät ist es?«, fragte Thyra plötzlich unbeteiligt. »Haben wir den Abend bald erreicht? Wo ist die Sonne?«

Das Langschiff schoss in die Tiefe.

»Nicht loslassen! Kämpfe! Kämpfe! Sonst wirst du nie eine *het-ja*! Nie an König Alfred Rache üben.«

›Und nie mehr in Gorms Armen liegen‹, vervollständigte Thyra in Gedanken.

»Waaass?«, schrie sie entgeistert, als die Welle sie wieder freigab. »Was habe ich da gedacht?«

Sie spuckte Salzwasser und suchte angespannt Gorm.

»Wo ist er?« Unruhig wanderte ihr Blick durch die Reihen der *Ascomanni*. Die Wikinger saßen jeweils zu ihrer rechten und linken Seite im Langschiff.

Die runden Schilde steckten zum Schutz vor dem Wind, Wasser und feindlichen Pfeilen in langen Schlitzen an den hölzernen Bordwänden. Wo sie sich berührten, entstand ein eingebuchtetes Dreieck, dort hatten die Schiffszimmerer Riemenpforten gebohrt, die bei Sturm mit Kappen geschlossen wurden. Einige Wikinger ritzten Figuren oder Tiere auf die hölzernen Verschlusskappen, die ihren Göttern oder ihren Frauen in Haitabu ähnelten.

Durch diese Löcher steckten alle Seefahrer nun ihre Riemen. Im Takt beugten alle ihre Oberkörper nach vorne, um kraftvoll die Ruder durch das unruhige Meer zu ziehen. Das Schiff musste unbedingt gerade zu den Wellen getrieben werden.

Wieder und wieder erfüllte ihr tiefes Stöhnen das Deck.

»Riemen einholen«, tönte befehlend Ongulls Ruf.

Augenblicklich holten alle Männer ihre Ruder ein und verschlossen die Riemenpforten mit den Verschlusskappen, bevor noch mehr Wasser eindrang.

»Wurde auch Zeit«, hörte Thyra Isleifr grummeln. »Konnte den Riemen kaum noch gegen die Wasserschläge halten.«

»Hatte auch Schwierigkeiten«, meinte Agmundr ruhig, legte den Riemen zu seiner Rechten ab und zurrte ihn mit einem Lederriemen fest. »Der Sturm tobt mit aller Macht!«

Thyra sah zur Mitte des Schiffes.

Dort lagen die Pferde hinter dem Mast vor dem kleinen Beiboot. Die Hühnerkäfige waren allerdings nicht mehr zu sehen.

»Die wurden verschluckt von den Meeresungeheuern«, murmelte Thyra und suchte weiter. Sie sah Siguror und erkannte, wie er gestikulierend Befehle verteilte.

»Wo ist er? Wo ist Gorm?«

Von Neuem begann der Tanz auf dem Gipfel der Wellenberge und die rasende Fahrt in den tiefdunklen Abgrund.

Thyra schloss die Augen. Sie konnte fühlen, wie das hölzerne Boot mit dem Meer stritt. Beinahe konnte sie den Wind brüllen hören: »Kämpfe mit mir! Bist du bereit für deinen Untergang?«

Während das Wasser schmeichelnd über die ausgekühlte Haut lief und raunend lockte: »Komme mit mir. Ich zeige dir mein Unterwasserreich.«

»Ihr bekommt mich nicht!«, zischte Thyra zwischen zusammengebissenen Zähnen.

»Bist du in Ordnung?«

»Was?« Irritiert blinzelte sie das Salzwasser fort und traute ihren Ohren nicht.

»Bist du verletzt?«

»Was? Wo bist du?«

»Hier. Kannst du dich noch festhalten?«

Thyra schüttelte ihren Kopf. Sie sah Gorm nicht und konnte dennoch seine Stimme hören.

»Der Schlag auf meinen Schädel bringt meinen Verstand durcheinander. Ich höre schon Stimmen!«

»Bist du unversehrt?«

»Gorm!« Perplex öffnete Thyra ihre Augen und blickte in seine grauen Augen.

Voller Freude ließ sie den Querbalken los und fiel ihm freudestrahlend um den Hals.

»Du lebst! Das Meer hat dich nicht verschluckt!«

»Was sollte ich auch sonst tun?«, lachte Gorm und beobachtete aus dem Augenwinkel den Orkan. »Schließlich bin ich der *styrimannr*[10].«

»Ja«, fiel Thyra in sein Lachen ein. »Schließlich bist du der Häuptling und kannst nicht über Bord gehen.«

»Das kann ich nicht.«

Er musterte die Dünung, drückte Thyra mit seinem Körper in die Enge des Hecks und wartete den Brecher ab.

---

10   Schiffsführer.

»Du bleibst hier«, befahl er und ging mit schwankendem Schritt zur Mitte des Schiffes. Dort stand er breitbeinig und sicher. Er hatte das Segel und seine Männer im Blick. Gleichzeitig gab er Kalman am Ruder und Ongull, dem Steuermann, Befehle.

Thyra betrachtete den Häuptling der *Ascomanni*. Dort stand er. Er war für die gesamte Mannschaft sichtbar. Ein unnachgiebiger, kantiger Fels in der Brandung. Kompromisslos, kräftig, mutig.

Zitternd schloss Thyra ihre Augen.

»Ich liebe ihn. Verdammt!«

Unerwartet flatterte ihr Körper vom Hals abwärts über den Bauch hinunter bis zu den Zehen.

»Was soll das werden? Ich bin seine Sklavin. Er ein *styrimannr*, ein Dänenhäuptling.«

Hastig warf sie einen Blick zu Hafr und erschrak bodenlos. Lauernd beobachtete er Thyra aus bösartigen Augen.

»Ich kriege dich, jederzeit.«

Thyra stemmte ihre Hände gegen den nächsten Brecher am Querbalken und drückte die Beine gegen die Bordwand. Dann sah sie herausfordernd in die Augen ihres Feindes Hafr. In seinen Augen loderte flammender Hass.

Spöttisch zog Thyra ihre Mundwinkel nach oben.

»Dich zerbreche ich mit einer Hand«, sagte sie ruhig und zeigte Hafr, wie sie sein Glied umknickte und diesen Krieger entmannte.

»Groaah!«, brüllte Hafr unbeherrscht. Er sprang auf und wollte sich augenblicklich auf Thyra stürzen. Doch das tosende Meer war in diesem Augenblick Thyras Verbündeter und schleuderte Hafr zurück auf seine Sitzkiste.

»Mit einer Hand.«

Das magere Tageslicht verschwand hinter den Wellenungeheuern und eine gefährliche Dunkelheit legte sich über das Meer und die Menschen der Schiffsflotte. Kein Sonnenlicht erhellte die Wellenberge. Die Sterne und der Mond wurden von grauschwarzen

Wolkenfeldern gnadenlos verdeckt. Gorm stand hinter dem aufgeblähten Segel und presste seine Kiefer so fest aufeinander, dass die Wangenmuskeln zuckend hervortraten.

»Das sieht nicht gut aus«, meinte Siguror, der neben Gorm trat.

»Hmmh.«

»Die Götter spielen mit uns.« Breitbeinig stand Siguror neben seinem Häuptling und schützte sich vor der nächsten Welle.

»Unsere Götter spielen ein dämonisches Spiel.«

Er sah sich auf dem Wellengipfel um, bevor das Tageslicht hinter dem Horizont verschwand.

»Konntest du die anderen Schiffe sehen?«

»Manchmal.« Siguror schüttelte sich das Wasser aus den Haaren.

»Ich sah die *ulfr elfar*[11] vor einiger Zeit und die *faxi byrjar*[12].«

Siguror blickte Gorm sorgenvoll an.

»Israuor auf der *hárknifr*[13] habe ich seit dem Morgengrauen nicht gesehen. Nur Bror auf seiner *ormr in langi*[14] und die *gammr*[15] mit Yngvarr und Briningr liegen noch mit uns auf einer Höhe.«

»Die *gullbringa*[16] ist ein gutes Schiff. Und Briningr ein erfahrener Seemann. Und was ist mit Nereior und seiner *vargr hafs*[17]? Hast du sie gesehen?«

Siguror kratzte seinen Bart und spuckte auf die Decksplanken.

»Einmal … Au verdammt!«, brummte er bösartig, als ein Riemen gegen sein Bein schleuderte. Er sah Hallgeirr zornig an. Doch der würdigte den Königsdrengir mit keinem Blick.

---

11   Wolf der Flüsse.

12   Windpferd.

13   Rasiermesser.

14   Lange Schlange.

15   Greif.

16   Goldbrust.

17   Wolf des Meeres.

Hallgeirr zurrte seine Sitzkiste fester und stemmte sich gegen den nächsten Brecher.

»Das werde ich beim nächsten *thing*[18] ansprechen.«

»Was?«

Gorm sah zum Horizont und versuchte, die Wikingerflotte zu orten.

»Dass die Riemen besser verzurrt werden.«

»Mach das. Kannst du den Nordstern sehen?«

Siguror folgte seinem Blick und legte den Kopf in den Nacken. Der Mond zeigte sich schwach hinter einer Wolke.

»Nein«, murmelte er stoisch.

Doch plötzlich riss Siguror seinen Arm hoch und zeigte hinauf zum löchrigen Wolkenvorhang.

»Sie reißt auf! Die Wolkendecke reißt auf! Der Sturm legt sich!«

Strahlend und mit volltönender Stimme fing Siguror unvermittelt an zu singen.

>»Der Wind ist grimmig heute Nacht.
>Er schüttelt das weiße Haar der See.
>Ich fürchte keine wilden Wikingerhorden,
>die segeln über die stille See.
>Der aufgeblähte Nordwind zerzaust das Meer,
>er verschont niemanden!
>Zerkratzt uns mit seinem grausamen Schnabel,
>deshalb kamen sie, unsere Götter.
>Yeah hoh.«

Ungestüm stemmte Siguror seine Hände in die Hüfte und stampfte tanzend über die hölzernen Planken, während sein volltönender Bariton erklang:

---

18 Versammlungsort, Versammlung.

»Drei Götter kommen.
Yeah hoh!
Der Stärkste von ihnen ist Thor,
Odins und Jorunns Sohn.
Yeah hoh!
Zusammen mit Rán,
Unserer grausamen Göttin der Stürme und Wasserstrudel,
Und mit Gjalp, ihrer eifersüchtigen Tochter.
Sie spielen und lachen,
Während wir tanzen mit unseren Drachen.
Wir tanzen wie ein Blatt im Wind,
Auf den Wellen der zornigen See.
Yeah hoh.
Thor und Rán schlagen ihre Schenkel,
und Gjalp wirbelt über den Meeresgrund.
Sie toben, bis die Wellen sich überschlagen.
Und wir kämpfen mit der See.
Wir kämpfen gegen den Sturm,
Und kämpfen gegen die Ungeheuer,
die aus der Tiefe ans Tageslicht steigen.
Yeah hoh!«

Mit lauter Inbrunst sang Siguror gegen den Wind und die *Asco-manni* fielen in seinen Gesang mit ein.

»Wir opfern und kämpfen!
Yeah hoh.
Wir befahren die Keltische See.
Yeah hoh.
Und siegen.
Yeah hoh.
Und siegen!«

Laut schwangen die tiefen Männerstimmen über die aufgebrachten Meereswellen und endlich, aus weiter Entfernung, hörte Gorm die singende Antwort eines Drachenbootes.

Er grinste und sagte nur: »Wikinger! Tapfere Krieger! Sobald die Sterne des Himmels befreit sind, gehen wir an Land.«

»So soll es sein.«

»So soll es sein«, murmelte Gorm und hoffte, dass die Schiffe seiner Flotte diesen Sturm überlebten.

Erschöpft hockte Thyra im Heck und starrte mit leerem Blick auf die Männer. Ihr Körper war eiskalt, die Glieder erstarrt und mit schmerzenden Fingern umklammerte sie den Querbalken.

»Wann hört es auf? Wann hört dieser mörderische Sturm auf?«

Sie schloss die Augen und apathisch schleuderte ihr Kopf hin und her.

Plötzlich hörte sie dröhnende, tiefe singende Männerstimmen.

»Werd ich jetzt auch noch verrückt! Können Meeresungeheuer singen?«

Sie äugte ängstlich über die Reling. Ein entsetztes Schaudern kribbelte auf ihrer Haut, während sie an die grauenhaften Erzählungen von gefräßigen Untieren mit tentakelhaften Armen, verschleimten Mäulern und mit langen braunen Zähnen dachte.

Sie zwang sich, genauer hinzuhören.

»Das sind keine Ungeheuer! Das sind Wikinger! Sie singen! Diese Männer singen!«

Ein vorsichtiges Lächeln zog über ihr Gesicht. »Sie singen! Dieses verrückte Seefahrervolk lacht singend den Sturm aus.« Verblüfft flammte ein Hoffnungsschimmer auf. »Dieses Schiff wird nicht kentern! Wir erreichen das Ufer und werden nicht gefressen!«

»Yeah hoh!«

Thyra hörte die Wikinger brüllen und langsam flüsternd fiel sie in den Gesang mit ein.

»Yeah hoh«, wiederholte sie den Refrain. »Yeah hoh.«

In der Nacht legte sich der Sturm. Sterne glühten schimmernde Löcher in den tiefschwarzen Nachthimmel und Wolkenfetzen streiften die Mondsichel.

»Der Mond nimmt zu. In wenigen Tagen wird er uns mit vollem Gesicht anstrahlen«, verdeutlichte Gorm und prüfte den Wind.

»Wir müssen vorher unser Ziel erreichen. Die Herbststürme setzen dieses Jahr früher ein und ich will mich nicht bei Vollmond mit den Göttern auf dem Meer unterhalten.«

»Ich auch nicht. Rán und Gjalp lachen und tanzen mit Thor, während sie mit den Drachenschiffen und unserem Leben spielen.« Siguror schüttelte sich unwillkürlich.

»Das war knapp.« Gorm lehnte sich an die Reling und blickte zur im Schatten liegenden Küste. »Wir sind während des Sturmes in einer wahnwitzigen Geschwindigkeit um die Landzunge von Ost-Anglia gefahren. In der nächsten geschützten Bucht werden wir vor Anker gehen. Sende den anderen Schiffen das Signal.«

Siguror nickte und gab Tanni mit einem Blick zu verstehen, dass er zu ihm kommen sollte.

Tanni erhob sich von seiner Sitzkiste und schüttelte sich wie ein nasser Hund, bevor er zu Gorm und Siguror ging.

»Entzünde ein Feuer. Nimm deinen Bogen und schieße es sichtbar in den Nachthimmel. Gebe unserer Drachenflotte das Signal zum Ankern an der Küste.«

Tanni nickte und machte sich an seine Aufgabe.

Die Dunkelheit legte sich wie eine schwarze Decke über die jetzt sanften Wellen des keltischen Meeres, als surrend der erste brennende Pfeil in den Nachthimmel flog.

Thyra legte ihren Kopf staunend in den Nacken.

»Ein Feuerpfeil.«

Wieder hörte sie ein Zischen, nur wenige Augenblicke später schwirrte ein zweiter Funken sprühender Feuerball durch die Luft.

»Was hat das zu bedeuten?«

Aufmerksam beobachtete sie die Seeleute und suchte die Silhouette des Häuptlings, bis sie ihn neben dem Königsdrengir entdeckte.

»Das ist ein Signal!«, erkannte Thyra und suchte am Horizont die dunklen Umrisse der Küste nach den Schiffen der Kriegsflotte. »Wie weit sind die Feuersignale zu sehen?«

Staunend wartete Thyra wie alle anderen, ungeduldig auf eine Antwort.

Der dritte Feuerpfeil zischte in den Himmel.

Kein Laut rang aus den Kehlen der *Ascomanni*. Nicht eine fragende Stimme erhob sich. Langsam wurde Thyra ungeduldig und beobachtete, wie Gorm einen Arm hob.

Sofort zischte ein vierter Pfeil in den Himmel.

»Er will wissen, ob die anderen noch leben.«

Sie dachte an Aesa und die vielen anderen, die auf den Drachenschiffen in den Norden fuhren.

»Aesa, bitte lebe!«

Die grauenhafte Erinnerung an eine verwesende Wasserleiche schob sich vor Thyras inneres Auge. Sie schluckte und würgte.

»Bitte! Lebe!«

»Wo sind sie?«, hörte Thyra Ketill flüstern. »Sie müssten die Signale doch sehen!«

»Sie müssen erst das Feuer an Bord entzünden«, raunte Fargrim, der zwei Plätze vor Ketill saß. »Wenn alles nass ist, wird es schwierig.«

»Da!«, brüllte Knut, dessen Auge als *sjónarvördr*[19] geschult übers Meer sehen konnte. »Ein Feuerpfeil!«

Ein erleichtertes Murmeln rollte über das Deck.

»Ein Drachenschiff hat diesen Todesritt im Sturm überlebt«, sagte Gorm leise.

---

19 Ausguck gegen den Feind.

»Eines!«, zischte Siguror besorgt und starrte in die jetzt lautlose Nacht.

»Da! Ein zweiter Pfeil!«, rief Bergfin aufgeregt auf der Backbordseite. »Und ein dritter!«

»Drei Schiffe«, zählte Gorm.

»Vier!«, nachdenklich kräuselte Siguror die Stirn. »Vier Schiffe.«

»Von sieben.«

»Von sieben.«

»Steure die Küste an und lass Tanni in regelmäßigen Abständen weitere Feuerpfeile abschießen. Alle sollen sehen, wohin ich sie führe.«

»Gut.«

Siguror ließ Gorm allein. Er kannte seinen Häuptling. Gorm wollte jetzt Zeit und Ruhe, er musste seine Gedanken ordnen.

Thyra ließ die Zwei nicht aus den Augen.

»Riemen raus!«, brüllte Ongull herrisch.

Thyra zuckte zusammen. Sofort polterten die Riemen auf die Decksplanken und mehrstimmig kräftige Flüche unterbrachen das nachdenkliche Schweigen.

»Verdammt! Pass doch auf«, schnauzte Ketill. »Du arbeitest wie ein Anfänger!«

»Was bin ich?« Mit puterrotem Kopf drehte Ulkell sich um.

»Ein Anfänger! Und bald über Bord, wenn du mich nochmal mit dem Riemen schlägst!«

»Noch ein Wort und ich schmeiße euch beide ins Meer!«, drohte Ongull, drehte sich um und befahl: »Riemen in die Löcher.«

Aufmerksam beobachtete er die Männer. Eilig drehten die Wikinger die Verschlusskappen aus den Riemenpforten und schoben die Ruder durch die Öffnung der Bordwand.

»Fertig?«, schallte Ongulls Ruf übers Deck.

»Fertig«, kam dröhnend die vielstimmige Antwort.

»Alle in Position.«

Das Poltern verstummte und Thyra staunte über die Geschwindigkeit und die Präzision, mit der jeder Befehl ausgeführt wurde.

»Pult«, donnerte Ongulls Stimme.

Das tiefe Stöhnen aus unzähligen Männerkehlen, das schlurfende Geräusch der Holzriemen und das sanfte Plätschern der Ruderblätter auf der Wasseroberfläche übten seltsamerweise eine beruhigende Wirkung auf sie aus.

»Pult.«

Behäbig setzte das Langschiff sich in Bewegung, nur jetzt war es kein Spielball von Wind und Wellen.

»Wir fahren zur Küste!«, erkannte Thyra erleichtert und plumpste auf den Hintern. »Ich werde nie wieder auf einem Schiff zur See fahren! Nie wieder! Eher würde ich Monate über staubige Erde kriechen.«

Sie hatte es nur geflüstert und erschrak heftigst, als Hafr ihr zynisch zuzischte:

»Du willst kriechen?«

Thyra starrte mit aufgerissenen Augen in sein vor Hass verzerrtes Gesicht.

»Du darfst den Staub vor meinen Füßen fressen. Kurz bevor ich dir den Hals umdrehe.«

Thyra schluckte, drückte ihren Rücken durch, setzte sich aufrecht hin und fixierte herausfordernd Hafr.

»Du wirst es nicht erleben, dass ich vor dir krieche und kapituliere! Nie werde ich vor deinen Füßen liegen! Oder hast du es vergessen?«, forderte Thyra Hafr feindselig heraus und machte mit der Hand die eine – bestimmte – abknickende Bewegung.

Hafr brüllte vor Zorn, blieb aber auf seiner Sitzkiste hocken. Denn die Bestrafung durch Gorm, wenn er jetzt seinen Platz verlassen würde, wäre fürchterlicher als die Rache, die er sich in seinen grausamsten Träumen ausmalte und herbeisehnte. Dann sah er Thyra in seiner Erinnerung, wie er auf ihr lag und sie sich unter ihm wand und wehrte. Es erregte ihn ungemein. Er sah den aufgewühlten Waldboden unter dem fast nackten Körper dieser Frau und wollte in sie eindringen und sie vergewaltigen, als er ihre kleine Hand an seinem Bauch entlang wandern fühlte.

›Du lüsternes Biest!‹, grinste er noch. Und dann dieser unbändige Schmerz! So heftig und qualvoll, dass er sämtliche Sinne ausfüllte!

Diese Hexe hatte seinen Schwanz abgeknickt. Ihm wurde vor Schmerz speiübel. Sein kräftiger Körper brach auf der unter ihm liegenden Frau zusammen. Er roch ihren erregenden Duft, fühlte ihre Wärme, spürte den feuchten Schweiß auf seiner Haut – und würgte.

Hafr erlebte jede Nacht diesen grässlichen Alptraum.

Das Nächste, an das er sich erinnerte, waren die spöttischen Gesichter seiner Kameraden. Wie sie sich über ihn beugten, als er auf der Erde lag. Sich über die Art seiner Verletzung erkundigten und sich mit lächelnd anzüglichen Worten abwandten.

Das würde er nie vergessen!

Niemals!

Diese Gesichter! Der Spott! Diese Erniedrigung!

Dieses Biest hatte ihn zum Gespött sämtlicher *Ascomanni* gemacht. Hafr hörte die Stimmen, welche an den Lagerfeuern flüsternd von einem Ohr zum anderen flogen.

»Diese dürre Angeln-Frau hat ihn entmannt. Mit einer Hand. Hast du gesehen, wie klein sie ist?«

Hafr sah Thyra im Heck sitzen. Klein, nass – und mit so stolzem Blick.

»Groah«, brüllte er wutverzerrt und zog mit aller Kraft am Riemen. »Du willst mich herausfordern. Du willst mich kielholen lassen. So einfach wirst du mich nicht los.«

Thyra hob ihr Kinn und sah ihren Feind drohend an.

»Du wirst es nicht schaffen, mich in eine Falle laufen zu lassen!«, fauchte Hafr ihr zu.

»Nicht?« Spöttisch zog Thyra eine Augenbraue hoch.

»Groah!«, brüllte Hafr erneut und seine Adern am Hals und an den Schläfen traten blau pochend hervor.

Thyra lehnte sich zitternd zurück.

»Dir zeige ich meine Angst nicht. Du wirst mein erster Sieg als *het-ja* sein«, versprach sie sich.

* * *

Es war windstill in der Bucht.

Nichts erinnerte mehr an den gewaltigen Orkan und die stürmische Fahrt übers keltische Meer.

Auf dem Wasser spiegelte sich das letzte Funkeln der Sterne. Der Morgen graute und Thyra sah, wie die Drachenschiffe mit kräftigen, gleichmäßigen Ruderschlägen in die Bucht fuhren.

»Ist Aesa dabei?« Thyra dachte an die Heilerin. »Wo ist die *faxi byrjar*?« Suchend glitt Thyras Blick über die Bucht. Glühend schob die Sonne ihre rotgoldenen Strahlen über den Rand des Horizonts und warf glänzende Lichter auf die jetzt sanften Wellen.

Thyra stand am Schiffsgeländer und starrte zum Horizont.

»Als ob das Meer nur sanft und lieblich sein könnte«, brummte leise jemand hinter ihr.

Erschrocken drehte sie ihren Kopf und sah in Hallgeirrs Gesicht.

»Das Meer ist tückisch. Hast du die *faxi byrjar* schon entdeckt?«

Überrascht musterte Hallgeirr Thyra. »Die *faxi byrjar*?«

»Hmmm.«

Mit gerunzelter Stirn kniff Hallgeirr seine Augen zusammen und versuchte, die Schiffe zu identifizieren.

»Da fährt die *ulfr elfar*, die *gullbringa*. Hmmh?« Fragend scheuerte er mit der Hand durch seinen Bart. »Da liegen noch zwei. Etwas weiter draußen!«

»Kannst du erkennen, welche es sind?«

Skeptisch sah Hallgeirr Thyra an. »Warum willst du es wissen?«

Erschrocken zuckte Thyra mit den Augenlidern und versuchte, ihren Gesichtsausdruck unter Kontrolle zu bekommen.

»Nur so.«

»Nur so. Aha.« Hallgeirr glaubte ihr kein Wort.

»Ich will die Drachenboote besser unterscheiden können«, log Thyra, ohne mit der Wimper zu zucken.

»Du willst also unsere Drachenboote kennenlernen?« Hallgeirr unterzog Thyra einem prüfenden Blick.

»Wenn ich eine von euch werden will, muss ich alles über eure Kultur, euer Leben und eure Arbeit lernen.« Herausfordernd sah sie den Wikinger an, dem es unter ihrem eindringlichen Blick mulmig wurde. »So ist es doch?«

»So ist es! Aber du bist eine *thraell*. Ohne Rechte, mit unendlich vielen Pflichten – und ohne Rang.«

»Oh!«

»Ja, oh!« Hallgeirr stützte sich mit den Armen auf der Balustrade ab. »In deinem Land warst du eine reiche, angesehene und adlige Frau. Bei uns ist es anders. Bei uns bist du eine Sklavin – von deinem königlichen Onkel Alfred verstoßen. Du hast keinen Rang, kein Land und kein Gold. Noch nicht einmal Silber, Glasperlen oder Bernstein! Außerdem bist du eine Frau.«

»Das will ich ja wohl hoffen!«, warf sie zynisch dazwischen.

»Frauen sind weniger wert als ein Pferd.«

»Hmpf«, grunzte Thyra.

»Ein einfaches Pferd kostet dreihundert Gramm Silber. Und …!«

»… und eine Sklavin?«

»Zweihundertundvier Gramm.«

»Das wird zu schaffen sein.«

»Eine Frau verdient kaum Silber.«

»Ich schon!«, schnaubte Thyra herausfordernd, sodass Hallgeirr sie stirnrunzelnd betrachtete und nach einer kurzen Weile raunte: »Das glaube ich dir.«

»Gut.«

»Und du willst eine von uns werden?«, prüfte Hallgeirr, ohne sie anzusehen.

»Will ich.«

»Das wird ein langer und schwerer Weg.«

»Ich habe keine Angst.«

»Nur wenige haben es je geschafft sich aus der Sklaverei zu befreien«, murmelte er sinnierend.

»Ich werde eine sein!«

Erstaunt stellte Hallgeirr sich aufrecht hin und sah diese sture Frau neugierig an. »Wie willst du das schaffen?«

»Ich werde eine *het-ja*!« Selbstbewusst sah Thyra den Krieger an, der in schallendes Gelächter ausbrach.

»Was? Du zartes Weib willst eine *het-ja* werden? Eine Kriegerin der Wikinger?«

Beleidigt baute Thyra sich vor ihm auf und stemmte empört ihre Fäuste in die Taille.

»Ich werde eine *het-ja*! Und niemand wird mich davon abhalten!«

Hallgeirr begriff, während er die dünne Frau musterte, wie ernst es Thyra war.

»Du willst also eine *het-ja* der *Ascomanni* werden? Weißt du eigentlich, was das bedeutet?«

»Nein.«

»Du wirst kämpfen müssen.«

»Ach nein.« Spöttisch hob Thyra ihre Augenbrauen.

»Du wirst töten, Blut riechen, Gedärme herausquellen sehen.«

»Ich habe schon Tiere ausgeweidet. Ich weiß, wie das riecht.« Scharf forderte sie Hallgeirr heraus. Sie wusste auch nicht, warum sie das tat. Er war ihr Freund!

»Du wirst in sterbende Augen sehen, den Atem und den Schweiß deiner Feinde riechen. Der Gedanke über das Leben, welches sie vor ihrem Tod führten, wird dich quälen. Ob sie

Familie, Frau und Kinder hatten? Ob sie ihr Feld bestellten? Als Fischer, Händler oder Handwerker ihr Silber verdienten? Welche Ideen ihr Leben bereicherten. Diese vorwurfsvollen Augen werden dich in deinen Träumen verfolgen. Sie werden dich anklagen und fragen: Warum hast du mich getötet? Mir mein Leben genommen?«

Ruhig sah Hallgeirr Thyra an, die wortlos vor ihm stand.

»Wirst du damit leben können?«

»Ich werde eine *het-ja*!«

»Gut«, meinte Hallgeirr lapidar und umfasste die hölzerne Brüstung.

»Gut? Einfach – gut?«

Fassungslos sah sie in Hallgeirrs grinsendes Gesicht.

»Du wählst das Leben einer *het-ja*. Du weißt, was du willst. Dann werde ich dir helfen.«

Langsam wand er sein Gesicht ab und sah über die taghelle Bucht. Die orangeroten Sonnenstrahlen brachen in den winzigen Wellen.

»Du willst …«

»Da kommt die *faxi byrjar*«, unterbrach er Thyra und zeigte zum Horizont. »Du wirst Aesa bald sehen können.«

Thyra schnappte nach Luft und wollte gerade etwas erwidern, als sie Broddr lautstark brüllen hörte.

»Bindet die Pferde los. Sie müssen endlich stehen, verdammt!«

Neugierig drehten Thyra und Hallgeirr sich um und sahen dem Spektakel an Bord interessiert zu.

»Gleich keilt der Braune aus«, raunte Hallgeirr Thyra augenzwinkernd zu.

»Meinst du? Ich bin für den Schimmel.«

»Was?« Scheinbar empört beugte Hallgeirr sich zu Thyra hinab und sah ihr ins Gesicht. »Du bezweifelst meine Kompetenz!«

»Würde ich nie wagen. Schließlich bist du ein großer, angesehener *Ascomanni*!«, gluckste sie vergnügt und fing schallend zu lachen an, als der Schimmel Agmundr einen Schlag mit dem Hinterhuf auf den Oberschenkel platzierte.

Hallgeirr tat, als ob er es nicht gesehen hätte.

»Die *faxi byrjar* ankert genau neben uns.«

»Waaas!« Thyra drehte sich rasch um und versuchte, Aesa an Bord auszumachen.

»Kannst du sie sehen?«

»Nein. Cuaran kann ich sehen und seinen Königsdrengir. Außerdem scheint die *faxi byrjar* gut durch den Orkan gekommen zu sein. Ich erkenne keine Schäden.«

»Siehst du sie?«

»Ich sehe sie nicht!«, fauchte Hallgeirr, sodass Thyra erstaunt aufblickte und ihn musterte.

So barsch kannte sie Hallgeirr nicht. Doch dann beobachtete Thyra, wie seine großen Hände sich um das Holz der Reling krallten, und schalt sich augenblicklich für ihre Ungeduld.

›Ich Dummkopf‹, dachte Thyra und biss sich auf die Lippen. ›Er liebt sie. Hallgeirr liebt Aesa und ich habe nicht daran gedacht.‹

»Sei unbesorgt, ich werde es niemandem erzählen«, flüsterte Thyra.

»Was sagtest du?«

Thyra schluckte und sah den Mann fest in die Augen.

»Ich werde es niemandem sagen.«

»Was wirst du niemandem sagen?«

»Dass du Aesa liebst«, flüsterte Thyra noch leiser.

Hallgeirr riss die Augen auf, fing sich aber schnell wieder.

»Du hast geschworen zu schweigen!«, kniff er lauernd die Augen zusammen.

»Ich, ich …«, stotterte Thyra. »Ich sage es ja nur dir. Ich habe euch zusammen gesehen. Wie ihr Blicke austauscht und wie eure Hände zittern, wenn ihr nur beieinandersteht.«

»So«, knurrte Hallgeirr berechnend. »Das hast du also gesehen?«

»Euer Geheimnis ist bei mir gut aufgehoben. Ich werde es niemandem erzählen. Nur – wenn ich es sehe, können es auch andere erkennen.«

Hallgeirr stellte sich aufrecht hin und starrte übers Meer. Thyra betrachtete den Mann und störte ihn nicht.

»Ich habe in der Heimat Frau und Kinder. Es darf nicht sein! Unsere Liebe darf nicht sein und niemand darf es erfahren!« Eindringlich sah er Thyra an.

»Ich werde dein Geheimnis mit in mein Grab nehmen. Du bist ein Freund. Genauso wie Aesa meine Freundin ist.«

»*Het-ja*«, sagte Hallgeirr nur und ging an seine Arbeit.

»Ja, *het-ja*«, flüsterte Thyra und sah zweifelnd über das flache Wasser der Bucht. »Schaffe ich es, eine Kriegerin zu werden? Mich aus der Sklaverei zu befreien?«

Der Wind trocknete ihr Haar und feine weiße Salzkristalle blieben darauf zurück. Nachdenklich strich Thyra die wirren, verklebten Strähnen aus dem Gesicht.

»Habe ich eine Wahl?«

Die Sonne brannte durch das verkrustete Salz, heiß auf die Drachenschiffe in der muschelförmigen Bucht. Die Kriegsschiffe der dänischen Flotte liefen im Laufe des Vormittags ein und dümpelten wie zur Erholung auf dem Wasser, welches sich jetzt friedlich zeigte.

Rán und Gjalp schafften es während dieses Orkans nicht, ein Drachenschiff zu sich ins Totenreich zu ziehen. Doch sie lauerten. Sie schwammen geduldig zwischen den Algen und Steinen des Meeresgrundes, immer mit wachem Blick nach oben durch das schimmernde Wasser, ins silbrige Licht. Sie konnten warten, wirklich sehr lange warten.

Die Drachenboote ankerten nebeneinander und Thyra musste die *dreki* reinigen. Wütend schabte sie die Pferdescheiße in einen Eimer und schüttete sie über Bord. »Noch bin ich eine

Sklavin. Noch ist diese Arbeit angemessen. Doch wartet nur, bald werde ich eine *het-ja* sein.« Sie ließ ihren Blick über die *ormr in langi*, die *gammr* und die *harknifr* schweifen und erkannte, dass sie schwer beschädigt waren. »Wie meine Hände«, murmelte sie und betrachtete eingehend die blutenden Hautfetzen. »Dann wird meine Hand nur noch den Griff des Schwertes halten und nicht mehr den stinkenden Stiel dieser Schaufel. Und diese Arbeit ist nur der Anfang für meinen Aufstieg und den Sieg über diesen verdammten, hinterhältigen, verlogenen, bösartigen Onkel – König – Alfred.«

Der geborstene Mast der *ormr in langi* ruhte auf der Reling und die Splitter bröckelten immer wieder sanft wie rieselnder Schnee ins Wasser. Das Heckruder hing in Fetzen am Rumpf und schabte am Holz. Auf der *gammr* streichelte das zerfetzte Segel die Planken und schabte das trocknende Meeressalz zusammen und der *harknifr* fehlte ihre Galionsfigur.

»Verdammt! Pass doch auf!«, fluchte Orlyg, als Vester, der Koch, ihm seinen *hudarketill*[20] auf den Zehenspitzen platzierte.

»Nimm deinen Fuß zur Seite«, schnauzte Vester und achtete nicht auf den übel gelaunten Zimmermann.

»Bergfin, Gizur«, hörte Thyra Gorm rufen. »Ich will einen Bericht über die Schäden.« Weit beugte er sich über die Reling. »Heute Abend, bei mir, am Feuer. Knut und Fargrim, ihr geht an Land, zur Felsenspitze der Mündung, sucht einen Aussichtsplatz. Haltet nach angelsächsischen Feinden Ausschau. Ihr werdet dort länger lagern. Nehmt *húdfat*[21], *sall-ad-r*[22], *drykkr*[23] und *brau-d*[24] mit.«

---

20 Kochkessel.

21 Ledersack zum Schlafen.

22 Gesalzener Fisch.

23 Molke.

24 Brot.

Knut und Fargrim nickten zustimmend.

Die *dreki* ankerte in der Nähe des Ufers, sodass Knut und Fargrim ohne zu zögern mit ihren Waffen und dem Gepäck über Bord sprangen. Sie wateten schnaufend über den weißen Sand der flach auslaufenden Küste an Land. Innerhalb kürzester Zeit verschlangen gewaltige Baumriesen und mannshoher, wuchernder Farn die beiden Wikinger.

Möwen schrien. Unzählige Kormorane standen in langen Reihen auf schwimmenden Baumleichen und trockneten mit weitausgebreiteten Schwingen ihr Gefieder. Thyra beobachtete im klaren Wasser silbrig schillernde Fischschwärme. Auf dem Meeresgrund gaben rotbraune, teils geborstene Findlinge auf weißem Sand, an deren Stein sich Muscheln, Seepocken und Seesterne klammerten, und grüne, lange, sich in der wechselnden Drift paarende, filigrane Algen festhielten, einen bizarren Anblick. Fasziniert starrte Thyra auf die im Strom treibenden Wasserpflanzen und entdeckte faustgroße Krabben, die gemächlich auf dem körnigen Sand liefen und über Zweige, Steine und Muscheln kletterten.

Der Wind streichelte ihre Haut und auf eine eigenartige Art zufrieden, legte Thyra den Kopf in den Nacken und blickte hinauf zum strahlend blauen Himmel. Kormorane jagten Fische in Konkurrenz zum Seeadler. Der Adler stieß herunter und krallte sich den Fisch und flog mit der zappelnden Beute fort.

Ihr Magen knurrte. Missmutig starrte sie auf ihren Bauch. Dann abrupt zu den Fässern mit dem gesalzenen Fisch und zu Vester, dem Koch. Etwas weiter streifte ihr Blick Gorm und blieb an ihm hängen.

Nervös biss Thyra sich auf die Lippen.

»Die gemeinsame Zeit, die wir zusammen erlebten, war gestohlen.«

Doch die Erinnerung an diese magischen Momente, in denen sie in Gorms Armen lag, seine Zärtlichkeiten, seine Blicke und diese erregende Leidenschaft genoss, überwältigten die Gegenwart.

»Gestohlene Zeit«, flüsterte sie und umarmte sich selbst. Wie um das Gefühl zurückzuholen, als sie seine muskulösen Arme und seine Wärme um ihren Körper spürte.

»Er ist ein Führer der dänischen *Ascomanni*. Gorm muss eine Frau aus seinem Volk heiraten. Kann nie eine Angelsächsin, eine *thraell* zur Gemahlin nehmen.«

Ihr wurde speiübel bei diesen Worten.

»Gestohlene Zeit«, wiederholte Thyra kaum hörbar. Ihre Augen füllten sich mit Tränen. Der Hunger verflog augenblicklich. Keinen Bissen würde sie mehr essen können.

Gorm schritt übers Deck.

»Prüft den Mast«, rief er Hallgeirr und Eirikr zu.

»Wie sieht das Segel aus? Hat es Risse? Sind die Taue in Ordnung?«, fragte er Oli, der gehetzt seiner Arbeit nachging.

»Das Segel hat einen Riss. Wir prüfen jetzt den Rest«, nuschelte er und rannte fort.

»Ahhh!«, brüllte Oli und fiel polternd der Länge nach auf die Planken. Mit verzerrtem Gesicht setzte er sich auf und scheuerte sein Fußgelenk. »Welcher Trottel hat seinen Riemen nicht gesichert?« Grimmig sah er sich um. Doch keiner beachtete ihn.

»Wieder diese herumliegenden Riemen«, schüttelte Siguror den Kopf. »Wir werden ein *thing* abhalten müssen.«

»Unbedingt«, brummelte Gorm und rief Kalman zu: »Ist das Steuerruder beschädigt?«

»Alles ist, wie es sein soll.« Kalman grinste und klopfte mit der Hand aufs Ruder. »Sie war wie eine Geliebte zu mir.«

Gorm und Siguror schmunzelten.

»So eine Geliebte hätte ich auch gerne«, feixte Siguror.

Gorm musterte Siguror schräg von der Seite.

»So ein Liebchen ist leidenschaftlich. Mit so einem Feuerweib wirst du nicht fertig. Im Sturm wird sie dich herausfordern und schließlich schmeißt sie dich aus dem Lager und du liegst außerhalb der Bettfelle auf der kalten Erde.«

»Wenn sie dann noch unter mir liegt«, schmunzelte Siguror.

»So ist es!« Gorm schlug Siguror lachend auf die Schulter. »Wie sehen unsere Taue aus? Sind sie alle noch an Bord oder hat Rán sie als Tribut gefordert?«

Siguror blickte hoch zur goldenen *vedrviti*, die sich funkelnd im lauen Wind drehte.

»Ulkell zählt sie gerade. Da kommt er.«

»Drei Seile hat der Orkan von Bord gerissen. Aber unsere Seilmacher Josurr und Boovarr drehen schon neue. Torkel bewachte unser Ankertau wirklich gut. Es ist an Bord und die Seile fürs Segel auch.«

Ulkells schmale Lippen erkannte durch seinen dichten schon etwas grauen Bart kaum jemand. Dann grinste er und Gorm starrte fasziniert auf seine weißen Zähne.

»Wo ist Ongull schon wieder?« Gorms Blick ging fragend über die Köpfe.

Ulkell hob einen Arm und deutete mit ausgestrecktem Zeigefinger ans Ufer. »Dort! Er brauchte unbedingt eine Abkühlung. Außerdem stank er. Es ist kein Spaß mit einem Mann in einem *húdfatléger*[25] zu liegen, wenn der andere stinkt.«

»Der arme Ongull«, stichelt Siguror mit ernster Miene. »Dann wird er dich wohl ins Wasser werfen müssen.«

»Pah!«, prustete Ulkell und machte sich an die Arbeit.

Die Sonne zog ihre Bahn. Saugte jegliche Feuchtigkeit und hinterließ auf der Kleidung, der Haut, den Schiffen und der Ladung bizarre weißglitzernde Salzbilder.

»Komm mit.« Grob wurde Thyra gepackt.

»Aua, lass los!«

---

25 Doppelschlafsack.

»Weib. Sei nicht störrisch und komm mit«, knurrte Tindr, der Bernsteinschleifer. »Wir gehen alle von Bord.«

»Ich komme ja schon.« Sie pulte Tindrs Finger pedantisch, einem nach dem anderen von ihrem Arm, indem sie mit dem kleinen Finger anfing und alle fünf qualvoll nach oben bog. »Lass endlich los! Ich kann allein gehen!«

»Seit wann hat eine Sklavin etwas zu sagen?« Herablassend kam Tindr näher, berührte mit seiner Nase fast ihr Gesicht, sodass sie in seinen Augen den Zorn flackern sehen konnte.

»Lass sie«, hörte Thyra plötzlich Gorms Stimme hinter ihrem Rücken und ein Wonneschauer lief prickelnd über ihre Haut.

›Das muss ich mir abgewöhnen! Selbst nur auf den Klang seiner Stimme reagiert meine Haut. Verräterischer Körper!‹, dachte sie, während Tindr seine Hand von ihrem Arm nahm.

Gorm sah Tindr nur an und der verschwand rückwärtsgehend und ging an Land.

Thyra stellte sich eilig mittschiffs, hinter das kopfüber liegende Beiboot. Überall wurde gearbeitet.

»Verschwinde, Weib!«, wurde sie grob angefahren. »Du stehst im Weg.«

Mit aufgerissenen Augen stolperte Thyra rückwärts gegen einen herumstehenden *Ascomanni*.

»Sklaven, die ihren niederen Rang nicht kennen, sind zu nichts zu gebrauchen.«

»Weiber schon!«, lachte ein anderer.

Hastig drehte Thyra sich um und suchte den Sprecher in der Menge. Doch er war schon verschwunden. Sie beobachtete drei Wikinger, die das Beiboot über die Reling wuchteten und darin mehrere zwei Meter hohe und sehr schlanke Fässer mit Lebensmittel verstauten.

»Weib!«, befahl Ulkell ärgerlich. Er versuchte, einen Überblick über das chaotische Treiben zu behalten. »Verschwinde von Bord.«

»Verschwinden? Wohin?«

»Wohin?«, lachte Njal derb. »Thyra, nichts einfacher als das!«

Überschwänglich packte er die Sklavin und warf Thyra wie einen Mehlsack über die Schulter.

»Hej.« Thyra trommelte mit geballten Fäusten auf seinen Rücken. Sie zappelte wild mit den Beinen. »Lass mich sofort runter!«

»Du willst runter?«

Allein diese Frage hätte Thyra zusammen mit dem Gelächter der anderen warnen müssen. Doch sie war zu wütend.

»Sofort!«

»Lass sie runter. Das wird ihr gefallen!« Die Horde wollte sich ausschütten vor Lachen und brüllten johlend.

Stirnrunzelnd hob Thyra kurz den Kopf und erkannte für Sekunden die spitzbübischen, vertrauten Gesichter. Njal packte sie an der Hüfte. Sie wurde stutzig. Irgendetwas lief falsch. Grundlegend! Nur – was?

»Njal, bitte.« Thyra hörte mit den Schlägen auf und verlegte sich aufs Betteln. »Stell mich auf den Boden.«

»Sicher doch«, meinte Njal und ging vor. Thyra spürte sein glucksendes Lachen durch ihren Bauch.

»Njal. Wir sind doch Freunde. Nicht wahr?«

»Gerade drum.«

»Dann lass mich runter.«

»Jetzt?« Njal blickte sich amüsiert um.

»Jetzt!«, kam die vielstimmige Antwort.

Thyra klappte ihren Mund zu und blickte skeptisch in die feixenden Gesichter der Männer. Sie spannte sämtliche Muskeln an.

»Njal?«, knurrte Thyra lauernd. »Njal! Du machst doch jetzt nichts Falsches?«

»Bestimmt nicht!«, lachte er, packte sie wie einen Spielball fest an den Hüften und hob sie von seiner Schulter.

»Danke, Njal.« Thyra lächelte ihn entwaffnend an und erwartete, dass ihre Füße den Decksboden berührten.

Doch nichts!

Bodenlose Tiefe!

Ungläubig starrte sie an sich herunter und keuchte. »Wasser!«

Erstarrt stierte Thyra wütend in Njals lachendes Gesicht. Er hielt Thyra mit Leichtigkeit über Bord.

»Das wirst du nicht tun! Das wagst …«

»Doch!«, lachte Njal und ließ los.

Der Fall von der Brüstung ins kalte Wasser war kurz.

Kein Schrei quetschte sich aus ihrer Kehle. Platschend tauchte Thyra ein. Sie strampelte mit Armen und Beinen und stieß prustend das verschluckte Wasser aus.

»Ich bringe dich um!«

»Na Mädel. Wie ist das Bad?« Spottend lehnte Ulkell sich amüsiert lachend über die Reling. »Ist das Wasser warm?«

Wütend starrte Thyra zur *dreki* hinauf, legte sich schwimmend auf den Rücken und betrachtete, während sie mit den Beinen paddelte, die bärtige Wikingerschar, die wie grölende Seehunde über die Bordwand hingen.

»Gut. Erfrischend«, höhnte Thyra, tauchte den Kopf ins Wasser und versprach leise und zynisch, mit geschlossenen Augen: »Mein lieber, großer, kräftiger Njal, das wirst du mir büßen. Euch stinkender Horde würde ein Bad auch nicht schaden!«

Sie hörte ein meuterndes Gegröle und schwamm noch schneller, bevor einer der Männer auf die Idee kam über Bord zu springen um sie zu verfolgen.

Außer Atem erreichte sie das Ufer und kletterte lachend an Land.

Überall arbeiteten die *Ascomanni*. Sie sah, dass Vester eine Kochstelle einrichtete. Skiori, der Kochgehilfe, wurde unbeherrscht von Vester angebrüllt und gedemütigt. Später beobachtete Thyra, wie Skiori Feuerholz neben der Kochstelle aufschichtete und das Feuer unterm Kessel entfachte.

Etwas entfernt vom Wasser und dem Trubel stellten Josurr und Boovarr, die Seilmacher, zwei hohe, schlanke Eichenholzfässer unter einer imposanten Buche auf. Boovarr beugte seinen Oberkörper weit vor und verschwand kopfüber im Fass. Nur sein Hintern und die wippenden Beine ragten heraus. Dumpf dröhnte seine Stimme aus der von seinem Körper verstopften Öffnung.

»Diese verdammten, widerspenstigen Viecher!«

»Hole es endlich heraus«, seufzte Josurr und betrachtete kopfschüttelnd Boovarrs umständliche Arbeitsweise.

Josurr saß auf einem mit Moos bewachsenen umgestürzten Baumstamm und zog mit gleichmäßigen Zügen die lange Messerschneide über den Schleifstein.

Thyra trat zögernd näher.

»Es sitzt fest.«

Dumpf dröhnte Boovars Stimme aus dem Fass.

»Dann pack es fester. Seit wann gibst du dich geschlagen?«

Sein Daumen glitt vorsichtig prüfend über die scharfe Klinge.

»Grrrh«, knurrte Boovar verärgert.

Boovarr knurrte und kämpft im Inneren des Fasses.

»Was macht er da?«

Thyra lachte, während Boovarrs Hintern wackelte und seine Beine wie schwingende Keulen vor und zurückschnellten.

»Na!«, spottete Josurr und hielt grinsend mit dem Schleifen der Klinge inne. »Schaffst du es allein?«

»Grrrh. Schnauze!«

»Ich biete dir meine kostbare Unterstützung an.«

»Wenn du nicht sofort dein verdammtes Lästermaul hältst, werde ich deine Haut zu Tauen verarbeiten«, fluchte Boovarr aus den Tiefen des Fasses und zog breit grinsend ein Seehundfell heraus.

Mit hochrotem Kopf kam seine blutig braun, schmierig glänzende Glatze zum Vorschein.

»Na mein Püppchen. Zier dich doch nicht so!«

Josurr zog konzentriert die Messerklinge über den Schleifstein.

»So sind sie, die Weiber. Erst zieren sie sich und nur Augenblicke später liegen sie in deinen Armen und können nicht genug bekommen.«

Boovarrs Schädel glänzte in der Sonne.

»So sind sie«, bestätigte er liebevoll lächelnd und glättete die gegerbte Haut auf der Wiese. »So mein Püppchen und heute bist du dran.«

Josurr rollte mit den Augen und verzog den Mund, während ein schleifender, singender Ton durch die Luft surrte. Argwöhnisch blickte Thyra dem kahlen Wikinger über die Schulter. Sie beobachtete ihn dabei, wie er auf den Knien liegend das Seehundfell streichelnd liebkoste und die Fellhaare in eine Richtung ordnete.

»Was machst du da?«

Erstaunt hob Boovarr den Kopf und sah die *thraell* verdutzt an. »Wir haben während des Sturmes Seile verloren und wollen … Seit wann sprichst du unsere Sprache?«

»Ek[26]?«, rief Thyra perplex und lächelte verlegen. » Ich kann eure Sprache noch nicht gut. Aber ich lerne sie«

»Du willst unsere Sprache lernen!« Erstaunt stellte Boovarr sich aufrecht hin.

»Hey Josurr! Hast du das gehört? Diese Sklavin will unsere Sprache lernen!«

»Was für eine merkwürdige Frau. Warum will sie das? Sie ist ein Niemand! Eine unvollkommene Sklavin. Noch dazu eine Frau! Sie ist kaum was wert in unserem Volk. Was soll ihr das bringen?«

Thyra sah von einem zum anderen und verstand nur Wortfetzen.

»Das ist aber eine dumme Frau.« Boovarr musterte Thyra und sah ihr fragend ins Gesicht. »Sie wird verkauft werden. Was nützt der Sklavin dann unsere Sprache?«

---

26 Ich.

»Aber so kann sie wenigstens unsere Befehle besser verstehen!«, erklärte Josurr seinem kahlen Partner mit nachsichtigem Grinsen.

»Paeg-ja![27]«, rief der anzüglich grinsend mit krächzender Stimme.

»Paeg-ja?«, unterbrach Thyra die beiden und deutete auf das am Boden liegende Fell. »Was machst du da?«

Boovarr kratzte sich den juckenden Schädel. »Josurr? Erklär du das der Sklavin.«

Nachdenklich betrachtete Josurr die Angeln-Frau und legte bedächtig den Schleifstein und das Messer auf den Baumstamm.

»Du willst es also wissen?«, fragte er lauernd und sah Thyra mit seinen graublauen Augen durchdringend an.

»Ìur.«[28] Thyra nickte eifrig. Im Wald ertönten gleichmäßige Axtschläge.

Josurr erhob sich, ging zur Sklavin, griff sie an der Hand und zog sie zu den Fässern.

Perplex folgte Thyra ihm. Josurr blieb vor einem Fass stehen und deutete mit einem Kopfnicken an, einen Blick in den Bottich zu werfen.

»Ich soll ins Fass sehen?«

»Nun sieh hinein!«

»Wenn die anderen sehen, dass du dieser Frau deine kostbare Zeit widmest, werden sie meinen, du willst sie vielleicht kaufen«, gluckste Boovarr.

»Schnauze!«, fauchte Josurr, während Thyra sich auf die Zehenspitzen stellte und hineinspähte.

»Das ist ja Hanf! Was macht ihr mit dem vielen Hanf und dem Seehundfell?«

»Was sagte sie?«, fragte Boovarr und stupste Josurr derbe an.

»Keine Ahnung.«

---

27 Stimmt.

28 Ja.

»Oh«, lächelte Thyra verlegen und versuchte es erneut. »Ist das Hanf?«

»Ìur«, grinste Boovarr. » Aus dem Hanf machen wir Seile.«

Thyra deutete aufs Seehundfell.

»Auch Seile«, meinte Boovarr stolz. » Mit dem Fell geben wir dem Seil mehr Festigkeit. Das brauchen wir auf dem Meer. Wir schneiden das Fell in Streifen, wickeln es um die Seilenden und bekleben es mit Birkenteer. Nur Birkenrinde schneiden wir noch.«

»Aha. Alles klar!«, antwortete Thyra stirnrunzelnd. Sie hatte bei Weitem nicht alles verstanden. »Seile. Offenbar ist alles, was benötigt wird immer an Bord und jeder scheint sich auf ein Handwerk spezialisiert zu haben. Styrmir ist Waffenschmied.« Sie stockte und keuchte erschrocken: »Genau wie Hafr!«

Allein dieses Gedankenbild, wie er sie mit blutverschmiertem Messer verfolgte, ließ Thyra erschaudern. »Mir wäre es lieber, er wäre Perlenmacher. Wie Dalkr oder Bernsteinschleifer wie Tindr und Bersi. Nur kein Waffenschmied!«

Heftig atmete Thyra die nach Erde duftende Luft ein. Schimpfend stieß sie ihren Fuß in den weichen Ufersand, starrte ins Wasser und dachte an all die blitzenden Messer und scharfen Schwerter in der Hand ihres Feindes.

»Wo ist eigentlich Hallgeirr?« Suchend blickte Thyra über den Platz. »Er wollte mir helfen. Wo ist er? Ich muss unbedingt lernen!«

»Was musst du lernen?«, fragte Geiri, der plötzlich neben Thyra auftauchte.

Erschrocken zuckte Thyra zusammen und atmete erleichtert aus, als sie Geiri erkannte.

»Ich will lernen, wie ihr übers Meer segelt und immer den Weg findet.«

»Du bist eine Frau! Eine Frau navigiert nicht mit einem Drachenschiff über die Meere unserer Götter. Erst recht keine Sklavin«

»Das habe ich schon mal gehört.«

Geiri ignorierte den zynischen Unterton in ihrer Stimme und sagte: »Eine *thraell* hat keine Rechte!«

»Ja?«, lauernd betrachtete Thyra sein bartloses Gesicht. »Und?«

»Na ja«, verlegen scharrte Geiri mit dem Fuß im Sand. »Frauen wissen so was nicht!«

»Nein?«, bohrte Thyra und dachte ungerührt: ›Höre genau zu, damit du alles verstehst.‹

»Was sollten Frauen denn wissen?«

Jetzt lächelte Geiri sie an.

»Also, sie sollten weben und Essen zubereiten und auf dem Feld arbeiten und spinnen und …«

»… Kinder gebären«, beendete Thyra mitleidslos sein Wissen.

»Na ja. Das auch.«

»Dann kannst du mir sicher auch erklären, welche Aufgaben die Männer erfüllen.«

»Sicher kann ich das!« Stolz baute Geiri sich vor Thyra auf und streckte seine Brust. »Jeder Wikinger ist ein Seefahrer und Krieger und Ruderer. Wenn wir in der Heimat sind, bestellen wir unsere Felder, pflegen unsere Rinder, Schweine und Schafe. Außerdem übt jeder Wikinger einen Beruf aus.«

»Welchen denn?« Thyra sah sich mit vergnügt leuchtenden Augen im Lager um. »Was macht denn Gils?«

»Er ist unser Kammmacher.«

»Und Svartrr?«

»Töpfer.«

»Finnr?« Thyra zeigte auf den rothaarigen Mann.

»Gerber.«

»Dagfuss?«

»Schuster.«

»Und der da? Ich weiß seinen Namen nicht.« Sie deutete auf einen kleinen untersetzten Mann.

»Das ist Froori, unser Bronzegießer. Er stellt die unglaublichsten Dinge her«, schwärmte Geiri.

»Das ist ja unfassbar. Dann ist die Flotte ja für jede Situation ausgestattet.«

Grüblerisch ließ Thyra ihren Blick zu den Schiffen schweifen.

»Ist das auf jedem Kriegsschiff so?«

»Natürlich«, prahlte Geiri. »Wir sind Wikinger!«

»Und wer bildet die Krieger aus?«

»Krieger?« Verdutzt runzelte Geiri die Stirn.

»Na ja, selbst ein Wikinger kann nicht von Geburt an das Schwert und den Bogen bedienen.«

»Ich werde von Styrmir, dem Waffenschmied, in die Schwertkunst eingewiesen. Aber Ulf, unser Nagelschmied, hat es von Hafr gelernt. Und …«

»… und werden auch Frauen eingewiesen?«

»Frauen!«, rief Geiri überrascht und brach in schallendes Gelächter aus. »Frauen? Du meinst Wikinger-Kriegerinnen?«

»Ja – natürlich.«

»Da kenne ich keine«, brüllte Geiri und wollte sich vor Lachen ausschütten. »Wie sollen die das schwere Schwert tragen? Und wie sollen ihre dünnen Arme einen Schlag von einem richtigen Mann abwehren?« Er lachte so herzlich, dass die anderen sich neugierig umdrehten. Thyra wurde es langsam unbehaglich.

»Stimmt.«

Thyra lächelte Geiri an, doch ihr Lachen erreichte ihre Augen nicht. ›Wikinger‹, dachte sie grimmig. ›Wie fast alle Männer. Sie sind davon überzeugt, dass Frauen schwach sind. Das wird euer Verhängnis sein!‹

»Ihr Nordmänner seit für das Fahren auf der See gut gerüstet«, meinte sie stattdessen und drehte sich lauschend um. »Was ist das?«

»Was?«, schnaufte er.

»Hörst du das nicht! Es hört sich wie reißendes Holz an.«

Geiri gluckste immer noch und konnte sich kaum beruhigen.

»Oh, die fällen Bäume. Einige Riemen sind zerbrochen und Decksplanken müssen repariert werden.«

Der erste Baumriese fiel krachend durch die Zweige und ließ die Erde beben.

Unwohl blickte Thyra sich um. Sie hörte das knirschende und reißende Geräusch des Holzes. Ein zweiter Baumriese starb in sichtbarer Entfernung. Die dicht bewachsene Krone schlug durchs Blätterdach des Waldes, riss im Fallen weitere Bäume mit in den Tod und erschütterte mit einem dumpfen Dröhnen das Land.

»Ihr seid unfassbar vielseitig.«

»Wir sind Wikinger!« Geiri schlug seine Faust auf die stolzgeschwellte Brust und ging.

»Wikinger. Ein ein gefährliches Volk!«, flüsterte Thyra nachdenklich.

Nicht nur Vester entzündete sein Kochfeuer. Der weiß-braune Rauch von unzähligen Feuern vereinigte sich über den Baumkronen des gesamten Ufersaumes.

In aller Ruhe schlenderte die Angeln-Frau durchs Lager. Niemand beachtete die Sklavin, jeder war mit seiner Arbeit beschäftigt, doch Thyra quälte ein dringendes Bedürfnis. Sie musste pinkeln.

Unruhig spähte sie in den Wald durch die Büsche. Mit gequältem Gesicht und zusammengebissenen Zähnen trippelte sie überstürzt in die Richtung des Dickichts.

»Wo willst du so eilig hin?«, fragte Njal mit seiner angenehm brummenden Stimme.

»Das willst du gar nicht wissen.«

»Was will ich nicht wissen?« Er runzelte schelmisch die Stirn und tat begriffsstutzig.

»Ach Njal! Später!«, rief sie ihm noch über die Schulter hinweg zu und verschwand im Wald.

»Weib, da wirst du keine Ruhe finden. Dort sind überall Kerle.« Ein breites Grinsen zog über sein Gesicht.

Hinter Thyra schlugen die Zweige des Dickichts zusammen und noch im Laufen raffte sie den Rock.

»Ohohohoh«, stöhnte sie mit zitternder Stimme und suchte einen vor Blicken geschützten Platz.

»Da!«

Erleichtert steuerte Thyra auf einen Busch zu, hockte sich hin um ihre übervolle Blase zu leeren, als sie in der Nähe Männerstimmen hörte.

»Die große Tanne sieht gut aus«, identifizierte Thyra die Stimme von Hallgeirr. »Das ist der richtig gerade gewachsene Stamm, um den Mast der *gammr* zu ersetzten. Den nehmen wir! Dann können wir, wenn er liegt, die Äste und Zweige vom Stamm schlagen.«

»Heute noch?«, hörte Thyra Eirikrs entrüstete Stimme laut.

Sie ließ entgeistert den gerafften Rock über ihren nackten Hintern rutschen und auf die Erde fallen.

»Verdammt! Verschwindet!«, zischte Thyra und duckte sich noch tiefer in den Schatten der Blätter. Ihr wurde ganz übel. »Es geht nicht! Du kannst jetzt nicht pinkeln! Warte, bis sie verschwunden sind!«

»Nicht wir allein«, beruhigte Hallgeirr ihn. »Wir werden die Zimmerleute der *gammr* dazuholen. Schließlich ist es ihr Mast, der gebrochen ist. Nicht unserer!«

»Das sollten wir«, stimmte Eirikr zu und Thyra hörte, wie sie verschwanden.

»Ohohohohoh«, stöhnte Thyra mit zusammengepressten Augen, hob erneut ihren Rock und entleerte ihre Blase.

»Wen haben wir denn da?«, erklang eine fröhliche Stimme genau über ihrem Kopf.

Ein ungebetener Besucher hatte die Zweige zur Seite geschoben und blickte verschmitzt auf Thyra. Verdrießlich zuckte Thyra erschrocken zusammen und zog den Kopf ein. Sie wusste wem diese Stimme gehörte!

»Verschwinde!«

»Jetzt?«, zog Gorm sie auf.

»Sofort!«

Sie hörte am Rascheln der Blätter, wie er sich noch weiter und tiefer herunterbeugte. »Warum gehst du nicht *ganga til borda*[29]?«

»Weil ich ungestört sein will!« Oh, sie war so wütend. »Und ich will meinen nackten Hintern nicht über die Reling hängen, nur weil ich einem dringenden menschlichen Bedürfnis nachgehe!«

Sie hörte sein Glucksen.

»Verschwinde!«

Doch bevor Gorm ging, streichelte er Thyra noch einmal übers Haar.

»Hmpf! Mach schon!«, schnaubte Thyra schamrot.

Sie horchte angestrengt, doch er war weg. Mechanisch rutschte der Rock über die Knie auf die feuchte Erde. Thyra stöhnte und presste ihre Hände aufs heiße Gesicht.

»Ausgerechnet Gorm!«

»Hallo, Thyra!«, hörte sie die nächste fröhliche Stimme.

»Aesa!«, schrie Thyra und sprang auf Sie ordnete den Rock und suchte aufgeregt ihreFreundin. »Wo bist du?«

»Hier bin ich!«

Sie hörte, wie Aesa sich knackend durch die Zweige vorarbeitete. Kurz darauf stand die Heilerin mit leuchtenden Augen, roten Wangen und grünen Blattfetzen im rotbraunen Haar vor der *thraell*.

»Da bist du ja. Gorm habe ich schon gehört. Wolltet ihr allein sein?«

»Ich wollte allein sein! Doch hier findet man nicht einen ruhigen Platz!«

»Hier!« Aesa wollte sich ausschütteln vor Lachen. »Hier! In der Nähe des Lagers!«

»Ja!« Trotzig überkreuzte Thyra die Arme vor der Brust.

---

29   Notdurft über die Reling.

»Unmöglich.« Aesa hielt sich lachend die Hände vor den Bauch, während Tränen über ihre Wangen liefen.

»Das habe ich gemerkt«, quetschte Thyra zwischen zusammengebissenen Zähnen hervor und änderte das Thema. »Wie lange lagern wir hier?«

»So lange, bis die Schäden an allen Schiffen behoben sind.«

»Hm, das kann dauern.«

Zusammen bahnten sich die Frauen einen Weg durchs Gestrüpp.

»Jetzt sind wir im September. Wenn für alle Reparaturen ein, zwei oder sogar drei Wochen vergehen, können wir im November zu dieser Insel im Nordmeer segeln?«

Schaudernd dachte Thyra an den mordlüsternen Orkan.

»Wir bleiben in dieser *wic*[30], bis der Häuptling den Befehl gibt, zu bleiben oder in See zu stechen. So oder so.«

»So oder so? Das könnte bedeuten, dass wir hier den Winter verbringen!«

»Könnte es.« Aesa nickte, während sie nach Kräutern suchte, ein Blatt zerdrückte und schnupperte.

»Aber, aber … Ihr lagert am feindlichen Ufer der Angelsachsen! In wenigen Wochen kommt der Winter.«

»Gorm ist unser Wikingerhäuptling. Irgendwann wird er Wikingerkönig sein. Er ist der nachfolgende Sohn einer königlichen, dänischen Familie. Aber er ist ein Seekönig ohne Land.« Suchend stapfte Aesa durchs hohe Gras. »Gorm hat keinen Besitz. Entweder stirbt sein Vater Harthaknut und er erbt den Thron«, sie prüfte eine gelbe Blüte, »oder er muss sich Land erkämpfen und erobern.« Aesa steckte die Blüten der Königskerze ein. »Dasselbe gilt für Ehre im Kampf, für Ruhm seines Volkes und die Achtung der Feinde.« Aesa drehte sich zu Thyra um. »Und Gorm ist jetzt auf Raubzug. So ist es Brauch bei uns Wikingern.«

---

30 Bucht.

»Raubzug.« Thyra begutachtete die Saat der Königskerze. »Dann bin ich eine Beute.«

»Manche Wikinger verbringen ihr gesamtes Leben auf den Schiffen. Wir besitzen gewaltige Heere und die besten Drachenschiffe. Wir können den gesamten Winter an Bord bleiben.«,

Eindringlich musterte sie die Sklavin.

»Nach Art der alten Wikingerkönige.«

»Gorm hat die Befehlsgewalt. Er ist der oberste *styrimannr* der Flotte«, folgerte Thyra und kletterte über einen umgestürzten, vermoderten Baumstamm.

»Das ist er«, bestätigte Aesa.

»Wenn er befiehlt, wir segeln im Spätherbst weiter, folgt die gesamte Flotte seinem Befehl?«

»So ist es.«

Thyra stolperte über ein verwesendes Farnknäuel.

»Hoppla!« Aesa packte Thyra. »Wusstest du das nicht?«

»Was?« Irritiert suchte Thyra auf dem unebenen Waldboden einen Weg und versuchte, diese Neuigkeiten zu verarbeiten.

»Dass Gorm von königlichem Geblüt ist.«

Thyra biss sich auf die Lippen und wich Aesas forschenden Blick aus. Sie begutachtete stattdessen die Wolken und meinte: »Wird es heute noch regnen?«

»Thyra!«, zischte Aesa ihre Freundin ärgerlich an. »Weiche mir nicht aus!«

»Was? Wie? Ich weiche dir nicht aus!«

»Ach nein!«, süffisant zog Aesa eine Augenbraue hoch. »Was machst du denn?«

»Ich …! Ich …! Ich beobachte das Wetter«, stotterte sie ertappt.

»Du weichst mir aus.«

»Ach!«, unwirsch stieß Thyra mit dem Fuß in den weichen Waldboden. »Ach, ich weiß auch nicht! Alles, alles ist so …, so …«

»Verworren.«

»Ja, genau. Woher weißt du?«

»Ich kenne dieses Gefühl«, murmelte Aesa und schlenderte nachdenklich voran und starrte auf den Waldboden.

»Da wachsen Pilze!«, rief die *laek-n-a*[31] erfreut und schritt darauf zu.

Aesa kniete neben dem schrumpelig aussehenden Pilz und löste die Lorchel vorsichtig mit dem Messer aus dem Waldboden.

»Die sehen aber merkwürdig aus.«

Thyra beugte sich über die blassbraunen Gewächse und tippte den Pilz vorsichtig mit dem Finger an.

»Das sind Mützenmorcheln. Sehr schmackhaft.« Die *laek-n-a* lächelte wissend. »Doch nur wenn sie auf die richtige Weise zubereitet werden.«

»Und wenn nicht?«

»Dann wird es für den Esser äußerst schmerzhaft.«

»Und was ist das für einer?« Thyra zeigte auf einen olivrotbraunen Pilz, der trichterförmig aus dem Gras ragte.

Aesa blickte kurz auf und verstaute sanft den Mützenmorchel. »Das ist ein Kahler Krempling. Den kannst du vorsichtig aus der Erde lösen. Hast du ein Messer?«

»Die Männer wollten mir keines geben.«

Aesa schüttelte den Kopf. »Als ob so ein winziges Messer in der Hand einer *thraell* etwas gegen einen Seekrieger ausrichten könnte.« Die Heilerin schmunzelte und kramte im Lederbeutel. »Hier, dieses ist älter, aber es ist ein sehr gutes.«

Suchend strichen die Frauen durchs Gestrüpp, sammelten Pilze, Blüten, Wurzeln und plauderten in der für Thyra fremden, altnordischen Sprache. Aesa kannte alle Pflanzen. Ob genießbar, giftig oder todbringend – und Thyra war eine gelehrige Schülerin.

»Woher kennst du dieses Gefühl?«, nahm Thyra den Gesprächsfaden auf und schnitt gleich mehrere Steinpilze.

---

31 Heilerin.

Schroff betrachtete die *laek-n-a* die Sklavin und runzelte die Stirn.

»Welches Gefühl?«

»Einen Mann zu lieben und niemand darf es wissen?«

Thyra sah nicht auf, sondern stocherte intensiv mit dem Messer im Waldboden herum. Schnuppernd sog sie die Luft ein. Der Duft von Erde und Pilzen erfüllte den Luftraum.

»Keiner darf es sehen?«, wiederholte Aesa lauernd und richtete sich auf. »Wer darf was nicht sehen?«

»Alle!«

»Alle?«

»Ach, Aesa!« Thyra klopfte sich Erdbrocken von der Kleidung. »Mach es mir doch nicht so schwer.«

»Ich mache es dir nicht schwer!«, fauchte Aesa schneidend.

Gequält sah Thyra in Aesas verhärtetes Gesicht.

»Du liebst Hallgeirr und keiner darf es wissen! Und ich ...« Sie stockte.

»... und du?«

»Ich ... ich ... ich liebe Gorm!«

»... und keiner darf es wissen«, vollendete Aesa.

»Nein. Niemand!«

Wütend stieß Thyra zu und malträtierte den Pilz bis zur Unkenntlichkeit.

Ein Rabe krächzte warnend auf der Spitze einer im Wind wiegenden Tanne.

Erschrocken starrte die *laek-n-a* zum schwarzen Vogel.

»Huginn und Muninn«, flüsterte sie ehrfurchtsvoll.

»Huginn und Muninn?« Thyra folgte ihrem Blick. »Es ist doch nur ein Rabe.«

»Ein gefährlicher Rabe. Wenn er es nicht gut mit uns meint. Odin, unser höchster Gott, Vater von Thor dem Donnergott, besitzt zwei Raben.«

»Was für ein Aberglaube.«

Böse blickte die *laek-n-a* die *thraell* an.

»Sei nur hochmütig und vertraue unserem Glauben nicht.«

»Entschuldige.«

Biss Thyra sich auf die Lippen, bis sie schmerzten.

Tief atmete Aesa den Duft des Waldes ein, beruhigte sich und begann erneut.

»Huginn und Muninn sitzen auf Odins Schulter. Jeden neuen Tag, im Morgengrauen, schickt er seine Raben hinaus in die Welt. Sie fliegen über Wiesen, Wälder, Flüsse und Meere zu uns Menschen.«

Sie ging langsam zur Tanne, drückte Zweige zur Seite und beobachtete den Raben, der neugierig seinen Kopf drehte.

»Wer bist du? Huginn? Muninn?«

Seine schwarzen Augen blitzen im Licht der Sonne.

»Huginn und Muninn blicken neugierig in die Häuser, lauschen unseren Gesprächen an den Feuern. Dann fliegen sie weiter – zu den Küsten der Flüsse und Meere. Sie erspähen jedes Drachenschiff und jeden Feind. Mit ihren klugen Augen und brillanten Ohren hören und sehen sie alles. Dann!« Aesa sah sich schaudernd um. »Jeden Abend vor Einbruch der Dunkelheit, vor Beginn der Nacht kehren die Boten zu Odin zurück, setzen sich auf seine Schulter und erzählen ihm, wie es seinem Volk geht. Welcher Nordmann Pläne schmiedet und wo Kämpfe im Land Unfrieden stiften. Odins Raben flüstern ihm alles zu, was in der Welt geschieht!«

Nervös atmete Aesa ein und sah Thyra inständig an.

»Huginn erzählt Odin sämtliche Gedanken der Menschen und Muninn ist noch wissender! Er ist Odins Gedächtnis. So vergisst er nichts und weiß immer, was vor sich geht. Muninn vergisst nichts!«

»Oh!«

Thyra verstand die Warnung. Sie beobachtete den krächzenden, mit den Flügeln schlagenden Raben auf der Tannenspitze und flüsterte, ohne den Blick vom Vogel abzuwenden. »Können Raben gut hören?«

»Odins Raben hören und sehen alles!« Aesa legte ihr Messer behutsam zu den Pflanzen im Korb. »Wir sollten gehen.«

Thyra brach gedankenverloren einen Tannenzweig. »Eure Götterwelt ist vielseitig und listig«, grummelte sie und folgte der Wikingerin.

»So kann man es auch ausdrücken«, meinte die *laek-n-a* und warf mit einem merkwürdigen Gefühl einen Blick über ihre Schulter zurück.

Kurz bevor die Frauen das Feldlager erreichten, blieb die *laek-n-a* abrupt stehen und drehte sich um. Ruhig betrachtete sie die Sklavin.

»Du bist eine *thraell*. Zwar von königlichem Geblüt, aber du besitzt den falschen Glauben. Kein Land, kein Vermögen. Und keine Rechte. Es ist besser für dich, wenn du dich mit den Gegebenheiten abfindest.«

Die jetzt entstehende wortlose Pause wurde für Thyra unerträglich.

»Gorm ist für dich unerreichbar.«

Blitzschnell senkte Thyra ihren Kopf, starrte auf den zerbrochenen Zweig zwischen den Moosen und zwinkerte die aufsteigende Feuchtigkeit in den Augen fort.

»Ich bin eine angesehene Heilerin unseres Volkes. Ich habe keinen Mann. Bekomme keine Kinder.« Die *laek-n-a* schloss für winzige Atemzüge schmerzerfüllt die Augen. »Ich verehre die nordischen Göttinnen und ich bin nicht arm. Ich könnte jeden Krieger heiraten, wenn ich will! Doch ich liebe einen, der in der Heimat Frau und Kinder besitzt, die auf ihn warten.«

Thyra sah Aesa erstaunt an.

»Hallgeirr ist für mich unerreichbar«, schoss es aus der Heilerin plötzlich und abgrundtief ehrlich heraus, sodass es schmerzte.

»Aber er liebt …« Thyra klappte überstürzt den Mund zu. Ein trockener Ast brach unter dem Tritt einer Person, die stampfend näher kam.

›… dich‹, wollte sie sagen.

»Ah! Da seid ihr ja!«, störte Styrmir und schritt übel gelaunt und gereizt auf die Frauen zu. »Wir haben euch gesucht.« Geringschätzend betrachtete er die Frauen. »Ihr seid Weiber und sollt euch nicht vom Lager entfernen.«

Seine Unterlippe zitterte unbeherrscht und mit ausgestrecktem Zeigefinger deutete er auf Thyra und tadelte Aesa.

»Außerdem ist sie eine *thraell*. Und du bist unsere *laek-n-a*!«

»Und …?«, fiel Aesa ihm schnippisch ins Wort. Gereizt fauchte sie den Krieger an. »Ich bin Heilerin!« Drohend trat sie Styrmir entgegen. »Willst du mir etwa Angst einjagen oder mir Befehle geben?« Zornig funkelten ihre Augen. »Du!« Aufgebracht bohrte sie einen Finger in Styrmirs Brust, der unwillkürlich zurückwich. Aesa registrierte es mit einem verächtlichen Zucken der Mundwinkel.

›Feigling‹, dachte sie, sagte aber: »Ich nahm mir diese *thraell*! Willst du mir das verbieten? Oder willst du auf mich verzichten und mich nicht rufen, wenn eine Krankheit deinen Körper verflucht? Oder das Schwert eines Feindes deine Haut durchbohrt und deine Knochen und dein blutiges Fleisch durchtrennt?«

Unsicher sah Styrmir von der *laek-n-a* zur *thraell*.

»Ist ja schon gut«, murmelte er unsicher. »Der Häuptling sucht euch.«

»Gorm hat uns gesucht?« Nachdenklich runzelte Aesa die Stirn und sah Styrmir forschend an.

»Na ja«, wurde Styrmir nun unter Aesa Blick unsicher. »Eigentlich habe ich euch …«

»Gehe mir aus dem Weg! Erzähl mir keine Lügen und lass uns vorbei!«

Thyra folgte und schmunzelte im Geheimen. Styrmir bekam jedoch nur das Gesicht einer demütigen, folgsamen Sklavin zu sehen.

Erstaunt betrat Thyra hinter Aesa das Heerlager. Die Kochfeuer brannten, in den Kesseln brodelten deftige Eintöpfe, die *húdfats* lagen über dem gesamten Gelände zum Trocknen ausgebreitet und die *Ascomanni* saßen um die Nachtfeuer, tranken *nabíd*[32] und Molke, aßen getrocknete Apfelringe, gedörrte Kirschen, Stockfisch, Trockenfleisch und Brotfladen.

Die Wikinger erholten sich von der anstrengenden Seefahrt und unterhielten sich mit gedämpfter Stimme. Eine entspannte Ruhe lag über dem Lager, als die beiden Frauen über die schlafenden Menschen in den *húdfats* stiegen und die Feuer umrundeten.

»Folge mir«, warf Aesa raunend den Befehl über ihre Schulter und ohne zu murren, folgte die *thraell*.

›Noch im Frühling hätte ich eine Wikingerin keines Blickes gewürdigt. Wir hätten nie Kontakt zueinander gefunden. So schnell können sich die Verhältnisse ändern. Jetzt befiehlt eine dänische *Ascommani* und ich muss als Sklavin gehorchen.‹

Sie legte den Kopf in den Nacken beobachtete das erste Funkeln der Sterne dieser Nacht. Dunkelheit legte sich über die Küste der Angelsachsen.

»Mein Onkel!«, würgte sie verächtlich flüsternd seinen Namen aus. »König Alfred hat mich verstoßen! Und meine gesamte Familie gehorcht diesem Tyrannen! Ich habe keine Familie mehr!«

Unheimlich gelassen, dennoch höllisch intensiv zündete der tödlich anwachsende Hass.

»Meine Familie will die Tochter nicht! Sie werfen mich der nordischen Horde vor die Füße! Ich bin König Alfred in seinen kriegerischen Plänen nicht mehr von Nutzen.«

Hej! Pass doch auf, wo du hintrittst!« Rüde wurde Thyra angepöbelt. Der Wikinger rieb seine Hand. Fassungslos stolperte Thyra fort und rannte zur *laek-n-a*.

»König Alfred überließ mich lächelnd dem Feind.«

Sie knirschte gereizt mit den Zähnen und sah, während die Frauen sich durchs Lager schlängelten, auf Aesas Rücken.

---

32   Ein alkoholisches Getränk.

»Er zahlte keine Mitgift! Handelte mit meiner Person! Meinem Körper!«

Aggressiv warf sie den Kopf in den Nacken. Die Männer blickten mit verschlafenen Augen zur *thraell*. Thyra bemerkte es nicht. Ihr Gesicht erstarrte zur Grimasse. Die Gestalt ihrer hasserfüllten Gedanken bekam Struktur.

»Berserkerweib«, raunte einer.

»*Het-ja*! Kriegerin! Alfred! Du wirst mich kennenlernen. Ich werde eine Kriegerin! Und diese Nichte wird dir nicht gefallen!«

Aesa hörte die letzten Worte und blieb erstaunt stehen.

»Was wird mir nicht gefallen?«

»Was?« Irritiert starrte Thyra zur Heilerin.

»Was wird mir nicht gefallen?«, wiederholte Aesa misstrauisch und kniff lauernd die Augen zusammen.

»Nichts! Nichts! Du warst nicht gemeint. Ich dachte an jemanden anderen.«

»An jemanden anderen?«, bohrte Aesa wachsam und drehte hellhörig den Kopf.

»Jemanden aus meiner Familie«, klärte Thyra zaghaft lächelnd auf. »Niemanden, den du kennst. – Wo sind wir hier?«

»Wir essen heute Abend an Gnupas Feuer.«

»Gnupa!« Thyra schnappte entsetzt nach Luft.

Sie hatte keine Lust in der Nähe der hellsichtigen Alten zu sitzen, und deren bohrende Blicke zu erdulden. Doch sie waren schon da.

»*Ry-n-d-r gryl-a*[33].«

Aesa verbeugte sich achtunggebietend vor der Frau mit den weit auseinanderklaffenden Zahnlücken und den viel zu langen, braunen Zähnen.

»Heute bringe ich dir Thyra. Königstochter und seit Kurzem *thraell* der *Ascomanni*.«

---

33 Runenkundiges Zauberweib.

Thyras Herz klopfte rasend. ›Ich will nicht! Ich will nicht am Feuer dieser Hexe sitzen!‹

Gnupas hob den Kopf und musterte aus lebendigen Augen den dünnen Körper der Angeln-Frau.

»Dieses Weib wird keine problemlose *thraell* sein«, erkannte die Runenkundige und ungezählte Falten verwandelten ihr wissendes Gesicht.

»Hattest du das angenommen? Die Gefangene ist eine Königstochter!«

»Stimmt! Ein Weib mit dieser Abstammung wird dringend eine Aufgabe brauchen«, gab die Zauberfrau zu bedenken, steckte bedächtig einen getrockneten Apfelring in den Mund und lutschte darauf herum.

Aesa lächelte. »Du grübelst!«

»Das wird der Königstochter«, sie fuchtelte mit ihrem knochigen Finger in Thyras Richtung, »nicht gefallen. Doch setzt euch zu mir. Du und die Tochter des toten Königs Ethelred und Nichte des herrischen Königs Alfred.«

Thyra blickte aufgeregt von einer zur anderen, als sie den Namen ihres Vaters hörte. Schleunigst senkte sie den Blick.

»Thyra!« Aesa deutete mit ausgestrecktem Zeigefinger auf den Platz am Feuer und setzte sich, während Thyra es umständlich nachmachte.

»Nehmt vom *nabíd* und dem Brot«, forderte die *ry-nd-n-r gryl-a.* »Es schmeckt köstlich. Vor allem, wenn ihr den harten Laib in den *nabíd* tunkt.«

Sie grinste und zeigte das lückenreiche Gebiss.

»Ich esse es noch getrennt«, meinte Aesa und biss kräftig zu. Dann wechselte sie in Thyras Muttersprache. »*Thraell*, nimm dir Brot und *nabíd*. Es schmeckt wunderbar.«

Thyra sah erst zu Aesa, dann zu Gnupas, griff zum Brot und zum *nabíd* und trank es in einem Zug.

»Ola!« Aesa staunte. »Du säufst wie ein echter Nordmann!«

»Was?«, rief Thyra entsetzt und wischte mit dem Handrücken die Tropfen am Kinn fort.

»Und du benimmst dich so«, feixte Aesa, nahm den *nabíd* und tat es Thyra gleich.

»Ihr jungen Weiber. Ich werde heute Abend nicht lange Freude an euch haben. Ihr werdet betrunken umfallen wie die Fliegen von frischer Scheiße.«

Genüsslich lutschte die Alte auf ihrem Brot herum.

»Und wenn schon«, lachte Aesa und füllte ihr und Thyras Trinkhorn erneut.

»Und wenn schon.« Gnupas rieb sich heiter die Hände, nahm ihr Trinkhorn und löschte ihren Durst. »Auf die Wikingerfrauen!«

»Auf die Wikingerfrauen.« Aesa hob ihr Horn.

»Auf die Wikingerfrauen«, prostete Thyra und fragte sich, auf wen sie jetzt genau anstießen.

›Bin ich jetzt eine Wikingerfrau?‹

Nachdenklich führte sie das Horn an ihre Lippen und sah über den Rand in Gnupas Augen.

›Sie führt etwas im Schilde. Ich sehe es genau! Und ich werde ihr Opfer sein‹, erkannte sie mit Grauen. Hastig trank sie den *nabíd*. ›Aber nicht heute!‹

Skeptisch betrachtete die *laek-n-a* die Sklavin.

»Wenn du so schnell säufst, wirst du gleich neben dem Feuer liegen.«

»Ja, und wenn«, leckte Thyra ihre Lippen.

Aesa lachte mit lauter Stimme. »Ihr werdet euch gut verstehen!«

»Wer wird sich gut verstehen?«

»Du und Gnupas.«

Sofort schnellten Thyras Augen zur Zauberfrau. »Wie kommst du darauf?« Sie beobachtete, wie die Alte das Brot in den *nabíd* tunkte und darauf herumlutschte.

Aesa zuckte mit der Schulter, legte einen Holzscheit ins Feuer und steckte den letzten Bissen des trockenen Brotes in den Mund.

»Eine Ahnung – vielleicht.«

Thyra betrachtete die junge Heilerin und zweifelte an deren Verstand.

»Eine Ahnung. Aha!«

Im Nachtlager war es friedlich.

Kein Wind rauschte.

Kein Tiergeheul.

Auf dem Wasser spiegelten sich die Schatten der am Ufer wachsenden Bäume. Die Schattenbilder veränderten ihre Umrisse auf den Wellen und tanzten mit dem Widerschein der Sterne, wie Irrlichter auf dem irisierenden Sternenmeer.

Dem Feuer entwichen fliegende Funken. Krachend flog das herb duftende Harz aus den aufgeplatzten Holzscheiten durch die rotglühenden Flammen auf die Erde und verglühte, zum Tode verurteilt, zischend im kalten Sand.

Thyra hörte das tiefe Brummen der Männerstimmen. Die Nordmänner saßen zusammen und blickten müde und manche gedankenverloren ins Flammenmeer. Im Lichtschein erkannte Thyra die nebulösen Gestalten. Wie sie aßen und tranken und andere, die in ihren *húdfats* schliefen. Unbesorgt ließ Thyra den Blick übers Lager schweifen und erstarrte schlagartig, als sie einen Wikinger direkt aufs Feuer der Zauberfrau zuschreiten sah.

Sie wusste, wer es war!

»Gorm«, flüsterte sie erstickt und hektisch pochte das Herz.

Ohne nachzudenken, setzte Thyra das Horn an, schloss die Augen und trank den *nabíd* bis zum letzten Tropfen.

Gorm stand direkt vor ihr.

»Hast du die Fahrt gut überstanden?«

Thyra verschluckte sich und hustete maßlos. Tränen rannen über ihre geröteten Wangen.

»Na, na«, lachte Gorm und klopfte ihr den Rücken, was nicht half.

»Nicht so hastig. Es ist genug vom *nabíd* da.«

Er nickte achtungsgebietend der Zauberfrau und der Heilerin zu.

»Gnupas. Aesa.«

»Guten Abend, Gorm. Setze dich zu uns.« Gnupas klopfte auffordernd aufs graubraune Wolfsfell neben sich.

›Nur das nicht!‹, dachte Thyra entsetzt. ›Geh weiter! Nicht setzen! Geh! Verschwinde!‹

Mit gekräuselter Stirn sah Gorm zum entfernten Lagerfeuer.

»Ich muss eigentlich weiter, zum …«

»Ach was!«, unterbrach ihn Gnupas. »Setzt dich!«

›Zum Kreis der Mächtigen‹, wollte Gorm eigentlich sagen und warf zögernd einen Blick zum Feuer der *styrimannr*.

»Für einen kurzen Moment«, murmelte Gorm stattdessen und musterte Thyras Körper unverschämt langsam.

Gnupas grunzte zufrieden.

»Komm! Setz dich zu mir, damit ich deine Worte gut verstehen kann!«, forderte sie resolut

Gorm lächelte. »Das werde ich, *ry-n-d-r gryl-a*, deinen *nabíd* trinken und von deinen Speisen essen.«

»Das erwarte ich auch von einem Häuptling«, funkelte Gnupas mit ihren listigen Altweiberaugen.

›Jeder, der Augen hat, kann es sehen. Du liebst diese angelsächsische Sklavin, die verstoßene Königstochter‹, dachte die Zauberfrau hintergründig. ›Deine Augen und die Sehnsucht darin verraten dich. Doch wenn ich es schon sehen kann, mit meinen betagten kurzsichtigen Augen, wer weiß es noch?‹

Nachdenklich ruhte ihr Blick auf Gorm, der sich seufzend aufs Wolfsfell setzte. Aesa reichte dem *styrimannr* ein gefülltes Trinkhorn, Trockenfrüchte und Brot.

»Ich danke dir, Heilerin der *Ascomanni*«, antwortete Gorm freundlich. Er warf einen kurzen Blick auf Thyra, die ununterbrochen auf die Erde vor ihren Füßen starrte.

›Nur nicht in seine Augen sehen! Schaue Gorm nicht an!‹ Ihre Hände zitterten. Angestrengt biss sie auf ihre Lippen und befahl sich stoisch immer wieder: ›Sieh ihn nicht an!‹

Ihr Brustkorb hob sich hektisch und nervös. Nur Aesa warf einen kurzen fragenden Blick zur Sklavin.

Thyra bemerkte es nicht. ›Nicht hinsehen! Sieh ihn nicht an!‹ Doch sie roch ihn! Fühlte seine Nähe! Hörte diese Stimme! ›Verdammt! Ich halte es nicht aus!‹

»Ich gehe!«

Energisch stand Thyra auf. Sie wollte nur weg und hatte wahnsinnige Angst, die Beherrschung über sich und ihre Gefühle zu verlieren. Doch die Muskeln ihrer Beine gehorchten nicht und vor ihren Augen drehte sich alles.

»Hej! Was ist denn das?« Ausgleichend ruderte sie mit den Armen.

»Wo willst du hin?«, fuhr Gnupas die *thraell* unwirsch an.

Thyra verstand jedes fremde Wort, nur – es war ihr nicht bewusst.

»Ich …, ich …«, fing Thyra stotternd an.

»Bleib!«, befahl Gnupas mürrisch. »Niemand verlässt mein Feuer ohne meine Einwilligung!«

Thyra schluckte und setzte sich mit zitternden Beinen und bebenden Lippen wieder. Sämtliche Blicke waren auf sie gerichtet, daher versuchte sie, einen stoischen, unbeteiligten Gesichtsausdruck zu wahren.

Vergebens!

Die Blicke von Gnupas und Aesa wanderten von Thyra zu Gorm, und beide erkannten: Das wird schwierig! Sie begehren einander. Ein heidnischer, dänischer Häuptling und eine christliche *thraell* und dazu noch verstoßene Königstochter.

Aesas Augen reisten zu den Sternen. ›Unerfüllte, unerreichbare Liebe. Wie zerstörerisch kann diese sein!‹ Sie dachte unweigerlich an Hallgeirr und ihre Liebe zu diesem verheirateten Mann.

»Liebe!«, schnaufte Gnupas verächtlich. »Sie hindert einen daran, den besten Weg einzuschlagen. Sie blockiert Gedanken und lässt einen die irrwitzigsten und grausamsten Entscheidungen fällen.«

Sie aß eine Trockenpflaume und spuckte den Kern geräuschvoll aus. Aufmerksam beobachtete die Zauberfrau den Häuptling.

»Ich werde ein wachsames Auge auf euch haben«, drohte sie leise und nur Sekunden später fragte sie Gorm in einem sanft singenden Ton: »Wie lange werden wir in der *wic* lagern?«

»Schwer zu sagen.« Gorm kaute und spülte das Brot mit einem Schluck *nabíd* herunter. »Wir müssen Bäume fällen, Segel flicken, Taue drehen. Außerdem sind Krieger verletzt!«

Nachdenklich rieb Gorm durch seinen Bart.

»Vielleicht eine Woche. Viel länger dürfen wir nicht für die Reparaturen in Anspruch nehmen. Die Herbststürme ziehen über Land und Meer. Wir dürfen unsere Zeit nicht verschwenden, sonst treibt uns der Wind nicht nach Island«, sorgenvoll runzelte er die Stirn, »sondern weit über den Ozean ins Nirgendwo.«

»Ich werde die Götter bitten, uns beizustehen«, nickte Gnupas andächtig. »Aber du wirst deine Männer zur Eile antreiben müssen. Wer weiß, wann die alles vernichtenden Nordwinde einsetzen und wir würden an dieser«, sie sah sich verächtlich um, »an dieser Feindesküste den Winter verbringen müssen.«

»Ja«, knurrte Gorm gereizt. »Die Stürme fegen dieses Jahr früh übers Land. Aber wenn wir den Winter in dieser *wic* lagern, überwintern wir in sicherem Gebiet. Dieses Land gehört uns. Wir Wikinger haben es schon vor Zeiten erobert. Wir sind im dänischen Danelag.«

»Ja!«, schmunzelte Gnupas erfreut. »Wenigstens das!«

»Doch noch es ist nicht entschieden.«

Gorm stand auf und warf einen heimlichen Blick auf Thyra. Dabei erhaschte er einen kurzen Blick in ihre Augen. Sofort schlug sie ihre Augenlider zum Boden. Gorm lächelte wissend, als er ihre zitternden Hände fest um das Trinkhorn geklammert erkannte.

›Dir geht es wie mir. Du begehrst mich! Wir wollen einander!‹ Er räusperte sich. ›Das wird schwierig!‹

»Nein, es ist nicht entschieden«, bestätigte Gnupas und beobachtete den Mond. »Mit viel Glück und Hilfe unserer Götter werden wir *snaeland*[34], die weiße Insel im Nordmeer, noch vor Einbruch des Winters erreichen.«

Die Alte betrachtete den Häuptling aus listigen Augen.

»Gorm«, befahl sie mit einem Wink, damit er sich zu ihr zu herunterbeugte.

Er stutzte und knurrte: »Ist noch was?«

»Nimm dieses Sklavenweib endlich in dein Lager und verschaffe deinem Leib Erleichterung. Wir brauchen keinen Mann, der nur an seinen Schwanz denkt und das Heer nicht führen kann!«

Ganz langsam richtete Gorm sich auf. »Weib! Du nimmst dir zu viel heraus. Auch eine Zauberfrau sollte ihre Grenzen kennen.«

Er ging und Thyra atmete erleichtert aus.

»Es wird nicht besser werden«, raunte Aesa Thyra leise ins Ohr.

»Was?«, zischte Thyra.

»Nur immer schlimmer«, murmelte Aesa und trank den *nabíd*. »Immer schlimmer. Ich werde mich nie daran gewöhnen.«

Nachdenklich starrte Thyra ins flackernde Licht.

›Wie soll ein Mensch so etwas überstehen? So heftige Gefühle, mit ewigem Leid und tiefem Schmerz! Kaum Aussicht auf eine gemeinsame Zukunft, auf ein gemeinsames Leben! Auf Glück!‹

Ihre Augen füllten sich mit Tränen. Eilig wischte sie diese fort.

Sie biss die Zähne so brutal aufeinander, dass diese knirschten. Nur Aesa warf einen fragenden Blick zur *thraell*.

»*Het-ja*«, presste Thyra zischend hervor. »Ich werde eine *het-ja*«

---

34 Schneeland, Island.

»Was hat sie gesagt?«, fragte die alte Zauberfrau lauernd an Aesa gerichtet.

»Was hast du gefragt?«, wich Aesa der Hexe aus und sah Gnupas unbedarft an.

»Was hat die Sklavin eben gesagt?«

Gnupas beobachtete Thyra aus zusammengekniffenen Augen. Nur winzige Lichtfunken des Feuers spiegelten sich in den alten, braunen und wissenden Augen.

Thyra zuckte beim Laut der knarrenden Altweiberstimme zusammen, trank eilig und beobachtete Gnupas unauffällig über den Hornrand und das Feuer hinweg.

»Ich habe die Sklavin nicht verstanden. Sie sprach in der fremden Sprache.«

»Frag sie!«, forderte Gnupas herrisch und deutete mit ausgestrecktem Zeigefinger auf Thyra, während sie die Sklavin durchdringend anstarrte und zornig forderte: »Diese *thraell* ist keine normale *thraell*. Sie ist nicht unterwürfig! Nicht demütig! Sie hat keine Angst! Sie verbirgt etwas! Diese *thraell* sollte es mir sofort sagen oder ich werde die Runen befragen. Doch berichte ihr, dass meine Runen mir weit mehr erzählen werden, als ihre Stimme es je verraten würde.«

Aesa drückte ihren Rücken durch und setzte sich aufrecht hin.

»Thyra«, räusperte Aesa sich vernehmlich. »Unsere *ry-n-d-r gryl-a* will wissen, was du eben gesagt hast.«

Nachdenklich setzte Thyra das Trinkhorn ab und betrachtete die nur körperlich gealterte Frau. Sie musterte zum ersten Mal ihre Falten, den gebeugten Rücken und die zitternden Hände mit den verknöcherten Fingern.

›Du hast viele Jahre gelebt. Noch scheint deine Kraft unermesslich. Doch wie lange noch? Ich habe keine Angst vor dir. Denn ich bin Thyra! Königstochter! Kriegerin! Und mehr ...‹

»Ich sagte, dass es eine aufregende Reise mit den Nordmännern ist.«

Aesa übersetzte, konnte aber den Zweifel in ihrer Stimme nicht verbergen.

»Das hat sie gesagt?«

Skeptisch bohrte Gnupas mit dem langen Nagel ihres Zeigefingers in einer faulenden Zahnlücke herum. Etwas von dem klebrigen Obst hing dort fest.

Wachsam warf Aesa Thyra einen Blick zu. Thyra nickte stoisch.

Aesa sah von einer zur anderen. Sie wusste nicht, was es war, aber sie hatte das merkwürdige Gefühl, als ob diese beiden so unterschiedlichen Frauen auf einem imaginären Schlachtfeld gegenübersaßen und sie das scharfzüngige Schwert war.

›Das gefällt mir nicht‹, durchschaute Aesa das hinterlistige Manöver. ›Überhaupt nicht!‹

Keine sagte ein Wort. Nur das Raunen müder Männerstimmen summte übers Lager. Einige Männer schnarchten oder redeten im Schlaf.

Angespannt atmete Thyra die milde Nachtluft ein.

›Was will die Alte von mir? Stellt sie mich auf die Probe?‹

Thyra hielt dem lauernden Blick der Zauberfrau stand.

»Du bist eine fähige Frau«, urteilte Gnupas und betrachtete eingehend ihre klebrige Beute aus der Zahnlücke, die wabbelnd am Fingernagel hing. »Und du wirst mir außerordentlichen Ärger bereiten.«

Aus zusammengekniffenen Schlitzen musterte sie, über die lodernde Glut Thyras Gestalt. Körper und Gesicht der Sklavin verschwammen. Die *thraell* verformte sich zu einem verschleierten Wesen und Gnupas wanderte ohne Vorwarnung in die Anderswelt.

»Ahnen, erzählt mir von der Natur dieser *thraell*.« Gnupas hatte die Worte noch nicht ausgesprochen, da schleuderten ihr die Wesen aus der Anderswelt die Antwort hemmungslos vor die Füße.

›Herrscherin!‹, riefen sie. ›Königin des Nordens!‹

Erschrocken riss Gnupas die Augen auf, richtete zitternd ihren Körper auf und starrte auf die zarte Gestalt dieser Sklavin.

»Herrscherin! Königin!«, quetschte sie wispernd durch die runzlige Kehle. »Von welchem nordischen Volk?«

Eilig hob und senkte sich der ausgedörrte Brustkorb. Unruhig starrte die Wikingerhexe durch die Dunkelheit in die Anderswelt. War dort jemand?

›Dein Volk! Herrscherin des Dänenvolkes! Wikingerkönigin!‹

Unwillkürlich stieß Gnupas einen Entsetzensschrei aus und schlug die Hand vor den Mund.

»Gnupas?« Besorgt beugte sich Aesa zur Zauberfrau. »Was ist los?«

Fassungslos starrte Gnupas die Heilerin blinzelnd an und flüsterte stockend: »Die Ahnen erzählten mir das Morgen.« Sie schluckte. »Sie gewährten mir einen Blick in die Zukunft unseres Volkes.«

Aesa erstarrte schlagartig. Ein furchtsamer Schauder lief über ihren Rücken, während sämtliche Nackenhaare sich warnend aufrichteten.

»Über unser Volk?« Nervös beugte Aesa sich zu Gnupas, berührte mit den Lippen das Ohr der *ry-n-d-r gryl-a*.

»Was erzählten die Geister?«

Doch bevor sie mehr erfuhr, drehte Gnupas ihr Gesicht weg.

»Grmmmpf!«, schnaubte Aesa verärgert.

Der Körper der Hexe zitterte. Sie atmete heftig. Aesa beobachtete es sorgenvoll und ergriff Gnupas Arm.

Doch wie eine lästige Fliege schüttelte Gnupas die Hand ab, richtete sich mit der restlichen, ihr verbleibenden Kraft auf und hob drohend ihren zittrigen Arm. Mit ausgestrecktem Finger zeigte die *ry-n-d-r gryl-a* auf Thyra und befahl mit eisiger Stimme:

»Diese Sklavin aus dem Angeln-Volk, Tochter eines toten Königs und einer Königin soll jedem Dänen-Wikinger zur

Hand gehen. Sie soll jedes Handwerk kennenlernen. Soll wissen, wie wir leben, arbeiten, welchen Gesetzen wir folgen. Welche Rituale und Feste wir feiern und unseren ehrenvollen Göttern begegnen.«

»Was?«, rief Aesa entsetzt und starrte erst Thyra, die dem Wortschwall der Alten nicht folgen konnte und dann die alte Zauberfrau an.

»Was soll sie? Sie ist eine Angeln-Frau! Eine Fremde! Keine Zugehörige aus unserem Volk!«, argwöhnisch beäugte sie beide.

»Was hat sie gesagt?«, fragte Thyra.

Aesa musterte Gnupas eindringlich. Voller Wut schnaubte sie: »Diese *thraell* wird sich nicht weigern! Sie ist schlau und wird lernen. Und dann? Dann wird sie flüchten und unsere Traditionen ihrem angestammten Volk verraten. Unsere Götter und Göttinnen werden uns verlassen. Wenn wir Glück haben. Doch in jedem Fall werden sie uns Strafen! Und was sagt Freyja? Ist sie einverstanden? Und Odin? Und wer wird dieser Widerspenstigen die Arbeiten, Aufgaben, Regeln … Wer soll dieser *thraell* alles erklären, zeigen, lehren?«

Gereizt schüttelte die *laek-n-a* den Kopf und erinnerte sich an ihre erste Begegnung mit Thyra und ihr kaltes Bad im Fluss, als Thyra sie ohne zu zögern die Böschung hinunter schubste.

Stoisch blickte die alte Zauberfrau zur Schale mit den getrockneten Früchten. Sie ließ sich Zeit beim Aussuchen der runzligen Pflaume, drückte sie zwischen Daumen und Zeigefinger, nickte, prüfte den Geschmack und erst dann, sah sie die junge Heilerin aus ihren wissenden Augen von der Seite an.

Besonnen, mit ihrer unnachahmlichen Altweiberstimme ließ sie den Wortschwall ohne Kommentar abgleiten und sagte nur: »Es ist bestimmt. Die Stimmen der Ahnen werden nie infrage gestellt.«

Aesa schloss ergeben ihre Augen und flüsterte lautlos: »Dann soll es so sein.«

Unruhig zappelte Thyra mit den Füßen und rutschte auf dem Hintern hin und her. Schließlich murmelte sie, schon im Begriff zu fliehen: »Ich glaube, ich gehe jetzt. Die Alte heckt etwas aus. Und ich vermute, wenn ich nicht schnell genug verschwinde, bin ich das Opfer!« Eilig legte sie das Trinkhorn zu Seite und erhob sich mit wackeligen Beinen. »Verdammtes *nabíd*! Was für ein Teufelszeug!«

Aesa sah es und befahl schneidend: »Bleib!«

Thyra verharrte in der Bewegung, wackelte, atmete schwer.

»Zu spät«, grummelte sie betrunken und rollte mit den Augen. »Viel zu spät.«

Angespannt stand Thyra vor den Resten der flackernden Glut. Die orangeroten Irrlichter warfen umherirrende Schatten auf Gesicht und Körper.

»Sie soll morgen mit der Arbeit beginnen«, keuchte schwer atmend die *ry-n-d-r gryl-a* mit krampfhaft ausgestrecktem Arm. »Morgen. Gleich nach Sonnenaufgang soll sie lernen.«

Ein krampfhafter Husten schüttelte Gnupas.

»Sie soll lernen, wie wir Brot backen …«

Wieder hustete die Alte und trotz der Schmerzen wanderte ein listiges Grinsen über ihr zerknittertes Gesicht.

»Das trockene Brot war mir eh zu hart.«

Thyra stand kerzengerade auf wackeligen Beinen und fühlte schmerzhaft, obwohl die *ry-n-d-r gryl-a* keinen Körperkontakt zu ihr hatte, wie der knochige Finger der Hexe ihren Brustkorb durchbohrte. Der faltenumrandete Mund der Alten öffnete sich und wollte ihr offenbar weitere Befehle über die Glut zuwerfen. Nervös zitterte Thyra am Glutrand. Flatternd flüsterte sie unaufhörlich: »*Het-ja*! Kriegerin! Kämpfe!«

Und noch etwas anderes kam ihr in den Sinn. ›Herrscherin.‹

Thyra stutzte und schwieg.

›Herrscherin? Ich bin eine Sklavin! Verstoßen und gedemütigt von meinem Onkel, König Alfred!‹

Weiter kamen ihre Gedanken nicht, denn Aesa rief Thyra an: »Hol meinen Lederbeutel mit den Kräutern!«

Gnupas war zusammengebrochen.

Die Alte lag zitternd mit verkrampften Gliedmaßen neben dem Feuer.

Als Thyra zögerte, befahl Aesa aufgebracht. »Sofort! Suche Hallgeirr! Er wird dir zeigen, wo die *faxi byrjar* ihr Lager hat. Dort ist mein Kräuterbeutel!«

Thyra zögerte.

»Lauf!«

Gnupas zitterte. Ihr grauhaariger Kopf fiel auf die dürre Brust, sie atmete schwer.

Thyra rannte los. Dabei stolperte sie über zwei Männer in ihren *húdfats*. Thyra ruderte mit den Armen, fing sich wieder und rannte weiter. Umrundete die nächsten Schlafenden und die heruntergebrannten Feuerstätten.

»Wo ist Hallgeirr? Verdammt! Wo hat die *dreki* ihr Lager?«

Irritiert versuchte sie die Dunkelheit zu ignorieren. Sah sich um. Überall glühende Feuer, schlafende Wikinger, Fässer, Waffen, Schilde. Thyra knirschte mit den Zähnen und schnaufte nervös. Wolken, vom Wind vor die Mondsichel geschoben, raubten das letzte Licht.

»So finde ich Hallgeirr nie!«

Thyra versuchte, die von der Glut erleuchteten Gesichter zu identifizieren. Sie schluckte und biss sich unschlüssig auf die Lippen.

»Soll ich?«

Ein ungeheuerlicher Gedanke schoss Thyra durch ihren Kopf.

›Wenn ich nichts mache und Hallgeirr nicht finde!‹ Sie weigerte sich für einen winzigen Moment die lautlosen Worte zuzulassen. ›Ich hätte es einfacher! Dann stirbt die Alte vielleicht!‹

Nervös trampelte Thyra auf der Stelle. Holte noch einmal tief Atem, doch war sich unsicher, welche Folgen dieses Tun auslösen könnte. Doch dann schrie sie voller Inbrunst und Kraft über das schlafende Wikingerheer:

»Haalllgeirrrr! Haaaalllllgeirrrr! Wo bist du?«

Was dann geschah! Damit hätte sie nie gerechnet!

Sie hatte vermutet, dass vielleicht der eine oder andere sie mürrisch anfauchen oder dass jemand sie grob am Arm wegschleifen, vielleicht schlagen könnte.

Doch was jetzt geschah, übertraf sämtliche Vermutungen. Augenblicklich war sie von einer kämpferischen Wikingerhorde umzingelt. Sie fühlte die bedrängende Wärme, roch den scharfen Schweiß und hörte die Wutausbrüche dieser Krieger. Spürte dieses bedrohliche übellaunige Beben aus den muskulösen Männerkörpern.

»Ich drehe diesem Weib den Hals um!«, knurrte Dagfuss, der Waffenschmied, und seine geballten Fäuste unterstrich dies durch wringende Handbewegungen.

Eilig zog Thyra ihren Kopf ein und versuchte ihn zwischen den Schulterblättern zu verstecken.

»Ich suche …«, fing sie kleinlaut an.

»Wenn dieses Weib noch einen Ton von sich gibt«, raste Gunnar vor Wut und fuchtelte mit seiner blinzenden Messerklinge vor Thyras Gesicht herum, »schneide ich ihr die Zunge raus!«

Thyra duckte sich noch tiefer, wagte aber leise zu sagen: »Ich suche Hallgeirr.«

»Sie spricht!«, brüllte Gunnar mit rotem, wutverzerrtem Gesicht. »Dieses Weib ist tot!«

Ein heftiger Tumult brach unter den tobsüchtigen Männern aus und Thyra stand mitten drin im Leiberchaos.

Gunnar wurde von Froori, dem Bronzegießer, festgehalten. Daraufhin schlug Gunnar Froori ins Gesicht, der wiederum boxte Gunnar in den Magen. Dagfuss griff nach Thyras Haaren und wollte sie aus der Mitte herauszerren. Thyra schrie gequält und packte ihr Haar, um dem Schmerz zu entgehen, während

Svartrr, der Töpfer, Partei für Thyra ergriff und Dagfuss einen Faustschlag auf die Nase platzierte. Dagfuss' Blut spritzte aus seiner Nase, er verlor Thyras Haare und fing eine Prügelei mit Svartrr an, an der sich Gunnar wutentbrannt beteiligte.

»Ich will …! Au!« Thyra fing sich einen derben Schlag ein. »Verdammt! Ah! Ich will nur wissen, wo Hallgeirr ist.«

Eine kräftige Hand packte ihr Bein.

»Du störrisches Weib! Nun komm endlich mit!«

»Verdammt! Lass mich los!« Thyra trat zur umklammernden Hand. »Lass los! Aua!«

Irgendwer rammte einen Ellenbogen in ihre Rippen. Keuchend verzog sie ihr Gesicht und boxte wütend einem anderen ihre Faust in die Niere.

»Komm endlich raus!«

»Ah!«

Irgendwie quetschte Thyra sich aus dem Pulk der schwitzenden Männerleiber und fiel in den staubigen Sand.

›Oh nein.‹

»Geh mir aus dem Weg«, befahl sie. Zornig baute sie sich auf. »Sofort!«

»Ganz schön angriffslustig für eine Sklavin«, hörte sie die Stimme und stutzte, ignorierte aber ihre Intuition und fauchte:

»Verschwinde oder sage mir sofort, wo Hallgeirr ist!«

»Weder das eine noch das andere«, hörte Thyra nun. Sie wurde grob auf die Beine gestellt und weggezogen.

»Ich will wissen …!« Dann endlich starrte sie auf den Rücken des *Ascomanni* und stockte. »Oh nein! Lass mich sofort los!«

Ihr Blick wanderte zu seinem Schädel. Blondes Haar fiel auf die Schultern.

»Lass mich sofort los!«, brüllte sie ihn an und schlug auf Gorms Hand ein. »Lass mich los! Ich muss Hallgeirr finden!«

Mit verkniffenem Gesicht bog sie seinen kleinen Finger in die entgegengesetzte Richtung.

»Lass das!«, knurrte Gorm böse und griff erneut zu.

»Gnupas ist krank. Aesa schickt mich! Sie braucht Hilfe!«, schrie Thyra ihn an und dachte völlig irrational: ›Warum er? Warum muss es dieser Mann sein!‹

Abrupt blieb Gorm stehen und Thyra prallte gegen seinen Rücken.

»Hmpf.«

»Gnupas ist krank?«, fragte Gorm lauernd und musterte Thyra mit zusammengekniffenen Augen von oben herab.

»Ja«, funkelte Thyra ihn mit hochrotem Gesicht vor Wut an. »Sie liegt am Feuer und Aesa will, dass ich ihr den Heilerbeutel bringe.«

»Isleifr«, befahl Gorm einem jüngeren Wikinger, der sich müde aus seinem *húdfat* schälte. »Hole Aesas Kräuterbeutel.«

»Was soll ich?«

»Sofort!«, brüllte Gorm Isleifr an und rannte mit Thyra im Schlepptau zum Feuer der alten Zauberfrau. »Laufe um deinen Gewinn im Kampf und bringe den Heilerbeutel zum Lagerfeuer der *ry-n-d-r gryl-a*.«

Gorm rannte zielstrebig auf das Feuer der *fál-a* zu.

Thyra ließ sich ziehen, fühlte Gorms Hand fest um ihr Handgelenk und fluchte unablässig: »Dieses Barbarenvolk! Berserker! Ungebildete Horden. Alles ungläubige Wilde aus dem Norden!«

Zwischendurch brüllte sie Gorm an: »Lass mich los! Ich kann allein gehen!«

Gorm drehte sich nicht einmal um, während er ihr süffisant über die Schulter zurief: »Das habe ich gesehen!«

»Nichts hast du gesehen! Gar nichts! Lass mich los!«

»Wenn es so weit ist.«

»Wenn es so weit ist! Ich hasse dich!« Sie stolperte über ein schlafendes Wikingerpaar im *húdfat.*

Gorm drehte sich um.

»Das meinte ich.«

Thyra sagte kein Wort, kniff nur verächtlich die Augen zusammen und warf ihm einen bösen Blick zu.

»Ach! Da seid ihr ja.« Erleichtert lächelte Aesa Gorm an und warf Thyra einen dankbaren Blick zu.

Verdutzt blieb Thyra neben Gorm stehen und starrte auf Aesa, die Gnupas Kopf in ihren Schoss gebettet hielt und Gnupas vergnügte Augen auf sich gerichtet sah.

›Sie hat uns reingelegt. Diese alte Hexe hat den Schwächeanfall vorgetäuscht!‹, begriff Thyra.

Gnupas hob abwehrend ihre Hand, hustete schwach und sah dem Häuptling über die Glut hinweg an.

»Es ist nichts, großer *styrimannr*. Es ist nur das Alter. Mein Körper ist nicht mehr so kräftig wie in jungen Jahren. Aesa hat einfach übertrieben. Und diese *thraell* …« Sie lächelte Thyra aalglatt an. »Diese *thraell* auch!«

Über Thyras Gesicht huschte ein kaum erkennbares, wissendes Lächeln.

»Kluge Alte. Taktierst mit uns, wie es dir beliebt. Der Häuptling steht vor dir und ich bringe das gesamte Lager in Aufruhr.« Anerkennend nickte Thyra der Zauberfrau respektvoll zu, was diese amüsiert zur Kenntnis nahm.

»Von dir muss ich lernen. Und vor dir muss ich mich in Acht nehmen! Du bist ein gerissenes und durchtrieben altes Weib.«

»Was ist mit ihr?«, fragte Gorm Aesa.

»Es geht ihr schon wieder gut. Es war wohl zu viel für sie. Die stürmische Fahrt und die Kälte auf dem Meer.«

Gorm ließ seine Augen von der Heilerin zur Zauberfrau wandern.

»Das Alter also?«

Aesa sah ihn nicht an und wagte kaum zu antworten.

»Und die raue Fahrt!«

Gorm räusperte sich und ein wissendes Grinsen zog über sein Gesicht.

»*Ry-n-d-r gryl-a*«, brummte Gorm und sah dem runenkundigen Zauberweib direkt in die listigen Augen. »Du setzt mich immer wieder in Erstaunen. Wenn du dich von den Strapazen …« Gorm stockte kurz, und tat mitfühlend. »Also, wenn du dich von den Strapazen erholt hast, müssen wir uns unterhalten.«

»Unbedingt, großer *Ascomanni*. Unbedingt.«

Gorm wollte gehen, doch Gnupas rief ihm schon sehr viel kräftiger hinterher: »Die *thraell* soll lernen!«

Gorm stockte in der Bewegung und wand sich der Alten zu.

»Lernen?«

Entspannt lehnte Gnupas sich gegen den warmen Körper der jüngeren Heilerin.

»Die *thraell* soll unser Volk und unsere Kultur kennenlernen.«

»Ach ja?«

Gorm war von Gnupas Einfall nicht überzeugt.

»Morgen soll sie lernen, wie wir Wikinger unser Brot backen.«

»Sie soll lernen?« Gorm Augen verzogen sich zu schmalen Schlitzen. »Wir müssen reden. Morgen früh erwarte ich dich an meinem Feuer.«

Er ging.

Aesa schmunzelte erleichtert, Gnupas gluckste vergnügt und Thyra stand fassungslos neben dem Feuer.

»Hier ist der Beutel!«, kam Isleifr keuchend angerannt und fiel im Laufen stolpernd auf seine Knie. Der Heilerbeutel plumpste Aesa direkt vor die Füße.

Erschrocken zuckte Aesa zusammen und ergriff lahm den Lederbeutel.

»Danke.« Gleichgültig zog sie das Leder zu sich.

Erstaunt richtet Isleifr seinen Blick auf die Heilerin.

»Nur danke? Ich dachte, es ist dringend?«

»Ist es auch«, murmelte Aesa.

* * *

Dichter weißgrauer Morgennebel durchzog die kalte Herbstluft. Gnupas schlurfte vornüber gebeugt durch das morgendliche Lager. Vereinzelt hörte sie gedämpftes Husten, ruhige Männerstimmen und Schnarchgeräusche. Schemenhaft nahm die Zauberfrau Männer wahr, die am Feuer standen und die erste Mahlzeit des Tages aßen.

Lautlos schritt sie voran. Die alte Frau hatte ein Ziel. Sie wollte zum Feuer des *styrimannr*, des Häuptlings dieser Drachenflotte.

»Guten Morgen großer Häuptling Gorm Grymme«, begrüßte sie formvollendet.

Der Häuptling saß vor dem Feuer und wartete. Er drehte sich nicht um, als Gnupas schlurfend näher trat. »Darf ich mich in dieser frühen Morgenstunde zu dir setzen?«

Gorm sprach kein Wort. Sah sie nicht an. Erlaubte aber mit einer Handbewegung, dass sie sich setzen durfte.

»Dieses ist kein Wetter für eine alte Frau«, fing Gnupas das Gespräch an. »Die Feuchtigkeit und die Kälte kriechen unter den Rock und lassen meine Knochen schmerzen.«

Lauernd beäugelte sie Gorm, doch der starrte wortlos ins Feuer.

»Der heiße Tee wird mir guttun.«

Sie griff zur Kanne und füllte sich das dampfende Getränk in einen hohen Becher. Gleichzeitig ließ sie den *styrimannr* nicht aus den Augen.

»Nun gut, ich hatte eine Vision.«

Zum ersten Mal betrachtete Gorm sie an diesem Morgen.

›Das erweckte deine Neugierde, hm!‹, erkannte Gnupas durchtrieben.

»Eine Vision über diese Angeln-Frau. Die Königstochter und Nichte des Königs Alfred.«

Gnupas saß wie eine Spinne im Netz und wartete.

»Hmpf. Der Tee ist verdammt heiß!«

Gorm blickte kurz auf.

»Nun gut.«

Sie richtet sich auf, warf Gorm einen scharfen Blick zu, bis er ihr die Genugtuung gab und ihr seine Aufmerksamkeit widmete.

»Diese *thraell* ist für unser Volk bestimmt.«

»Was ist sie?«, knurrte Gorm ärgerlich.

Genüsslich trank Gnupas einen Schluck. Sie hatte sein Interesse. Das war ihr Ziel und nun ließ sie den *styrimannr* der *dreki* zappeln.

»Der Tee ist genau das Richtige für eine alte Frau an einem kalten Herbstmorgen.«

»Lass deine Spielchen! Ich kenne dich genau! Sag was du zu sagen hast oder geh!« Er bebte vor Wut. »Du kannst deine Intrigen an jemand anderem ausloten! Nicht bei mir!«

Gnupas rümpfte ihre Nase und schnaubte verächtlich.

»Du willst wissen, was ich sah?«

»Sag es oder geh!« Gorm starrte in die Flammen.

»Ich sah die *thraell* an deiner Seite«, meinte Gnupas tonlos und drückte ihren Rücken durch.

»An meiner Seite?«, knurrte Gorm langsam bösartig. »Sie ist eine Sklavin! Und daher jeden Tag mit irgendetwas beschäftigt und daher auch manchmal an meiner Seite.«

»Ich sah es!«, wiederholte Gnupas störrisch.

»Als was?«

»Als dein Eheweib!«, schmiss Gnupas ihm die Worte vor die Füße.

»Das reicht!«

Wütend schleuderte Gorm seinen Tee in die zischenden Flammen. Das Feuer erlosch.

»Ich habe genug von deinen Worten und deinen Intrigen. Geh mir aus den Augen! Verschwinde!« Zornesbebend stand Gorm vor dem Zauberweib und sah verächtlich auf die *ry-n-d-r gryl-a* hinab. »Du wirst es in Zukunft unterlassen einer mir unterstehenden Person Aufgaben zu erteilen!«

Gnupas ließ sich vom Zornesausbruch des *edl-ing-r* nicht beeindrucken, setzte vorsichtig den Teebecher an ihre faltigen Lippen und trank.

»Zu spät«, meinte sie nur lapidar.

»Was ist zu spät?«

Gorm beugte sich bebend vor Zorn langsam zu ihr hinunter. Er war kurz davor seine Beherrschung zu verlieren.

»Sie arbeitet schon«, lächelte Gnupas vielsagend.

»Wer?«

»Die *thraell*.« Gnupas sah unschuldig zu ihm auf. »Sie hilft Vester und Skiori beim Zubereiten des Brotes. Diese Thyra wird rasch lernen«, murmelte Gnupas scheinbar zu sich selbst und trank genüsslich den Tee. »Sehr schnell.«

Gorm atmete langsam gepresst aus. Er hatte größte Mühe, seine Wut zu kontrollieren, und richtete sich auf. Seine Wangenmuskeln zuckten vor unterdrückter Aggression.

»Übertreibe es nicht, Weib«, schnaubte er. »Mein Eheweib wurde mir vor langer Zeit von meinem Vater Harthaknut versprochen. Mein Weib ist eine dänische Königstochter. Mit dieser Heirat werde ich mein Reich und meinen Einfluss als nächster König von Dänemark vergrößern. So wird es seit Urzeiten an den Feuern erzählt«, knurrte Gorm zornesbebend und stampfte mit weitausgreifenden Schritten davon.

Die *ry-n-d-r gryl-a* saß vor den schwarzglänzenden Holzscheiten, trank mit Genuss den Kräutertee und lächelte durchtrieben.

»Sie wird dein Eheweib, großer Häuptling Gorm Grymme. Ob du es willst oder nicht!« Sie lachte. »Die Ahnen haben es mir erzählt.«

* * *

Vester, der Koch der *dreki*, weckte die störrische *thraell* lange vor Sonnenaufgang. Nur widerwillig schälte Thyra sich aus ihrem warmen Schlafsack und folgte gähnend dem kleinen, wieselflinken Mann.

»Beeile dich, Weib.« Der Koch drehte sich mürrisch um, als er die schlurfenden Schritte der Frau hinter sich hörte. »Wir haben nicht viel Zeit.«

»Hmmh«, muckte Thyra und erhöhte ein wenig die Taktzahl ihrer Schritte. Sie versuchte, im Nebel die Silhouette des Kochs nicht aus den Augen zu verlieren, und trottete unaufmerksam hinterher.

»Hmpf!«, ächzte sie und prallte gegen den Rücken des Mannes. ›Das wird offenbar zur Gewohnheit.‹

»Verdammt! Weib! Pass auf, was du machst!«, drohte Vester und boxte Thyra unbeherrscht mit der Faust in die Rippen.

»Au!« Thyra war jetzt hellwach und drohte mit schmerzverzerrtem Gesicht dem kleinen Mann herrisch: »Wenn du mich noch einmal schlägst, lasse ich dich in den Kerker werfen!«

»Du vergisst«, höhnte der Koch abfällig, »dass es hier keinen Kerker gibt.« Er grinste überheblich und verlor sämtliche Sympathien, die er für sie gehegt hatte. »Und du vergisst, dass du eine Sklavin bist! Eine *thraell* meines Volkes!« Verärgert griff Vester den Gerstensack. »Eine *thraell* hat jedem Wikinger zu gehorchen. Jedem!«, betonte er und sah Thyra hochmütig an. »Auch dem Niedrigsten und Ärmsten der *Ascomanni*.«

»Du glaubst also, du kannst sofort deine Rechte an mir erproben?«

Vestar wand sich schlängelnd, wie ein gefangener Aal in der Reuse.

»Thyra …«

»Was?«

»Thyra, wenn du nicht machst, was ich dir auftrage, wie soll ich dann den Respekt der anderen *Ascomanni* aufrechterhalten?«

»Und das da«, er deutete auf ihren Rippenbogen, »das tut mir leid. Morgens bin ich nie gut drauf und unbeherrscht. Dann solltest du mir aus dem Weg gehen.«

»Hättest mich ja liegen lassen können.«

»Und mich mit der mächtigen *ry-n-d-r gryl-a* anlegen? Der Zauberfrau? Die mit den Toten redet und mit den Ahnen und Göttern in Kontakt steht?« Entsetzt riss Vester seine Augen auf. »Dann versetze ich dir lieber noch einen Schlag.«

»Vielen Dank.«

Vester ignorierte den Spott und drückte ihr die Getreidemühle in die Hand. »Das ist mein wertvollster Besitz.«

»Oh.« Thyra setzte sich plumpsend mit der Mühle in der Hand auf den Baumstamm.

»Sei vorsichtig! Verdammt! Sie ist aus Lavagestein. Diese Mühle kann schnell zerbrechen!«

»Oh«, wiederholte Thyra und drückte den kalten Gegenstand fester gegen den Bauch.

»Ganz vorsichtig. Ich habe diese Getreidemühle aus dem Land Germania, aus Mayen an der Eifel.«

»Ein Beutestück also!«

»Oh nein.« Er lächelte. »Diese Mühle habe ich legal in meinem Heimatdorf von einem germanischen Händler erworben.«

»Wo ist deine Heimat?« Thyra betrachtete die Getreidemühle genauer.

»*Haidabýr*[35] ist meine Heimat.«

»*Haidabýr*. Von diesem Ort habe ich schon einmal gehört.«

»Was für ein Wunder! Die gesamte Besatzung der *dreki* stammt von dort. So und nun mahle die Gerste. Wir müssen das Brot backen.«

Missmutig hockte Thyra auf dem abgesägten Baumstamm mit der Getreidemühle auf dem Schoß. Vor ihr standen drei mit Gerste, Weizen und Hirse gefüllte Leinensäcke. Immer wieder füllte sie die Mühle mit dem Korn und drehte an der Kurbel, um alle Körner zu Mehl zu verarbeiten. Ihre Handfläche fühlte sich wund an und Blasen bildeten sich auf dem Handballen. Wütend griff Thyra in die Kornsäcke, befüllte die Mühle und schimpfte vor sich hin.

---

35 Haitabu.

»Dieser kriecherische Vestar und dieses listige alte Weib! Ich werde es euch zeigen. Euch allen!«, wütete sie aufgebracht über das noch schlafende Lager der Wikinger. »Ich bleibe keine Sklavin. Ich nicht!«

Wieder füllte sie die Mühle.

»Wenn ich Kriegerin bin, wenn ich wieder befehle, wenn ich ...! Au!«, zischte Thyra und betrachtete übel gelaunt ihre Handfläche. Eine Blase war aufgeplatzt und die Holzkurbel schmirgelte über das blutig rohe Fleisch.

»So wird's nichts!« Thyra zog ihren Schuh aus, streifte sich den Strumpf über die Hand und kurbelte gereizt weiter.

»Ich werde eine *het-ja*, eine Kriegerin der Wikinger. Und dann werde ich all meinen Feinden von Angesicht zu Angesicht gegenüberstehen.«

In regelmäßigen Abständen kam Skiori, der Hilfskoch, vorbei, tauschte die Schale mit dem Mehl gegen eine Leere und verschwand. Thyra beobachtete wie der Koch und sein Gehilfe das Getreidemehl mit Wasser, Fett und Salz vermischten, Laibe formten und in den Kuppelofen schoben.

Neugierig spähte Thyra hinüber. »Wann habt ihr den Ofen gebaut?«

»Gestern.«

»Und wie habt ihr die runde Form geschaffen?«

»Du weißt wohl gar nichts?« Skiori sah Thyra ungläubig an.

Thyra zuckte nur mit der Schulter. Doch Skiori grinste freudig. Endlich konnte er sein Wissen weitergeben. Denn keiner hörte einem Kochgehilfen lange zu.

»Wir haben gestern Weidenruten geschnitten, Felsstein gesammelt und Lehm aus der Erde gegraben. Die Felssteine liegen hier.«

Stolz deutete er auf den Boden.

»Wo? Ich sehe nur eine rechteckige lehmige Fläche.«

Skiori seufzte, verdrehte die Augen, zeigte mit ausgestrecktem Finger durchs Ofenloch und sagte gedehnt: »Alle Felssteine liegen unter dem Lehmboden in der Erde. Sie speichern zusammen mit dem Lehm die Hitze des Feuers.«

»Aha«, meinte Thyra und runzelte die Stirn.

»Aus den Rutenzweigen wird die Ofenkuppel geflochten und dick mit unserem Lehmgemisch überzogen.«

Eifrig arbeitend und mit gerötetem Gesicht lief Skiori immer wieder um den Ofen herum.

Er hob eine flache Holzplatte hoch.

»Das ist unsere Ofentür. Damit verschießen wir die halbrunde Öffnung am Backofen und fangen die Hitze des Feuers ein.«

Neugierig beugte Thyra sich herunter und spähte ins dunkle Loch. »Lässt du dann die brennenden Holzscheite im Ofen liegen, wenn du den Brotteig hineingeschoben hast?«

»Du hast noch nie Brot gebacken! Nicht wahr?«

Thyra schüttelte verneinend den Kopf.

»Zuerst zünden wir ein großes Feuer im Kuppelofen an und lassen es brennen, bis nur die Glut übrig bleibt. Nach dem Anheizen ziehen wir die glühenden Holzscheite mit dem Ofenschieber raus und schieben alle Brotlaibe hinein.«

»Ohne das Feuer! Wie kann der Brotteig fertig backen, wenn du das Feuer heraus ziehst? Es muss doch eine lange Zeit in der Hitze bleiben?«

»Die Hitze des Feuers wird vom Lehm und den Felssteinen in der Erde eingefangen. Das genügt.«

Stolz blickte er zu Thyra, die anerkennend nickte.

»Skiori«, fuhr Vester ihn hektisch an. »Du vergisst deine Arbeit. Beeile dich! Die Sonne geht auf und du, *thraell*, mahle schleunigst das Korn. Wir haben bald eine hungrige Meute zu versorgen.«

* * *

Seit zehn Tagen lagerte das Wikingerheer in der einsamen Bucht. Die Reparaturen an den Kriegsschiffen waren weitestgehend abgeschlossen. Die zerborstenen Masten erneuert, Planken in den Schiffsrümpfen ersetzt und Eichenfässer mit Süßwasser, in Salz eingelegtem Fisch und Unmengen Fladenbroten befüllt.

Nachdenklich, aber auch stolz, betrachtete Thyra ihre wunden Hände und schlenderte durch das Lager.

Mit den winzigen Beibooten schifften die Nordmänner Fässer, Taue und die reparierten Segel an Bord. Weit ertönten die Männerstimmen und das Plätschern der Ruder über das flache Wasser der windstillen Bucht.

»Bald brechen wir auf.«

Thyra beobachtete zufrieden die Männer bei der Arbeit. Es war ihr in keinster Weise bewusst, dass sie von *wir* sprach. Doch die wunderschöne Bergdis, die Wikingerin mit den hüftlangen, weißblonden Haarend die auf der *vargr hafs* fuhr, hörte es.

Sie saß im Halbschatten der Bäume und bestickte mit einem gedrehten, hauchdünnen Silberfaden kunstvoll eine edle blaue Kappe, die für den *styrimannr* der *vargr hafs*, für Nereior, bestimmt war.

»Hallo, Thyra«, meinte sie freundlich und sah von ihrer Handarbeit auf.

»Hallo, Bergdis«, begrüßte Thyra die Silberknotenfrau zurückhaltend.

»Wie ich sehe, hast du dich in unserem Volk eingelebt.«

Thyra antwortete nicht, sondern folgte Bergdis verächtlichem Blick, welche ihre Augen auf die geröteten Hände der *thraell* richtete. Einem Impuls folgend versteckte Thyra ihre Hände hinter dem Rücken. Schweigend starrten die Frauen einander an. Schließlich brach Bergdis die unnatürliche Stille.

»Ich sah dich, während du das Korn fürs Brot mahltest.«

»Hmm.«

»Das ist sicher eine schwere Arbeit für eine Königstochter«, stichelte Bergdis spöttisch.

»Hmm«, wiederholte Thyra nur und sah begehrlich auf Bergdis gepflegte Hände. Wie sie mit flinken und geschickten Fingern die Nadel mit dem gedrehten Silberfaden wieder und wieder durch den Stoff der Kappe stach und das Bild eines zähnefletschenden Wolfskopfes entstehen ließ, der sich mit wilden, fressenden Meereswellen vereinte.

»Darf ich mir deine Handarbeit genauer ansehen?«

Bergdis hielt ihr mit unverhohlenem Stolz die Kappe hin.

»Du hast ein Kunstwerk geschaffen. Doch knickt der Silberfaden nicht, wenn du damit arbeitest? Oder später, wenn die Kappe getragen wird. Zerbricht dann nicht das Bildnis des Wolfes im Meer?«

»Ich sehe, du verstehst etwas vom Sticken.« Stolz strich sie mit ihren gepflegten Fingern über das silberne Bild. »Doch nein. Der Silberfaden ist in sich gedreht. Siehst du!«, hielt sie Thyra den dünnen Faden hin. » Ich habe das Silber in ganz feine Stränge gezogen und drei Stränge zu einem Faden gekordelt.«

Vorsichtig befühlte Thyra den gedrehten Silberfaden zwischen Daumen und Zeigefinger. Die feine Schnur war stabil und dennoch biegsam.

»Er ist sehr kostbar und so filigran. Und dabei fest und beweglich. Darf ich das Bild genauer betrachten?«

»Na sicher doch«, lächelte Bergdis eifrig und dachte verschlagen: ›Schöne Königstochter und Sklavin meines Volkes. Du sollst doch mein Werkzeug, mein Dolch, meine Verbündete werden, damit ich mich mit Gorm vermählen kann. Ich werde an seiner Seite das Wikingervolk regieren. Auch wenn ihr euch begehrliche Blicke zuwerft und vielleicht das nächtliche Lager miteinander teilt. Ich werde die Herrscherin unseres Dänenvolkes als Gorms Eheweib sein.‹

Bergdis bog und knickte den gefilzten Stoff der Kappe unter dem Bildnis.

»Siehst du, wie fest alles ist? Nichts bricht oder wird zerstört. Der Silberfaden verbindet sich mit dem Stoff. Nereior wird diese Kappe viele Jahre tragen können. Nimm sie nur.« Sie reichte Thyra die Kappe.

»Du bestickst diese Kappe für den *styrimannr* der *vargr hafs*?« Thyra begutachtete das Handwerk. »Du hast ein perfektes Bildnis geschaffen. Der Wolf und die Wellen. Nereior und das Meer.«

»Nicht wahr?«

Stolz nahm Bergdis die Kappe wieder an sich.

»Thyra!«, schmetterte der herrische Ruf des Steuermannes herüber.

Ongull schritt aufgebracht zur Silberknotenfrau und der *thraell*.

»Es steht dir nicht zu, während alle arbeiten, müßig herumzustehen und unsere Silberknotenfrau von der Arbeit abzuhalten! Bergdis«, begrüßte er respektvoll die Silberknotenfrau und packte herb den Arm der Sklavin. »Du bist eine *thraell*! Und du kommst mit!«, knurrte er aggressiv und zog Thyra hinter sich her.

»Ongull, lass mich los«, jammerte Thyra und bog seinen kleinen Finger nach oben. Darin hatte sie mittlerweile Übung. »Ich komme ja mit. Auch ohne dass du mich ziehst.«

Ongull ließ sie los, rieb seinen schmerzenden Finger. »Nur einen Schritt in die falsche Richtung!«

»Bestimmt nicht.«

»Da entlang.« Nebeneinander schritten sie durch das Lager.

»Thyra, ich mag dich. Doch du bist eine *thraell*. Jeder kann dich zur Arbeit heranziehen.«

Er blieb stehen und legte Thyra inständig seine Hände auf die Schulter. Blickte ihr eindringlich in die Augen.

»Jeder kann dich nach Gutdünken bestrafen. Das heißt Freund und Feind darf dich schlagen, einsperren oder andere Dinge mit dir anstellen. Wie es demjenigen gerade gefällt.«

»Andere Dinge?«

Argwohn durchschnitt die Luft.

»Sexuelle Begehrlichkeiten eines jeden Nordmannes«, raunte Ongull.

»Was? Sollte es auch nur einer aus diesem Barbarenvolk wagen, seine Hand an mich zu legen!«

»Wenn du faul und nichtsnutzig herumstehst, kann es durchaus passieren«, fuhr Ongull nachdenklich mit der Hand über seinen Bart. »Du solltest besser auf dich Acht geben.«

»Danke«, schnaubte Thyra verdrießlich.

»Gerne«, grinste Ongull. »Stets zu Diensten.«

»Nein. Danke«, flüsterte Thyra spöttisch. »Ich will dich nicht in meinem Lager.«

Den Rest des Weges legten sie schweigend zurück, bis sie das Geflügelgehege erreichten.

»Hier.« Er drückte Thyra einen hölzernen Gitterkäfig in die Hand. »Die da!« Er zeigte lachend auf die flatternden, und aufgeregt gackernden Hühner. »Das Federvieh muss da rein! Alle!«

Thyra wurde bleich. »Ja und? Was habe ich damit zu tun?«

Ongulls Augen funkelten vergnügt. »Du bist diejenige, die dieses aufgeregte Hühnervolk in die Gitterkäfige befördert.«

»Ich!« Thyra stand fassungslos vor ihm.

»Du«, feixte Ongull bestätigend und gab Thyra einen herzhaften Klaps auf den Hintern. »Du schaffst das!«, lachte er volltönend und schritt davon.

Entsetzt blickte Thyra ihm nach und sah abwechselnd auf die vor Lachen zuckenden Schultern des Steuermannes und auf die cholerischen flatternden Hühner.

»Ich schaffe das!«, murmelte sie zerstreut und kletterte grimmig mit dem Holzkäfig in der Hand in den Hühnerverschlag.

»Mistviecher!«, schlich sie sich an ein braunes Huhn heran.

Es ahnte offenbar, was ihm bevorstand und rannte gackernd und flügelschlagend in dem Verschlag umher. Diese eine Henne schaffte es mit ihren Lauten, alle anderen Hühner mit ihrer Panik anzustecken. Nur Sekunden später rannte sämtliches Federvieh kopflos durcheinander.

Thyra drängte mit weit ausgebreiteten Armen den tänzelnden Vogel in eine Ecke und hechtete aufs Huhn.

Die Folge war ein grandioses Durcheinander. Die Federn flogen, Thyra rutschte im Hühnermist aus und die Hühner hockten zusammengedrängt in einer anderen Ecke des Verschlages.

»Das kann ja heiter werden.« Arrogant schüttelte sie sich den Hühnerkot vom Rock. »Und stinkend!«

Erneut startete Thyra die Jagd und schafften es nach Minuten zu ihrem eigenen Erstaunen, vier Hühner in den Gitterkäfig zu verfrachten. Mit grimmiger Freude betrachtete sie die schimpfenden Hennen und ihre schmutzigen, stinkenden Hände.

»Euch habe ich! Jetzt fehlen nur noch …«, zählend drehte sie sich dem Hühnerhaufen zu, »… sieben.«

Jagend visierte Thyra ihre Opfer an, arglistig auf den verschreckten Hühnerhaufen zu schleichend.

»Na kommt schon. Verdammtes Federviech!«, schmeichelte sie mit sanfter Stimme. »Ihr wollt doch nicht in dieser Einöde allein zurückbleiben? Wo euch Wölfe und Habichte fressen. Ich mag auch Hühnerfleisch.«

Zögernd näherte sie sich dem flatternden Volk.

»Kommt, kommt«, gurrte Thyra tückisch, während ein Zaungast sich gegen die Balustrade lehnte.

»Guten Morgen, Thyra«, sagte er mit einem Lächeln. Doch seine Augen glitzerten gefährlich.

Thyra stockte abrupt in der Bewegung. Sofort schlug ihr Herz bis zum Hals. Alles an dieser männlichen Stimme signalisierte Gefahr.

Misstrauisch richtete Thyra sich auf, atmete tief durch, versuchte ihren Körper zu kontrollieren. Sie schluckte, versteckte ihre geballten Fäuste in den Falten des Rockes und drehte sie sich langsam um.

»Hallo, Hafr«, stieß Thyra schneidend hervor.

»Hallo, Thyra«, wiederholte er kalt lächelnd und beugte sich ihr über der Balustrade entgegen. »Lange nicht gesehen.«

Diese dunkle Stimme war eine einzige Bedrohung.

»Das war auch gut so.«

»Meinst du?« Sein Lächeln verschwand.

»Verschwinde!«

Lautes Poltern und Rufen vom Ufer weckte Hafrs Neugierde. Er wandte seine Aufmerksamkeit dem Lärm zu und beobachtet argwöhnisch den Tumult.

»Alles Dummköpfe«, murmelte der Waffenschmied kopfschüttelnd, als er erkannte, dass ein Fass unkontrolliert die Uferböschung herunterrollte und platschend ins Wasser fiel.

Fahrig sah Thyra sich im Hühnerverlies um.

Keine Fluchtmöglichkeit, begriff sie und ihre Beine fingen außer Kontrolle zu zittern an.

›Verdammt!‹ Gehetzt suchte sie einen Ausweg. ›Er wird es doch nicht wagen, mich hier und jetzt anzufallen?‹ Sie umklammerte den Hühnerkäfig und beobachtete Hafr.

›Doch er wird! Hafr ist zu allem bereit! Ich habe ihn kastriert! Jeder weiß es! Er wird mich demütigen und verletzen. Wann und wo es möglich ist.‹

»Hallo, Hafr.«

Siguror ging auf den Waffenschmied zu und schlug ihm freundschaftlich auf die muskelbepackte Schulter, während er Thyra den eindringlichen Blick zuwarf zu verschwinden.

»Ich hoffe, es ist nicht dein Fass mit den Waffen, welches die Böschung herunterrollte.«

»Das hoffe ich auch«, knurrte Hafr und kniff die Augen beunruhigt zusammen. Er war unentschlossen, ob er bleiben sollte, um Thyra genüsslich in aller Öffentlichkeit zu quälen, oder nachsehen, ob es sein Fass mit den kostbaren Schwertern war.

»Es ist bestimmt nicht dein Fass«, lenkte Siguror Hafrs Aufmerksamkeit zum Ufer.

Hafr stierte zum im Wasser dümpelnden Holzfass. Eine Möwe landete auf den Holzbottich und kündigte mit lautem Ruf ihr Kommen an.

Diesen Augenblick nutzte Siguror, um Thyra das Zeichen zum Verschwinden zu geben. Und sie zögerte keine Sekunde. Aufgewühlt kletterte sie über die Einzäunung und lief mit wehenden und stinkenden Röcken fort vom Feind und von einem Freund.

* * *

Kalman saß zur rechten Seite des Schiffshecks und hielt das Steuerruder, während Gorm mit Siguror den Standort auf der erhöhten Plattform vor dem Purpursegel am Bug einnahmen.

Das Segel lag gereft auf den Planken. Eine harmlose Brise kräuselte sanft die Haut des Meeres, Kalmans ruhige Stimme brummte im Gleichklang übers Deck und die Ruderer bewegten im vorgegebenen Takt ihre Riemen. Fast lautlos stießen die Nordmänner ihre Ruder ins Wasser und zogen diese kraftvoll durchs Wasser. Nur das leise Knarren von Holz auf Holz und leises fluchendes Stöhnen war zu vernehmen.

Bedächtig zog das Ufer des vom angelsächsischen König Alfred eroberten dänischen Danelag vorüber. Kaum ein Blatt hing noch an den Laubäumen. Thyra fröstelte. Es war Ende September.

Nachdenklich blickte sie zwischen den Schutzschilden, die in den Vorrichtungen an Bord der Reling steckten, zurück zur alten Heimat. Sie saß auf dem vorletzten Ruderplatz. Vor Ketill, dem Segelmacher. Es war der einstige Platz von Gestr, der sich beim Kielholen so schwer verletzte, dass er starb.

Rechts von ihr erstreckte sich das weite Meer mit seinen widerwärtigen Seeungeheuern. Sie traute sich kaum daran zu denken, welch gierige Bestien auf dem Meeresgrund lauerten.

»Im Takt, ihr wilden Horden! Im Takt«, scholl Kalmans Befehl über das Deck. »Auch das Frauenzimmer zur Rechten!«

Genervt rollte Thyra mit den Augen und warf Kalman einen verärgerten Blick zu. Die Haut der Handflächen war weggescheuert und blutig. Arme, Rücken, Bauch, alle Muskeln schmerzten vom ungewohnt harten Kraftaufwand.

»Na, *thraell*«, höhnte Ketill flüsternd. »So schwer musstest du in deinem Leben sicher noch nie arbeiten. Das ist keine Stickarbeit mit Nadel und Faden vor einem warmen Kamin.«

Thyra beachtete ihn nicht. ›*Het-ja*‹, feuerte sie sich mit jedem Ruderschlag an und zog den Riemen durchs Wasser. ›Kriegerin! Halte durch! *Het-ja*‹

Gorm blickte übers Meer Richtung Norden. Die Küste zog zur Linken vorüber. Wildgänse, Enten und Kraniche flogen in V-Formation in den Süden. Ihr fröhliches Geschnatter ließ auch Thyra in den Himmel schauen.

Beunruhigt legte Gorm seinen Kopf in den Nacken und beobachtete deren Flüge.

»Der Winter naht. Wir müssen uns beeilen. Wenn erst der Nordwind bläst, werden wir *snaeland* diesen Winter nicht mehr erreichen.«

»Hmmh«, brummte Siguror nachdenklich. »Momentan ist das Wetter noch klar. Mit weiter Sicht. Unsere Krieger sind ausgeruht und kräftig. Sie packen kraftvoll die Ruder und wir legen stündlich achtzehn Seemeilen zurück.«

»Das stimmt. Doch nur bei zusätzlichem kräftigem Wind aus Westen schaffen wir achtzehn Seemeilen in der Stunde! Kein Mann kann diesen schnellen Takt der Ruder über Stunden und Tage aushalten.«

Siguror grinste Gorm auffordernd an.

»Sollen wir unsere *ry-n-d-r gryl-a* fragen, ob sie den Göttern ein Opfer bringen mag, damit wir *snaeland* noch diesen Winter erreichen?«

»Erzähle mir nichts von der Zauberfrau!«, zischte Gorm. »Dieses listige Weib!«

»Das war sie doch schon immer. Und das weißt du auch.«

»Sicher, doch in letzter Zeit …«

»Was?«

»In letzter Zeit erzählt sie Geschichten …«

»… die du nicht hören magst.«

Siguror sah seinen Freund herausfordernd an.

»Genau!«

Eine Windböe zog übers Langschiff und ließ die schwitzenden Männer frösteln. Möwen kreischten und eine Rotte von Seehunden schwamm unter dem Drachenschiff hindurch.

»Bislang sprach sie aber immer die Wahrheit«, nahm Siguror den Faden wieder auf.

»Das ist es ja, was mich so beunruhigt.«

Nachdenklich ruhte Sigurors Blick auf dem Häuptling.

»So kenne ich dich nicht.«

»So wirst du mich auch nie wieder sehen«, brummte Gorm und stapfte zum Bug.

»Im Takt!«, rief Kalman. »Schlagt die Riemen im Takt, Nordmänner. Lehrt unsere Feinde das Fürchten!«

* * *

Sie übernachteten auf den Schiffen, nahe der Küste. Zu essen gab es gegorene Milch, Fladenbrot, gesalzenen Fisch und Dörrfleisch. Missmutig kaute Thyra auf dem zähen Fleisch herum und starrte müde über die Reling. Ihr gesamter Körper schmerzte von der ungewohnten Anstrengung.

»Ich fühle Muskeln, die vorher in meinem Körper nie anwesend waren«, murmelte Thyra im Selbstgespräch und fuhr sich mit der Hand über den Bauch. »Da waren bestimmt keine.«

Sie hörte die Bodenplanken knarren und blickte hoch. Vor ihr stand der kleine untersetzte Bronzegießer. Unvermittelt fing er zu erzählen an.

»Als Bors Söhne am Meeresstrand entlang gingen, fanden sie zwei Baumstämme. Sie nahmen die Stämme und schufen daraus die Menschen.«

Verwundert blickte Thyra Froori an. Bisher hatte der kleine Mann sie noch nie angesprochen oder beachtet.

»Darf ich mich zu dir setzten?«

»Ja ... ja doch«, stotterte sie erstaunt.

Thyra war es nicht mehr gewöhnt, höflich gefragt zu werden. Thyra rutschte zur Seite und machte dem Mann neben sich etwas Platz.

»Willst du die Geschichte hören?« Froori setzte sich, während seine Augen vergnügt lächelten.

»Du bist ein Geschichtenerzähler?«

»Ich kenne viele Geschichten und diese erzählt die Schöpfung des Menschen.«

»Die kenne ich schon. Ich habe die Bibel gelesen und weiß ...«

»Es ist nicht die christliche Geschichte!«, unterbrach Froori Thyra mit ernster Miene. »Es ist unsere! Die Saga unserer Götter.«

»Oh!«

›Das ist Gotteslästerung! Die will ich nicht hören.‹

Doch Froori fing schon zu erzählen an.

»Bors erster Sohn erwachte, als der Gott dem Holzstamm seinen Atem und das Leben einblies. Mit dem zweiten Atemhauch schenkte er seinem Sohn Verstand und Beweglichkeit und mit dem letzten Atemwind bekam die Gestalt Sprache, ein sensibles Gehör und das menschliche Gesicht. Die Götter schufen auch die Frau. Sie gaben ihnen Kleider und fanden für jeden einen Namen. Den Mann nannten sie Ask und die Frau Embla.«

›Ähnlich wie Adam und Eva‹, erkannte Thyra. Sie war entsetzt über den Gedankengang, die heidnische Kultur mit dem christlichen Glauben zu vergleichen.

»Blasphemie!«, hauchte Thyra fassungslos in ihrer Muttersprache.

»Von ihnen stammt das Menschengeschlecht ab«, erzählte Froori mit leuchtenden Augen und freute sich über Thyras Aufmerksamkeit.

»Bors Söhne gaben Ask und Embla Midgard, eine Wohnstatt.«

»Midgard?«

»Oh ja. Du weißt es ja nicht. Midgard ist eine von den Göttern gebaute Festung, in welcher die Menschen leben.«

»Eure Götter bauen Festungen?«

»Aber ja! Natürlich!« Froori strahlte Thyra an.

Er war erstaunt über das Unwissen dieser Angeln-Frau und dachte: ›Kein Wunder, dass Gnupas mir den Auftrag gab, dieser Unwissenden die Geschichte unserer Götter zu erzählen.‹

»Doch Ask und Embla besaßen weder Seele, noch Sinn, noch Lachen und Leben oder gar leuchtende Farben. Sie hatten kein Leben.«

Eindringlich blickte er auf Thyra, die sich gezwungen sah, verstehend zu nicken. So aufgefordert erzählte Froori weiter. »Bis drei Mächtige und Milde zu ihnen kamen, um Ask und Embla ein eigenes Leben zu schenken. Odin schenkte ihnen das Alter, Hönir den Atem und Lodur das Leben und leuchtende Farben.«

Froori sah Thyra strahlend an.

Doch sie keuchte nur entsetzt: »Das … ist … Gotteslästerung!«

Verärgert schwieg der Geschichtenerzähler und schob sich sein letztes Stück Brot in den Mund.

›Das wird ein hartes Stück Arbeit dieser Ungläubigen unsere Götterwelt zu erklären. Nun weiß ich, warum das Zauberweib mir drohte, falls ich scheitern oder mich weigern würde!‹

Thyra schnaufte verärgert und biss die Zähne zusammen.

›Diese ungläubigen Barbaren.‹ Nervös wippte sie mit dem Fuß. ›Muss ich mir diese ketzerischen Geschichten anhören? Das nächste Mal werde ich Froori nicht bitten, sich zu setzen.‹

Stur blickte sie an dem Geschichtenerzähler vorbei. ›Doch leider bin ich eine Sklavin dieser ungläubigen, verfluchten Eindringlinge!‹

Das verärgerte Wippen ihres Fußes verstärkte sich.

›Ich bin diesen Barbaren ausgeliefert! Jeder kann mir jede Drecksarbeit befehlen. Ich werde immer eine Dienerin bleiben. Außer …‹ Schelmisch grinste sie Froori an. ›… außer ich werde endlich eine Kriegerin! Und eine Kriegerin muss alles über ihren Feind wissen. Alles!‹

Energisch stellte Thyra ihren Fuß auf die Bodenplanken, drehte sich Froori verführerisch zu und lächelte ihn hingebungsvoll an.

»Froori«, flötete sie dem verdutzten Wikinger entgegen. »Wer ist Odin?«

»Odin!«

»Ja! Odin?«, lächelte Thyra ihn an. »Wer ist das?«

Froori lächelte glücklich.

›Es wird doch nicht so schwer werden.‹

»Odin ist ein Sohn von Bor. Er ist unser höchster Gott. Unser Rabengott.«

»Rabengott?«

Er beachtete ihre Gemütsregung nicht und lächelte.

»Er wird immer von zwei Raben begleitet.«

»Huginn und Muninn.«

Froori überhörte es.

»Sie sitzen auf Odins Schulter. Sie heißen Huginn, der Gedanke, und Muninn, das Gedächtnis.«

›Ich werde nicht zuhören! Wenn ich das mache, schmore ich im Höllenfeuer!‹ Dennoch lauschte Thyra den Worten des Geschichtenerzählers.

»Im Morgengrauen schickt Odin seine Raben in die Welt.«

»Wo sie über die Täler, Berge und Wälder, über Flüsse und Meere zu den Menschen fliegen und ihnen bei der Arbeit zusehen. Sie setzen sich auf die höchsten Baumwipfel und schauen mit ihren intelligenten, dunklen Augen zum Volk, lauschen den Stimmen und beobachten deren Arbeit.«

Gelangweilt vervollständigte sie seine Geschichte und konnte kaum den spöttischen Unterton in ihrer Stimme unterdrücken.

»Ja, Raben«, knurrte Froori und Thyra beschloss, ihn nicht weiter zu verärgern.

»Wenn Huginn und Muninn alles gesehen und gehört haben, alles wissen, breiten sie ihre schwarzglänzenden Flügel aus und fliegen zurück zu Odin.«

»Und dann?«, forderte Thyra ihn auf, mehr zu erzählen, und sah verstohlen über ihre Schulter.

›Gut, dass Aesa mich jetzt nicht sieht.‹

Ernst musterte Froori die Angeln-Frau.

»Sie setzen sich auf Odins Schulter und berichten ihm alles.«

»Zwei Raben sind also die Gehilfen eures höchsten Gottes.«

»Das sind sie«, nickte Froori beflissen. »Darum hält jeder Wikinger immer Ausschau nach diesen schwarzen Gesellen.«

»Wie? Haben Nordmänner etwa Heimlichkeiten vor ihrem höchsten Gott?«

Ertappt zuckte Froori und kniff beide Augen zusammen.

Freundschaftlich stupste Thyra den Bronzegießer an.

»Habt ihr? Oder habt ihr nicht?«

»Er muss nicht alles wissen!«, wich Froori aus.

»Das gefällt mir!«

»Hmpf.« Froori fühlte sich ertappt.

Die frühe Dunkelheit machte das Augenlicht unwichtig. Thyra hörte leises Atmen und vereinzelt herzhaftes Schnarchen. Das anstrengende Rudern forderte seinen Tribut. Viele Wikinger krochen schon früh am Abend in ihre *húdfats*. Auch Thyra war erschöpft und müde.

»Froori«, maulte Gils, der mit dem untersetzten Mann den Schlafsack teilte. »Morgen kannst du ihr mehr erzählen.«

Mit einem Augenzwinkern stand Froori auf.

»Morgen erzähle ich dir mehr.«

Thyra lächelte nur.

»Alles Heiden«, nuschelte sie leise. »Noch viel schlimmer als ich es mir in meinen wildesten Träumen hätte vorstellen können.

Es wird schwer werden, eine Kriegerin dieses Volkes zu sein. Viel schwerer als ich ahnte! Aber ...!«

Die Augen fielen zu und Träume fingen ihren Verstand.

* * *

Der eiskalte, mit abertausend Schneekristallen gefüllte Ostwind peitschte die Flotte über das aufbäumende Meer. Er blähte die Segel und die Drachenschiffflotte flog über die weiß schäumenden Wellen *snaeland* entgegen.

Die erfahrenen Seefahrer hatten über ihre hautenge Hose das kniekurze Hemd und das hüftlange, enganschließende Arbeitswams mit den langen Ärmeln gezogen. Auf den Köpfen trugen sie eine zipfelartige Kapuze aus kräftigem Wollstoff, die sich um den Hals schmiegte und die Schulter abdeckte. Das Cape schützte den *skiparii*[36] gegen Nässe und den schneidend kalten Wind.

Thyra zitterte erbärmlich. Sie hockte auf dem *lyptingartjald*[37] über dem *rúm*[38], dem Schlafraum zwischen den Spanten unter Deck. Wie ein Häufchen Elend kauerte sie auf den nassen Planken vor ihrem Ruderplatz.

Ihr war speiübel! Die Innereien rebellierten und dennoch knurrte ihr Magen vor Hunger. Vor ihren Augen schimmerten irre, nicht reale bunte Punkte. Der Schwindel verwirrte ihren Verstand und sie musste unbedingt pinkeln. Thyra weigerte sich, den dafür notwendigen Weg, den *ganga til borda*, einzuschlagen.

»Ich hocke mich nicht auf die Reling, um über Bord ins Meer zu pinkeln! Verdammt, ich zeige den Männern nicht meinen nackten Hintern, wo der Wind meine Tunika anhebt.«

---

36 Schiffsmann.

37 Hinterdeck.

38 Raum.

Magensäure drückte über die Speiseröhre zum Mund hinauf. Eilig schluckte Thyra.

»Diese Wellen! Dann gehe ich vielleicht noch über Bord!«

Ihre Zähne klapperten aufeinander.

»Ohhhhhh!«

Mit zitternden Knien und rollenden Augen erhob Thyra sich.

»Ohhhh!«

Sie würgte, schluckte und presste die Lippen zusammen.

Snoorri, der vor ihr saß, erkannte das Dilemma. Er sah, wie Thyra mit leichenblassem Gesicht schwankte und ihre Hand vor den Mund presste.

»Oh nein! Nur das nicht! Kotze mich nicht an. Die *thraell* ist seekrank!«

Snoorri ahnte die Folgen, wenn er nicht eingriff! Rigoros packte er Thyra und stieß ihren willenlosen Körper zur Reling.

»Hmpf«, stöhnte sie gequält, während das Meer ihr Gesicht mit Salz überzog, die Haare durchnässte und ihre Tunika einweichte. Ihre Beine zitternd, knickten ein und brachen unter ihr weg.

»Oh nein! Nicht!« Mit den Ellenbogen stemmte Thyra sich zwischen die Schutzschilde. Das Schiff schwankte, die Wellen hoben und senkten es. Thyra schluckte und suchte mit den Augen einen starren, unbeweglichen Gegenstand.

›Unmöglich!‹, erkannte sie, den Blick auf die Wellenberge gerichtet, und starrte in den Himmel. ›Auch nicht besser!‹

Jammernd klammerte sie sich an die Brüstung. In ihrem Magen rumorte es beharrlich. Plötzlich fühlte sie etwas Warmes und Festes unter ihren Achseln.

»Wer wagt es?«, startete sie einen schwachen Widerstand.

Ihr Bauch krampfte, während Snoorri hinter ihr stand, sie stützte und seinen Kopf mit einem angewiderten Gesichtsausdruck wegdrehte.

»Ich kann das nicht riechen! Dann muss ich auch kotzen.«

Er erntete brüllendes Gelächter, während Thyras Kopf willenlos zwischen den Schutzschilden hing und die Mahlzeit aus Molke, Stockfisch und Fladenbrot dem Meer übergab.

»Dämonenungeheuer, überall Ungeheuer.«

»Gut so, Mädel. Gleich hast du's geschafft. Ich halte dich.« Fassungslos über seine Worte drehte er den Kopf von links nach rechts und beobachtete seine Kameraden. »Hoffentlich hörte das niemand.«

Er fühlte, wie ihr schmaler Leib zitterte und in Abständen würgend verkrampfte. Nachdenklich musterte er ihre durchnässte Kleidung.

»Sklavenkleidung ist für eine Seefahrt nicht geeignet.«

Thyra trug eine knöchellange, weite Tunika aus derbem Wollstoff. Darunter eine grobe lange Hose und über die Schulter einen Umhang aus gewalktem Wollstoff, allerdings ohne die wasserabweisende Kapuze.

Snoorri fühlte, wie sie zitterte und an Kraft verlor, und packte fester zu. Keinen Augenblick zu früh. Kraftlos sackte Thyra zusammen.

»Das hat mir gerade noch gefehlt!«

Verärgert blickte er auf seine bewusstlose Fracht, stand breitbeinig auf den knarrenden Planken und hielt die Frau mit ausgestreckten Armen von sich.

»Und nun?«

»Snoorri!«, rief Oli, der hinter dem Wikinger im *rúm* hockte. »Setz dich. Der Wind reißt dir sonst die Ohren ab!«

»Würde ich ja gern«, knurrte der und drehte sich Oli entgegen. »Aber wie?«

Verzweifelte zog er eine Augenbraue in die Höhe und zeigte Oli das Dilemma.

Oli sah die Sklavin und grinste derbe.

»Du weißt nicht, was du mit einer Frau anfangen sollst? Du hast nicht die geringste Ahnung? Wie viele Jahre ist es her, dass du das letzte Mal bei einem Weib gelegen hast?«

»Sie ist eine Königstochter! Sie ist …«

»… bald tot. Erfroren!«, vollendete Oli den Satz.

Snoorri legte den Kopf schief und analysierte nachdenklich seine Fracht. Der erste Schnee legte sich sanft und schmelzend auf die Haut.

»Was soll ich denn machen?«, brüllte Snoorri verzweifelt.

»Du warst doch der *húdfatléger*[39] von Gestr.«

»War ich!«

»Und jetzt ist Gestr tot.«

»Ja«, antwortete Snoorri und stierte Oli mit zusammengekniffenen Augen wachsam an.

»Und du schläfst allein in deinem *húdfat*.«

Snoorri fühlte sich von Olis Ausführungen in die Enge getrieben.

»Aber ich kann sie doch nicht mit in mein *húdfat* nehmen. Sie ist eine Königstochter! Alle werden denken, ich habe etwas mit der da! Außerdem ist die mir viel zu mager! Und wenn unser *styrimannr* das mitbekommt …!«

»Das schmälert seinen Gewinn, wenn er denkt, ich habe mit der da das Lager wie Mann und Frau geteilt!«

»Wenn Gorm mitbekommt, dass du sie hast sterben lassen, schmälert es seinen Gewinn erst recht.«

Der eisige Ostwind peitschte übers Meer und schnitt in die Haut der *skiparii*. Thyras Augenlider zitterten und ein gequältes Stöhnen ließ Snoorri aufhorchen.

»Mach, was du für richtig hältst«, knurrte Oli und kletterte in seinen *húdfat* zu Moror, dem Perlenmacher, und kümmerte sich nicht mehr um Snoorri und seine seltsame Fracht.

»Du verdammtes Weib! Mit Gestr einen *húdfat* zu teilen war in Ordnung. Aber mit einer Frau?« Widerwillig stopfte er Thyras Beine in den Schlafsack und zog ihr das Leder über den Kopf.

---

39 Schlafgenosse.

»Wenn das man gut geht«, grummelte er mürrisch und legte sich neben Thyra in den Ledersack, zog ihn sich bis zur Schulter und umarmte ihren zitternden Körper.

»Wenn das Mal gut geht«, wiederholte er und dachte nur an die schwerwiegenden Strafen die Gorm, der mächtige Wikingerhäuptling, ihm aufbürden würde.

»Wenn du stirbst, werde ich bestraft«, nuschelte er in ihr nasses Haar. »Und wenn ich dir das Leben rette – auch. Alle werden denken, ich hätte das Lager mit dir wie Mann und Frau geteilt.«

Tief atmete er die frostig-feuchte Luft ein. Der Ostwind ließ Eiskristalle an seinen Nasenhaaren wachsen und ummantelten den Bart mit stacheligem Raureif.

»So wie Mann und Frau es eigentlich auch sollten«, griente er.

Sofort pulsierte sein Glied. Entsetzt rückte er von Thyra ab und stopfte seinen Umhang zwischen sich und den verlockenden Frauenkörper.

»Wenn das mal gut geht«, murmelte er noch und schlief mit Thyra in den Armen ein.

»Hmmm«, seufzte Thyra wonnevoll und schmiegte sich dichter an den warmen Rücken. Wohlig umarmte sie den warmen Körper und hielt, noch halb im Traum gefangen, ihre Augen geschlossen.

Genießerisch rieb sie ihren Körper gegen den anderen und träumte von Gorm. Tief sog sie den Duft ihres Gegenübers ein und stutzte.

»Gorm?«

Entsetzt riss sie die Augen auf.

»Braunes Haar!«, zischte sie und wich zurück, was in dem engen *húdfat* nicht weit war.

»Schrei mir nicht so ins Ohr! Verdammt!«, grummelte Snoorri schlaftrunken.

»Snoorri? Was macht ein Wikinger in meinem Schlafsack?«

»Lieg still, verdammt! Du trittst mir gegen die Waden.«

»Ach«, höhnte Thyra und stemmte ihre Knie gegen seinen Rücken.

»Es zieht kalt rein!«

»Lass mich aus dem Schlafsack!«

»Ach!«, höhnte nun auch Snoorri und drehte sich zu Thyra.

»Bleib, wo du bist!«, befahl Thyra, winkelte die Beine an und drückte ihm die Knie in den Unterleib.

»Weiber!«, grollte Snoorri und blieb auf dem Rücken liegen.

Schneeregen prasselte ihm aufs Gesicht. Er zuckte nur ein wenig mit den Augen und ließ sich die kühlende Feuchtigkeit übers Gesicht laufen.

»Mach dich nicht so breit!«

Mit zusammengekniffenen Augen versuchte Thyra, so viel Abstand wie möglich zwischen sich und den Barbaren zu bringen.

»Zuerst hilft man dem Weib beim Kotzen, dann opfere ich meinen *húdfat* und rette diesem, diesem ... dieser *thraell* das Leben«, spuckte er die Worte aus. »Und dann muss ich mich von noch vor dem Aufwachen treten und beschimpfen lassen.«

Er zog sich das Leder des Schlafsacks über das nasse Gesicht. »Ich schwöre bei allen Göttern, die mir wohlgesonnen sind: So etwas passiert mir nie wieder! Das nächste Mal lasse ich das Weib auf die Bodenplanken der *dreki* kotzen und verrecken!«

Thyra runzelte nachdenklich die Stirn.

»Da war was!«

»Upps!« Thyra schürzte ihre Lippen und eine peinliche Röte bedeckte das Gesicht. »Ups!«, wiederholte sie erschrocken und noch gewaltiger, als das gesamte Erinnerungsvermögen zurückkehrte.

»Nur ups?«, schnaufte Snoorri und öffnete den Schlafsack.

»Ohhh nein!« Thyra presste die Augen zusammen und bedeckte mit den Armen ihr Gesicht. »Du bist nackt!«

»Die englische Lady erinnert sich! Wie nett!«

»Guten Morgen, Snoorri«, rief der rothaarige Oli ihm mit einem breiten Grinsen und anzüglichen Zwinkern entgegen. Der dünne Wikinger stand neben seiner Sitzkiste und warf sich den Arbeitswams über.

»Wie war die Nacht?«

»Und deine?«

»Einsam«, spöttelte Oli. »Sehr, sehr einsam.«

Thyra zog den Schlafsack über den Kopf.

»Oh nein«, jammerte sie.

Sie erinnerte sich daran, wie Snoorri sie über die Reling gehalten hatte. Doch dann? Wie war sie in Snoorris *húdfat* gekommen?

»Warum liege ich hier?«, fragte Thyra dumpf aus den Tiefen des Schlafsackes.

»Weil du sonst erfroren wärst.«

»Wie peinlich! Wie kompromittierend! Wie entsetzlich! Alle werden denken, ich habe mit Snoorri …! Oh nein!«

Tiefdunkle Schamesröte erhitzte ihr Gesicht. Plötzlich stockte ihr Atem.

»Gorm wird denken …! Er wird … er wird denken …«, stotterte sie und ihr Magen schnürte sich zusammen. »Er wird denken, ich habe …!«

Energisch schlug Thyra das Leder des *húdfats* zurück und kletterte umständlich heraus.

»Snoorri! Du gehst sofort zum Häuptling und erklärst ihm alles!«, befahl Thyra, während sie energisch die Fäuste in die Taille stemmte.

»Was soll ich?«

Langsam trat Snoorri Thyra entgegen.

»Du sollst zu Gorm gehen!«, befahl Thyra aggressiv, obwohl Snoorri sie in seiner drohenden Haltung einschüchterte.

»Ich soll was?« Seine leise Stimme wirkte nicht freundschaftlich und Thyra blinzelte irritiert.

»Ihm sagen, dass du mir nur geholfen hast, während es mir schlecht ging. Dass du mir das Leben gerettet und mich vor dem Erfrieren bewahrt hast.«

Herausfordernd starrte sie in die dunklen Augen des Wikingers. Seine buschigen Augenbrauen zogen sich bedrohlich zusammen und berührten sich fast über seine Nasenwurzel.

›Das geht nicht gut!‹, erkannte Thyra und schürzte überlegend die Lippen.

»Hast du den Verstand verloren?«, schnauzte der Krieger Thyra an.

Er beugte sich hinunter und starrte dieser anmaßenden *thraell* in die Augen.

»Soll ich mich auspeitschen oder kielholen lassen? Du bist Gorms Sklavin! Sein wertvoller Besitz!«

Er raufte sich entgeistert die zotteligen Haare.

»Und auch wenn unser Kodex es regelt, dass wir sämtliche Beute teilen! Ich glaube, du gehörst nicht dazu!«, grinste Snoorri unverschämt.

»Was?«

»Außerdem war es spät in der Nacht! Es war dunkel und niemand«, er korrigierte sich, »fast niemand hat uns gesehen. Außerdem habe ich Gorm nicht um Erlaubnis gefragt! Schon schlimm genug, dass Oli alles sah.«

»Was hat Oli gesehen?«

»Dass ich dich in meinen *húdfat* legte.«

»Ich erinnere mich nicht.« Thyra verschränkte die Arme vor drohend der Brust. »Und was hat er noch gesehen?«

»Nichts!«, wich Snoorri aus und zupfte seinen Umhang in die richtige Position.

»Nichts?« Ihre Augen verengten sich zu schmalen Schlitzen.

»Ich habe dich nur gewärmt. Du warst bewusstlos und hast geschlottert wie die Blätter der Pappel im Wind.«

»Was hab ich?«

»Gefroren. Gezittert«, erklärte Snoorri genervt und warf eine Ecke des Umhanges über die linke Schulter.

»Und?« Thyra kniff bösartig ihre Augen zusammen.

»Nichts! Brav wie Kleinkinder in der Nacht haben wir nebeneinandergelegen und geschlafen wie die Braunbären in einer verschneiten Winterhöhle. Nicht mehr und nicht weniger.«

»Dann ist ja gut«, brummelte Thyra kleinlaut und scharrte verlegen mit der Fußspitze den *húdfat* zur Seite.

»Snoorri?«

»Was denn noch!«

»Danke.«

»Hmpf«, knurrte er und kramte aus seiner Sitzkiste etwas Stockfisch.

»Schon gut.«

* * *

Eine beständige Brise aus Westen blähte die bunten Segel der Drachenflotte auf. Acht Kriegsschiffe fuhren in Sicht des Danelags und später der schottischen Küste entlang. Die Galionsfiguren tanzten auf den Wellen der Nordsee. Tauchten hinab in die unerforschten Tiefen des keltischen Meeres und ließen sich, wenn sie den Gipfel des Wellenkammes erreichten, den weißen Meeresschaum vom Wind abstreifen.

Es war Mitte Oktober. Die Männer ruhten sich an Bord aus, flickten ihre Kleidung, reparierten und reinigten ihr Handwerkszeug, ihre Schwerter, Messer, Äxte und Schilde.

Das Purpursegel der *dreki* strahlte über das Meer. Gorm saß auf seiner Sitzkiste neben Siguror und beobachtete prüfend den Wind mit den stürmischen rauchgrauen Herbstwolken am Horizont.

»Wir segeln West-Nord-West. Wenn der Wind weiter so beständig bläst, werden wir die Orkneyinseln in einigen Tagen zu unserer Linken sehen können. Wenn unsere Meeresgöttinnen Rán und Gjalp uns wohl gesonnen sein werden, können wir an der Felsküste der Shetlands vorbeisegeln und die Inseln hinter uns lassen.«

Siguror hob prüfend seine Hand in den Wind.

»Werden wir keine der Inseln ansteuern?«

»Nein«, bestimmte Gorm. »Wir reisen zu spät im Jahr. Viel zu spät. Es ist schon Oktober! Es ist schon jetzt es ein gewaltiges Risiko zu segeln. Unsere Besuche würden zu viel Zeit in Anspruch nehmen. Wenn ich an die vielen Feierlichkeiten denke, an denen wir teilnehmen müssten. Dann erreichen wir vor dem Winter den Hafen Hornafjördur auf Island nicht. Wir würden auf den Orkneyinseln oder auf den Shetlandinseln festsitzen, und könnten erst Ende April weitersegeln.«

Gorm ließ seinen Blick über die Mannschaft und das tänzelnde Meer zu den anderen Schiffen seiner Flotte schweifen.

»Sie folgen uns«, murmelte er und zu Siguror sagte er: »Wir werden in Suduroy anlegen.«

»Auf den Färöern.«

Eine Bö blähte das Segel, das Schiff nahm Geschwindigkeit auf und teilte das Wasser am Bug. Gischt spritzte zu beiden Seiten hoch. Der Drache fauchte.

»Wir werden Proviant und Frischwasser aufnehmen«, rief Gorm gegen den Wind, während er den Flug der Möwen beobachtete, »und nach zwei Tagen wieder aufbrechen«

»Hmmh. Von Unst auf den Shetlands und Suduroy auf den Färöern sind es 162 *vika sjáfar*[40], von denen wir 76 *vika sjáfar*[41] ohne Landsicht segeln müssen.« Nachdenklich runzelte Siguror die Stirn. »Bei Sturm sind wir schneller, doch bei Nebel?« Er machte eine gedankenverlorene Pause. »Sind wir verloren!«

Gorm grinste seinen Königsdrengir[42] an.

»Dann treiben wir verloren auf dem Meer. Wie ein viele Jahre altes Stück Treibholz. Ohne zu wissen, ob und wo wir Land

---

40 162 Seemeilen = 300 Kilometer.

41 76 Seemeilen = 140 Kilometer.

42 Männer, die dem Häuptling dienen.

finden. Macht dir das *havilla*[43] auf See Sorgen?«, fragte er leicht spöttisch.

»Mir?«, entrüstete sich Siguror theatralisch, während seine Augen übermütig funkelten. »Bin ich ein Wikinger, ein Krieger, ein *Ascomanni* und ein Königsdrengir ohne Land?«

»Das bist du«, warf Gorm lachend ein.

»Dann wäre Nebel das Beste, was uns passieren kann! Wir könnten neues Land entdecken, es für uns einnehmen und ihm unseren beziehungsweise«, Siguror klopfte sich auf die Brust, »meinen Namen geben. »Dann würde das grüne Tal, auf dem fette Rinder, Schafe und Schweine weiden, Sigurorland heißen.«

Gorms Grinsen wurde immer breiter.

»Zuerst würden nur wenige Häuser stehen. Dann – nach einer Weile – entsteht ein Dorf, Sigurordorf, und ich wäre der Häuptling.« Sigurors Augen blitzten übermütig.

»Und was machst du, wenn kein Nebel unsere Augen erblinden lässt und wir kein fremdes Land entdecken? Zwischen Suduroy auf den Färöern und dem Hafen Hornafjördur von Island liegen einige *vika sjáfar*.«

»Dann werde ich eben warten, bis es so weit ist!«, lachte er schallend.

»Das ist eine sehr diplomatische Entscheidung«, neckte Gorm. »Äußerst klug.«

»Nicht wahr«, grinste Siguror bis über beide Ohren. »Ich muss schon sagen, du hast einen sehr fähigen Königsdrengir an deiner Seite.«

»Wie gut, dass du nicht eingebildet bist«, fiel Gorm scherzend ein.

Thyra stand an der Reling und drehte sich zu Gorm und Siguror. Ihr Blick wurde weich, als sie Gorm so entspannt lachend neben seinem Freund sitzen sah.

---

43   Richtungsloses Umhertreiben.

›Verdammt! Wie sehr ich diesen Mann liebe.‹

Ein schmerzender Stich fuhr in ihr Herz und fraß sich durch jede Windung ihrer Eingeweide.

›Wie kann ich einen Mann lieben, dessen Bestimmung es ist, ein Barbarenvolk in die Schlacht zu führen? Mein Volk abzuschlachten! Es zu vernichten und mein Land zu beherrschen!‹

Ihr Herzschlag stolperte. Eilig sah sie zu den Wellen, bevor ihr jemand die Liebe vom Gesicht ablesen konnte.

»Ich habe kein Volk mehr! Mein Onkel, mein König, der Bruder meines toten Vaters hat mich verstoßen! Ich habe kein Volk mehr! Keine Familie! Kein Land!«

Sie blinzelte die Tränen fort.

»Nur nicht weinen! Nicht jetzt! Nie wieder!«, befahl sie sich und blickte zu Gorm. »Es ist unmöglich! Es wird nie wahr werden und es wird nie geschehen, dass ich die Frau an seiner Seite werde. Es ist absurd, unmöglich, undenkbar, widersinnig, unvorstellbar! Es wäre phantastisch, wundervoll, traumhaft, das Beste, was je geschehen könnte.«

»Was wäre das Beste, das dir je geschehen könnte?«

Entgeistert drehte Thyra sich zu Bergfin um.

»Was?«, fragte sie entsetzt. Sie hatte nicht gemerkt, dass sie ihre letzten Worte laut sprach.

»Was wäre das Beste?« Bergfin trat zur *thraell.*

»Das Beste, das Beste …« Fahrig fuhr Thyra durch ihr Haar und blickte ins lächelnde Gesicht des langhaarigen Mannes. »Das Beste wäre, wenn ich mich vom Sklaventum befreien könnte!« Herausfordernd sah sie den jungen Mann an und strich ihm neckend über seinen Kopf. »Du bekommst ja eine Glatze!«

Verlegen rieb Bergfin mit einer Hand über den zunehmend kahlen Schädel.

»Mein Vater und mein Großvater hatten auch einen nackten Kopf.« Er zuckte mit der Schulter. »Ich werde es ihnen wohl gleichtun.«

Bergfin legte gelassen die Arme aufs Holz. Schweigend blickten beide auf die Wellen. Nach einer Weile fing er zu reden an.

»Das Meer kann viele Geschichten erzählen.« Er stockte, wollte weiterreden, klappte dann jedoch seinen Mund wieder zu.

»Welche Geschichten?«

»Hmfgrh«, räusperte sich Bergfin.

Thyra sagte nichts.

»Unheimliche Geschichten.« Er starrte auf die immer wieder-kehrenden Wellen. »Gefährliche Geschichten.«

»Erzähl sie mir!«

Bedächtig drehte Bergfin sich der Angeln-Frau zu.

»Du bist schon eine ungewöhnliche Frau.«

»Ja? Warum?«

»Du willst lernen, wissen, verstehen!«

Er blickte zum Rand des Horizontes. Dort wo Himmel und Meer sich berührten. Wo sich die Silhouetten der Wellenkämme kräuselten.

»Das wollen nicht viele Menschen, vor allem keine Sklaven!«

Thyra folgte seinem Blick.

»Die meisten Sklaven hassen ihre Besitzer! Rache, Mord und Leid verpesten ihre Gedanken. Man muss aufpassen, diesen Skla-ven nie den Rücken zuzukehren, ihnen je zu vertrauen. Ein Dolch gleitet geschmeidig leicht durch dein Fleisch in den Rücken, an den Knochen vorbei, in deine Eingeweide.«

Er lächelte Thyra mit schelmisch funkelnden Augen an.

»Das ist meistens tödlich, weißt du!«

»Ach ja!«, spöttelte sie. »Was so kleine Dolche doch so alles können.«

»Manchmal sind die kleinen Dinge entscheidend.«

Bergfin schwieg. Sie standen lange Atemzüge beieinander an der Reling und betrachteten die Endlosigkeit.

»Ich sehe viel, wenn ich im Ausguck stehe und das Fahrwasser beobachte. Merkwürdige riesige Kreaturen. Wale stoßen aus den unendlichen Tiefen des Meeres durch die Meeresoberfläche.

Sie blasen hohe Wasserfontänen in die Luft. Kurz darauf verschwinden diese baumgroßen Ungeheuer wieder. Manchmal schwimmt ein ganzer Clan ums Schiff. Ein anderes Mal sehe ich nur wenige. Dann begleiten die Meeresgeschöpfe uns ein oder zwei Tage. Bisweilen schwimmen sie so dicht an unsere Schiffe heran, dass wir in ihre blitzenden Augen sehen können.«

Bergfin räusperte sich.

»Dann habe ich oft das Gefühl sie erzählen mir, was sie am Meeresgrund sehen, wohin ihre Reise geht und dass sie uns willkommen heißen.«

»Erzählen sie dir auch von euren Göttern?«

»Ja«, flüsterte Bergfin. »Manchmal erzählen sie mir, was Rán, unsere Göttin der Stürme und Wasserstrudel, plant. Oder wie Rán und Gjalp den Tag auf dem Meeresgrund in den geheimnisvollen Berghöhlen unter Wasser verbringen. Rán ist gefährlich!« Er sah Thyra forschend ins Gesicht. »Sie kann ganze Schiffsflotten in einen Meeresstrudel treiben, sie unter Wasser ziehen und diese ihrer Tochter Gjalp zum Geschenk machen.«

Seine geschulten Augen glitten wachsam über die Meeresoberfläche. »Sie können sehr launenhaft sein – unsere Götter im Meer«, raunte er leise. »Es ist besser sie nicht zu erzürnen.«

Nachdenklich musterte er die *thraell*.

»Ich weiß auch nicht, warum ich es gerade dir erzähle«, meinte Bergfin plötzlich schroff. »Du bist anders. Ich habe es gewusst. Alle wissen es!«

Er ging und ließ Thyra verdutzt an der Reling stehen.

»Ich bin anders?« Nachdenklich starrte Thyra auf die Wellen und dann an sich herunter. »Ich?«

Doch sie bekam keine Antwort. Weder von den heidnischen Göttern am Meeresgrund noch von den baumgroßen Wesen mit den kleinen blitzenden Augen.

* * *

»Die Orkneys!«, schrie Knut voller Freude und weckte die schlafende Meute. Seine Aufgabe war es, den Feind rechtzeitig auszuspähen. Doch heute erkannte sein geschultes Auge die schroffen Konturen der rauen Inseln im rötlichen Licht der Morgensonne.

»Die Orkneyinseln! Zur Linken!«, schrie er aufgeregt und rannte zu Gorm, der sich verschlafen aus seinem *húdfat* schälte.

»Gorm! Die Orkneys!«, brüllte er dem Häuptling ins Ohr.

»Ich habe dich sehr wohl verstanden«, knurrte Gorm grimmig.

»Die Orkneys!« Knut konnte nicht an sich halten, so aufgeregt war er.

»Ja!«, zürnte Gorm und warf sich ungestüm den Umhang über die Schulter. »Ich habe es gehört! Und wenn du mir noch einmal ins Ohr brüllst, schneide ich dir deine Zunge heraus!« Wütend starrte er Knut an.

»Ich …, ich …«, stotterte Knut.

»Verschwinde!«, schnauzte Gorm und biss die Zähne so aufeinander, dass die Wangenmuskulatur zuckend hervortrat.

»Ich …«, fing Knut noch einmal vorsichtig an.

»Verschwinde! Sonst …!« Gorm ließ die Drohung stehen, während seine Hand zum Messer am Ledergürtel wanderte. Knut verfolgte die Handbewegungen des Häuptlings und beschloss einen geräuschlosen Rückzug anzutreten.

»Den bringe ich irgendwann um«, grummelte Gorm und pinkelte über die Reling. Sein Blick wanderte zum Horizont. »Die Felsen der Orkneys. Wir sind auf Kurs.«

Sein Blick ging am Purpursegel vorbei und wanderte in nordöstlicher Richtung zum Horizont.

»Sind die Shetlandinseln zu erkennen?«, rief er Knut zu, der zum Ausguck zurück geschlichen war.

Knut schützte mit einer Hand die Augen vor der aufgehenden Sonne. Die Strahlen brachen auf den kräuselnden Wellen und reflektierten das Licht.

»Vielleicht«, murmelte er leise und starrte über das glitzernde Wasser. »Aber genau kann ich es noch nicht sagen.« Er kniff die Augen zusammen. Starrte angespannt in die Richtung, in der er die Shetlands vermutete. »Nein, ich kann sie noch nicht ausmachen.«

Gorm nickte. Er wusste, er konnte sich auf Knut verlassen. Er war derjenige, der im Ausguck nach den Feinden auf dem Meer Ausschau hielt und er warnte zusammen mit Fargrim zuverlässig. Seine Wut war vergessen.

Gorms Blick wanderte zum *rúm*, wo Knut mit Fargrim den *húdfat* teilte. Fargrim lag schlafend, tief im Traum gefangen und schnarchte selig.

Gorm kramte aus seiner Seekiste einen getrockneten Stockfischstreifen, ergriff eine Handvoll gedörrte Apfelringe und ging auf der schwankenden *dreki* zum Bug. Breitbeinig stand er in der Mitte des Schiffes und blickte übers Meer.

Schweigend, den Fisch kauend, gesellte sich Ongull zu Gorm.

»Hast du sie gesehen?«, fragte der Steuermann, ohne Gorm anzublicken.

»Die Orkneys?«

»Hmmh.«

Ongull steckte sich eine Dörrpflaume in den Mund und spuckte den Kern in die hohle Hand.

»Ja.«

Er legte den Kopf in den Nacken und kontrollierte Knut, der auf der Plattform des Ausgucks vier Meter über den Decksplanken auf der winzigen Fläche hockte und die Beine herunter baumeln ließ. Aufmerksam spähte er nach *landnordr*[44].

Ongull verfolgte nachdenklich den Flug den Sturmmöwen.

»Der *leidarstein*[45] leuchtet noch am Himmel«, murmelte Gorm ohne den Blick abzuwenden.

---

44 Nordosten.

45 Ein Wegstein zur Navigation.

»Die Möwen ziehen zu den Orkneys. Wenn wir in die Nähe der Shetlands kommen, werden sie über uns fliegen. Der Wind wird die Segel der Drachenschiffe antreiben.« Ongull schwieg, dann räusperte er sich vernehmlich.

»Werden wir einer der Inseln einen Besuch abstatten?«

»Nicht die Orkneys und nicht die Shetlands. Wir steuern Suduroy auf den Färöern an«, antwortete Gorm knapp.

»Suduroy.«, wiederholte Ongull und seine Augen blitzten kurz.

»Für ein bis zwei Tage. Wir müssen uns beeilen. So spät im Jahr ist noch nie eine Wikingerflotte nach Island gefahren.«

»Die Herbststürme kommen«, bestätigte Ongull mit besorgtem Kopfnicken.

»Sie können uns in einem einzigen unachtsamen Moment an den Inseln vorbeitreiben, ohne dass wir es bemerken. Nur mit sehr viel Glück erreichen wir dann lebend *graenlendingar*[46], bevor die Eisberge alles einnehmen und jeden Seeweg versperren.«

Gorm steckte sich seinen letzten Bissen Brot in den Mund.

»Oder wir frieren auf dem Eis ein und müssen bis zum Frühsommer ausharren und hoffen, dass das Eis unsere Schiffe nicht zermalmt und wir genügend Robben und Fische jagen, um nicht zu verhungern.«

»Ich hörte, der Seefahrer Gunnjbörn Ùlfsson ist auf der Fahrt nach Norwegen vom Kurs abgekommen und erreichte mit seinem Schiff die Südspitze Grünlands[47].«

»Kap Farvel?« Gorm und schluckte den Bissen herunter.

»Aber er konnte nicht an Land gehen, weil überall Eisbären lauerten. Felsige Klippenküsten und die öde unzugängliche Landschaft machten es ihm unmöglich. Außerdem sahen sie während der langen Wintermonate nicht einen Menschen.«

---

46 Grönland.

47 Grönland, im Sommer grünes Land.

»Na ja«, meinte Gorm lakonisch. »Im Winter spendet die Sonne nicht gerade viel Licht im Norden. Außerdem sind die *graenlendingar*[48] schon ein besonderes Volk. Ich war noch nie dort. Aber es werden Geschichten erzählt, von fetten Robben, Eisbären und gigantischen Walen im Eismeer. Üppige Weiden, außergewöhnlich Vogeleier und Fische, so groß wie Kanus. Es sollen beste Bedingungen sein, um Höfe zu bauen und um einen Clan zu gründen.«

»Irgendwann möchte ich dieses Land sehen«, deutete Ongull an. »Doch nicht auf dieser Reise!«

Freundschaftlich klopfte Gorm Ongull auf die Schulter.

»Du bist unser bester Steuermann. Ich verlasse mich auf dich. Du wirst uns zu unserem Bestimmungsort bringen!«

Grimmig sah Ongull seinen *styrimannr* an.

»Wenn die Götter Island als Ziel bestimmt haben, werden wir es auch erreichen. Wenn nicht …!«

Gorm starrte gedankenverloren übers Wasser und hörte dem Kreischen der Möwen zu.

»Eines nach dem anderen. Heute die Orkneyinseln und mit Glück segeln wir morgen an den Shetlands vorbei.«

Ein Lächeln zog über Ongulls Gesicht.

Gorm sah es.

»Wie du dich freust und wie deine Augen funkeln, könnte man meinen, dass ein Weib dahintersteckt.«

»Und was für eines!«, klärte Ongull auf, deutete mit seinen Händen vor seiner Brust Rundungen an und protzte: »Mit solchen Brüsten, dicken Schenkeln, einem fetten Arsch und einem großartigen weichen Bauch! Auf der kannst du liegen, ohne dass dir die Kälte in die Glieder fährt.«

»Dann werden wir die Färöer mit Sicherheit erreichen«, spottete Gorm optimistisch. »Und du wirst unser Ziel auf keinen Fall

---

48 Grönländer.

verfehlen!« Nachdenklich glitt sein Blick zu den Orkneyinseln. »Ich kann nur hoffen, dass auf *snaeland* auch so ein fülliges Prachtweib hockt, die dich mit offenen Armen und Schenkeln empfängt!«

Der Steuermann schmunzelte.

»Gibt es nicht in jedem Hafen fette Weiber?«

Er ließ er seinen Häuptling stehen und ging zu Kalman am Ruder und murmelte: »Kann doch jeder sehen, dass unser Häuptling nur noch diese dürre Angeln-Frau im Kopf hat. Ich rede mich um Kopf und Kragen, wenn wir das Weiberthema anschneiden. Soll er doch mit der *thraell* das Lager teilen, dann hat er den Kopf frei für seine Aufgaben«, brummelte er in den Bart. Nur Kalman schüttelte aufhorchend den Kopf.

Woher sollte er auch wissen, dass Thyra und Gorm schon die warme Haut des anderen berührten und sich danach sehnten, einander zu spüren?

Gorm sah dem fliehenden Ongull nach und schnaubte: »Der Steuermann liebt fette Weiber. Wer hätte das gedacht?«

* * *

Gemächlich segelte die Drachenflotte über das eisiger werdende Nordmeer. Die Wellen plätscherten gegen die Bordwände. Manchmal näherten sich die Langschiffe einander, sodass laut Mitteilungen gerufen werden konnten.

»Habt ihr die Wale im Morgengrauen in Richtung der aufgehenden Sonne blasen gesehen?«, rief Cuaran, der *styrimannr* der *faxi byrjar*, herüber.

»Wir konnten vier zählen. Von welcher Art waren sie?«

»Orcas!«, brüllte Cuaran und formte seine Hände zu einem Trichter vor dem Mund. »Wir erkannten deutlich die große schwarze Schwertfinne des Männchens. Die Herde war auf Robbenjagd. Sie waren sehr schnell.«

»Hast du mit den anderen Königsdrengiren sprechen können?«, wollte Gorm wissen. »Geht es allen an Bord gut?«

»Soviel ich weiß, ja! Nur auf der *gullbringa* hat sich einer beim Schnitzen den Arm aufgetrennt. So ein Trottel!«

Gorm beobachtete, wie Cuaran mit der Schulter zuckte.

»Briningr meinte, der Arm des Mannes wird wohl kraftlos bleiben. Er hing ohne Spannung runter. Briningr sagte auch, er hätte sich mindestens eine, vielleicht zwei Sehnen durchtrennt.«

Gorm schüttelte verständnislos den Kopf. »Man sollte meinen, dass ein Wikinger es versteht, mit einem Messer umzugehen.«

»Sollte man!«, lachte Cuaran. »Wann werden wir auf den *faereyiar*[49] anlanden? Was meint Ongull?«

»Wenn der Wind uns weiter von den Göttern wohl gesonnen die Segel bläht, werden wir zwei Tage brauchen. Vielleicht weniger.«

Nachdenklich legte Gorm seinen Kopf in den Nacken und sah den fliehenden Wolken zu. Die Sturmmöwen ließen ihren ureigenen Schrei ertönen und ritten pfeilschnell auf dem Wind.

»Ongull! Wann können wir Unst sehen?«

Ongull lachte ungestüm, so dass sich die braune Gesichtshaut in unzählige Falten legte und seine Zähne durch seinen ruppigen Bart blitzten.

»Wenn das fette Weib im Hafen auf der Landungsbrücke steht, mir zuwinkt und auf mich wartet, werde ich uns in wenigen Tagen nach Island bringen.«

»Fettes Weib?« Thyra, die etwas abseits stand und runzelte schmunzelnd die Stirn. »Hat Ongull wirklich fettes Weib gesagt oder habe ich es nicht richtig verstanden?«

Sie packte Refr, den Schuster, der gerade an ihr vorbei ging unsanft an der Schulter.

»Refr!«, wollte Thyra von ihm wissen. »Hat Ongull eben wirklich fettes Weib gesagt?«

---

49 Färöer-Inseln.

»Hat er.«

Mit zusammengekniffenen Augen schürzte Thyra ihre Lippen und betrachtete den lachenden Steuermann eingehend. Dieses Mal jedoch aus einer anderen, anrüchigeren Perspektive.

»Mein lieber Ongull. Wer hätte das gedacht! Er liebt fette Weiber! Dann komme ich, als Mageres etwas ja nicht in Betracht.« Sie lachte nun so laut, dass sie sämtliche Blicke der Seeleute auf sich zog. »Wikinger lieben also fette Weiber. Jedenfalls einige.«

Ruhig plätscherte die Zeit dahin. Alles war repariert, geschärft, erneuert, gereinigt. Der Perlenmacher Dalkr polierte die Glasperlen und zeigte stolz auf jede Einzelne. Neugierig sah Thyra über seine Schulter.

»Ist die wertvoll?«

Verärgert hob Dalkr den Kopf, blickte zu Thyra und fing ganz langsam, weil es von der *ry-n-d-r gryl-a* befohlen wurde, zu reden an: »Die blaue Perle hat die Dicke meines Daumens. Sie ist schwer. Wiegt sechs Gramm.«

»Aha.« Thyra tat so, als würde sie es verstehen und wartete auf weitere Ausführungen des Perlenmachers. Doch er schwieg.

»Und wenn diese Perle schwer und blau ist ...«

Sie legte eine gedankenvolle Pause zwischen den Worten. »Was ist sie wert?«

Dalkr wirkte genervt und stöhnte ablehnend.

»Ich weiß ja nicht, was Gorm auf dem Sklavenmarkt in *haidabýr* für dich bekommen wird«, fing er hämisch an.

›Sklavenmarkt!‹, dachte Thyra entsetzt und ein nervöser Stich fuhr durch ihren Magen. ›Soll ich dort verkauft werden?‹

»Diese Perle«, er hob sie großspurig gegen das Licht und drehte die schimmernde Muschelperle bewundernd zwischen Daumen und Zeigefinger, »ist so viel wert wie eine Sklavin.« Lauernd betrachtete er das Gesicht der *thraell.*

›*Thraell.* Ich bin eine Sklavin.‹

»Da meine blaue Perle mindestens sechs Gramm wiegt. Also das Doppelte einer üblichen blauen Perle. Ist sie mindestens zwei Sklaven wert.«

»Aha«, meinte Thyra nur und war stolz auf ihre teilnahmslose Stimme. »Und die da?« Sie deutete auf eine länglich Grüne, mit gelben Streifen.

»Dafür bekommt man, wenn der Käufer gut handeln kann, vielleicht drei Hühner. Für die elfenbeinfarbene Perle mit den schwarzen Punkten«, er hob sie nachdenklich hoch und fühlte die leichten Erhebungen der schwarzen Nippel auf der Perle, »für diese bekommst du, wenn du noch diese rote längliche Perle dazu legst, ein Frauenmesser.«

»Und wann bekommt ein Wikinger Perlen?«

Dalkr sah die dumme *thraell* ungläubig an.

»Wie man an die Perlen kommt?« Dalkr wollte sich ausschütten vor Lachen. »Wie man an die Perlen kommt! Man tauscht sie.«

Er keuchte atemlos und ließ blitzartig die Perlen im Lederbeutel verschwinden.

»Blaue Perlen«, murmelte Thyra und sah ungläubig über die hölzerne Brüstung aufs dunkelblaue Meer, wo kleine Wellen tanzten.

»Ich bin so viel wert wie eine – winzige – blaue Perle.«

Tief atmete sie die würzige Meeresluft ein, die in der Nähe der Inseln eine Ahnung von grünem Gras, Schafen und Menschen in sich trug.

Endlos stand sie nachdenklich da, ohne sich zu bewegen, oder den Blick von den hypnotisch wirkenden Wogen abzuwenden. Ihre Gedanken drehten im Kreis, wie ihre langen Haare, in denen sich der Wind spielerisch verfing.

›Ich bin arm. Eine Sklavin ohne Rang und Titel. Ohne Silber, Besitz – und ohne Perlen!‹, fügte sie sarkastisch ihren selbstquälerischen Gedanken hinzu.

Traurig blinzelte sie die Tränen fort, bevor sie einer sehen konnte.

»Nur kein Selbstmitleid«, grummelte Thyra leise.

»Erzähl lauter, Froori!«, forderte Svartrr, der Töpfer, nachdrücklich. »Ich kann dich hier nicht verstehen!«

Neugierig drehte Thyra sich um und versuchte ein Lächeln. Niemand sollte ihre trübsinnigen Gedanken erkennen.

»Also«, fing Froori mit energischer Stimme von vorn zu erzählen an. »Die allerschönsten Feste sind nicht von dieser Welt und nur den tapfersten Kämpfern vorbehalten«, tönte seine wohltuende Baritonstimme übers Deck.

»Walhalla!«, fiel ihm Snoorri lautstark ins Wort.

»Ja«, lächelte Froori den Krieger zustimmend an, »Walhalla.«

Die Seeleute der *dreki* hoben neugierig ihre Köpfe. Sie sahen den Geschichtenerzähler mit aufmerksamen Augen an und lauschten.

»Der Geschichtenerzähler spricht!« Eine Welle der Vorfreude brandete übers Deck und jeder Nordmann, der seinen Posten verlassen konnte, näherte sich Froori. Sie hockten sich auf die Decksplanken, quetschten sich nebeneinander auf die Sitzkisten oder setzten sich auf die Reling, ließen geschmeidig die Wellenbewegungen durch ihren Körper fließen und die Beine herunterbaumeln.

Freudig versammelte sich die Mannschaft um Froori, um für eine Weile dem tristen Einerlei auf der ruhigen See zu entfliehen.

»Welche Geschichte erzählt er uns? Kenne ich sie? Komme ich rechtzeitig oder habe ich den Anfang verpasst?«, fragte Geiri, der Zimmermannslehrling, aufgeregt.

»Setz dich!«, schnauzte Njal, der *leidsógumadr*[50], legte seine kräftige Hand auf die hagere Schulter des Jungspundes und drückte ihn auf die Decksplanken. »Halte deinen Mund und höre zu, sonst darfst du Muscheln von der Bordwand schaben.«

»Was? Das Schiff schwimmt im Nordmeer und die Muscheln kleben unter der Wasseroberfläche an der Außenwand!«

---

50 Lotse.

»Eben. Dann brauche ich dein albernes Geschwätz nicht zu hören.«

»Hmpf«, maulte Geiri und setzte sich beleidigt zu Frooris Füßen.

»Walhalla«, erhob Froori seine klare Stimme und das aufgeregte Gemurmel versiegte. »Nur den tapfersten, besten und klügsten Kriegern ist dieser Ort vorbehalten.«

Er betrachtete aufmerksam die Runde, registrierte jeden Krieger und erkannte jedes Augenpaar. Jeden beschlich das Gefühl, er sei selbst einer dieser tapferen Kämpfer. Jener Todeskrieger, die nach dem Tod in Odins Halle essen, trinken, feiern, lieben – einfach leben durften.

»Walhalla erreicht der Mutigste, der Beste, der Tapferste am geschicktesten mit dem Segelschiff. Er kann auch fahren, reiten oder zu Fuß an diesen paradiesischen Ort gelangen. Niemand weiß, wo er liegt – dieser göttliche Platz.«

Zustimmendes Gemurmel und Kopfnicken erfreute Froori.

»Alle guten Männer, die seit Anbeginn der Welt im Kampfe getötet wurden, begeben sich zu Odin, unserem Kriegsgott, und finden sich in Walhalla ein. Ihre Zahl ist groß und wird noch größer werden.«

Er lächelte zufrieden, als er in die schweigsamen und aufmerksamen Gesichter seiner Zuhörer sah.

»Das Schicksal eines Wikingers, eines Kriegers ist es zu kämpfen!«

Beifallssturm brandete auf.

»Unsere Speere, Messer, Pfeile und Bögen durchbohren die schlappen Bäuche unserer Feinde! Scharfe Schwerter, die jedem Gegner auf dem Feld den Schädel spalten und dessen Brust wir ohne Schwierigkeiten für Odins Wölfe öffnen!«

»Ja!«, brandete der Ruf auf, doch Froori sprach mitreißend weiter.

»Die großen Grauen. Die mit den gelben Augen, liegen zu Odins Füßen. Der Gottvater füttert seine Wölfe mit dem bluttriefenden Fleisch und den warmen Innereinen der getöteten Feinde, während die Raben Huginn und Muninn auf seiner Schulter sitzen, und auf ihre Befehle warten, um aufzufliegen, um unserem Kriegsgott bei ihrer Rückkehr alles zu berichten, was sie gesehen und gehört haben.«

»Der Gedanke und das Gedächtnis«, hörte Froori Njal flüstern.

Njal kannte die Geschichte. Doch Geiri, der neben dem Lotsen saß, blickte mit offenem Mund und neugierigen Augen den Geschichtenerzähler an, der sich hinunterbeugte und atemberaubend weitererzählte.

Pfeilschnell bohrte Froori den Zeigefinger in die Brust des Jünglings. »Hast du schon einmal in das Gesicht eines Feindes gesehen?«

Geiri zuckte erschrocken zusammen.

»Wenn er erstaunt deinen Pfeil oder deinen Speer in seiner Brust stecken sieht! Dich mit weit aufgerissenen Augen anstarrt und unverständliche Worte murmelt. Weil er erkennt, dass er verloren ist! Weil ein einziger Gedanke seinen Schädel durchflutet. Er kann nur noch denken: Ich sterbe! Ich werde von einem blutrünstigen *berserkir* getötet. Der Todgeweihte blickt ungläubig an sich hinunter. Erkennt den Wikingerspeer, wie er federnd in seiner Brust steckt und sein warmes hellrotes Blut pulsierend aus seinem Körper herausströmen lässt. Er fühlt. Tastet.«

Froori machte eine kurze Pause. Er ließ die Worte auf die Männer wirken. Ganz leise griff er das Wort wieder auf.

»Er fühlt, wie sein Blut warm und feucht herunterrinnt. Ungläubig fasst er mit der Hand in den roten Lebenssaft. Berührt es! Zerreibt seinen schmierigen Saft ungläubig zwischen Daumen und Zeigefinger. Riecht es! Schmeckt es!«

Froori lächelte.

»Dann – ganz langsam dämmert es ihm! Glaubt, was er einen Wimpernschlag vorher sah und er ruft: ›Ich bin verwundet!‹ Er umfasst den Schaft, will deinen Speer herausziehen!«

Blitzschnell stieß Frooris Hand in Geiris Brust, der jetzt erschrocken aufschrie und auf den Rücken plumpste. Brummendes Gelächter ließ Geiris Gesicht schamhaft erröten.

Verschmitzt griente der Geschichtenerzähler.

»Mach dir nichts draus.« Njal schlug Geiri jetzt kumpelhaft auf die Schulter. »Das macht Froori immer mit Milchbärten.«

»Na danke«, ätzte Geiri und setzte sich aufrecht hin.

Froori tat, als ob er sich den Speer aus dem Bauch ziehen wollte, drehte sich im Kreis und rief: »Wieder sieht er dich an, und noch bevor er die Kraft aufbringt, deinen Speer zu ziehen, brechen seine Augen – dein Feind ist tot!«

Stille.

›Ich habe sie alle‹, erkannte Froori glücklich. ›Jeder hört mir zu, lauscht meinen Worten.‹

Er wartete noch eine Weile, dann erhob er erneut seine Stimme. Nun aber bedächtiger, ruhiger.

»Für uns ist das Kriegshandwerk eine edle Kunst. Jeder Erfolg im Kampf wird mit Beute, Land und Ruhm belohnt. Selbst im Tode, wenn wir im Kampf fallen, werden wir nicht sterben. Wir werden in Odins Halle weiterleben!«

Froori machte eine kleine Atempause und sah aufs Meer. Seine Augen wurden groß. Er war mit seinen Gedanken weit, weit weg.

»Dann, auf dem Schlachtfeld, kommen die Walküren, die Leichenauswählerinnen! Sie wandeln in ihren edlen Gewändern über die am Boden Liegenden. Drehen und wenden sie, betasten die Körper, fühlen, ob noch Wärme in ihnen steckt und Leben. Mit ihren schönen Mündern und herrlichen Augen lächeln sie den toten Krieger an und nehmen ihn mit.«

»Walhalla«, hörte Froori es leise brummen.

Froori lächelte zynisch.

»Doch nicht jeder Krieger erreicht Odins Halle! Nur die Würdigen, die im Kampf den Heldentod sterben, werden von Odin gerufen und steigen nach Walhalla auf. Die Halle der Helden in Asgard. Die Unwürdigen jedoch …« Er starrte streng in die Runde. »Die Feigen, Schwachen und Falschen unter uns! Die, welche die Auswahl der Walküren nicht bestehen!«

Eindringlich machte er eine Pause. Eine tiefgründige Stille begleitete Frooris Augen, während er seinen durchdringenden Blick in jeden Wikingerkrieger bohrte.

»Die Unwürdigen werden von Hel, der grausamen Todesgöttin, in ihr dunkles, grässliches Reich gezerrt. Doch von ihr berichte ich ein anderes Mal.« Froori schmunzelte. »Also? Wo war ich?« Er hatte seinen Geschichtsfaden verloren.

»Die Walküren. Du erzähltest gerade von den Walküren.«

»Ach ja, den magischen Kriegsmägden in ihren Rüstungen, deren Erscheinen am Himmel immer einen blutigen Kampf ankündigt. Die Walküren wandeln übers Schlachtfeld, lächeln uns an und fliegen mit den Helden zum Berg, auf dem Asgard liegt. Sie fliegen mit den toten Tapferen über den schnell fließenden Fluss zum Tor Walgrind, welches sich nur für Auserwählte öffnet.«

Froori hob energisch seinen Zeigefinger.

»Nur Auserwählte betreten Walhalla. Alle anderen werden vom Tor Walgrind am Betreten gehindert! Die Walküren fliegen mit unseren Helden zu den Stufen von Walhalla und setzten sie dort sanft ab.«

»Leben dort viele Krieger?«, wollte Kalman wissen.

Froori lächelte verschmitzt. Er zog die Krieger mit seiner Geschichte in den Bann.

»Die Festhalle besitzt 540 gewaltige Tore und durch jedes Tor marschieren 800 Krieger, Seite an Seite. Die Dachsparren bestehen aus gewaltigen Speeren und die Schilde dienen als Dachschindeln. Hier tafeln die Helden bis in alle Ewigkeit und feiern mit ihren Gefährten und Dienern.«

Theatralisch streckte Froori die Hände in die Höhe und rief mit einem Blick zu den Toren Odins in den Himmel.

»Nur die Tapfersten, die *valr*[51], dürfen – wenn Ragnarök[52] einbricht – Schulter an Schulter mit Asgards Göttern gegen Hels dunkle Mächte kämpfen. Nur die furchtlosesten Krieger, die mit grausamstem Geschick gegen jeden Feind kämpfen, erreichen Walhalla!«

Langsam senkte Froori seine Arme und sah jedem Nordmann eindringlich in die Augen.

»Wir sind die furchtlosesten Krieger auf dem Meer und dem Land. Der Blutdurst der *berserkir* führt unser Schwert durch den Kampf, bis wir vor den Toren unseres Kriegsgottes stehen!«

Bewegungslos verharrte Froori im Kreise seiner Zuhörer.

Gorm betrachtete das Spektakel und die unbeugsamen Gesichter seiner Mannschaft. Er sah die Entschlossenheit und die geballten Fäuste, die Anspannung in ihren Körpern und den Kampfeswillen.

Reglos stand er am Bug der *dreki* und hielt mit unerschütterlicher Miene Zwiesprache mit Odin. ›Wenn wir jetzt in den Kampf ziehen würden, gewähre unseren Feinden Gnade! Keiner würde überleben!‹

Weit beugte sich Froori seinen Zuhörern entgegen und leise, fast flüsternd raunte er: »Viele Krieger werden von ihrem Pferd und ihrem Hund auf dieser besonderen Reise begleitet. Doch einige Krieger, besondere Männer, will Odin schnell an seiner Seite sehen. Dann sendet unser Gottvater sein bestes Pferd, seinen einzigartigen, achtbeinigen Sleipnir, zum Schlachtfeld, um diesen herausragenden Krieger in sein Reich zu holen. Dieser Krieger ist Odin so wichtig – er erachtet seine Taten so hoch –, dass er ihn selbst abholen lässt. In Valhöll[53] empfangen ihn vier ausgesuchte Walküren. Sie schreiten dem Tapferen bedächtig und ehrfurchtsvoll entgegen. Die Erste mit einem Willkommenstrunk in ihrem Horn.«

---

51 Gefallenen der Schlacht.

52 Die Götterdämmerung.

53 Walhalla.

»Und sein Hund?«, warf Ofeigr eine Frage dazwischen und wurde augenblicklich von Horor schmerzhaft geschlagen.

»Schnauze!«

Froori lächelte. Er kannte die Ungeduld von Ofeigr und sah ihn direkt an.

»Sein Hund eilt dem Krieger, der auf Sleipnir reiten darf, voraus. Schwanzwedelnd begrüßt er die vier ausgewählten Kriegsmägde, die auf den Tapferen warten. Die Frauen tragen Schleppen und jede einen wertvollen mit Silber und Perlen bestickten, feingewebten Umhang. Kostbare Perlenketten aus Bernstein, Silber und buntem Glas schmücken Hals und Brust. Das glänzende, nach Blumen duftende Haar ist frisiert und mit weißen Kämmen und silberne Broschen verziert. Die Walküren sind alle wunderschön.«

Froori sah, wie ein Grinsen die Münder der Krieger umspielte und wiegte wissend seinen Kopf hin und her.

»Zuerst kommt eine kleine Walküre mit einem Trinkhorn, gefolgt von einer ganz Vornehmen, die diesen besonderen Krieger hoheitsvoll begrüßt.«

»Ich nehme die Kleine!«, warf lachend der Waffenschmied Dagfuss dazwischen.

»Du bist ja nicht groß, die wird schon für dich reichen«, spöttelte Eirikr und alle lachten.

Auch Froori gluckste, bevor er weitererzählte.

»Dann folgt eine Walküre, die mit Silber geschmückt ist und zuletzt begrüßt ihn eine lustige Grüne.«

»Die Lustige nehme ich!«, rief Gils triumphierend in die Runde und alle jubelten brüllend.

Gils hatte in *haidabýr* eine griesgrämige dürre Frau zum Weib, die seinen Hof und die fünf Kinder versorgte.

Beruhigend hob Froori beide Hände und bat um Gehör.

»Ist der Empfang dieser holden Schankmaiden nicht schon verheißend genug, so habe ich gehört, dass der ewige Aufenthalt in Walhalla nicht minder angenehm ist.«

»Erzähl!«, wurde er ungeduldig aufgefordert.

»Das faule Nichtstun ist für niemanden bekömmlich, besonders nicht für uns Nordmänner! Daher hat unser Kriegsgott Odin beschlossen, dass jeder tagsüber eine Leistung zu vollbringen hat.« Er machte eine vielsagende Pause.

»Kämpfen!«, warf er volltönend in die Runde. »Jeder Krieger darf in nächster Umgebung zu Walhalla tollkühn kämpfen und seine geschickten Kampfkünste vervollkommnen. Jeden Tag legen die Nordmänner ihre Rüstung an und gehen in den Hof, um vor den Toren zu streiten. Jeder Krieger erschlägt den anderen.« Er sah in die Runde.

»Das ist ihr Zeitvertreib. Aber Schlachten machen hungrig und durstig, und wenn die Zeit gekommen ist, reiten alle heim nach Valhöll. Sie setzen sich an die baumlange Tafel und essen und trinken nach Herzenslust. Sie singen, erzählen Geschichten und wenn die Kriegsmägde es zulassen, teilen die Krieger mit den Walküren lustvoll das Nachtlager.«

»Mit den Walküren?«, fragte Geiri ungläubig.

»Du noch nicht!«, grinste Finnr feixend. »Du bist noch zu jung. Du weißt gar nicht, was sie von dir wollen!«

»Pfft«, prustete Geiri verächtlich. »Ich habe mehr Stehvermögen im Schwanz als du alter Mann.«

Lautes Gebrüll brandete auf. Alle lachten, selbst die beiden Streithähne Finnr und Geiri.

Gorm schmunzelte und sah, wie Siguror zu ihm kam.

Siguror warf einen Blick zu dem Ausguck zu Pall und richtete dann seine Augen übers Meer.

»Sie müssten bald zu sehen sein – die Shetlands.«

Gorm schätzte den Stand der Sonne.

»Sie hat den höchsten Punkt schon überschritten.«

»Warte«, warf Siguror ein und kramte aus einer Ecke der Bugspitze ein flaches, rundes Holzbrett hervor und reichte es dem Häuptling.

»Du willst es also genauer wissen!«

Siguror nickte nur.

Gorm nahm das *sólskuggasjöl*[54] in Empfang und hielt es waagerecht in die Höhe, so fing er ohne irritierenden Schattenwurf die Sonnenstrahlen ein. Es war eine besondere Holzscheibe. Am Rand befanden sich eingekerbte Zacken, die wie Sonnenstrahlen aussahen, mit einem rund gehobelten zehn Zentimeter langen Stock als Griff, der in der Mitte unter dem Brett herausragte.

»Siehst du die Schattenlinie?«

Siguror zog mit der Fingerspitze auf dem Holzbrett die ovale eingeschnitzte Linie nach. In der Mitte des Ovals stach eine metallene Nadel etwa drei Zentimeter hervor und oberhalb der ovalen Linie deuteten Einkerbungen die Sternenformationen an.

Geduldig hielt Gorm das Sonnenbrett *mýl-in*[55] entgegen und beobachtete die Spitze des dünnen Schattens. Der Schattenwurf des Metallstiftes wanderte exakt an der geschnitzten Kontur mit der Sternenformation entlang. So ermittelte Gorm den präzisen Segelkurs.

»Wir segeln auf dem 56. Breitengrad.« Nachdenklich warf Gorm seinen Blick dorthin, wo er die Inseln erwartete. »Eigentlich müssten wir das Land schon sehen können!«

Siguror kniff seine Augen zusammen und starrte über die glitzernden Wellen, bis seine Augen tränten.

»Ich sehe Möwen. Die Shetlands können nicht mehr weit entfernt sein«, murmelte er und hörte, wie Froori lautstark seine Geschichte weitererzählte.

»Täglich wird das Schwein Särimner geschlachtet, gebraten und verzehrt, um am nächsten Morgen grunzend aufzustehen. Jeden Tag töten zwei Männer die Sau und drehen sie am Spieß. Vom knusprigen, braunen Fleisch träufelt zischend das Fett in

---

54 Sonnenschattenbrett.

55 Name der Sonne.

die rotglühenden Flammen und ein appetitlicher Bratenduft zieht über diesen großartigen Ort. Die Schlachter zerteilen mit ihren Tranchiermessern Särimner und verteilen das köstliche Fleisch.«

»Dann ist es vorbei mit Pökelfleisch, Salzheringen, hartem Brot und abgestandenem Wasser. Vorbei mit salzigem Essen und ständigem Durst. Jeden Tag gibt es frischen Schweinebraten!«, rief Pall aus dem Ausguck Beifall heischend, so dass sich alle Köpfe in den Nacken legten, um ihn zu sehen.

»Hey Pall«, grölte Boovarr hinauf. »Siehst du die Shetlands?«

»Die Shetlands? Geht unsere Reise nicht nach *snaeland*?«

»Ich hole dich da gleich runter! Was ist? Siehst du sie?«

»Ich sage dir zuallererst Bescheid, wenn ich auch nur eine winzige Bergspitze aus dem Meer auftauchen sehe«, stänkerte Pall von oben herab.

»Mmpf.«

Pall war eigentlich für das Ankertau verantwortlich, damit es nicht auf dem Grund des Meeres versank oder von der Strömung mitgerissen wurde. Doch dies war momentan nicht nötig, sodass er gern in den Ausguck kletterte.

Siguror streichelte nachdenklich seine Bartzöpfe.

»Willst du dem Jarlshof an der Südspitze der Shetlandinseln einen Besuch abstatten?«

»Das kostet zu viel Zeit.« Gorm ließ den wippenden Horizont über dem Drachenkopf nicht aus den Augen. »Wir werden *faereyiar* für zwei Tage aufsuchen. Nur solange wir brauchen, um unsere Vorräte aufzufüllen.«

»Das wird Grímur Kamban, dem *faereyiarner*[56], nicht gefallen. Er ist Häuptling und wird es sich nicht nehmen lassen uns einzuladen und zu bewirten. Er wird uns mit seinem besten Schafsfleisch verköstigen. Wir müssen viel Met trinken und unsere Schädel werden am nächsten Tag brummen. Glaubst du, dass zwei Tage reichen?«

---

56   Färöer.

»Es muss! Sonst erreichen wir *snaeland* dieses Jahr nicht mehr!«

»Die Shetlandinseln!«, brüllte Pall aufgeregt und ruderte begeistert mit den Armen in die Richtung. »Die Shetlands! Die Shetlands!«

»Ongull ist ein fantastischer Seemann«, lobte Gorm und betrachtete die vom Sonnenlicht rötlich angestrahlten, rauen Spitzen der Felsenküste. »Der Nordatlantik liegt genau vorm Bug, im Auge unseres Drachens. Links an den Inseln vorbei.«

Auch wenn die Nordmänner im Kampf nie Feigheit zeigten und jedem Feind ihr blutiges Schwert in seinen warmen Körper jagten, jetzt sahen alle mit leerem Blick und enttäuschter Erwartung auf die rote Felsenküste der Shetland-Inseln, die langsam vorbeizog. Sie begruben die Hoffnung, ihre Freunde zu sehen.

Der Wind blähte die bunten Segel der Drachenflotte unentwegt. Tagsüber richteten sich die Seefahrer nach dem niedrigeren Sonnenstand der kürzer werdenden Tage. Sie beobachteten die Brise, suchten Möwen, Kormorane und Papageientaucher am Firmament und auf dem Meer. Gaben acht auf die Meeresströmung und spürten Fischschwärme auf, die dem warmen Golfstrom unter ihren Kriegsschiffen folgten.

Nachts blickten die Nordmänner zum dunklen Himmel und begeisterten sich an den funkelnden Sternenbildern, welche die Route nach Island zeigten.

Eines Nachts erleuchteten flirrend schlängelnde Nordlichter mit ihren bewegenden Erscheinungsbildern, farbenprächtig die unendliche Himmelsphäre. Die sonst so todesmutigen heidnischen Wikinger beteten inbrünstig zu Thor und Odin für eine erfolgreiche Überfahrt.

Thyra stand staunend mit offenem Mund auf dem Langschiff, welches rasend über den Ozean zog und starrte fasziniert zum wunderbaren Himmelsphänomen. Nicht einen Augenblick, einen Gedanken an Angst oder Furcht verschwendend, erfreute sie sich an diesem außergewöhnlich farbigen Lichtzauber.

»Das sind Nordlichter.«

Lautlos trat Gorm hinter Thyra. Sie spürte seinen warmen Atem im Nacken und fast hätte sie sich gegen seinen warmen, schützenden Körper gelehnt.

»Hast du keine Angst?«

»Angst?« Thyra schüttelte den Kopf, ohne den Blick vom Polarlicht abzuwenden.

Quälend langsam trat Gorm näher an Thyra, schloss seine Augen, roch ihr Haar, berührte ihren Rücken.

Thyra schluckte. Er war so nah. So vertraut. Und er roch so gut. Sie schloss ihre Augen und atmete tief ein. Es fühlte sich alles so gut, so richtig an.

›Was kann an dieser Liebe falsch sein? Was gut? Was richtig?‹

»Das Polarlicht ist ein unerbittliches Omen! Es ist das Zeichen, dass irgendwo eine mörderische Schlacht beginnt. Die Stimmen der Schwerter brüllen, gemeinsam mit den Kehlen der Berserker und dem Todeswiehern der Pferde. Lanzen durchbohren warme Leiber. Stinkende Gedärme winden sich wie Würmer im Gras. Wenn die Überlebenden entsetzt ihre Wunden betrachten, die Erde blutdurchtränkt ist und die Toten ihren letzten röchelnden Atemzug getan haben, reiten die Walküren über Blut, Knochen und Innereien, Leichen, Sterbende und Verwundete. Schweiß und Angst schwebt über dem Schlachtfeld. Doch die Walküren sind den Duft der Schlachten und den Anblick der zerfetzten Körper gewöhnt und wählen aus. Sie bringen die toten Tapferen zu Odin nach Walhalla«, murmelte Gorm in Thyras Ohr.

Seine Lippen berührten ihre Haut. Bei jedem Atemhauch rieselte es Thyra einzigartig, prickelnd über ihren Körper.

»Die Leichenauswählerinnen reiten im Mondlicht mit den Göttern und Geistern, bis ihre Rüstungen zu schimmern anfangen.«

Behutsam drückte Gorm Thyra fest gegen seine Brust, fühlte ihren rasenden Herzschlag und eine unbändige Freude erfüllte ihn.

›Ihr geht es wie mir.‹

»Je größer die Schlacht, desto mehr Walküren reiten und desto heller und leuchtender wird das Licht. Sieh! Das Nordlicht verwandelt sich von blutrot in grün.« Nachdenklich runzelte Gorm die Stirn. »Sie haben ihre Arbeit getan. Die Walküren haben auserwählt.«

»Woher weißt du das?«

»Die rote Farbe des Blutes verschwindet, die grüne Farbe zeigt die grasgrünen Wiesen vor Walhallas Toren. Die Tapferen bitten jetzt um Eintritt in Odins Halle.«

»Du sagtest, es war eine große Schlacht. Woran konntest du es erkennen?«

»Das Licht überspannte den gesamten Nachthimmel – und der Himmel ist weit.«

Lange standen die Zwei eng aneinandergeschmiegt.

»Die Walküren. Wie viele gibt es?«

»Zwölf«, raunte Gorm und sog ihren Duft ein.

»Nur zwölf!«, hauchte Thyra erstaunt. »Auch bei einer so großen Schlacht? Sie müssen sehr schnell sein, eure Leichenauswählerinnen.«

»Sie sind schnell, mutig und klug.«

»Haben sie Namen?«

»Die Walküren?«

»Ja.«

»Willst du jeden Namen unserer Totendämoninnen wissen?«

»Ja«, meinte Thyra, obwohl die Namen sie nicht interessierten. Sie wollte nur so lange wie möglich seine Wärme spüren.

»Also«, fing Gorm nachdenklich an. »In den Heldenliedern werden die kriegerischen Walküren Sigrún, Kára, Sváfa und Brynhildr besungen. Mit ihnen reiten Hjörprimul, Sanngrídr, Svipull, Gudr und Göndull.« Gorm überlegte kurz, dann zählte er weiter auf. »Herja, Geiravör und Geirröndul.«

»Und gibt es noch mehr von ihnen?«

Gorm schluckte. Er hätte ihr die ganze Nacht Namen nennen mögen, nur um bis zum Morgengrauen mit dieser Frau, die er liebte, auf seinem Schiff zu stehen.

»Es gibt noch Hrist, Mist, Skeggjöld, Skögull, Hildr, Prúdr, Hlökk, Herfjötur, Göll, Geirölul, Randgrídr, Radgrídr und Reginleifr. Diese Walküren schenken jedoch nur das Bier für die Tapferen in Odins Halle in die Hörner.«

»Sind es alle?«

»Nein.« Gorm lächelte. »Willst du die anderen auch kennenlernen?«

»Kennenlernen ist übertrieben«, grummelte Thyra, doch dann schoss ein Geistesblitz durch ihre Gedanken. »Kriegerinnen! Wie ist es mit Kriegerinnen? Mit den Tapferen unter ihnen? Werden sie auch von den Walküren ausgesucht und zu Odin in die Halle geführt?«

Gorm runzelte seine Stirn.

»Du hast aber merkwürdige Gedanken!« Er räusperte sich erneut. »Ich weiß es nicht. Wahrscheinlich hat es noch keine tapferen Kriegerinnen gegeben, die es wert gewesen wären, in Odins Halle zu speisen.«

»Dann werde ich die Erste sein! Und dann will ich auch die Namen der restlichen Walküren kennen. Denn wenn ich mit dir am Tisch der Tapferen sitze, will ich jede mit ihrem Namen ansprechen können.«

Gorm schmunzelte.

»Wir werden sehen!«, meinte er und fing an die Namen der zusätzlichen Walküren aufzuzählen.

»Sie heißen Hjörprimul, Sanngrídr, Svipull, Gudr, Göndull, Herja, Geiravör, Skuld, Geirröndul, Randgnid, Geirskögul, Hrund, Geirdriful, Tanngnídr, Sveid, Pögn, Hjalmprimull, Prima und Skalmöld.«

Sanft küsste Gorm ihr Haar.

Thyra lächelte. »Das sind aber viel mehr als nur zwölf Walküren.«

»Na ja«, antwortete Gorm verschmitzt. »Geringfügig.«

»Stimmt.«

Thyra schmiegte sich noch enger an die muskulöse Brust des Wikingerhäuptlings.

Gorm sog ihren Duft ein.

»Wer wird denn so kleinlich sein, wenn tapfere Krieger an die Tafel des Kriegsgottes gerufen werden?«

* * *

Thyra war seekrank, schon wieder. Mit Übelkeit, kraftlosen Gliedern und bleichem Gesicht lag sie in ihrem *húdfat* und hoffte, dass die Fahrt zu den Färöer-Inseln bald ein Ende nahm. Der Koch Vester reichte ihr in regelmäßigen Abständen etwas Molke und getrocknetes Fladenbrot, welches Thyra mit verzerrtem Lächeln annahm, aber essen konnte sie es nicht.

»Es geht bald vorüber. Bei dem einen schneller und bei dem anderen …« Er sprach den Satz nicht zu Ende. ›Bei dem anderen nie!‹, vollendete er grübelnd seine Gedanken und betrachtete Thyra, die zusammengekrümmt zwischen den Spanten lag.

»Ich komme später wieder«, brummelte er und ging über das schwankende Deck.

Die *dreki* schnitt geschmeidig durch die Wellen. Sie hob und senkte sich und tanzte elegant über die See. An ihrer Seite, ebenso schnittig und flink, die *faxi byrjar*, die *ulfr elfar*, die *vargr hafs*, die *gullbringa*, die *ormr inn langi*, die *gammr* und die *hárknifr*.

Die farbenfrohen Leinensegel der Kriegsschiffe blähten im Wind und trieben zur Eile an. Die Schiffe glitten durchs eiskalte Wasser, während die freskenhaften Galionsfiguren mit starren Augen und herausforderndem Mienenspiel dem Ziel entgegenstarrten.

Gorm stand am Bug. Spürte den schneidenden Nordwind auf der Haut. Er lachte unbändig, als die Gischtfontänen ihn durchnässten. Stolz betrachtete er seine Kriegsflotte mit seinen, ihm untergebenen, Königsdrengiren. Jeder *styrimannr* stand im Bug. Sie gehörten zum Gefolge und steuerten die Kampfschiffe ins Ziel. Gorm vertraute seinen *styrimannr* bedingungslos. Sie alle schworen ihm vor ewiger Zeit den Treueeid.

»*Faereyiar*! Wir kommen!«, schrie er dem schneidenden Wind, der den Duft von Eis und Schnee in sich trug, provozierend entgegen.

Fast grenzenlos tauchte die *dreki* ins geifernde Nordmeer.

Gorm lachte.

Wasser spritzte.

Während Thyra sich leidend im *húdfat* verkroch und das wasserdichte Leder über den Kopf zog.

Die Kriegsschiffe rasten mit einer Geschwindigkeit von dreizehn Knoten übers Meer. Unendlich erstreckte sich der Horizont. Kein Land, keine Inseln, keine Vögel markierten den Seeweg. Grauweiße Wolkenberge türmten sich am Himmel, nur durch einige wenige Lücken, fanden die Strahlen der Sonne einen Weg zur Erde.

Die Dänen waren erfahrene Seemänner, kluge Strategen und intelligente Beobachter der Natur. Obwohl zu dieser späten Jahreszeit, Ende Oktober, noch nie ein Wikingerschiff diese Route zuvor befuhr, war Gorm zuversichtlich.

»Der Wind treibt uns an. Der Golfstrom wärmt das Wasser, damit wir nicht auf einer endlosen Eisfläche einfrieren und unsere Götter werden uns zur rechten Zeit ein Signal senden, um die *faereyiar* zu finden.«

»Wartet auf den *faereyiar* ein fettes Weib auf Ongull?«, unkte Siguror.

»Falls nicht, werde ich ihm persönlich eine Hure ins Bett legen!«

Plötzlich ragte aus dem Nordmeer die steile Felsenküste, angestrahlt vom Abendlicht der untergehenden Sonne.

Faereyiar.

In gemächlichem Tempo zog die Flotte einige Stunden später majestätisch an der schroffen Felsküste entlang. Möwen und Papageientaucher kreischten in Schwärmen über die Wipfel der Segel, tauchten pfeilschnell in die Wellen, um Sekunden später mit Fischen im Schnabel aufzutauchen. Die Vögel schwammen auf der unruhigen Meeresoberfläche, breiteten die Flügel aus, schüttelten das kristalline Wasser aus dem Gefieder und zogen elegant ihre Bahnen.

»Man kann die Viecher selbst hier auf dem Meer aus der Entfernung riechen!« Siguror rümpfte die Nase.

Gorm drehte sich grinsend um.

»Du magst keine Schafe?«

»Auf dem Teller, gut durchgebraten, an einem Knochen und dazu ein gut gefülltes Trinkhorn mit Met, der einem sanft wie Honig durch die Kehle fließt.« Er griff an seinen Hals und strich genießerisch an ihm herunter. »So mag ich Schaf.«

»Und Met«, vervollständigte Gorm grinsend.

»Viel, sehr viel Met.«

»Ich glaube Grímur Kamban wird dir beides an seiner Tafel reichen.«

»Glaubst du?«

Die bärbeißige Kreuzsee spielte mit den Schiffen am Küstenstreifen. Die Wellen schlugen gegen die zweihundert Meter hohe Felswand, preschten zurück ins Meer und prallten hart gegen die Bordwände.

Die Schiffe tänzelten beunruhigend auf dem brodelnden Wasser.

Thyra hing wieder über der Reling und übergab sich. Sie hatte kein Interesse für die Schönheiten der Inseln und den gigantischen Anblick der äußerst bizarren Felsmauern.

Auf dem Plateau der achtzehn Felseninseln wuchsen vom Wind verkrüppelte Wachholderbüsche und hartes Gras, das sich wie eine zweite Haut an die Erdoberfläche schmiegte. Unzählige Schafe fraßen und hielten es kurz. Möwenschwärme flogen über sie, ihren schreienden Ruf trug der Wind meilenweit.

Die Flotte bewegte sich aufmerksam an der gefährlichen Küste entlang. Sie hielten genügend Abstand zu den Felsen und waren dennoch nahe genug, um nicht von der stürmischen Brise abgetrieben zu werden. Die Flotte umrundete die Insel und erreichte die windgeschützte Westseite.

Thyra atmete erleichtert auf. Mit bleichem Gesicht und schlottrigen Beinen hielt sie sich an der Balustrade fest. Sie hatte das erste Mal an diesem Tag einen Blick für die raue Schönheit der Färöer. Ihr Magen grummelte aber immer noch. Immerhin schaffte sie es, das ungute Gefühl zu unterdrücken.

»Ist ja eh nichts mehr drin, was sich lohnen würde ins Wasser zu spucken.« Sarkastisch verdrehte sie ihre Augen.

»Nicht so dicht an die Felsen!«, hörte sie Gorm befehlen.

›Finde ich auch‹, gab Thyra im Geist ihren Kommentar dazu und legte den Kopf in den Nacken. Die rote Felswand war beeindruckend.

»Warum überhaupt so nahe an die Felswand?«

Eilig starrte Thyra nach vorn und fixierte ihren Blick auf einen dunklen Fleck in der Felsmauer.

»Ist das eine Höhle?«

»Da ist er!«, brüllte Ongull und strahlte übers wettergegerbte Gesicht. »Refft das Segel!«

Eilig rannte der Steuermann breitbeinig über den schwankenden Boden zum Häuptling. Das Gesicht war vor Aufregung gerötet und seine Augen leuchteten voller Stolz.

Gorm sah Ongull hochachtungsvoll an. »Gute Leistung Steuermann.«

Ongull nickte erfreut und brummte: »Das ist der Fjord, der zum Hafen Suduroy führt. Der Eingang ist eng und gefährlich. Wir müssen verdammt aufpassen, um nicht von der Strömung und den Wellen gegen die Felsen gedrückt zu werden.«

Er hob seinen Arm und deutete auf die zerklüftete Wand.

»Wenn das passiert, werden uns die Wellen und die Strömung zerquetschen und das Riff wird uns in Stücke reißen. Doch wenn wir diesen Engpass überwinden, werden wir uns fühlen wie ein Kind im Schoss der Mutter.«

»Dann man los! Wir wollen heute Abend an Grímur Kambans Tafel sitzen, saftiges Fleisch essen und unsere Trinkhörner mit herrlichem Met und *nabíd* füllen lassen.«

Ongull strahlte den Häuptling an und rief zur Mannschaft: »Die Riemen raus und pullt so kräftig ihr könnt!

Ohne Schwierigkeiten ruderten sämtliche Kriegsschiffe am späten Nachmittag durch den gefährlichen Fjord in den Hafen der Färöer.

* * *

Suduroy.

Zu beiden Seiten des Fjordes ragten steile Felsformationen am zerklüfteten Ufer hinauf. Von der Schattenseite schlug den Seefahrern die Kälte entgegen, die ihnen eine Andeutung des Winters zuraunte, während die sonnenbestrahlten, warmen Felsen auf der gegenüberliegenden Fjordseite sich in einer ockerfarbenen, leuchtenden Vielfalt zeigten und sämtliche Blicke auf sich zogen.

Die stolzen *styrimannr* standen, deutlich sichtbar, in ihrer edelsten Kleidung am Bug ihres Kriegsschiffes. Die wertvollen Schwerter zierten glänzend die Gewänder. Nicht ein Wikinger trug Pfeil und Bogen. Niemand einen Schild oder einen Speer. Sie kamen als Freunde und zeigten es.

Wachsam beobachtete Gorm die Küstenformationen. Angespannt stand er im Bug der *dreki*, während Njal und Gizur sich über die Reling beugten und die Untiefen im Fjord ausloteten. Auf keinen Fall sollte das Schiff mit einem, unter dem Wasser versteckten Riff kollidieren.

Ongull stand neben Kalman am Ruder. Wachsam beobachtete er Njal und Gizur. Jede noch so kleine Handbewegung dieser Männer war überlebenswichtig. Er musste schleunigst darauf reagieren, das Schiff gegebenenfalls ruckartig wenden oder die Ruderer zur entsprechenden Seite befehlen, während sechs Männer das Schiff mit langen Holzstangen auf Abstand von den Felswänden hielten.

Finnr, der Gerber, stand vor dem Segel und dem Beiboot. Er war der Rufer der *dreki*. In der Hand hielt er ein elfenbeinfarbenes Rinderhorn – das Ruferhorn.

Es war ein außergewöhnliches Signalhorn, unendlich viele Jahre alt. Finnr erbte es vom Vater und der wiederum erhielt es von seinem Vater. Jeder Rufer ritzte etwas ins Horn. Es war ein besonderes Ereignis, eine mystische Begegnung auf dem Meer oder das Ziel einer weiten Reise.

Bedächtig strich Finnr über die Einkerbungen und betrachtete die schwarzbraun verfärbten Bilder. Ein blasender Wal, ein Schiff auf hoher See im Kampf mit gigantischen Wellen, ein tödlich verwundeter Krieger mit einem Speer in der Brust und mysteriöse Tiere an Land, welche er noch nie sah.

Er selbst hatte noch nichts ins Horn geritzt.

›Aber trägst du auch meine Erinnerung?‹

Tief atmete er ein, presste die Lippen zusammen und setzte die Spitze des Hornes an. Volltönend schwebten die dunklen Klänge über die Bucht. Das Ruferhorn wurde von einem breiten Lederriemen gehalten, auf dem die Ornamente der Götter ihren Schutz anzeigten. Sanft streichelte er darüber. Noch einmal atmete Finnr tief ein, dann rief er über das Wasser.

»Hier kommt der Däne Gorm Gormsen auf der *dreki*!«

Er wartete, bis das Echo verklang und setzte erneut das Horn an die Lippen.

Sie versteckten sich nicht, die Siedler der Färöer-Inseln.

Gorm sah Reiter auf ihren zotteligen Pferden, die auf den schmalen Pfaden am Ufer des Fjordes, die Wikingerflotte begleiteten. Auf den Felsvorsprüngen standen vereinzelte Wachposten. Jeder Mann zeigte sich mit Pfeil und Bogen und einem Speer in der Hand.

Gorm drehte ein wenig seinen Kopf. Im Augenwinkel erkannte er Cuaran. Elegant warf dieser seinen glänzend braunen Bibermantel über die Schulter und schritt zum Bug der *faxi byrjar*. Etwas versetzt hinter der *faxi byrjar* ruderte die *ulfr elfar*. Im Bug präsentierte sich Elfraor. Groß, prächtig, tonangebend. Seine Glatze spiegelte im Sonnenlicht.

Gorm grinste verschlagen und murmelte im Selbstgespräch: »Kluger Elfraor. Gut, dass du deinen angsteinflößenden Stahlhelm mit dem Schädel der zähnefletschenden Wolfsfratze nicht aufgesetzt hast. Dein Zobelmantel ist eindrucksvoll genug.«

Kurz drehte Gorm sich zur anderen Seite. Er sah Briningr auf der *gullbringa*. Die goldene Stickerei auf seinem Umhang funkelte irisierend.

Die Flotte näherte sich mit gleichmäßigen Ruderschlägen dem Hafen von Suduroy. Das Plätschern der Riemen auf der Wasseroberfläche fing das Echo ein und warf diesen Ton krachend und bedrohlich über den Fjord.

Gorm sah zum Hafen und erkannte die Menschenansammlung vor den niedrigen, an den Berghängen stehenden Häusern. Drei breite Holzstege ragten ins Hafenbecken. Zwei Frachtschiffe lagen dort angetäut. Zusammen dümpelten sie mit knarrenden Ruderbooten am Steg. Ein wendiges Schiff aus Fichtenholz, welches zwölf bis vierzehn Männer in seinem Bauch aufnehmen konnte, lag etwas abseits.

»Was ist das für ein schlankes Schiff?«, fragte Geiri.

»Ein Robbenjäger. Es hat eine Länge von zehn bis elf Meter und eine Breite von etwas mehr als zwei Meter.«

Gorm hörte Ongulls Fachsimpelei.

»Der Robbenjäger ist sehr flach, ungeheuerlich schnell und hervorragend für den Fischfang geeignet.«

»Die Färöer sind für das Leben auf diesem Felsenbollwerk im Meer bestens gerüstet«, murmelte Siguror, der hinter Gorm trat.

»Das sind sie. Kannst du Grímur Kamban sehen?«

Angestrengt starrte Siguror zum Landesteg.

»Ist er groß und trägt er einen Umhang aus silbergrauem Robbenfell?«

»Das muss einer seiner Männer sein, die ihm dienen. Grímur Kamban ist ein kleiner, dicker Mann mit langen weißblonden Haaren.«

Gorm grinste, als er an den kleinen Wikinger dachte und sich das Bild von ihm ins Gedächtnis rief.

»Außerdem trägt er einen langen Umhang aus dem Fell eines einzigen Eisbären. Den hat er vor Grünlands Küste mit seinem Messer erlegt.«

Gorm drehte sich grinsend zu Siguror um.

»Er wird uns die Geschichte bestimmt beim Abendessen erzählen. Wie er heldenhaft sein Messer in die Brust des Eisbären rammte, als dieser sich auf ihn stürzte, um ihn zu fressen. Der Eisbär war sofort tot und fiel wie ein Sack auf ihn. Er war gefangen unter dem Kadaver und konnte kaum atmen, so schwer war der Bär. Doch das warme Blut des Bären wärmte Grímur auf dem Eis, bis seine *huskárl* ihn fanden und unter dem Eisbären hervorzogen.«

Gorm beobachtete die Menschenansammlung und suchte Grímur Kamban.

»Er war über und über mit Blut besudelt. Sein Gesicht und die Hände beschmiert und seine Kleidung hatte sich mit dem roten Saft vollgesogen. Seine Leute dachten, er sei tot. Doch als sie ihn den Schnee abrieben, brüllte Grímur plötzlich so laut und grimmig, wie nur ein Eisbär brüllt, bevor er sich auf sein Opfer stürzt. Das Weiße in Grímurs Augen soll irre geleuchtet und seine Zähne sollen den Fangzähnen des Bären geglichen haben. Seit dieser Zeit trägt er siegesgewiss das weiße Bärenfell.«

Plötzlich riss Gorm seinen Arm in die Höhe.

»Da! Da ist er! Hast nicht mit uns gerechnet, Grímur Kamban.« Ein Grinsen zog über Gorms Gesicht. »Schlachte deine Schafe und öffne deine Fässer. Wir haben Hunger und Durst.«

Tief holte er Luft und ließ seine volltönende Stimme erklingen.

»Der Däne Gorm Gormsen kommt auf dein Land.«

Er verstummte. Das Echo gegen die Felsen warf seinen Namen vielfach über die Bucht.

»Das gefällt mir, so soll es sein.«

Die Möwen stießen pfeilschnell ins Wasser, ohne das Ankommen der Fremden zu würdigen. Die Färöer und Dänen hörten eine weitere kolossale Männerstimme.

Laut brüllte Briningr über die ruhig schimmernde Wasseroberfläche. Seine beiden Bartzöpfe wippten eifrig.

»Grímur Kamban!«, dröhnte Brinigrs kolossale Stimme. »Ich bin es!« Er wartete, bis das Echo im Felsen verklang. »Briningr. Von der *gullbringa*.«

Gorm lachte laut und rief: »So soll es sein.«

Dann ließ Bror seinen kräftigen Bariton ertönen.

»Ich bin es. Der Däne Bror von der *ormr in langi*. Königsdrengir von Gorm Gormsen. Krieger und Freund von Kamban, dem ersten Siedler auf *faereyiar*.«

»Auch ich folge meinem Häuptling Gorm Gormsen. Ich bin Yngvarr auf der *gammr*.«

Hünenhaft stand Yngvarr im Bug des schnellen Schiffes.

Nereior auf der *vargr hafs* und Israuor auf der *hárknifr* folgten dem Beispiel.

»Ich bin es! Elfraor. Von der *ulfr elfar*!«, rief der *styrimannr* volltönend.

Zum Schluss folgte Cuaran: »Ich bin es! Cuaran, der *styrimannr* der *faxi byrjar*!«

Das Echo seiner klangvollen Stimme war beeindruckend.

Geschickt näherte sich die *dreki* dem Steg.

»Riemen einholen.«

Ongulls Stimme klang über das Deck, während die *dreki* langsam und gemächlich am großen und sehr breiten Holzsteg entlang driftete.

»Seile über Bord. Stangen raus!«

Jeder Seemann kannte seine Aufgabe. Mit den Stangen hielten sie das Kriegsschiff auf Abstand zum Steg. Die Seile fingen die Färöer auf und wickelten sie um die klobigen Holzpoller.

»Gorm Gormsen!«

Freudestrahlende trat Grímur Kamban auf den Steg und begrüßte den Häuptling mit weit ausgebreiteten Armen.

»Welche Freude, euch so spät in der Jahreszeit auf meiner Insel begrüßen zu dürfen.«

Ein wippendes Holzbrett wurde auf die Reling der *dreki* gelegt und so eine Verbindung zum Steg übers Wasser geschaffen.

»Komm an Land, großer Häuptling, und sei mein Gast«, begrüßte Grímur Gorm lautstark, trat neben diesen provisorischen Übergang und grinste. »Bringe mir deine *drengire*[57] und *húskarl*[58] mit auf meine Insel!«

»Grímur Kamban«, dröhnte der und ging mit großen Schritten über den wippenden Holzsteg. »*Deniscra manna.* Erster Däne der *faereyiar.* Welche Freude, dich zu sehen.«

Grímur strahlte über das ganze Gesicht. »Die Freude liegt ganz auf meiner Seite. Niemand zuvor wagte es, zum Ende des zehnten Monats übers Meer zu uns zu segeln.«

Gorm erkannte hinter den freundlichen Worten die Besorgnis. Freundschaftlich schlugen sich die beiden einflussreichen Männer auf die Schulter. Gorm packte Grímur Kamban an den Oberarmen und packte fest zu.

»Unsere Kunst, im Oktober übers Meer zu segeln, wird noch viel größer werden. Denn wir werden in diesem Jahr noch nach *snaeland* segeln.«

---

57 Mächtige Männer, junge Männer und Bauern, die sich Habe und Ruhm erstreiten wollen. Alle dienen dem Häuptling.

58 Freie Männer im Gefolge des Mächtigen, die sich dem Häuptling verpflichtet haben, ihm bei seinen Unternehmungen beizustehen.

»*Snaeland*! In diesem Jahr noch!«, rief Grímur erstaunt.

»Du brauchst also meine Flotte nicht über die langen Wintermonate verköstigen.« Gorm schlug freundschaftlich auf Grímurs Schulter und trat einen Schritt zurück.

»Ihr seid meine Gäste, solange ihr wollt«, bekräftigte Grímur seine Einladung, doch Gorm sah auch seinen erleichterten Gesichtsausdruck.

›Auf den Färöern gibt es im Winter nicht viel zu essen. Da wird es schwierig, unsere vielköpfige Kriegsflotte zusätzlich durchzufüttern‹, dachte er nüchtern.

»Wir wollen ein, vielleicht zwei Tage bei dir bleiben. Eventuelle Schäden ausbessern und einigen Schafen, die wir schon von Weitem auf deinen grünen Felsen sahen, die Köpfe abschlagen und über dem Feuer braten.«

»So soll es sein«, lachte Grímur und führte Gorm vom Landesteg. »Komme in mein Haus und erzähl mir, wie es dir ergangen ist, seit wir uns das letzte Mal sahen.«

Er stockte und blickte überlegend zum Himmel.

»Verdammt. Das sind ja schon fünf Jahre her!« Grímur lachte dröhnend. »Du wirst in den Tagen, die du bei mir bist, keinen Schlaf finden. Denn du musst mir alles, wirklich alles berichten, was du in dieser langen Zeit erlebt hast!«

Gorm warf einen aufmerksamen Blick zurück auf seine *húskarl*. Fast alle gingen von Bord und wurden, freundschaftlich begrüßt. Nur wenige, die Siguror vorher ausgesucht hatte, blieben an Deck der *dreki*, um Wache zu halten.

›Auch wenn man unter Freunden weilt, sollte man Vorsicht walten lassen‹, fand er und blickte Grímur an, während er sagte: »Mache ich. Ich werde nichts auslassen und dir von meinen unendlich vielen Heldentaten erzählen.«

Grímur lachte lauthals. »Ich will jedes Detail wissen.«

Lässig warf Gorm das eine Ende seines Umhanges über die Schulter, damit sein glänzendes und scharfes Schwert besser zur

Geltung kam. Grímur warf einen schnellen Blick auf die Waffe, ließ seine Augen aber sofort zu seinem Haus fliegen. Gorms Geste war ihm sehr vertraut. Er tat es ebenso.

»Du bist ein gefährlicher Freund«, erklärte Grímur, öffnete die niedrige Eingangstür und sie betraten das Haus.

Warmes, knisterndes Feuer empfing die Wikinger. Es roch nach Rauch und süßem Körnerbrei, der über dem offenen Feuer im Kessel appetitlich vor sich hin blubberte. Nach und nach gewöhnten sich Gorms Augen an das Dämmerlicht. Er erkannte eine Frau, die verschreckt in eine Ecke des Hauses flüchtete und zusammengekauert auf einem grauen Schafsfell hockte.

Gorm nickte ihr freundlich zu.

»Das ist mein Weib.« Stolz deutete Grímur auf die Frau in der Ecke. »Ich stahl sie bei meinem letzten Raubzug auf den Hebriden. Leider ist sie etwas schüchtern und«, er zuckte resignierend mit der Schulter, »leider auch stumm. Ich weiß, nicht ob ich sie mir über die Schulter geworfen hätte, wenn ich gewusst hätte, dass sie so schweigsam ist. Aber wenn ich an einige keifende Weiber im Ort denke, glaube ich, habe ich das beste Weib gestohlen. Dieses Eheweib macht mir jedenfalls keine lautstarken Vorwürfe, wenn ich zu spät ins Haus komme und sie das Essen stundenlang auf dem Feuer warmhält.«

»Nicht schlecht«, murmelte Gorm grinsend.

»Sie versorgt meine Kinder und näht unsere Kleidung. Und das gar nicht mal so schlecht. Wo sie doch so jung ist!«

»Ist sie schon eine Frau?«

Er versuchte in die dunkle Ecke zu spähen, um das Alter der Frau zu schätzen. Aber sie kroch noch tiefer in die Dunkelheit und versteckte schamhaft ihr Gesicht vor den taxierenden Blicken.

»Ich weiß es nicht«, murmelte Grímur nachdenklich. »Ich schätze sie auf fünfzehn, vielleicht schon siebzehn Jahre.«

»Das ist ein gutes Alter.«

Gorm schlug Grímur anerkennend auf die Schulter.

»Sie wird dir viele Kinder gebären.«

»Tja.« Grímur machte ein schiefes Gesicht. »Wenn sie mich nur lassen würde. Doch dieses Weib, so wenig sie auch spricht und so gut sie auch arbeitet, das Lager will sie nicht mit mir teilen!«

»Nicht?« Erstaunt starrte Gorm in die Ecke.

»Ich kann sie doch nicht jedes Mal zwingen und mit Gewalt nehmen.«

Grímur setzte sich auf ein bequemes Robbenfell. Gorm deutete er mit einer Handbewegung an, es ihm gleich zu tun.

»Das ist übel«, erkannte der und setzte sich.

»Das ist es.«

Grímur Kamban griff zu seinem enormen Trinkhorn und hielt es in die Höhe. Sofort war das Mädchen an seiner Seite, füllte es bis zum Rand mit herrlich duftendem Honigmet und reichte auch dem Gast ein großes, mit Silber verziertes Trinkhorn. Lautlos trat sie neben Gorm und füllte es ehrfurchtsvoll.

»Mmh.« Genüsslich schloss Gorm die Augen und sog den Duft des Honigmets ein. »Das ist es, wovon ich in den stürmischen Nächten auf dem Meer träumte, ich danke für deine Gastfreundschaft.«

»Ich danke dir für dein Kommen.«

Die Nordmänner setzten die Trinkhörner an ihre Lippen und leerten das herrliche Gebräu in einem Zug.

»Es ist lange her, dass ich etwas so Wunderbares getrunken habe. Das letzte Mal trank ich so einen wohlschmeckenden Met in Angelsachsen auf einem Fest.«

Sein Blick ging ins Leere. Die Erinnerung an den Abend holte ihn ein. Er saß vor dem stattlichen Feuer auf seinen Häuptlingsstuhl im Kreis der Mächtigen. Die Sklavinnen traten um den Kreis herum und stellten sich auf. Es war der Tag, bevor die Toten *styrimannr* mit den Sklavinnen verbrannten. Gorm konnte sich nicht an die Gesichter der Sklavinnen erinnern, die mit den

Toten reisen sollten. Nur ein Gesicht trat allzu deutlich vor sein inneres Auge.

»Thyra«, murmelte er leise, fast lautlos.

Grímur beobachtet Gorm genau.

»Wer ist sie?«

Erschrocken blickte Gorm auf und sah in Grímurs erwartungsvolles Gesicht.

»Wer?«

»Thyra!«

Gorm seufzte kaum vernehmbar.

»Eine *thraell*.«

Grímur sah Gorm auffordernd an, hob das Horn, welches seine Frau schweigend füllte. Auch Gorm reichte sie den Met.

»Es war auf dem großen Fest zu Ehren der Getöteten in Benfleet. Die Sklavinnen waren auserwählt, die im ehrenvollen Kampf gestorbenen *styrimannr* auf die Totenschiffe zu folgen.«

»Diese Thyra ist tot?«

»Sie nicht! Die anderen!«

Grímur trank und beobachtet seinen dänischen Gast nachdenklich.

»Sie ist eine kostbare Sklavin. Die Tochter des toten Königs Ethelred und seiner Frau Wulfthryth. Und sie ist die Nichte des jetzigen Königs Alfred.«

»Oh, eine wirklich wertvolle Sklavin!«

»Das war sie!«

»War?«

»Dieser listige König verbannte sie von seinem Hof. Jetzt ist sie nur noch eine einfache *thraell*. Kaum etwas wert.«

Grímur blickte Gorm eindringlich an. Er beugte sich etwas vor. »Aber dir ist sie etwas wert«, erkannte er weise.

Gorm trank sein Horn aus, um etwas Zeit für seine Antwort zu schinden. Nachdenklich betrachtete er die silberne Götterverzierung auf dem Trinkhorn.

»Die Meeresgöttin der Stürme und Wasserstrudel.« Seine Augen erkannten Rán.

»Ja. Diese Frau bedeutet mir etwas.«

Gemütlich lehnte Grímur sich zurück und machte es sich auf dem warmen Robbenfell bequem.

»Dann nimm sie! Sie ist deine Sklavin!«

Gorm sah Grímur mit einem schiefen Lächeln an.

»Wenn sie eine normale, einfache Sklavin wäre, läge diese Frau schon vor langer Zeit unter meinem Schwanz. Doch mit dieser Frau ist es anders!«

Grímur lächelte wissend.

»Es hat dich erwischt!«

»Was?«

»Du liebst diese Thyra!« Breit lächelte er den großen Dänen an.

»Sie ist ohne Land! Ohne Besitz, Reichtum oder Titel! Sie ist eine Angeln-Frau!«, brauste Gorm entsetzt auf.

»Du liebst sie.« Grímur hob sein Horn und forderte sein Weib auf, es erneut zu füllen. »Nimm es einfach hin. Liebe kann man nicht bestimmen. Sie kommt und nimmt einen gefangen. Du kannst ihr nicht entrinnen.«

»Nicht?« Spöttisch zog Gorm eine Augenbraue hoch.

»Nein«, lachte Grímur. »Einer Liebe sollst du begegnen.«

»Der Liebe begegnen«, grummelte Gorm nachdenklich, während Grímur wissend lächelte.

Ein ungehobeltes Gebrüll und kräftiges Poltern an der Holztür ließ die beiden Häuptlinge aufhorchen.

»Was hat das zu bedeuten?« Grímur setzte sich angespannt auf.

»Ärger«, vermutete Gorm und erhob sich.

Zusammen traten sie aus der Hütte und wurden vom Licht der untergehenden Sonne, die ihre letzten Strahlen über den Bergkamm schickte, geblendet.

»Kamban!«, wurde der Häuptling der Färöer angesprochen. »Eine Frau erhebt Anspruch auf einen Wikinger der dänischen Kriegsflotte, die eben eintraf.«

»Was? Jetzt schon? Normalerweise dauert so etwas doch mindestens einige Tage. Wer ist es?«

»Die Kriegerin Ruadhan.«

»Oh nein! Nicht die!«, stöhnte Grímur gequält auf. »Ausgerechnet!«

Gorm grinste ihn spöttisch an.

»Schwierigkeiten?«

»Geringfügig«, erwiderte Grímur geplagt.

»Eine Kriegerin! So etwas gibt es nicht allzu häufig, selbst unter uns Wikingern. Wer ist sie?«

Verärgert knurrte Grímur: »Eine äußerst willensstarke Frau! Kämpft besser als mancher Krieger aus unserem Volk und zudem ist sie eine wirklich gute Bogenschützin.«

Gorm sah Grímur an, wie ärgerlich er über diese Meldung war.

»Sie weiß es. Ich weiß es. Aber ich würde es Ruadhan niemals sagen!«, verzweifelt sah er Gorm an. »Schließlich ist sie eine Frau!«

Gorms Grinsen wurde immer ausladender. »Aber du hast noch Macht über sie?«

»Natürlich!«, knurrte Grímur erbost, doch im gleichen Moment zuckte er kaum sichtbar zusammen. »Aber es ist schwierig.«

»Das dachte ich mir.«

Grímur zeigte mit ausgestrecktem Arm auf eine hochgewachsene Frau, die mit wehenden Haaren und erzürntem Gesicht auf die Häuptlinge zuschritt. Der eine grinsend, der andere auf jede Form von Ärger vorbereitet.

»Mach dich auf was gefasst!«

Gorm schmunzelte und betrachtete diese Ruadhan eingehender. Sie trug kein Kleid, sondern die Kluft der Männer. Er runzelte die Stirn und murmelte: »Ist das angebracht?«

»Bei Ruadhan schon.«

Gorm sah genauer hin. »Sie trägt ein langes Messer am Gürtel. Und es ist nicht das Messer der Frauen, um Gemüse zu ernten.«

»Nein.«

Ruadhan kam schnell näher.

Gorm kniff die Augen zusammen, um besser sehen zu können.

»Was trägt sie über ihrer Schulter?«

»Ihren Langbogen und den Köcher für die Pfeile.«

Gorm riss die Augen auf und legte seine Stirn in Falten.

»Ihre Waffen trägt sie immer mit sich. Sie ist eine gefährliche Frau!«

»Grímur!«, brauste Ruadhan ihrem Häuptling schon aus der Entfernung entgegen. »Grímur Kamban!«

»Es geht los!«, warnte das Stammesoberhaupt der Färöer.

Unbewusst warf Gorm das Ende seines Umhanges über die Schulter. Ruadhan nahm die Geste stirnrunzelnd zur Kenntnis. Doch sie warf nur einen flüchtigen Blick auf das wertvolle Schwert des fremden Wikingerhäuptlings, nickte ihm kurz zu und widmete ihre volle Aufmerksamkeit Grímur Kamban.

»Großer *styrimannr* der *faereyiarner*.« Sie verneigte kurz achtungsgebietend ihren Kopf. »Ich erhebe alleinigen Anspruch auf einen Krieger dieser Flotte!«

»Warum? Du hast keine Kinder, die von diesem Mann hätten gezeugt werden können. Du besitzt ein eigenes Heim und vier Sklaven, von denen ich weiß, dass du sie selbst erbeutet hast! Von welcher Art soll dein Anspruch sein?«

Aufgebracht stemmte Ruadhan ihre Fäuste in die Hüfte und baute sich vor ihrem Häuptling auf. Gigantisch und eindrucksvoll stand sie vor den beiden Männern, atmete tief die kalte Oktoberluft ein und Gorm erkannte, dass sie sich sammelte, für dieses Gefecht.

»Dieser Krieger schwängerte meine Schwester.«

»Na und?« Grímur zuckte mit der Schulter und sah Ruadhan erstaunt an. »Das ist der Lauf der Dinge.«

»Ja«, grinste Ruadhan böse. »Das ist der Lauf der Dinge. Doch meine Schwester starb bei der Geburt des Bastardes! Und ich versprach ihr auf dem Totenbett, dass ich den Mann der seinen Samen in ihren Schoss spritzte zum Kampf herausfordern und töten werde!«

Stille.

Die Menschen, die sich neugierig einfanden, lauschten dem Vorwurf der Kriegerin und hielten entsetzt den Atem an.

»Ruadhan fordert einen *dreng*[59] aus der dänischen Flotte zum Kampf heraus!« Ein Raunen ging durch die Runde und die Menschen fingen aufgeregt an, auf der Stelle zu treten.

Gorm sah es und war erstaunt.

»Eine Frau fordert einen erfahrenen Krieger meiner Flotte zum Kampf?«

Er taxierte ihren Körperbau.

»Meine Männer sind ohne Ausnahme kräftige gut ausgebildete Krieger. Sie sind schnell und erfahren im Kampf. Der Krieger wird dieser Frau den Schädel spalten, bevor sie ihr Schwert ziehen kann!« Gorm musterte die Kriegerin.

»Sage ihr«, fing Gorm beschwichtigend an. »Sie soll die Summe nennen, die es ihr ermöglicht den Zorn und den Hass über den Tod ihrer Schwester zu verzeihen.«

Er kramte seinen Lederbeutel mit den Silbermünzen hervor und nestelte zum Öffnen am Lederband.

»Grímur, sage deinem Gast!«, fauchte Ruadhan wütend und starrte Gorm zornesrot an. »Er soll sein Hacksilber dort lassen, wo er es aufbewahrt!«

»Ich will seinen Krieger!«

Grímur legte beschwichtigend seine Hand auf Gorms Arm. Daraufhin ließ er den Geldbeutel zögernd am Gürtel heruntersinken.

---

59 Krieger.

»Wir werden es nicht hier und jetzt klären«, versuchte Grímur die Kriegerin zu beruhigen. »Wir werden unsere Gäste herzlich willkommen heißen, ihnen ein Lager anbieten und sie in unseren Häusern mit dem Besten, das wir besitzen, bewirten. Wir werden uns ihre Geschichten anhören und mit ihnen die glückliche Fahrt über das Nordmeer zu dieser späten Zeit feiern.«

Sie schnaufte erbost.

Mit einer wegwerfenden Handbewegung deutete der Häuptling der *faereyiarner* der Kriegerin herrisch an, dass sie ihm zu gehorchen hatte. »Gehe und komme deinen Pflichten nach. Wir werden morgen reden.«

Kurz blickte Ruadhan von einem zum anderen Häuptling. Ihr Gesicht war rot vor Zorn. Jeder erkannte, wie sie sich nur mit Mühe beherrschte. Auf dem Absatz drehte sie sich um und stampfte übel gelaunt durch die Menschenmenge, die ihr eiligst eine Gasse öffnete.

»Das ist also die Kriegerin Ruadhan«, murmelte Gorm und konnte sich einem spöttischen Grinsen nicht verwehren.

»Das ist Ruadhan. Unsere Kriegerin!«, verärgert starrte er ihr nach. »Und Odin sei Dank. Auch unsere einzige *het-ja*! Viel mehr könnte ich nicht verkraften.«

Jetzt lächelte auch Grímur. In seinen Augen erkannte Gorm Funken der Erleichterung.

»Komm, ich werde dir meine Insel zeigen.«

* * *

Fast die gesamte *hásetar*[60] der Kriegsflotte ging von Bord. Selbst die wenigen Frauen und einige Sklaven durften an Land. Thyra stand mit schwankendem Körper und wackeligen Beinen an Land und verdrehte die Augen.

---

60 Rudermannschaft.

»Na Mädel!« Sie wurde freundschaftlich von Njal angestupst. »Hast du Schwierigkeiten geradezustehen!«

Verwirrt blickte Thyra zum großen Mann hinauf.

»Die Insel steht nicht fest! Sie schwankt!«,

Erschüttert machte sie einen Ausfallschritt, weil sie sonst gefallen wäre. Gutmütig lächelnd packte Njal Thyra am Arm. Half ihr das Gleichgewicht wieder zu finden.

»Die Insel steht stabil. Sie ist ein riesiger Felsen.«

»Merkst du es denn nicht? Sie schwankt! Sie schwimmt auf dem Meer!«

»Komm mit. Ich werde dir bei deinen ersten Schritten an Land helfen.« Njal zerrte Thyra mit.

»Lass das! Ich kann alleine gehen!«

»Gut, dann geh!«

»Jetzt?«

»Sofort!«

»Grmph«, räusperte sich Thyra und schwankte. »Jetzt?«

»Wann sonst? Willst du am Ufer stehen bleiben, bis die Nacht einbricht?«

Sie warf ihm einen verächtlichen Blick zu und tat den ersten Schritt. Dann den zweiten und – wäre fast gefallen! Njal packte Thyra.

»Na! Soll ich dir doch helfen?«

»Njal, die Insel bewegt sich. Warum merkt das keiner?«

»Die Insel bewegt sich nicht und sie schwankt auch nicht«, erklärte er ruhig. »Du hast dich ans Meer und seine Bewegungen gewöhnt.«

»Ich mich daran gewöhnt! Ich hänge würgend über der Reling und kotze alles aus! Und ich soll mich ans Meer gewöhnt haben? Nie und nimmer!«

Njals Grinsen erschütterte Thyra noch mehr.

»Dein Körper hat sich an die Wellenbewegung gewöhnt. Du gehst über die Decksplanken wie ein richtiger *skiparii*.«

Skeptisch betrachtete Thyra ihre Füße und dann erneut den Wikingerlotsen. »Wie ein *skipari?*«

»Hmm.«

»Und darum bewegt sich die Insel?«

»Sie bewegt sich nicht. Glaub mir! Nur dein Körper weiß es noch nicht. Aber in einigen Stunden hast du dich daran gewöhnt, dass du auf festem Grund und Boden stehst.«

»In einigen Stunden?«

»Warte es ab. Und nun komm mit mir.«

»Wohin?«

»Zum großen Festfeuer!«

»Festfeuer«, murmelte Thyra und stolperte neben Njal über den hölzernen Steg an Land. Glücklich, dass er sie hielt. Doch sie sagte es ihm nicht.

Fast vierhundert Wikinger strömten auf die Insel. In den Beibooten ruderten sie an Land, kletterten über die flach ins Meer fallende Felsenböschung ans steinige Ufer und stapelten unzählige gefüllte Fässer und Geschenke auf den Landungsstegen.

In weniger als einer Stunde waren der Hafen und das umliegende Gelände von Wikingern übersät.

Die Färöer rannten eilig zu ihren Vorratshäusern und rollten enorme Fässer mit *nabíd* und Schafsmolke herbei. Sie schlachteten Schafe, häuteten diese und nahmen die Eingeweide aus. An Spießen über dem Feuer gebraten, tropfte das Fett in die Glut. Stockbrot backte auf flachen, randlosen Eisenpfannen auf dem Feuer und Trockenfrüchte wurden zusammen mit Nüssen in Holzschalen serviert. Die Frauen reichten den Ankömmlingen mit höflichen Worten aber sorgenvollen Augen gedörrten Fisch, eingelegte Früchte und luftgetrocknetes Robbenfleisch.

Denn dieses waren ihre Wintervorräte! Nahrung, die das Überleben auf dieser kargen Insel in den langen, kalten und dunklen Wintermonaten bedeutete.

Trotzdem füllten sie die edlen Trinkhörner der Dänen reichlich mit dem *nabíd* oder der gegorenen Molke und geizten nicht mit dem Essen.

Thyra stand abseits. Auch sie hielt ein Horn in der Hand und nippte am Alkohol. Es war lange her, dass sie so viele Wikinger zusammen sah. Grübelnd runzelte sie die Stirn.

»Wann war es? Wann sah ich …?«, plötzlich fiel ihr alles wieder ein.

»Zur Bestattung der Schiffsführer in Benfleet! Als die Sklavinnen auf die Totenschiffe zu ihren toten *styrimannr* geführt wurden und verbrannten! Als die Wikinger die Sklavinnen dem Feuer opferten!«

»Na, wie schmeckt dir der *nabíd*?«, erkundigte sich eine Frau und riss Thyra aus den Gedanken.

»Aesa!«, rief Thyra und ließ vor Freude fast ihr Horn fallen. Sie umarmte freudestrahlend ihre Freundin und drückte Aesa an sich.

»Langsam, langsam«, meinte Aesa, doch auch sie umarmte Thyra.

»Ich habe dich vermisst«, murmelte Thyra Aesa ins Ohr.

Langsam löste sie ihre Umarmung und sah Aesa eindringlich an.

»Vor nur einigen Monaten hätte ich mir nicht träumen lassen, so etwas jemals zu einer Wikingerin zu sagen. Aber so ist es! Ich habe dich vermisst.«

»Ich dich auch. Doch nun komm mit mir und stehe nicht abseits. Du gehörst zu uns!«

»Aber«, widersprach Thyra leise, »ich bin doch eine *thraell*!«

Erstaunt blieb Aesa stehen und sah Thyra an.

»Na und? In unserem Volk haben Sklaven zwar kaum Rechte und oftmals sind sie arm und schlecht gekleidet. Dennoch gehören sie bei jedem Fest dazu. Also auch du.«

»Bin ich schlecht gekleidet?«

Kritisch blieb Thyra stehen und sah an sich hinab.

Aesa musterte Thyra abwägend. »Na ja.«

»Na ja!« Entsetzt zerrte Thyra an ihrem Rock.

»Für eine Sklavin …«, zog Aesa Thyra auf. »Also für eine Sklavin …«

»Jaa?«

In Thyras Stimme schwangen Hoffnung und eine erhebliche Portion Skepsis.

Aesa packte Thyra, genau wie Njal kurz zuvor und zog sie ins Getümmel. »Für eine *thraell* der *Ascomanni* siehst du fantastisch aus!«

Aesa schlenderte mit Thyra von Feuer zu Feuer. Sie aßen und tranken alles, was ihnen gereicht wurde. Überall wurden sie freundlich begrüßt und Thyra verstand zu ihrer Verwunderung immer mehr von der eigentümlichen Sprache der Nordmänner.

»Aesa, ich kann nichts mehr essen. Und auch nichts mehr trinken.«

»Du bist eine *thraell* unseres Wikingervolkes«, lachte Aesa sie aus. »Und was müssen alle *thraell?*« Auffordernd funkelten ihre Augen.

»Dienen?«, fragte Thyra mit gequältem Blick.

»Stimmt. Und was noch?«

Nachdenklich kratzte Thyra sich den Nacken.

»Arbeiten?«

»Was noch?« Aesas Augen glitzerten vor Freude.

»Was noch?« Thyra trampelte auf der Stelle und zuckte mit der Schulter.

»Essen, trinken und feiern bis in den nächsten Tag«, erklärte Aesa bestimmt, packte ihre Freundin und zerrte sie zum Schafsbraten am Spieß.

»Zwei große, prächtige, fette Fleischbrocken hätte ich gerne«, sagte sie zum Inselmann.

»Mit Knochen oder ohne?«

»Mit natürlich!«

Thyra rollte gequält mit den Augen und hielt sich ihren Bauch.

»Aesa«, stöhnte Thyra und sah die Heilerin leidend an.

»Iss!«, befahl Aesa und drückte Thyra den fetttriefenden Fleischknochen in die Hand.

»Aesa!«

»Iss!«

Schließlich standen sie nebeneinander, beobachteten das feiernde Volk und knabberten am Knochen.

»Es ist lange her, dass ich mich so wohl gefühlt habe.«

Aesa pulte mit Daumen und Zeigefinger eine lange fetttriefende Fleischfaser ab. Genießerisch steckte sie das Stück sich in den Mund.

»Hmmh! Ist das lecker!«

»Du müsstest doch schon lange satt sein.« Thyra betrachtete Aesa abschätzend und musterte deren Bauch.

»Schon lange! Doch wir werden lange warten müssen, bevor wir wieder so etwas Leckeres zu essen bekommen. Hmmh.« Aesa nahm einen großen Schluck aus ihrem mit Schnitzereien verzierten Trinkhorn.

Staunend betrachtete Thyra die Unmengen *nabíd* die Aesa trank und grinste kopfschüttelnd. Sie hob ihr eigenes ungeschmücktes Horn, nahm einen kräftigen Schluck und rülpste.

»Upps.« Verlegen lenkte sie eilig ab und zeigte auf Aesas Horn. »Wen zeigen die Figuren auf deinem Horn?«

Aesa neigte es etwas zur Seite und betrachtete es liebevoll.

Kurz sah sie zu Thyra, dann fast liebevoll aufs Horn. »Das ist …«, sie deutete mit dem rechten Zeigefinger auf eine Frau.

»Das ist Eir. Die Göttin der Heilkunst. Sie hilft mir Entscheidungen zu treffen, wenn ich bei einem Verletzten oder Kranken bin.«

»Sie hilft dir?« Erstaunt beugte Thyra sich vor, um die geritzte Göttinnenfigur besser zu erkennen. »Und wer ist das?« Sie berührte vorsichtig die Frauenfigur daneben.

»Das ist Urd, eine Norne, eine Schicksalsgöttin. Urd flehe ich an, um den Menschen in ihrem Schicksal beizustehen.« Aesa deutete auf die etwas kleinere Zeichnung darunter. »Das ist Werdandi. Auch eine Norne und Schicksalsgöttin. Sie trägt die Verantwortung für das Werden. Während die hier«, Aesa drehte das Horn ein wenig. »… Skuld ist. Sie ist die Schicksalsgöttin für die Schuld.«

»Aha«, meinte Thyra etwas verlegen.

Sie wollte Aesa nicht beleidigen in ihrem Glauben. Doch sie fragte sich, was ihr Christengott dazu sagen würde, dass diese Wikinger so viele Götter anbeteten und ihn nicht achteten.

»Das ist das Messer der Heilerin. Ich habe auch so eines. Hier! Es steckt in der Lederscheide an meinem Gürtel. Damit schneide ich Kräuter und manchmal öffne ich mit diesem Messer den Leib des Kranken.«

»Du öffnest ihn?« Angewidert verzog Thyra ihr Gesicht.

»Ich bin Heilerin«, sagte Aesa stolz und mit Nachdruck.

Doch Thyra stellte sich vor, wie das Blut aus den Adern spritzte oder der stinkend gelbgrüne Eiter emporquoll, wenn sie mit dem Messer in den Wunden stocherte. Oder wenn sie ins Fleisch eines Menschen schnitt und Blut, Gedärme und Innereien herausquollen. Schnell nahm einen großen Schluck des Alkohols. Fühlte, wie er warm und brennend ihre Kehle herunterlief.

»Und das sind meine Gehilfen«, erklärte Aesa munter weiter und berührte sanft den eingeritzten Vogel, dann den Wolf und ganz zart glitten ihre Finger über die Windungen einer filigran gemusterten Schlange.

Über den Rand des Hornes blinzelte Thyra in die Menge und erstarrte. »Mmpf!«

»Was ist?«

»Da ist Hafr!«, keuchte sie entsetzt.

»Dem wirst du immer wieder begegnen.« Aesa warf den abgenagten Knochen über die Schulter und trank.

»Aesa?«, flüsterte Thyra leise. »Wer ist das?«

»Wer?«

»Die Frau, die in der Tracht eines Wikingerkriegers herumläuft. Die, die ein langes Schwert an ihrem Gürtel trägt und einen Langbogen über der Schulter. Sie sieht wie eine Kämpferin aus!«

Aufgeregt trat Thyra auf der Stelle.

»Oh die!«, lächelte Aesa verschmitzt. »Das ist Ruadhan!«

»Ruadhan.«

Jetzt lachte Aesa Thyra herausfordernd an und sah der Königstochter direkt ins Gesicht.

»Das ist Ruadhan, eine Kriegerin der Wikinger!«

»Eine Kriegerin«, wiederholte Thyra leise, fast ungläubig, um dann erstaunt viel zu laut zu rufen: »Eine Kriegerin!«

»Eine Kriegerin.«

Thyra ließ die Wikingerkriegerin nicht mehr aus den Augen.

»Eine Kriegerin«, murmelte sie und Aesa erkannte, wie ein Plan in Thyras Kopf zu reifen begann.

»Es wird ein weiter, sehr schwerer Weg werden.«

»Macht nichts!«

»Sie wird dir nichts schenken.«

»Egal!«

»Du wirst viele Wunden davontragen.«

»Aesa!«, rief Thyra erbost. »Was soll das?«

»Ich sage dir nur, wie es ist.«

»Es ist meine einzige Chance keine *thraell* mehr zu sein!«

»Das ist es! Oder du heiratest einen reichen, gut aussehenden, dänischen Wikingerhäuptling. Ich will nicht laut sagen, an wen ich dabei denke.«

»Aesa!«

»Meine ja nur«, schmunzelte sie.

»Ich soll mich anbiedern und mich verkaufen? Das meinst du nicht ernst!«

»Mmmmh doch! Wirklich! Ich will dir nur eine Alternative aufzeigen.«

»Ich werde eine *het-ja*.« Thyra verfolgte Ruadhan mit den Augen, die gemächlich durchs Lager schlenderte. »Kannst du mich ihr vorstellen?«

»Komm!«

»Jetzt?«

Verunsichert stolperte Thyra hinter Aesa her.

»Warum warten?«, lachte Aesa und steuerte direkt auf die Kriegerin zu.

Ruadhan sah die Frauen aus dem Augenwinkel auf sich zugehen. Doch ihre Sinne waren auf andere gerichtet.

»Morgen beim Fest werde ich euch …« Die Wikingerin machte eine weitausgreifende Handbewegung und meinte alle Krieger der angekommenen dänischen Flotte. Sie grinste herausfordernd. »… alle beim Schwertkampf besiegen!«

Sofort brach ein unglaublicher Tumult aus.

»Wir werden dich beim ersten Schwertschlag kopfüber in den steinigen Boden rammen!«, widersprach der Waffenschmied Styrmir heftig, hob sein Horn und setzte es an. »Beim ersten Schlag«, versprach er kopfnickend und trank das Horn in einem Zug leer.

»Hallo Ruadhan«, begrüßte Aesa die Kriegerin entgegenkommend. »Wir haben uns lange nicht gesehen!«

»Das haben wir. Ich habe viele Länder gesehen!«, lächelte Ruadhan und ließ ihren Blick auf Thyra ruhen. »Wen hast du mitgebracht? Sie sieht nicht wie eine Wikingerin aus!«

»Sie ist es auch nicht. Noch nicht!« Aesa und sah Ruadhan schlagartig mit ernstem Gesicht an.

»Noch ist sie unsere *thraell*.«

»Noch?« Ruadhan horchte plötzlich auf.

»Sie will eine *het-ja*, eine Wikingerkriegerin, werden.«

»Diese Frau dort neben dir?«, fragte Ruadhan spöttisch und musterte Thyra streng. »Diese *thraell*?«

»Ja.« Aesas Antwort klang selbstbewusst.

Ruadhan musterte die Sklavin neugierig von Kopf bis Fuß. Neigte abschätzend ihren Kopf. Lächelte schief, herablassend.

Thyra war äußerst unbehaglich.

›Kriegerin. Jetzt ist es so weit. Mein erster Schritt zur *het-ja*‹

»Oh! Entschuldige«, blinzelte Aesa von Ruadhans Neugierde ermutigt. »Das ist Thyra Danebod. Königstochter und Nichte des großmächtigen Königs Alfred des Großen von England.«

»Königstochter«, wiederholte Ruadhan leise und energischer fragte sie: »Und?«

»Und?« Irritiert blinzelte Aesa.

»Was willst du von mir? Eine Königstochter aus hohem Hause sucht doch nicht umsonst eine *het-ja* der Wikinger auf!«

Sie bohrte vor den Augen der Frauen in der Nase und zog einen langen Popel heraus. Eingehend betrachtete sie ihn und freute sich über das ekelverzogene Gesicht der *thraell*.

Aesa schmunzelte.

»Ich bin … Ich will …«, stotterte sie immer nervöser werdend. »Also ich …«

»Was denn nun?«

Sie straffte die Schulter und sagte fehlerfrei in der Sprache der Dänenwikinger: »Ich bin die englische Königstochter Thyra Danebod. Jüngste Tochter des toten Königs Ethelred und seiner Gemahlin Wulfthryth.«

»War«, spöttelte Ruadhan.

»Bin!«, verbesserte Thyra energisch und sah die Wikingerin herausfordernd an. »Ich bin die Tochter von Ethelred und Wulfthryth. Verstoßene Nichte des Königs Alfred des Großen von England. Er ist der Bruder meines Vaters, mein Onkel. Und jetzt Sklavin, nein, *thraell* des Dänen Gorm Gormsen. Der *styrimannr* dieser dänischen Kriegsflotte und Wikingerhäuptling.«

»Und?«

Von solchen Reden ließ Ruadhan sich nicht beeindrucken.

»Und …?« Thyra stockte und sah die herrische Kriegerin ohne zu zögern herausfordernd an. »Und ich will Kriegerin werden!«

»Du?« Ruadhans Lippen kräuselten sich verächtlich und verzogen sich zu einem spöttischen Lächeln. »Eine Königstochter! Du kannst ja nicht einmal ein Schwert halten.«

Sie packte Thyras Hand und musterte die Handfläche.

»Viel zu weich, viel zu lasch, keine Hornhaut und ohne Kraft.« Verächtlich warf sie die Hand fort.

»Unmöglich!« Thyra sah die Wikingerin zornig an. Ihr Brustkorb hob sich aufgebracht und temperamentvoll nahm Thyra die Schwerthand der arroganten Kriegerin, betrachtete die Handinnenfläche und sagte schneidend: »Zu stolz, zu unüberlegt, zu überheblich!«, und warf die Hand der Kriegerin zurück.

Herausfordernd standen sie sich gegenüber.

Aesa betrachtete die Frauen und lachte in sich hinein.

»Sie sind sich ebenbürtig. Jede auf ihre Art!«

Thyra und Ruadhan erkannten dies jedoch nicht.

»*Thrael!*«, schmiss Ruadhan Thyra verächtlich vor die Füße.

»… und Königstochter.«

»Was willst du von mir?«, nahm Ruadhan einen kräftigen Schluck *nabíd.*

»Du sollst mich zur Kriegerin ausbilden!«

»Gmmgkrh.«

Ruadhan verschluckte sich, spuckte einen Teil des *nabíd* auf die Erde und schüttelte sich vor Lachen, welches in einen würgenden Husten überging. Hoheitsvoll trat Thyra neben die Kriegerin und schlug ihr stoisch auf den Rücken.

»Ich werde eine Kriegerin der Wikinger«, erklärte sie Ruadhan unbeirrt. »Und du wirst mir dabei helfen!«

»Ich!«, rief Ruadhan böse und ihr Temperament stürmte voran.

»Ja, du.« Gelassen stellte sich Thyra Ruadhan in den Weg. »Du zeigst mir, was eine Kriegerin alles wissen muss und ich …«

»… und du? Was willst du mir bieten?«

»Ich biete dir mein Wissen und die Erkenntnisse der Runenzeichen auf den Felsen, die ich auf der Fahrt in euren Hafen sah.«

Das war gewagt, dieser Frau Unwissenheit vorzuwerfen!

›Wenn sie lesen kann, versagt meine List‹, dachte Thyra und ließ ihre zweifelnden Gedanken im Geheimen.

Doch Ruadhan verlor ihr spöttisches Lachen. »Du willst mir das Lesen der Runenzeichen beibringen?«

»Das werde ich.«

»Und im Gegenzug soll ich dich zur Kriegerin ausbilden?«

»Ja.«

Nachdenklich betrachtete Ruadhan Thyras schmale Statur. »Du bist zart.«

»Das schadet nicht.«

»Und nicht kräftig.«

»Ich werde stärker.«

Langsam verzog Ruadhan ihr Gesicht. Viele kleine Falten zeigten sich um ihre Augen. »Du bist sehr zuversichtlich.«

»Ich bin eine Königstochter und bald eine Kriegerin der Wikinger.«

»Wo hast du diese Frau gefunden?« Ruadhan drehte sich zu Aesa.

»In einem Käfig am Fluss«, lächelte Aesa. »Dort saß sie, weil sie Hafr mit einer Hand den Schwanz umgeknickt hat.«

»Was hat sie?«

Mit aufgerissenen Augen starrte Ruadhan Thyra an.

»Einfach so.« Thyra machte eine eindeutige Handbewegung. »Bevor er mich besteigen konnte«, fügte sie noch hinzu.

»Dann hast du einen bösartigen Feind. Ich kenne Hafr. Ein *viking* – gewalttätig, unbeherrscht, gefährlich!« Unbewusst ließ sie ihren Blick übers Lager schweifen und suchte Hafr. Fand ihn aber nicht. »Dann hast du noch einen Grund mehr, eine *het-ja* zu werden!«

»Hat sie. Hafr ist nicht gerade glücklich über seinen schlaffen Schwanz und darüber, dass jede Frau und jeder Mann seine Geschichte kennt und alle wissen, sein Schwanz steht nicht mehr!« Aesa lachte.

»Das denke ich mir. Die Frauen werden sich nicht um ihn reißen.«

»Machen sie nicht«, gluckste Thyra. »Nur alte Weiber.«

»Bei den Kriegern wird er sich noch mehr beweisen wollen. Du wirst geschickt das Schwert und den Bogen lenken müssen. Denn Hafr wird dich zuerst herausfordern.«

»Ich bin eine Frau. Er würde doch eine Frau nicht zu einem Schwertkampf auffordern.«

»Er will seine Ehre zurück!«

»Er macht es lieber heimlich, im Verborgenen. Er ist kein ehrlicher Krieger. Er würde von den Walküren nie vom Schlachtfeld ausgewählt werden und er wird nie Odins Hallen betreten.« Bewusst sah Thyra Ruadhan an.

Die *faereyiarnerin* musterte Thyra gedankenvoll. Sie nahm ihr Trinkhorn in die linke Hand und streckte Thyra offen und ehrlich ihre Rechte entgegen.

»Schlag ein«, forderte sie die Königstochter auf. »Wir haben eine Abmachung.«

Thyra sah der stolzen Wikingerkriegerin ins Gesicht und packte die kräftige Frauenhand.

»Wir haben eine Abmachung.«

Ernst musterten sie einander und besiegelten ihr Versprechen.

Ruadhan setzte ihr Trinkhorn an die Lippen.

»Wie lange bleibt ihr auf den Färöern?«, fragte sie, bevor sie trank.

Plötzliche Blässe zog über die Gesichter von Aesa und Thyra.

»Oh!«, meinte Aesa trocken und warf Thyra einen schnellen Blick zu. »Das könnte ein Problem werden!«

Ein unerwarteter Tumult zog die Aufmerksamkeit der Frauen auf sich.

»Schlag zu!«

»Aaah. Du verfluchter Däne. Dir werde ich alle Zähne ausschlagen!«

»Was?!«, höhnte der *dubh*[61]. »Du Insulaner! Du *faereyiarner*! Komm und fühle meine Fäuste! Du …! Du …!«

Er kam nicht dazu, seinen Satz zu beenden. Der *faereyiarner* stürmte wutentbrannt auf den Dänen zu und rammte ihm massige Faustschläge in den Magen und die Eingeweide.

»Uff.«

»Na? Wie fühlt sich das an?« Der Mann von der Felseninsel trommelte seine harten Fäuste in den Bauch des Seefahrers. »Du hast ja Schweiß auf der Stirn. Brichst du gleich zusammen?«

Der Angestachelte brüllte übellaunig, umarmte den Insulaner und quetschte ihn gegen die Brust.

»Wer ist das?« Ruadhan nippte emotionslos am *nabíd*.

»Oh! Das ist Gunnar, unser Zimmermann«, erklärte Aesa amüsiert und sah den Kämpfenden zu, die sich stöhnend, schlagend und brüllend auf der Erde wälzten.

Die Frauen traten einige Schritte zurück, als die bösartig knurrenden Wikinger auf sie zu rollten.

»Und wer ist der andere?« Aesa deutete vergnügt auf den zähnefletschenden Insulaner vor ihren Füßen.

»Ach! Das ist Ingimundr, unser Schmied.«

»Verdammt, lass mein Bein los!«, fluchte der Färöer, als Gunnar es verdrehte.

»Ist Ingimundr ein Draufgänger?« Gelassen besah Aesa sich das Schauspiel.

»Er ist ein Querulant. Er sucht sich auf jedem Fest einen Gegner, um sich mit ihm im Dreck zu wälzen.« Spöttisch verzog Ruadhan die Lippen und lachte. »Und der Querkopf wird immer fündig.«

---

61 Dänischer Wikinger.

»So wie Gunnar«, prustete Aesa und sprang elegant zurück als Ingimundr auf sie zu rollte.

»Ist er kräftig?« Die Kriegerin und beäugte spöttisch den Ringkampf.

»Er kämpft wie ein Stier. Brüllt, rollt mit den Augen und stürmt mit zusammengekniffenen Augen auf seinen Feind zu. Das ist der Zeitpunkt, wo er vom Gegner immer einen Schlag auf den Schädel bekommt und in die Knie geht.« Aesa runzelte die Stirn. »Ich glaube, ich hole meinen Kräuterbeutel.«

»Das soll heute nicht deine Sorge sein. Darum kann sich unsere Inselheilerin kümmern. Kommt! Ich will euch etwas zeigen.«

Sie drehte sich um und bahnte sich einen Weg durch die schaulustigen und kampflustigen Wikinger, die sich anfeuernd um die Kämpfenden scharrten.

Thyra und Aesa tauschten einen erstaunten Blick und folgten Rhuadan interessiert.

Sie entfernten sich aus dem Ort. Ließen die Häuser und die Menschenmenge zurück und folgten Ruadhan über die felsigen, von Moosen und Flechten gesäumten Pfade zu einer flachen Hügelkette.

Bergdis stand neben Hafr und Ketill. Skeptisch blickte die Silberknotenfrau den Frauen hinterher. »Was haben die drei vor?«

»Wer?« Hafr drehte sich wissbegierig um.

»Na, die drei dort!« Bergdis wies mit ausgestrecktem Finger den Bergpfad hinauf.

»Das ist doch …?«, fing Ketill an.

»Thyra«, knurrte Hafr. »Wer sonst?«

»Mit der Heilerin.« Ketill kniff die Augen zusammen. »Wer ist die andere?«

»Ruadhan, eine berüchtigte Kriegerin und was viel schlimmer ist, sie ist eine Freie. Kein einfacher *karlar*[62]. Sie steht für eine

---

62   Unfreier Bauer.

Frau hoch im Rang. Und sie ist eine verdammte *lochlannach*[63]!«, antwortete Bergdis.

»Was ist sie?« Entsetzt verschluckte sich Ketill an seinem *nabíd*.

»Eine irische Wikingerin«, fauchte Bergdis und sah die Frauen hinter dem Kamm der Hügelkette verschwinden.

»Auch das noch!«, ächzte Ketill. »Diese verdammten, hitzköpfigen Iren.«

»Genauso eine ist sie.« Bergdis warf den abgenagten Schafsknochen den Hunden vor die Füße. »Und obendrein ist sie ein Königsdrengir.«

»Was?«, rief Hafr entsetzt und riss seine Augen auf. »Sie ist ein Weib!«

»Sie ist eine Königsdrengir. Sie dient Grímur Kamban, befiehlt seine *drengire* und die *húskarl*.«

»Auch das noch! Und ausgerechnet die *thraell* aus Angelsachsen und unsere *laek-n-a* treffen sich mit dieser kriegerischen Irin.«

»Das hätte ich mir denken können«, knurrte Hafr bissig.

»Was hättest du dir denken können?«, bohrte Ketill.

»Dass dieses Biest sich eine Gleichgesinnte sucht.«

»Sie ist eine *thraell* ohne Rechte und ohne Rang.« Bergdis starrte Hafr ins cholerisch rote Gesicht. Seine vier Zöpfe im blonden Bart vibrierten vor Erregung. »Ruadhan ist eine selbstgefällige Frau, allerdings eine der seltenen Kriegerinnen.« Bergdis schaffte es nicht, den Neid in ihrer Stimme zu verbergen. »Was soll diese *lochlannach* mit einer störrischen Sklavin anfangen?«

Nachdenklich hob Hafr sein Trinkhorn und sah über den Hornrand zum Hügelkamm. »Ich weiß nicht. Aber ich habe so ein merkwürdiges Gefühl.«

Eine Färöerin kam mit einem prall gefüllten Ziegenledersack und bot *nabíd* an.

---

63 Irische Wikingerin.

»Schenke ein, Frau«, forderte Ketill und hielt das Trinkhorn hin, welches die zierliche Wikingerin füllte.

Hafr löste seinen Blick vom steinigen Pfad, wo die Frauen immer kleiner wurden und in der Ferne verschwanden. Auch er ließ sein Horn füllen.

»Wir werden sie im Auge behalten. Trinkt in einem Zug, wenn ihr es gut meint!«, rief er und setzte das Horn an.

»In einem Zug«, grinste Ketill.

Nur Bergdis hielt sich mit dem alkoholischen Getränk zurück, nippte nachdenklich. »Tückisches englisches Weib. Was hast du vor?«, flüsterte sie kaum hörbar.

* * **

Mit heroisch glänzenden Augen stand Ruadhan auf dem Bergkamm, sah über die Ebene, mit den kurzgegrasten grünen Wiesen, blickte über die schroffen felsigen Hügel zum weit entfernten Meer, auf dessen hohen Wellen weiße Schaumkronen tanzten.

»Das ist meine Insel. Das ist meine Heimat!«

»Sie ist schön«, sagte Thyra bewundernd. »Allerdings ziemlich stürmisch und von einer eigenartig rauen Schönheit!«

Ruadhan lachte. »Wie ich! Stelle dich darauf ein.«

Skeptisch runzelte Thyra die Stirn, doch bevor sie etwas erwiderte, fragte Aesa: »Und das wolltest du uns zeigen?«

»Das sollen eure Augen sehen!«

»Das?«, entgegnete Thyra fassungslos. »Eine grüne, von Schafen abgegraste Tafelebene auf Felsen?«

»Ja.« Störrisch betrachtete Ruadhan die Angeln-Frau. »Ein Flachland an den Flanken von Felsklippen.«

Aesa musterte das ärgerliche Gesicht und wollte beschwichtigen. Doch Ruadhan sprach ungerührt. »Auf deiner Insel mag es viele Ebenen geben. Aber auf den Färöern ist es etwas Besonderes und Seltenes!«

Thyra riss die Augen auf und ahnte, sie hatte die *het-ja* mit ihren unbedachten Worten verletzt.

»Etwas entfernt liegt ein Plateau, tief in ein Tal vergraben. Es ist vor den harten Wetterbedingungen, die hier mitten im Meer herrschen, gut geschützt.«

Ruadhan schwieg einen Moment. Der Wind trieb die Meeresgischt weit über die Felseninsel und legte sich wie nasser salziger Nebel über diese kleine abgeschiedene Welt.

»Es ist eine außergewöhnliche Schlucht.«

»Dürfen wir dieses besondere Tal betreten?«

Ruadhan warf einen schnellen Blick auf Aesa, deren Haare vom feuchten Wind wild gekräuselt vom Kopf abstanden.

»Stimmt! Hier werde ich der Hilflosen die ersten Übungen, die eine Kriegerin beherrschen muss, beibringen.«

Thyras Herz hüpfte und plötzlich schien alles zum Greifen nah, und genauso plötzlich beschlich sie die Angst. Die widerliche, unbestimmte Angst, dieser Herausforderung nicht gewachsen zu sein. Und wie die schleichende schwarze Pest, die fast immer den Tod bringt, setzte sich der winzige Keim fest, der unnachgiebig fragte: ›Schaffst du es? Wirklich?‹

»Welche sind es?« Aesa war neugierig. »Kannst du ihr nicht sofort eine zeigen?«

»Sofort?«

»Ja!«

»Ich glaube, ich bin gar nicht in Stimmung«, versuchte Thyra sich ausweichend zu retten.

»Gut, gehen wir ins Tal.« Ruadhan überhörte Thyras schwachen Einwand.

»Komm, Thyra. Oder hast du es dir anders überlegt?«

»Nein. Nein. Ich komme ja schon.« Zögernd schritt Thyra hinter den beiden vorauseilenden Wikingerinnen her. ›So ein Mist. Was habe ich mir nur dabei gedacht? Ich werde mich lächerlich machen. Ich bin zu dumm! Zu steif! Zu ungeschickt!‹

Der winzige Keim der Niederlage wuchs.

»Wo bleibst du?«, rief Aesa, die neben der *lochlannach* in der Mitte des Plateaus auf Thyra wartete.

»Bin ja schon da.«

Abwartend stand Thyra vor der legendären rothaarigen *lochlannach*. »Und nun?«

»Und nun«, freute sich Ruadhan, »lernst du zu stehen.«

»Das …« Thyra holte tief Luft und fauchte: »Das kann ich schon!«

›Diese eingebildete, hochnäsige, angeberische, herrische, ungebildete …‹ Thyra dachte nicht weiter und spuckte stocksauer aus: »Seit meiner frühesten Kindheit! Und laufen auch!« Giftig schossen die Worte heraus.

»Ach ja?«, höhnte Ruadhan.

Ohne dass Thyra es im Ansatz erkannte, stieß die Kriegerin Thyra mit einem kräftigen Schubs gegen die Schulter um. Unsanft plumpste Thyra auf den Hintern. Nur der helle Klang des sprudelnden Lachens der *laek-n-a* übertraf das Geschrei der Möwen.

»Du kannst also stehen?«, höhnte Ruadhan und stemmte die Hände in ihre Taille.

Wütend kniff Thyra die Augen zusammen und fauchte: »Mach das noch einmal und du kannst dir deine kriegerischen Künste in den Hintern schieben!«

»Thyra!«, amüsierte sich Aesa köstlich. »Solche Worte habe ich von dir noch nie gehört.«

»Ich lerne eben schnell! Und halte dich da raus! Sonst klebe ich dir auch eine!«

»Oho!«, jubilierte Ruadhan. »Die kleine Sklavin wird wütend.«

»Ich werde nicht, ich bin wütend!« Thyra rappelte sich mit hochrotem Kopf auf. »Wie kannst du es, wagen, mich …«

Sie kam nicht weiter. Erneut schupste Ruadhan Thyra auf die Wiese, auf dem die braungrünen kugeligen, stinkenden Schafsköddel zu Tausenden lagen.

»Au!«, keifte Thyra entrüstet und saß erneut auf ihrem Hintern. »Das machst du kein zweites … kein drittes Mal.«

»Und ob. Ich werde dich so lange auf den harten Felsen schupsen, bis du lernst zu stehen!«, prophezeite sie überlegen.

Aesa trat einige Schritte zurück. Sie stand mit verschränkten Armen abseits und beobachtete das Spektakel.

»Das wird deine erste Lektion«, stellte sie nüchtern fest.

»Aesa!«, rief Thyra verdrießlich und sah sie ahnungsvoll an. »Lass das!«

»Schon gut. Schon gut«, wedelte Aesa abwehrend mit den Händen und setzte sich ins Gras. »Aber wenn du nicht lernen willst, könnte das hier länger dauern.«

Böse stierte Thyra die *laek-n-a* an, die es sich demonstrativ auf dem Felsen gemütlich machte, um die offenbar längere Wartezeit zu überbrücken.

Wütend rappelte Thyra sich auf und stand drohend vor Ruadhan.

»Also gut«, knurrte sie gereizt. »Zeige mir, wie ich zu stehen habe!«

Ruadhan lächelte.

»Gut«, schmunzelte sie gelassen, fasste Thyra an der Schulter und begann mit der ersten Lektion.

»Ruadhan! Ruadhan! Sie beginnen mit dem Wettkampf! Ruadhan! «, schrie ein Mädchen mit den blonden Zöpfen und formte mit den Händen einen Trichter vor den Mund. »Sie beginnen!«

Ruadhan stoppte sofort die Unterweisung, während Thyra und Aesa erstaunt einander anblickten, um Sekunden später das Mädchen anzustarren.

»Welcher Wettkampf?«

»Die Wettkämpfe der Männer.« Aesa stand seufzend auf und schlug einzelne Erdkrumen vom Rock. »Wer der beste Bogenschütze, der beste Speerwerfer oder der beste Kämpfer ist.«

»Das ist spannend!« Ruadhans Augen funkelten vor Begeisterung. »Es werden die schwersten Steine geworfen. Die besten Schwertkämpfer zum Sieger gekürt. Und die Besten der Besten aller Spiele mit Schmuck und Silber belohnt. Und bei uns auf *faereyiar* ganz besonders beliebt ist das Schwimmen.«

»Schwimmen? Zu dieser Jahreszeit?!« Thyra schüttelte sich. »Ist es nicht zu kalt?«

»Doch nicht für einen Wikinger!«, meinte Ruadhan herablassend lächelnd. »Bei den Wettkämpfen geht es auch um die schnellsten Läufer und um den geschicktesten Felsenkletterer.«

»Es ist immer dasselbe.« Aesa schürzte missmutig die Lippen und verdrehte die Augen.

»Gehen wir?«, forderte Thyra neugierig.

»Müssen wir wohl.«

Aesa murrte, während Ruadhan längst in eiliger Vorfreude den Bergkamm hochrannte.

Oben angekommen fragte Ruadhan keuchend das junge Mädchen. »Welche Wettkämpfe? Und warum schon heute? Wer hat das angeordnet?«

»Weiß nicht«, zuckte die Kleine mit der Schulter. »Einer der Fremden hat angefangen.«

»Einer von uns?«, horchte Aesa erstaunt auf und sah hinab zum Hafen. »Wer mag das denn sein?«

»Es ist ein großer kräftiger Nordmann mit schulterlangen fast schwarzen Haaren, mit einem schwarzen Bart ohne Zöpfe.« Die Kleine lächelte stolz, sie hatte sich den Fremden genau angesehen. »Er hat braungrüne Augen und dichte buschige Augenbrauen, die sich über seiner langen Nase berühren. Und seine Hände sind tätowiert!«

»Tätowiert?«, fragte Aesa lauernd. »Welche Bilder zeigten sie?«

»Oh! Auf der einen Hand fletscht ein Wolf seine Zähne und auf der anderen …?« Sie kratzte sich nachdenklich den Kopf. »Auf der anderen schlängelt sich ein Drache vom haarigen Arm runter auf die Hand.«

»Ketill«, schnaufte Aesa entsetzt.

Thyra blickte auf.

»Was ist mit Ketill?« Sie musterte Aesa beunruhigt.

»Ketill ist ein Freund von Hafr und …«

»Hafr!«, schnaubte Thyra und vor ihrem inneren Auge entstand das Gesicht ihres Feindes.

»… und von Bergdis«, beendete Aesa den Satz.

»Bergdis?«, erkundigte sich Thyra erstaunt. »Was ist mir ihr?«

»Sie will Gorm zum Mann.«

»Was will sie?«

»Gefällt dir das nicht?« Interessiert Ruadhan beugte sie sich der Angeln-Frau entgegen.

»Es …, es …«, stotterte Thyra und zitterte am ganzen Körper.

»Du bist blass geworden. Ist Gorm dein Mann?«

»Nein!«, schrie Thyra nahezu. Eilig disziplinierte sie sich und versuchte, ruhiger und bedachter zu reden. »Nein, er ist mein, mein …«, es fiel ihr äußerst schwer, diese Worte auszusprechen. »Ich bin … seine … Sklavin!«, schleuderte sie der Kriegerin entgegen.

»Ja und?« Ruadhan rückte gleichgültig ihr Messer am Gürtel in die richtige Position.

»Ja und«, erkannte Thyra bitter und starrte zu den Häusern am Hafen, während sie leise wiederholte. »Ja und.«

»Lasst uns gehen«, meinte Aesa beunruhigt und schritt den steinigen Pfad hinunter.

»Wo wart ihr denn? Wir beginnen schon mit der Einteilung der Kämpfergruppen. Ich dachte mir, du willst bestimmt dabei sein.«

Lautstark wurden die Frauen von einem Färöer begrüßt.

»Natürlich!«, schnauzte Ruadhan in ihrer unnachahmlich zynischen Art. »Aber hätte das nicht bis morgen Zeit gehabt?«

»War nicht unsere Idee«, grinste der Insulaner schulterzuckend. »Einer der *dubh* hatte sie.«

»Wer von uns war es?«

»Der da!« Der Mann deutete mit ausgestrecktem Zeigefinger auf Ketill.

»Ketill! Aha«, erkannte Aesa verärgert und knirschte mit den Zähnen. »Das Mädchen hat ihn gut beschrieben.«

»Er scheint nicht dein Freund zu sein!«, erkannte Ruadhan.

»Das ist er nicht!« Nachdenklich drehte sie sich zu Thyra und raunte ihr leise zu: »Warum macht er das? Die Aufteilung der Spielgruppen hätte bis morgen Zeit gehabt. Warum schon heute Abend?«

»Ist das bei euch nicht üblich?«

»Nein.«

»Dann bezweckt er etwas.«

»Nur was?«

Thyra ließ ihren Blick zu Ketill schweifen und beobachtete ihn.

»Er strahlt, als ob ihm ein genialer Schachzug eingefallen wäre«, erkannte sie, so dass Aesa aufblickte.

»Du hast recht!«

»Und neben ihm steht unsere wunderschöne Bergdis.« Thyra kniff lauernd die Augen zusammen. »Und sieh einmal, wer hinter den beiden steht! Na, wie sollte es auch anders sein! Hafr.«

»Was soll das?« Grübelnd presste Aesa ihre Lippen zusammen. »Sie verfolgen einen Plan.«

»Ruadhan!«, hörten sie fordernd einen lauten Ruf über die Menschenmenge fegen. »Komm zu mir. Ich will dich in meiner Gruppe.«

»Na dann«, grinste Ruadhan erfreut und ertastete unbewusst ihr Messer. »Dann werde ich mal zu ihm gehen.«

»Sie wollen uns trennen«, murmelte Thyra erkennend.

»Was wollen sie?«, fragte Aesa wie vom Donner gerührt.

Eindringlich sah Thyra Aesa an und packte sie mit beiden Händen an der schmalen Schulter. »Sie wollen uns Frauen trennen. Verstehst du?«

»Nein«, meinte Aesa begriffsstutzig.

»Sie wollen nicht, dass wir Kontakt mit einer *het-ja* haben. Das könnte ihre Pläne zerstören.«

»Welche Pläne?« Aesa verstand gar nichts mehr.

»Aesa«, schüttelte Thyra die Heilerin. »Du bist doch sonst nicht so langsam im Denken.«

»Was soll das bezwecken?«

»Sie wollen uns trennen. Die Drei haben beobachtet, wie wir den Bergkamm hinaufgingen.«

»Das war ja auch nicht zu übersehen«, stellte Aesa missmutig fest.

»Sie sind nicht dumm. Sie wissen, dass ich nicht zur *thraell* tauge.«

»Und das Gorm ein Auge auf dich geworfen hat«, fing Aesas Verstand wieder zu arbeiten an.

»Genau! Und was sagt uns das?«

Jetzt verzog Aesa ihren Mund zu einem breiten Lächeln, so dass sich viele kleine Falten wie ein filigraner Fächer um ihre Augen bildeten.

»Wir müssen vorsichtig sein.«

»Ja«, beunruhigt lachte Thyra auf. »Sie haben Angst, dass wir ihre Pläne durchkreuzen.«

»Nur welche Pläne verfolgen sie?«

* * *

Gorm saß mit Siguror, dem *styrimannr* seiner Flotte, Grímur Kamban und dessen Königsdrengiren an einem langen steinernen Tisch. Hinter ihnen brannten viele kleinere Feuer, welche die Wikinger wärmten und Licht spendeten. Unentwegt wurde von den Frauen Speisen auf die Tischplatte gestellt und Trinkhörner gefüllt.

»Welch ungewöhnliche Reise, so spät im Jahr. Ich gratuliere dir Gorm Gormsen und deinem tüchtigen erfahrenen Steuermann zu dieser außergewöhnlichen Leistung.« Eindringlich rühmte

Grímur die dänischen Nordmänner an seiner Tafel, hob sein Horn auffordernd in die Höhe und trank.

Gorm grinste bestätigend. Auch er hob sein wertvolles Trinkhorn und ließ den *nabíd* in seine Kehle fließen.

»Auf die Seefahrt!«

»Auf unsere Schiffe!«

»Auf unseren hervorragenden *stef-n-ir*[64] Ongull!«, prosteten die Dänen und tranken in einem Zug.

»Ach!«, wischte Grímur sich genießerisch mit dem Handrücken den feuchten Rest des Alkohols von den Lippen. »Es ist nicht einfach, im Oktober durch den schmalen Fjord in unseren Hafen Suduroy zu fahren. Die kabbeligen Wellen, die sich an den Felswänden brechen und gefährlich in alle Richtungen schlagen. Sie zerspringen an den Klippen und verändern die Strömungen«, erklärte Grímur.

Nachdenklich rieb er sein Kinn.

»Dann der böige und kräftige, sich immer wieder drehende Wind. Er ist im Herbst bis zum Frühling außergewöhnlich tückisch, dreht sich ohne Vorwarnung und drückt die Segel der Schiffe gegen die hohen Felsen, bevor du reagieren kannst.«

Grímur betrachtete jeden Gast an seiner Tafel.

»Jeder *styrimannr* deiner Kriegsflotte hat es geschafft, diese Widrigkeiten zu umschiffen.«

Er raufte sich sein weißblondes Haar.

»Das gibt mir zu denken.«

Gorm grinste.

»Das sollte es.«

Grímurs Augen verengten sich grübelnd zu schmalen Schlitzen, während er den großen Dänen neben sich betrachtete.

»Wenn ein Wikinger! Oh, entschuldigt. Wenn eine ganze Wikingerkriegsflotte es schafft, unbehelligt im Oktober in Suduroy

---

64 Steuermann.

einzulaufen, wie einfach und leicht, muss es im Sommer für unsere Feinde sein!«

Grímur sah Gorm nachdenklich an.

»Du hast mir eine Schwäche meiner Insel gezeigt.« Anerkennend nickte Grímur Gorm zu. »Sobald wie möglich werden wir Suduroy sicherer für uns und uneinnehmbar für unsere Feinde machen!«, erklärte er und sah seine Königsdrengire eindringlich an.

Langsam stand Grímur Kamban auf, auffordernd hob er abermals sein langes Trinkhorn am ausgestreckten Arm.

»Lasst uns darauf trinken.«

»Darauf lasst uns trinken«, bekräftigten seine Färöer volltönend diesen Beschluss.

»Auf unseren Hafen! Auf unsere schnellen Schiffe! Auf unsere Krieger, Frauen, Söhne und schönen Töchter!«

Jeder *Ascomanni* an der Tafel erhob sich, streckte sein mit *nabíd* gefülltes Trinkhorn Grímur Kamban entgegen und bekräftigte dieses Dekret.

Die Flammen im Rücken der Männer tanzten orangegolden auf den kostbar mit Fell und Silber verzierten Gewändern. Sie erleuchteten die ernsten, von den Kämpfen vernarbten und dem rauen Wetter gegerbten Gesichter.

»Grímurs Vorhaben, den Hafen zu sichern, wird eine gute Maßnahme sein«, meinte Gorm zu Siguror und steckte sich eine verschrumpelte Trockenpflaume in den Mund. »Das wird den *faereyiarnern* über einen langen Zeitraum schwere Arbeit bescheren. Sie werden hunderte Felsbrocken zur Hafeneinfahrt schiffen und den Fjord einengen.«

Siguror lehnte sich entspannt zurück und ließ seinen Blick lässig über die Menschenansammlung, die sich in der Nähe der Häuser zusammengefunden hatte, schweifen.

»Was geht da vor sich?«

»Sie wählen die Mannschaften für den morgigen Wettkampf.« Das heiße Hammelfleisch verschwand glänzend in Grímurs Bart.

»Jetzt schon? Am ersten Abend!«

»Die Zeit auf unseren Schiffen und auf der Insel war offenbar nicht anstrengend genug. Sie verschwenden keine Zeit.«

Gorm grinste, spuckte kopfschüttelnd den abgelutschten Pflaumenkern hinter sich auf den steinigen Boden und steckte sich erneut eine Pflaume in den Mund.

Nachdenklich beobachtete Grímur die Menschenmenge.

»Irgendetwas geht da vor«, lauernd lehnte er sich zurück, fasste sich mit seiner Rechten ans Kinn und strich grübelnd mit dem Zeigefinger über die Lippen. »Langeweile ist es nicht! Meine Männer kamen gerade vom Fischfang zurück. Unsere großen Trockenscheunen hängen voller Fisch.«

Auch Gorm lehnte sich gegen die hohe Rückenlehne seines Drachenstuhls. Wachsam suchte er unter den Leuten die Rädelsführer, welche die Gruppen aufteilten.

»Wer ist es?« Er beugte sich zu Siguror.

»Ketill«, antwortet Siguror knapp ohne seinen Blick abzuwenden. »Und wer noch?«

»Hafr!«, zischte Gorm und riss seine Augen auf.

»Er hat wohl ein großes Bedürfnis sich hervor zu tun«, meinte Siguror und griff zum Brot. »Nach allem, was ihm passiert ist!«

»Mag sein.« Gorm trank einen Schluck und beobachtete Ketill und Hafr. »Irgendetwas gefällt mir nicht! Nur was?«

»Die raue See war für deine Seeleute nicht genug! Du musst ihnen mehr bieten!«, stachelte der *faereyiar* brüllend vor Lachen.

»Das wird nicht schwer sein. Wir werden in wenigen Tagen segeln.«

»Wir werden euch vermissen!« Grímur blieb höflich. Doch Gorm sah die Erleichterung auf seinem Gesicht.

Er lehnte sich entspannt zurück. »Dein Trockenfisch hätte die gesamte Meute sowieso nicht über den Winter gebracht. Wir werden weitersegeln, und noch bevor der Winter einbricht, werden wir auf Island sein.«

»Da habt ihr euch ja was vorgenommen«, meinte Grímur anerkennend. »Dann werdet ihr die Ersten sein, die im Winter Island anlanden. Das Meer wird jetzt schon wild. Die großen Stürme sind im Anmarsch! Es kann eine Fahrt in den Tod werden. Wenn der Wind euch abtreibt und der Golfstrom euch nicht in die richtige Richtung trägt, werdet ihr es schwer haben, diesen winzigen Flecken Land im Meer zu finden. Schnell ist man an einer Insel vorbeigesegelt, ohne es zu merken. Im Herbst und Winter fliegen die Vögel nicht weit vom Land entfernt. Selbst die Möwen bleiben in Küstennähe und das aufbäumende Meer lässt die Wellen die Höhe von Baumriesen erreichen. Diese lassen sogar die Berge auf den Inseln vor euren Augen verschwinden. Wenn ihr *snaeland* verpasst, wird eure einzige Überlebenschance Grünland sein. Diese Küste ist lang und irgendwann trifft man sie immer.«

Grímur presste wissend seine Lippen zusammen.

»Doch wenn das Eis zu schnell kommt und diese gewaltigen und gefährlichen Eisberge immer enger zusammendriften und eure schnellen Drachenschiffe einkesseln oder sogar zusammenquetschen.«

Grímur sah mit grübelnd über die Tafel ins Feuer.

»Dann begrüßt euch der Tod.«

Gorm sah Grímur wissend an.

»Irgendwer wird immer der Erste sein«, meinte er ernst und fing laut zu lachen an. »Außerdem wartet ein fettes Weib mit solchen Brüsten auf meinen Steuermann! Üppig ausgestattete Frauen ziehen Ongull magisch an. Also werden wir Island auch finden!«

»Auf Ongull.« Siguror hob auffordernd sein Horn.

»Auf Ongull«, fielen die *styrimannr* der Drachenflotte grinsend mit ein. Auch die *faereyiarner* an der steinernen Tafel leerten ihre Hörner in einem Zug.

»Es wird auch so schwer werden, alle Männer, Frauen und Kinder auf der Insel über den Winter zu bringen«, meinte Grímur etwas leiser, ehrlich zu Gorm. »Ihr könntet bleiben. Natürlich! Doch jeder würde Hunger leiden. Viele würden krank werden oder sterben! Wir sind auf so viele Menschen nicht vorbereitet.«

»Ich weiß. Und ich danke dir für deine Worte. Wir werden nach den Feierlichkeiten weiterziehen.«

Sie sahen einander freundschaftlich in die Augen. Jeder verstand den anderen.

»Da kommt die *lochlannach*«, brach Grímur den magischen Moment.

»Die *lochlannach*? Ich dachte, sie ist eine *faereyiarnerin*?«

Grímur schmunzelte.

»Sie ist Irin oder hast du schon mal eine von uns mit rotem Haar gesehen?«

»Nein.« Gorm lachte zustimmend. »Das habe ich nicht!«

Aufbrausend mit weitausgreifenden Schritten und wehendem Haar kam Ruadhan auf Grímur zugestürmt.

»Sie macht nur Ärger«, grummelte Grímur. »Pass nur auf, dass du nie eine Kriegerin in deinem Volk hast.«

»Das werde ich«, murmelte Gorm geistesabwesend, während seine Augen Thyra suchten.

»Grímur Kamban!«, rief Ruadhan schon von Weitem, so dass Grímur unwillkürlich zusammenzuckte. »Grímur Kamban! Was hat das zu bedeuten?«

Schnaufend stellte sich Ruadhan neben Grímurs Stuhl, so dass er sich genötigt fühlte, aufzustehen, damit er nicht zu dieser Frau aufblicken musste.

Er räusperte sich um etwas Zeit zu schinden, rückte umständlich seinen Stuhl zur Seite und blickte der *lochlannach* entschieden in ihre grünen, vor Wut funkelnden Augen.

»Was gefällt dir nicht?«

»Was mir nicht gefällt? Sieh dir dein Volk an!«

»Das tue ich«, meinte Grímur ruhig.

»Sie wählen!« Ruadhans Stimme zitterte vor Wut.

»Wie es sich vor einem Wettkampf gehört.«

›Diese Frau bringt einen immer wieder in unmögliche Situationen.‹ Er verdrehte seine Augen.

»Ruadhan!«, flehte er flüsternd und sah sie beschwörend an. »Ruadhan.«

»Was!«, fauchte sie wütend.

Grímur knirschte mit den Zähnen.

»Komm mit mir!«, befahl er so streng, dass selbst Ruadhan widerspenstig gehorchte.

Das ungleiche Paar entfernte sich einige Schritte von der Tafel, bis Grímur sicher war, dass niemand seine Worte hörte.

»Willst du, dass ich dich vor unserem Volk und dem Volk unserer Gäste bestrafen muss? Wie kannst du es wagen?«

Er beherrschte sich mühsam und starrte für einen Moment auf seine Füße.

»Wie kannst du es wagen, mich zu stören und mich mit deinem ungebührlichen Verhalten zu beleidigen?«

Herausfordernd starrte er der *lochlannach* ins Gesicht.

Ruadhan knirschte mit den Zähnen und versteckte ihre Hände unter ihrem Umhang, während sie diese vor lauter Wut zu Fäusten ballte. Schließlich hatte sie sich so weit unter Kontrolle, dass sie ihrem Häuptling, wenn auch mühsam und stockend, ihre Bitte vortrug.

»Ich – bitte – untertänigst.«

Sie schluckte, holte erneut Atem und starrte über Grímurs Schulter hinweg auf die lange Tafel, wo neugierige Augen wissbegierig zu ihnen hinüber starrten.

»Entschuldige Grímur«, fing sie erneut an. »Ich war unbeherrscht. Es wird nicht wieder vorkommen.«

»Schon gut.« Grímur ließ ihren Arm los. »Also? Was wolltest du?«

»Ich möchte dich bitten, zusätzlich zum Ringen der Männer auch andere Arten der Wettkämpfe zu bewilligen.«

»Wer hat beschlossen, dass es nicht so ist?«

»Ich weiß es nicht!« Ruadhans Körper bebte vor unterdrücktem Zorn. »Ich bin eine *het-ja*! Dein Königsdrengir! Eine hervorragende Bogenschützin, Speerwerferin und Reiterin. Ich töte mit dem Dolch jeden Feind, doch im Ringkampf bin ich der Manneskraft unterlegen. Ich weiß und ich werde mich nicht mit der Muskelkraft eines Wikingers messen.«

Ruadhan riss ihre Aufmerksamkeit von der Menschenmenge los. Sie sah eindringlich ihrem Häuptling Grímur in die Augen.

»Ich bitte dich um die Erlaubnis Mannschaften im Bogenschießen, im Schwimmen und im Wettlauf aufzustellen.«

Grímur blickte mit nachdenklich gerunzelter Stirn zum Wikingervolk.

›Was geht da vor?‹, fragte er sich im Stillen. ›Wer will Ärger unter den *faereyiarnern* und meinen Gästen?‹

Er gab sich einen kurzen Ruck und befahl der *lochlannach* mit lauter herrischer Stimme, damit jeder seine Worte hörte.

»Ruadhan, Kriegerin meines Volkes! Ich befehle dir im morgigen Wettkampf, Mannschaften fürs Schwimmen, Laufen und fürs Bogenschießen aufzustellen. Ich will sehen, ob die Dänen auch etwas anderes können als segeln«, rief er dröhnend.

»Danke Grímur«, flüsterte Ruadhan ihrem Häuptling ins Ohr und verschwand.

»Danke mir später«, brummte Grímur und sah ihr eigentümlich nach, während sich allmählich seine Mundwinkel nach oben zogen. »Rasseweib! Wenn alle das Nachtlager aufgesucht haben und im Rausch tief und fest schlafen, kannst du dich bei mir bedanken!«

Er versteckte sein Lächeln hinter vorgehaltener Hand und setzte sich wieder an die Tafel.

»Frauen«, meinte er vergnügt. »Wollen Kriegerinnen sein und sind, wenn es darauf ankommt, doch nur Weibchen!«

»Auf die Weiber!« Einer seiner Leute stieß mit dem Horn an. »Was würden wir ohne sie machen?«

»Was würden wir ohne sie machen?« Grímur trank den *nabíd* so hastig, dass ihm der Alkohol am Kinn hinunterlief.

* * *

Thyra schlief mit den anderen Frauen im Gästehaus. Sie lag unruhig auf dem mit Robbenfellen ausgelegten Schlaflager. Sie war müde, genervt und die Anspannung, mit Ruadhan zu arbeiten, legte sich bleiern auf ihr Gemüt. Zudem juckte und krabbelte irgendetwas blutdürstig auf ihrer Kopfhaut herum. Mit allen Fingernägeln kratzte sie energisch über die Haut und durch die langen Haare.

»Verdammt noch mal!«, fluchte sie gereizt und zerzauste wütend ihre Haare.

»Was ist denn?« Aesa drehte sich verschlafen zu ihr um.

»Weiß auch nicht«, kratzte Thyra eine andere Stelle ihrer Haut. »Es juckt überall und es hört nicht auf!«

»Es juckt?«, murmelte Aesa schläfrig und schloss wieder die Augen, während sie sich unters wärmende Robbenfell kuschelte.

»Ja!«, fauchte Thyra gereizt und setzte sich unruhig auf. Das Robbenfell rutschte auf ihren Schoss. »Ich werde noch wahnsinnig!«

Aufbrausend kratzte sie jetzt mit beiden Händen auf ihrem Kopf herum. Ihre langen Haare standen wirr vom Kopf ab, während sie weiter hemmungslos laut fluchte.

»Du hast Läuse«, murmelte Aesa müde und drehte sich zu Thyra um.

»Was!«, schrie Thyra.

»Sei leise verdammt«, knurrte eine Frau aus einer Ecke des flachen Langhauses. »Schlaf weiter.«

»Was«, rief Thyra jetzt flüsternd in Aesas Ohr. »Was habe ich?«

»Läuse.« Aesa öffnete noch nicht einmal die Augen.

»Ich habe keine Läuse«, erklärte Thyra resolut, setzte sich aufrecht hin und kratzte sich. »Ich hatte noch nie Läuse!«

»Jeder hat Läuse.«

Sie erkannte Thyras Silhouette in der Dämmerung und grinste, als sie sah, wie Thyra dabei, war sich ihre langen Haare zu raufen. Aesa lächelte, als sie erkannte, wie Thyra eine Haarsträhne nahm, mit der anderen Hand immer wieder ihren Kopf kratzte und gleichzeitig versuchte, eines dieser winzigen Tiere auf dem Haar zu finden.

Nach einer Weile meinte Thyra bestimmt.

»Ich habe keine Läuse!« Energisch warf sie die Haare über die Schulter und kratzte sich erneut, obwohl sie es unterdrücken wollte.

»Es muss irgendetwas anderes sein. Läuse würde ich sehen! So klein sind sie auch wieder nicht!«, kratzte sie sich jetzt auch den Nacken. »Das sind bestimmt die haarigen Körner der Hagebutte. Die jucken auch. Diese Körner habe ich früher in der Kleidung meiner Brüder versteckt. Die haben sich genauso gekratzt. Den ganzen langen Tag. Erst als sie ins Wasserfass gesteckt wurden, hat es aufgehört. Vielleicht sollte ich auch baden?«

»Wo sollen hier Hagebutten herkommen?«, murmelte Aesa genervt.

So früh geweckt zu werden war nicht gerade so, wie sie sich einen harmonischen Morgen vorstellte.

»Es sind Läuse! Hagebuttenfrüchte habe ich nicht gesehen und wer würde sie dir auf das Lager streuen oder in deine Tunika stecken?« Griesgrämig warf Aesa ihr Robbenfell zur Seite, stand auf, warf Thyras Robbenfell fort und schubste sie aus dem Haus der Frauen ins Freie. Kalte Luft empfing sie an der Tür und Aesa beförderte Thyra zu einer noch glühenden Feuerstätte.

»Setz dich!«

Sie drückte Thyra neben die Glut, legte frierend einige Holzscheite nach und fingerte ungeniert durch Thyras langes Haar.

Missmutig saß Thyra vor dem Feuer und presste grimmig die Lippen zusammen.

»Lass das!«, schlug Aesa Thyra auf die Finger, als sie zwischendurch immer wieder auf ihrer Kopfhaut herumkratzte.

»Aua«, quengelte Thyra, gehorchte aber und starrte ungeduldig, mit den Fingern auf den Knien trommelnd, in die aufflackernden Flammen.

»Was ist?«, wollte sie nach einer kurzen Weile ungeduldig wissen.

»Warte.«

»Hab ich doch gesagt. Keine Läuse. Ich hatte noch nie …«

»Da!« Aesa pulte zielstrebig zwischen Thyras Haaren ein kleines Wesen heraus. Sie packte das Krabbeltier mit den Fingernägeln und hielt Thyra triumphierend das kleine sechsbeinige Wesen mit dem dicken braunroten Bauch vors Gesicht.

»Eine Laus! Und was für ein Prachtexemplar! Das ist bestimmt ein Weibchen, welches garantiert Eier an deine Haare geklebt hat!«, meinte Aesa nüchtern.

Thyra wurde blass und sah angewidert auf die Laus, die angestrengt mit ihren Beinen herumzappelte und offenbar um ihr Überleben kämpfte. Doch Aesa hatte kein Erbarmen. Kräftig drückte sie mit ihrem Daumennagel zu und zerquetschte das kleine widerstandsfähige Wesen. Leise murmelte sie spöttisch in Thyras Ohr: »Ich habe noch andere Familienmitglieder von ihr auf deinem Kopf gesehen!«

Sie stand hinter Thyra und hatte sich zu ihr heruntergebeugt, um ihrer kratzbürstigen Freundin ins bleiche Gesicht zu sehen.

»Und hier war unsere kleine, jetzt leider schon tote Mama sehr fleißig und hat unzählige, weiße sandkorngroße Eier an deine Haare geklebt.«

Ruhig setzte sie sich neben Thyra ans wärmende Feuer.

»Ich könnte jetzt einen Tee vertragen«, meinte sie ungerührt, während Thyra wie vom Blitz getroffen stocksteif neben ihrer Freundin saß. Entsetzt starrte sie in die Flammen.

»Und nun?«

»Nun setzte ich Wasser für unseren Tee auf. Was sonst?«

»Das meine ich nicht!«, fauchte Thyra wieder zum Leben erweckt. »Was geschieht jetzt mit denen da oben?« Sie deutete mit dem Finger zweifelnd auf ihren Kopf.

»Oh!«, begriff Aesa und grinste eine Nuance zu diabolisch. »Die werde ich alle töten.«

Thyra schluckte erleichtert. »Gut. Wann?«

»Nicht heute!«

»Nicht heute!«, schrie Thyra entgeistert. »Ich werde wahnsinnig! Die Viecher krabbeln auf meinem Schädel herum und saugen mein Blut. Sie vermehren sich dort fleißig und richten eine Kinderstube ein!« Sie rubbelte heftig auf ihrer Kopfhaut herum, so dass ihr Haar weit entfernt und ziemlich verwirrt vom Kopf abstand. »Diese Viecher machen mich verrückt!«

»Meinst du.« Aesa trank genießerisch den frisch aufgebrühten Tee.

»Sie saugen mein Blut«, wiederholte Thyra verzweifelt.

»Stimmt.«

»Sie kleben ihre widerlichen Eier an mein Haar.«

»Stimmt auch.«

»Es juckt bestialisch.«

»Du musst warten«, erklärte Aesa kategorisch.

»Ich will aber nicht warten!«, schrie Thyra erbost und sprang wütend auf.

Doch Aesa sah nur geduldig zur Freundin hoch.

»Heute werden die Wettkämpfe zwischen uns und den *faereyi-arnern* ausgetragen.«

»Und?«, fauchte Thyra uneinsichtig.

»Wir werden keine Zeit haben!«

Thyra riss böse ihre Augen auf. »Wenn ich es will, werden wir heute diese verflixten Läuse los.«

Langsam stellte Aesa sich neben Thyra, sah sie ruhig an. »Thyra, du lebst jetzt in meinem Volk. Du bist hier keine Königstochter. Du bist eine Sklavin. Es tut mir leid, dass ich es dir sagen muss. Aber die Wettkämpfe gehen vor. Du wirst dich bis nach den Wettkämpfen gedulden müssen.«

Thyra öffnete den Mund um eine biestige Bemerkung fallen zu lassen, klappte ihn dann aber unbenutzt wieder zu.

»Setze dich neben mich ans Feuer, trinke den Tee und lerne dich zu gedulden. Es ist, wie es ist. Die Behandlung der Läuse nimmt einen ganzen Vormittag in Anspruch. So viel Zeit werde ich heute nicht haben. Gedulde dich also.« Aesa setzte sich wieder. »Tee?«

»Danke. Es juckt!«, maulte sie und blickte Aesa mit traurigem Hundeblick an.

Aesa schlürfte vorsichtig das heiße Getränk und lächelte Thyra über den Becherrand zu. »Ich werde dir etwas gegen den Juckreiz geben. Das schmieren wir dir auf die Kopfhaut. Es lindert ein wenig.«

»Danke«, murrte Thyra freudlos. »Wenigstens etwas.«

Aesa lächelte und schwieg.

* * *

Das Dorf Funningur lag in kriechenden, schwebenden Rauchschwaden, die wie tief liegender weißgrauer Nebel alles umhüllten. Der Rauch war so dicht, dass er das Sonnenlicht nur schemenhaft durchließ. Fast mystisch erschienen die Menschen durch den Rauch und wirkten nach wenigen Schritten wieder wie aufgelöst.

Über unzählige Feuer drehten sich brutzelnde Schafsleiber am Spieß, während über anderen stattliche Töpfe an eisernen Dreibeinen hingen, in denen Fisch, Robbenfleisch, Gemüseeintopf und Hirsebrei garten. In den Backöfen buken die Färöer Frauen Brotlaibe und aus den Vorratskammern rollten hölzerne Fässer mit Schafsmolke und *nabíd* herbei.

Thyra stand auf dem Bergkamm und beobachtete die Menschenmenge.

Jeder trug das Festtagsgewand. Je nach Ansehen und Vermögen des Besitzers zierten gewebte oder bestickte Borten ihre grünen, gelben, roten und blauen Tuniken. Einige besondere Verzierungen veredelten die Silberknotenfrauen mit magischen Mustern aus gedrehten Silberfäden und die Wikingerfrauen vervollständigten ihre Prachtgewänder mit Bernstein, Muscheln und Glasperlen.

Es war kalt an diesem letzten Oktobertag. Einige Nordmänner trugen eine Kappe aus Wolle oder weichem Pelz. Die vermögenden Wikinger warfen edle, aus feiner Schafswolle gewebte Umhänge über die Schultern.

Thyra staunte.

»Das sind keine armen Leute. Keine Barbaren!«

Die Umhänge der reichen Nordmänner reichten bis zum Oberschenkel. Das schwere Tuch, die verwendete Farbe und die Qualität der verarbeiteten Garne zeigten die Stellung des Trägers im Clan. Besonders edel trat der Umhang hervor, wenn der Saum mit kostbarem Pelz vom Eisfuchs oder Zobel einfasst wurde.

Jeder vermögende *Ascomanni* präsentierte hocherhobenen Hauptes den Reichtum und den damit verbundenen Ruhm, den er sich im Kampf erwarb, und durchstieß mit dem langen Dorn, der oft tellergroßen silbernen Ringfibel, das überlappende Tuch.

Um die Taille banden die Männer breite Ledergürtel, die mit silbernen Beschlägen eingefasst waren. Einige zeigten Abbildungen der Götter, der Midgardschlange oder von Drachen und Wölfen. Thyra staunte, denn auch die Männer trugen Armreifen und Anhänger aus Silber, Bernstein und Perlen, die sie an Lederstreifen um den Hals banden.

»Aber sie tragen keine Schwerter zum Fest«, begriff sie und lächelte.

Bedächtig wanderte Thyra den schmalen steinigen Pfad zum Ort hinab. Eine großgewachsene, stolze Wikingerfrau in ihrem Festgewand kam ihr entgegen und nickte würdevoll zum Gruß.

Thyra bekam riesige Augen und vor lauter Bewunderung blieb sie stehen.

Solch ein prachtvolles Kleid sah sie zuvor nur am Hof ihres Onkels, Alfred dem Großen.

Die Frau trug einen bodenlangen tiefblauen, mit einem Pelz besetzten Umhang, der am Kragen von einer goldenen Ringfibel zusammengehalten wurde. Über die weiße Tunika trug sie einen blutroten Trägerrock. Die Träger hielten zwei faustgroße silberne Ovalfibeln, die auf den prallen Brüsten der Frau ruhten.

Die beiden Silberbrüste glänzten im Sonnenlicht und zeigten mystische Tiere und magische Götterbilder und schimmerten lebendig bei jeder ihrer Bewegung. Zwischen den Brüsten wippte eine mehrlagige Kette aus wertvollen, großen blauen Glasperlen, welche die Ovalfibeln miteinander verband. Diese Kette wiederum war mit silbernen Amuletten und Bernsteinen, welche die Größe von ausgewachsenen Weinbergschnecken hatten, verziert.

Eine weitere Brosche in Form eines dreiblättrigen, länglichen Kleeblattes zierte das rote Trägerkleid im Dekolleté zwischen den prächtigen Brüsten.

Um ihre Taille hatte die Frau ein Lederband gebunden. Das Ende reichte bis zum Knie und trug einen stattlichen Schlüssel. Dieser baumelte bei jedem Schritt hin und her.

»Sie muss eine angesehene Wikingerin sein. Sicher ist sie die Herrin eines Hauses.«

Leicht verbeugte sich Thyra vor dieser Frau, die sie freundlich anlächelte und an ihr vorbeischritt.

»Und sie trägt viele blaue Glasperlen. Hmm«, seufzte Thyra nachdenklich. »Und jede einzelne Perle ist so viel wert wie ich – eine *thraell*!«

Gedankenversunken sah Thyra der Wikingerin hinterher, drehte sich abrupt um und rannte zum Ort hinab. Am Fuße des Bergkammes blieb sie keuchend stehen.

»Was willst du? Ich habe dich überall gesucht!« Vorwurfsvoll kam Aesa angerannt. »Die Wettkämpfe beginnen und wir machen mit!«

»Was machen wir? Ich …, ich …«

»Keine Widerrede«, schnitt Aesa ihr das Wort ab und verdeutlichte es mit einer scharfen Handbewegung. »Ruadhan hat uns in ihre Mannschaft aufgenommen und wir beginnen mit dem Wettlauf. Ich denke, diesen könntest du gewinnen, so schnell, wie du den Bergkamm heruntergerannt bist.«

»Das war eben«, keuchte Thyra außer Atem. »Und es ging bergab!«

»Komm, lass uns gehen.«

»Und was machen wir noch?« Thyra ahnte Schlimmes.

»Och. Nichts was du nicht könntest«, wich Aesa aus.

»Was ist es?«

»Nur noch Schwimmen.«

»In dem kalten Wasser!« Ihr Gesicht zeigte das reine Entsetzen. »Ich mache nicht mit! Auf gar keinen Fall! Ich bin doch kein Eisfisch!«

»Das wird dich antreiben, besonders temporeiche Schwimmbewegungen zu machen. Dann wirst du unter den Ersten sein.«

»Ich werde ertrinken«, lamentierte Thyra schockiert. »Ich werde leblos auf dem Grund dieses verdammten Ortes liegen, wie heißt er noch?«

»Eysturoy.«

»Den Hafen meinte ich!«

»Der Hafen heißt Suduroy.«

»Ja den.« Thyra fuchtelte melodramatisch mit den Händen. »Ich werde auf dem Grund dieses verdammten Hafens Suduroy als abgenagtes Skelett zwischen den Fischen und Krabben liegen.«

»Wenn du schnell genug schwimmst, dann nicht. Denn dann wirst du, die Angel-Frau, die erste ehemalige *thraell*, eine zukünftige Wikingerkriegerin mit fremder Abstammung werden.«

Abrupt blieb Thyra stehen.

»Das glaubst du wirklich? Hat Ruadhan das ausgehandelt?«

Erstaunt drehte Aesa sich um und blickte Thyra in die Augen.

»Das glaube ich.«

Plötzlich war alles still. Nur die Möwen kreischten am Himmel.

»Dann will ich gewinnen!«

Sie gingen nebeneinander auf dem ausgetretenen Pfad

Aesa lächelte und sagte, ohne Thyra anzusehen: »Ich wusste es!«

»Was?«, blickte Thyra die *laek-n-a* erstaunt an.

»Dass du den Mut und den Kampfgeist einer *het-ja* hast.«

»Hast du eine Ahnung. Ich habe eine Scheißangst.«

»Ach, das habe ich auch.«

»Was?«, rief Thyra und blieb abrupt stehen.

Aesa lief einfach weiter.

»Aber ich zeige es nicht jedem«, rief sie über die Schulter.

* * *

Die Wettkämpfe hatten schon begonnen und laute Anfeuerungsrufe wurden vom Echo aufgefangen und um ein Vielfaches zurückgeworfen. Der Lärm war gigantisch!

Zu beiden Seiten der Wettlaufbahn standen die Menschen aufgereiht und feuerten ihren Favoriten lautstark zum schnelleren Lauf an.

»Sie sind schnell.«

»Hast du etwas anderes von einem Wikinger erwartet?«, blickte Aesa stolz auf ihr Volk.

»Nein«, murmelte Thyra und wünschte sich, sie hätte vor einigen Minuten nicht so lautstark geprotzt. »Das wird schwierig!«

»Lauf!«, schrie die Meute. »Schneller! Oder willst du, dass die Hunde dich fressen!«

Laut schallend und mit viel Gelächter wurde der Verlierer in Empfang genommen.

»Du solltest bei den Frauen laufen, dann hättest du vielleicht eine Chance zu gewinnen«, wurde der Läufer schulterklopfend verspottet.

Der winkte keuchend ab, beugte sich vornüber, die Hände auf seine Oberschenkel abgestützt.

»Ich hätte gestern nicht so viel saufen sollen.«

»Das hättest du.« Feixend schlug einer ihm auf den Rücken. »Beim Steine werfen musst du nicht laufen. Dabei darfst du auf dem Fleck stehen bleiben.«

Brüllend vor Lachen ließen sie den Keuchenden allein.

Der nächste Lauf begann.

Aesa drängelte sich durch die Menschenmenge, bis sie den Rand des Lauffeldes erreichte und alles überblicken konnte. Thyra blieb dicht an ihren Fersen.

»Aesa?«, zischte Thyra, doch die reagierte nicht. »Aesa!«

»Was ist?« Aesa konnte ihren Blick nicht von den Läufern abwenden.

»Wann laufen die Frauen?«

Irritiert sah Aesa auf Thyra.

»Hmmh?«

»Wann laufen die Frauen?«, wiederholte Thyra genervt.

Seit wann konnte die Heilerin nicht hören?

»Wieso?«

»Wann laufen die Frauen?«, verärgert trampelte Thyra mit den Füßen auf der Stelle.

»Wenn sie aufgerufen werden.«

Gereizt knuffte Thyra Aesa an die Seite.

»Aua. Was soll das?« Aesa wurde langsam ärgerlich.

»Wann laufen die Frauen?«

»Immer! Bei jedem Lauf.«

»Die Frauen laufen gegen die Männer?«

»Ja. Warum?«

»Nur so« wich Thyra nervös aus.

Aesa sah Thyra mit einem Mal verstehend an.

»In unserem Volk gibt es weder im Wettlauf noch im Kampf einen Unterschied.«

Mit ernstem Gesicht, aber blitzenden Augen drehte sie sich zu Thyra und packte die eingeschüchterte Angeln-Frau fest an der Schulter.

»Du willst doch eine Kriegerin werden?«

»Ich muss!«

»Glaubst du, eine Kriegerin schlägt sich im Kampf nur gegen Frauen?«

Der spöttische Blick von Aesa bohrte sich wie ein Stachel durch ihre Brust. Das saß!

»Natürlich nicht!«

»Dann laufe. Kämpfe. Siege!«

Aesa ließ Thyra stehen und beobachtete aufgeregt die Läufer. Das Feld rannte gerade an ihnen vorüber.

»Schneller Konall! Du wirst dich doch nicht von einem Insulaner überholen lassen!«, schrie sie ihm anspornend entgegen.

»Lasst euch nicht von den *dubh* besiegen!«, riefen die *faereyiarner*.

Es war ein ohrenbetäubender Lärm, nur Thyra stand ruhig und leise in der aufgewühlten und tobenden Menschenmenge.

»Ruadhan, Broddr, Ingimundr, Aalakr!«, rief der Schiedsrichter die ersten Läufer des nächsten Feldes auf.

»Josurr, Finnr, Gyda, Oddbjorg, Dagfuss, Malmfrid.«

Schließlich standen alle zehn Läufer aufgereiht am Start.

Mit klopfenden Herzen drängelte Thyra sich an den Spielrand.

»Lauft!«, ertönte der Startruf und Thyra sah, in welch unglaublicher Geschwindigkeit Ruadhan den Männern davonlief. Ihr wurde übel.

»Das schaffe ich nicht. Verdammt ist sie schnell!«

»Sie ist gut, nicht wahr?« Thyra wurde freundschaftlich angerempelt. »Für eine Frau«, schränkte der *faereyiarner* sofort ein.

Ruadhan gewann und wurde lautstark jubelnd in Empfang genommen.

»Kali, Snoori, Thyra, Galti, Njal.«

Thyra erbleichte. »Er hat mich aufgerufen. Mich!«

Dann rief der Kampfrichter die Färöer auf.

»Haraldr, Bergthora, Ingimundr, Mani, Elfa.«

Alle Läufer gingen zur Startlinie.

Njal lächelte Thyra aufmunternd an. »Nervös?«

»Nein«, log Thyra und trampelte mit den Füßen ungeduldig auf der Stelle.

»Du musst nicht gewinnen«, versuchte Snoori Thyra zu beruhigen. »Es wäre besser für uns Männer, wenn wir gewinnen«, grölte Snoori laut und alle fielen in sein Gelächter mit ein.

Thyra biss ihre Zähne aufeinander und starrte in die neugierigen Gesichter der Zuschauer. Und plötzlich sah sie ihn!

Gorm! Sofort sackte ihr Herz noch tiefer.

»Warum steht er hier?«

»Er ist der Häuptling«, kam von unerwarteter Seite die Antwort.

»Er ist der Häuptling«, sprach sie mehr zu sich, doch sie erntete nur ein verstörtes Kopfschütteln ihrer Mitläufer.

»Lauft!«, ertönte die Stimme des Kampfrichters und alle Läufer sprinteten los.

Bis auf Thyra. Sie startete mit leichter Verzögerung. Entsetzt starrte sie auf die Kehrseite von Njal, Galti, Snoori und schluckte, atmete, biss die Zähne aufeinander und rannte los.

»Schneller!«, befahl sie sich. Nur das Ziel vor Augen.

»Schneller!«, feuerte sie sich an und rannte, als ob es um ihr Leben ging.

Sie hörte die Anfeuerungsrufe kaum.

Sie rannte, rannte und rannte!

Thyra überholte Snoori, dann Galti, schließlich zwei Färöer, wobei Ingimundr Thyra am Arm festhielt. Sie schüttelte ihn boshaft ab und rannte auch an Njal und Mani vorbei.

Im Augenwinkel sah sie Gorm mit verschränkten Armen am Läuferfeld stehen.

›Ich werde siegen!‹, kämpfte Thyra, als sie seine skeptische Körperhaltung wahrnahm.

»Schneller!«, hörte Thyra wie im Rausch Aesa schreien.

Thyra rannte.

Wieder überholte sie zwei Färöer Wikingerinnen und erreichte als Zweite das Ziel. Keuchend und speiübel wurde sie schulterklopfend von ›ihren‹ *Ascomanni* begrüßt.

»Nicht schlecht für eine *thraell*.«

»Bist gut gelaufen.«

»Bist schnell für eine Angeln-Frau.«

Thyra beugte sich keuchend vornüber.

»Ich glaube, ich muss mich übergeben!«

Abwehrend presste sie die Hand auf ihren Mund und würgte. Sie schwankte und vor den Augen wirbelten bunte Punkte. Tief atmete Thyra ein.

›Nicht hier! Und nicht jetzt!‹, befahl sie ihrem ausgepumpten Körper und schluckte.

Gorm bahnte sich einen Weg durch die Menge und sah Thyra vornüber gebeugt stehen. Würdevoll stellte er sich neben sie.

»Gut gemacht, Königstochter.«

Erschrocken riss Thyra die Augen auf, stellte sich blitzartig aufrecht hin und wusste geistesgegenwärtig: »Gorm?«

Bebend sah sie sich um. Und wirklich! Da stand er! Genau neben ihr! Und lächelte.

»Du bist schnell gelaufen, *thraell*.«

Sie nickte nur.

»Du bist eine Kämpferin«, sagte er beiläufig und ging.

»Kämpferin hat er gesagt.«

»Man warst du schnell!« Aesa kam ungläubig auf Thyra zugestürmt.

»War ich das?«

Aesa nickte beeindruckt.

»Das warst du.«

Thyra beachtete Aesa kaum. Sie sah einfach durch sie hindurch. Forschend guckte Aesa in Thyras Augen.

»Wen hast du denn gesehen?«, murmelte sie skeptisch und suchte in der Menschenmenge Thyras anvisiertes Ziel nach dem Einzelwesen, das ihre Aufmerksamkeit beanspruchte und schließlich fand sie ihn.

»Gorm«, meinte sie schelmisch grinsend. »Wen sonst?«

»Was hast du gesagt?«

»Du warst schnell.«

»Wie schnell?«,

Neugierig drehte Thyra sich zum Kampfrichter um. Doch der war schon mit dem nächsten Rennen beschäftigt.

»Du bist die Zweite von zehn Läufern.«

»Oh!«

»Komm mit. Das Wasser wartet!«

Wieder wurde Thyra durch die Menge gezogen.

»Ich muss doch noch nicht schwimmen, oder?«, jammerte sie, sodass Aesa sich grinsend umsah.

»Jetzt noch nicht. Erst in einer Stunde.«

»Oh nein.«

Sie erreichten das Hafenbecken. Aesa drückte Thyra ein Brot und einen Becher Molke in die Hände und forderte energisch: »Iss!«

»Ich kann nicht. Mir ist übel.«

»Iss!«, befahl Aesa und Thyra biss missmutig ins Brot.

»Da, die Ersten schwimmen schon im Hafenbecken.«

Thyra suchte im Schwimmerfeld die dänischen Wikinger. Doch sie sah nur Köpfe und kräftige kraulende Männerarme, wie sie das Wasser aufwühlen.

»Sieh mal«, schrie Aesa plötzlich aufgeregt und sprang in die Luft. »Tanni gewinnt!«

Neugierig beugte sich Thyra vor und sah, wie Tanni freude-strahlend ans Ufer kletterte.

»Er ist ja nackt!«, schrie Thyra entsetzt.

Erstaunt sah Aesa zu Thyra. »Was denn sonst? Soll er seine schöne Tunika ruinieren?«

»Aber ... aber ...«, stotterte Thyra, konnte aber nicht weiter-sprechen.

»Unsere Schwimmwettkämpfe werden immer nackt aus-getragen«, erklärte Aesa und schüttelte über Thyras Bestürzung den Kopf.

»Auch die Frauen?«

»Sollen die Frauen etwa ihre Tunika ruinieren? Natürlich schwimmen die Frauen nackt.«

»Vor ... vor ... allen Leuten?«

»So ist es bei einem Wettkampf nun mal. Sag mal, bist du etwa schamhaft?«

»Ich!«, entsetzt schrie Thyra auf. »Nein! Natürlich nicht! Natürlich bin ich nicht schamhaft.«

»Dann ist ja gut. Du bist gleich dran.«

»Was?«, rief Thyra und verschluckte sich an der Molke. »Ich dachte, ich hätte noch Zeit! Ich dachte, du bist vorher dran.«

»Tja«, zuckte Aesa bedauernd mit der Schulter. »Das dachte ich auch. Doch der Kampfrichter am Hafenbecken hat eben dei-nen Namen aufgerufen.«

»Ich, ich kann nicht«, entschied Thyra augenblicklich. »Ich bin zu erschöpft! Zu schwach! Ich kann nicht! Ich kann nicht schwimmen! Sag denen, ich kann nicht schwimmen!«

»Es wird dir keiner glauben oder hast du schon vergessen, dass wir zusammen durch die Themse geschwommen sind?«

»Oh!«, erinnerte sich Thyra. »Stimmt.«

Aesa sah Thyra eindringlich an.

»Aesa«, jammerte Thyra und rollte mit den Augen. »Nun helfe mir doch!«

»Du willst eine *het-ja* werden! Ich nicht! Ich bin Heilerin.«

»Ich will eine *het-ja* werden«, muffelte Thyra verdrießlich. »Wer hatte jemals eine so verrückte, schwachsinnige, irrsinnige Idee?«

»Du? Ich meine mich zu erinnern.«

»Sei still!«, fiel Thyra ihr fauchend ins Wort. »Ich gehe ja schon!«

»Sie warten schon.«

»Hmpf.«

Stolz schritt Thyra durch die Menge und erstarrte, als sie Gorm neben dem Kampfrichter sah.

»Das auch noch«, murmelte sie bestürzt und reihte sich in die schon nackten Schwimmer ein.

»Willst du deine Tunika nicht ausziehen?«, fragte eine Färöerin Thyra verwundert.

»Nein!«, entschied Thyra energisch und legte nur den Umhang und die Schuhe ab. »Ich schwimme immer mit Tunika«, stellte sie sich an den Uferrand.

Die nackte Färöerin zuckte über so viel Unverstand die Schultern. Gemeinsam mit den anderen Schwimmern wartete Thyra auf das Startzeichen.

Alle blickten zum Kampfrichter, nur Thyra suchte Gorm. Doch er war verschwunden!

Fahrig glitt ihr Blick über die einzelnen Gesichter.

»Wo? Wo ist er?«

Nervös biss sie sich auf die Unterlippe. In ihrem Bauch schwärmte und vibrierte es wie ein Bienenschwarm. Plötzlich stockte Thyra und schwer atmend blieb sie an Gorms Augen hängen.

Dort stand er!

Zwischen seinen Männern und sah nur sie.

Über die Köpfe der anderen hinweg sahen sie sich in die Augen.

Sie sahen nicht den Himmel, die Wolken, nicht das Meer.

Sie hörten nicht die Stimmen und fühlten keinen Wind auf der Haut.

Sie sahen nur noch einander.

Es war Magie.

Plötzlich fiel der Startruf! Thyra wurde grob vom splitternackten Nebenmann angerempelt, der mit einem eleganten Kopfsprung ins Wasser hechtete. Thyra strauchelte und konnte dennoch ihren Blick nicht von Gorm lösen.

Die Menschenmenge jubelte ohrenbetäubend und feuerte die Wettkämpfer an. Das kalte Wasser spritzte auf Thyras Haut. Erst jetzt wurde ihr klar, dass das Rennen schon begonnen hatte. Schlagartig wurde sie wachgerüttelt.

Der magische Moment war zerstört.

Erschrocken erkannte sie, dass sämtliche Mitstreiter schon im Fjordwasser schwammen.

Ohne zu überlegen, rannte Thyra los. Mit einem weiten Kopfsprung flog sie ins Wasser, tauchte elegant mehrere Meter unter Wasser und stieß mit einem gellenden Schrei durch die Oberfläche.

»Boah, ist das kalt!«

Stürmisch schüttelte sie die Tropfen aus dem Gesicht, suchte das Schwimmerfeld und schwamm los. Geschmeidig glitt Thyra durch den aufgewühlten Fjord, kraulte unbeirrt dem Feld hinterher. Überholte den Letzten, schwamm weiter.

Stoisch.

Berechnend.

Nur den einen Gedanken im Kopf. ›Het-ja! Het-ja‹

Das Wasser nahm ihr die Sicht. Für Sekundenbruchteile hörte sie das Schnaufen eines Gegners. Sie ließ ihn hinter sich.

Schwamm weiter.

Schneller.

Leidenschaftlich.

Rücksichtslos.

Die Menge brüllte und tobte. Das Echo der Berge feuerte zurück.

Thyra schwamm.

Die Möwen flogen nur wenige Meter über die Köpfe der Schwimmer. Ein Fuß schlug gegen ihren Schädel. Sie ließ sich nicht beirren.

Sie erreichte das kleine Beiboot in der Mitte des Fjordes, umrundete es. Schluckte Wasser, musste husten, würgen.

Thyra schwamm.

Nur noch zwei Schwimmer lagen vor ihr. Ihre Luft wurde knapp. Die Kraft ließ nach.

Thyra schwamm.

›*Het-ja*! Kriegerin! *Het-ja*!‹ Nur diese Worte beherrschten ihren Gedanken.

Mit geschmeidigen Bewegungen glitt sie durch das acht Grad kalte Wasser. Gorm sah, wie sie kämpfte. Wie sie ihre Kraft verlor und erneut angriff.

»Sie kämpft.« Langsam zog ein Lächeln über sein Gesicht.

Siguror stellte sich, einen Brocken Stockfisch kauend, neben Gorm und zeigte mit dem trockenen, graubraunen Fischstreifen auf den ersten Schwimmer im Fjord.

»Wer ist das?«

»Thyra«, raunte Gorm beeindruckt, ohne den Blick abzuwenden.

»Thyra!«, stieß Siguror erstaunt aus.

Erst sah er Gorm, dann wieder Thyra an, die schnell und elegant an der Spitze des Feldes schwamm.

»Unsere Thyra? Die Thyra! Die kleine, zornige Angeln-Frau, die wir in Oxfordshire fingen und die deine Sklavin ist?«, fragte er leicht spöttisch.

Er konnte es sich einfach nicht vorstellen.

»Hmm«, brummte Gorm.

»Mann, ist die schnell!«, bewunderte Siguror Gorms *thraell*.

»Das ist sie. Sehr schnell!«

Beide starrten zum Hafenbecken.

Gorm beobachtete, wie Siguror sich das letzte Stück des Stockfisches in den Mund schob.

»Ist der Fisch gut?«

»Sieh!«, stieß er erbost aus. »Ein *faereyiarner* greift an! Er drückt sie unter Wasser!«

Ein Aufschrei ging durch die Menge.

Thyra spürte, wie eine kräftige Hand auf ihren Rücken schlug und sie nach unten drückte. Entsetzt riss sie ihre Augen auf, schluckte Wasser und sah nur noch, wie Luftblasen vor ihren Augen zur Wasseroberfläche schwebten.

Thyra ruderte mit Armen und Beinen. Sie versuchte sich dem Druck des Mannes zu entziehen. Doch ihr Gegner griff ihre Schulter, nahm sein ganzes Gewicht und drückte Thyra noch tiefer unter Wasser.

Sie schrie in Panik. Doch ihr Schrei war nur ein leises Gurgeln. Sie schluckte Salzwasser und würgte. Das brachte ihren Verstand zurück.

Schnell klappte Thyra den Mund zu, überlegte, sah hinauf und erkannte, wie die Luftblasen am Körper des Wikingers zerplatzen. Gegen ihren Instinkt tauchte sie noch tiefer. Unter seinen Händen fort. Immer tiefer ins grauenvolle Reich der Meeresgöttin mit ihren Ungeheuern.

Der kräftige Druck seiner Hände ließ nach. Die Luft wurde knapp. Alles in ihr schrie danach, nach oben zu schwimmen und durch die Wasseroberfläche zu stoßen. Zu atmen. Die Lungen mit Sauerstoff zu füllen.

Sie quälte sich.

Beherrschte sich.

Unterdrückte diesen unbändigen Wunsch.

Mit kräftigen Beinstößen tauchte sie tiefer, erkannte im Augenwinkel, dass der Wikinger über ihr ins Straucheln geriet, aus dem Takt kam, zurückblieb.

Thyra stieß sich vorwärts, tauchte mit kräftigen Bewegungen vom Gegner fort. Die Atemluft war knapp. Alles in ihr schrie danach, den Mund weit zu öffnen und zu atmen.

›Nein. Nicht!‹, befahl sie sich. ›Fest zusammenpressen! Nicht atmen! Schwimmen! Weit weg! Schwimm! Tauche! Weit!‹

Nach wenigen Metern schaffte es Thyra. Mit dem Gesicht stieß sie durch die Wassergrenze, riss ihren Mund weit auf und – atmete.

Doch nur kurz. Das Schwimmerfeld näherte sich rasend schnell. Ein flüchtiger Blick zurück. Dann fixierte sie das Ziel.

›Euch werde ich zeigen, wer Thyra Danebod ist!‹, peitschte sie sich an und kämpfend nahm sie die Herausforderung an.

Am Ufer brüllten sämtliche Nordmänner.

Keiner hockte mehr auf dem steinigen Boden. Alle waren aufgesprungen und schrien, riefen und tobten.

Die Dänen feuerten Thyra an. Die Insulaner ihren Favoriten.

Sie hörte es nicht. Sie schwamm, als ob es um ihr Leben ginge. Mit kräftigen Zügen schnitt sie durchs Wasser. Ließ das Feld der Verfolger bis auf einen weit hinter sich.

Thyra dachte nicht mehr. Fühlte nicht. Sie schwamm! Wollte nur noch siegen!

»Thyra! Thyra!«, brüllten alle *skiparii* der Drachenflotte.

Lautstark tobten die *faereyiarner*.

»Thengill! Thengill! Thengill!«

»Thyra!«

»Thengill!«

Das Echo warf die Stimmen tausendfach zurück. Der Lärm war eine Urgewalt. Die Vibration körperlich deutlich spürbar.

Thyra schwamm, glitt durchs Wasser, als hätte sie nie etwas anderes getan. Weit ließen die beiden Schwimmer das Verfolgerfeld zurück.

Das Wasser rauschte in ihren Ohren.

Sie spürte die Kälte nicht.

Wollte nicht fühlen, wie ihre Kräfte erlahmten.

Sie schwamm.

Nur einen Wimpernschlag warf sie einen Blick auf das immer näher kommende Ufer – und schwamm!

Plötzlich fühlte sie Kieselsteine an den Zehen und merkte einen rauen Widerstand an ihren, von der Kälte betäubten Fingerspitzen. Unzählige spitze Steine ritzten ihre Haut an den Oberschenkeln auf. Erst jetzt hörte Thyra mit den Schwimmbewegungen auf. Keuchend und erschöpft kniete sie sich auf den felsigen Grund.

»Gut gemacht, Frau«, hörte sie einen Mann.

Plötzlich fühlte Thyra, wie sie von kräftigen Händen gepackt, in die Höhe gehoben und an Land getragen und am Ufer auf ihre Beine gestellt wurde. Irritiert sah sie sich um.

»Was soll das?«

»Sieger werden immer an Land getragen«, hörte sie einen Wikinger spöttisch sagen.

»Sieger?«

Ungläubig starrte sie den *faereyiarner* an.

»Du hast gesiegt, Frau.«

»Gesiegt?«

Ihre Beine trugen ihren Körper nicht und sie sackte zusammen. Doch der Insulaner fing sie lachend auf.

»Hej!«, forderte er lautstark lachend die Dänen auf. »Drachen-fahrer! Tragt eure Siegerin zum Ehrenplatz!«

Plötzlich war Aesa an Thyras Seite.

»Gut gemacht, Siegerin. Du bist eine wahre *het-ja*. Keiner wird mehr an deinen Zielen zweifeln. Das war der erste Schritt!«

»Was war der erste Schritt?«

Thyra hatte es immer noch nicht begriffen. Aesa grinste nur. Sie trug Thyras Umhang und warf ihn ihr über den zitternden Körper.

»Du hast gesiegt«, lachte Aesa und rubbelte kräftig über Thyras Haut.

»Gesiegt?« Bibbernd wickelte Thyra den Umhang fester um sich.

»Gesiegt«, bestätigte sie zum wiederholten Mal.

Plötzlich erstarrte Thyras Blick. Ein nackter Wikinger mit krebsroter Haut kam auf sie zugeschritten und seine Stimme riss Thyra aus der Gedankenwelt.

»Gut gemacht, *thraell*.«

›*Thraell?*‹ Thyra konnte immer noch keinen klaren Gedanken fassen.

Thengill kam breit lächelnd auf sie zu. Man sah ihm den Wettkampf nicht an. Noch immer strotzte sein kräftiger Körper vor Kraft und Elan.

»Du hast ehrenhaft gekämpft, *thraell*«, sagte er laut und reichte ihr anerkennend die Hand.

›Du nicht!‹, urteilte Thyra zynisch, als sie ihren Widersacher erkannte. Trotzdem lächelte sie.

»Ich gratuliere dir als Erster zu deinem Sieg. Du bist eine gute Kämpferin.«

Thyra sah den *faereyiarner* skeptisch an. Sie suchte in seinem Gesicht nach einer Spur von Falschheit. Doch Thengills Lob war ehrlich, und sie schlug in die dargebotene Hand freudig ein.

»Danke, *faereyiarner*.«

»Thengill«, meinte er und schüttelte ihre zitternde Hand.

»Thengill«, wiederholte Thyra kopfnickend und deutete auf sich. »Thyra.«

»Ich weiß. Königstochter. Du machst deinem Volk alle Ehre«, sagte er noch und ging.

Erschüttert sah sie ihm nach.

»Die Angeln sind nicht mehr mein Volk. Ihr seid mein Volk.«

Es war nur ein leises trauriges Raunen. Dennoch hörte Aesa es.

»Die erste Schwimmerin? Das ist doch Thyra?« Siguror stieß begeistert anfeuernd seine Fäuste in die Luft.

»Das ist Thyra!«, brüllte Gorm Siguror ins Ohr.

Er konnte seinen Blick nicht von den zwei Rivalen abwenden. Er spannte unbewusst seinen Körper an und kniff die Augen zusammen.

»Der *faereyiarner* drückt sie unter Wasser!«, zischte er und sog die Luft zwischen seinen Zähnen ein.

›Er liebt diese Frau.‹ Siguror schmunzelte und musterte mit einem Seitenblick seinen Häuptling, ließ sich jedoch vom Tumult der Zuschauer anstecken. ›Wann er es sich wohl endlich eingesteht?‹

»Thyra!«, schrie Siguror. »Kämpfe!«

Gorm starrte zum Hafenbecken und rief: »Kämpfe, Thyra!«

Thyra war nicht mehr zu sehen, während der *faereyiarner* ziellos auf der Stelle im Kreis paddelte und sich suchend umsah.

»Er hat sie unters Wasser gedrückt!«, knurrte Gorm gefährlich leise und ballte die Fäuste. »Diesen *faereyiarner* werde ich das Fürchten lehren! Siehst du das?«

»Ja, ich sehe.« Siguror starrte streitsüchtig mit zusammengekniffenen Augen übers Wasser. »Da, sieh! Sie ist wieder aufgetaucht.«

»Den bringe ich um!«, murmelte Gorm dumpf und Siguror lachte lautlos.

Sie konnten sehen, wie Thyra kämpfte.

Das Schwimmerfeld holte auf.

Um die beiden kämpfenden Rivalen wirbelte weiß schäumend das Meer. Helle Haut blitzte auf. Ein glänzender Arm. Ein kreidebleicher Rücken.

Dann beruhigte sich das Meer. Geschmeidig streichelte es den einen Schwimmer. Thyra war nicht mehr zu sehen. Gorm und Siguror erkannten nur noch den nassen Haarschopf des Färöers.

Thyra blieb verschwunden!

Nichts hielt Gorm mehr auf seinem Platz. Er raste los und Siguror folgte ihm besorgt. Nicht in Sorge um Thyra, sondern um die Freundschaft der Insulaner mit seinem Dänenvolk.

»Gorm, mach keinen Ärger«, rief er. Doch seine Stimme versank im Lärm.

Gorm bahnte sich einen Weg durch die aufgebrachte Menge. Er sah immer wieder zum Wasser. Kurz auf den Weg und wieder zum *faereyiarner*, der Thyra ertränken wollte.

Thyra blieb verschwunden und beide rannten zum Ufer. Gorm öffnete im Lauf die silberne Fibel und der wertvolle Umhang mit der edlen Brosche fiel in den Matsch. Auch Siguror schmiss seinen Umhang fort.

»Zur Seite!«, brüllte Gorm und parallel sprangen er und Siguror kopfüber ins Meer.

Weit tauchten sie unter Wasser und kamen nach wenigen Minuten prustend an die Oberfläche. Sofort kraulten sie Seite an Seite, kaum dass sie sich die Zeit nahmen, ihr Ziel anzuvisieren. Plötzlich spürte Gorm, wie Siguror ihn fest am Oberarm packte und zurückhielt.

»Da«, keuchte er.

»Was?«, fauchte Gorm und schüttelte Sigurors lästige Hand ab.

»Sie schwimmt«, spuckte Siguror angewidert das salzige Wasser aus. »Sie schwimmt wieder!«

»Wo?«

Gorm drehte sich im Kreis. Sah sich suchend um. Dann erkannte er sie! Schnell kraulte Thyra durchs Wasser.

»Sie ist unter seinem Gewicht weggetaucht! Raffiniertes Weib!«

Thyra sah sich nicht um. Sie kraulte so schnell vor dem *faereyiarner* davon, dass der Schwierigkeiten hatte, ihr zu folgen.

Gorm sah grinsend in Sigurors Gesicht, der grölend zu lachen anfing.

»Ich würde sagen, wir sind Trottel und außerdem sind wir nass!«

»Stimmt!« Laut lachend warf Gorm sich zurück, legte sich auf den Rücken und sah zum strahlend blauen Himmel.

»Wenn wir an Land gehen, werden peinliche Fragen kommen. Hmm«, brummte er überlegend.

»Wir werden allen erklären, wir hätten gewettet«, spuckte Gorm eine hohe Wasserfontäne aus seinem Mund.

»Um was?« Siguror paddelte spritzend auf der Stelle wie ein Welpe, der das erste Mal schwamm.

»Wir behaupten, wir hätten Ráns Schwert im Wasser blitzen sehen.«

»Ráns Schwert?« Siguror ging vor Lachen glucksend unter. »Das glaubt uns niemand!«

»Ich bin der *edl-ing-r*«, lachte Gorm und schwamm ans Ufer zurück.

Siguror folgte ihm bedächtig. »Aber Ráns Schwert? Das glaubt uns niemand! Hey! Unsere *thraell* hat gewonnen!«

Gorm folgte seiner Blickrichtung.

»Sie sollte sich etwas anderes anziehen«, brummte er begehrlich, als er sah, wie die nasse Tunika auf Thyras Haut festklebte und sie damit noch verführerischer wirkte.

»Das sieht doch sehr nett aus«, neckte Siguror Gorm, der Thyra anstarrte.

»Das nasse Tuch ist exakt an den richtigen Stellen durchsichtig. Und es schmiegt sich genau an die Rundungen an, die so prächtig gewachsen sind. Ihr Busen mit den hervorstehenden Nippeln. Diese volle Brust, die bei jedem Schritt so herrlich wippt, und den prallen Hintern. So sollten alle Schwimmerinnen aus dem Wasser steigen. Hey Thyra!«, rief er anspornend. »Dreh dich um. Ich will deine spitzen Brustwarzen und dein dunkles Dreieck sehen!«

»Groah!«, brüllte Gorm streitsüchtig und griff an.

Entsetzt blickte Siguror in Gorms Gesicht. Dieses Gesicht kannte er – und jeder Gegner fürchtete sich vor diesem Anblick. Er riss entgeistert seine Augen auf und beeilte sich, Gorms wütender Attacke zu entrinnen. Mit Mühe schaffte er es, vor seinem Häuptling das rettende Ufer zu erreichen und aus dem Wasser zu springen.

Siguror stolperte über das steinige Ufer und wollte sich ausschütten vor Lachen.

»Was ist so komisch?«, knurrte Gorm, der am Ufer stand und sich das Wasser wie ein Hund aus der Kleidung schüttelte.

»Wir!«, lachte Siguror. »Wir hechten ins Wasser, um eine Sklavin zu retten, die besser schwimmen kann als die meisten unserer *húskarl* und *drengire*.«

Keuchend beugte er sich nach vorn und stützte sich mit einer Hand auf seinen Oberschenkeln ab, während er mit der anderen auf Thyra zeigte.

»Sieh sie dir an! Sie scheint noch nicht einmal außer Atem zu sein. Wie eine Herrscherin nimmt sie die Gratulation des *faereyiarners* entgegen. Siehst du es?«

»Ich sehe es«, knurrte Gorm und klaubte seinen Umhang und die silberne Ringfibel aus dem Dreck. Nachdenklich warf er ihn sich über die Schulter und befestigte ihn mit der kostbaren Schmuckspange. »Sie ist offenbar immer für eine Überraschung gut.«

»Eine Überraschung!«, prustete Siguror und das Wasser tropfte von seinen beiden Bartzöpfen. »Diese Frau ist voller Überraschungen. Warte es ab!«, prophezeite er.

* * *

Bergdis stand neben Hafr und Ketill. Die drei betrachteten das Schauspiel.

»Diese Angeln-Frau wird mir immer unsympathischer. Sie kämpft für unser Volk. Zieht sämtliche Blicke auf sich, selbst die von Gorm und Siguror, und gewinnt! Und das Schlimmste ist …!«

Vor Wut konnte sie kaum reden.

»Habt ihr gesehen, wie Gorm ins Wasser sprang, als der *faereyiarner* die *thraell* unter Wasser drückte?« Bergdis Augen verengten sich zu schmalen Schlitzen.

»Haben wir«, knurrten Hafr und Ketill gemeinsam.

»Er wollte ihr zu Hilfe eilen. Das gefällt mir nicht.« Sie biss so kräftig die Zähne aufeinander, dass Hafr Bergdis erstaunt ansah, als er das Knirschen hörte.

Abrupt drehte Bergdis sich zu Hafr und Ketill um.

»Es wird Zeit!«

»Wofür?«, fragte Hafr etwas begriffsstutzig.

Bergdis lächelte ihn nachsichtig an. Doch das Lächeln erreichte ihre Augen nicht.

»Hafr?«, fragte sie listig mit einem lockenden Ton in der Stimme. »Du willst doch auch, dass diese Angeln-Frau …« Tief atmete sie die Meeresluft ein, beherrschte sich schnell, beugte sich vor und berührte mit ihren weichen Lippen zärtlich Hafrs Ohr, während sie raunte: »Du willst doch auch, dass diese Angeln-Frau leidet?«

Sie lächelte ihn verführerisch an. Sie brauchte ihn. Er war ihr Verbündeter auf dem Weg zur Herrschaft über das Wikingervolk als Eheweib an der Seite von Gorm, dem Häuptling.

»Mehr als alles andere!«

»Gut, dann wäre das geklärt.«

Eiskalt glitten ihre Augen zu Ketill und ihre Mundwinkel zuckten.

»Diese *thraell* wird *snaeland* nie zu sehen bekommen.«

Über Ketills Gesicht glitt ein gefährliches Lächeln.

»Die Kälte des Meeres wird ihren Körper einfrieren und zu Rán auf den Meeresgrund in die Tiefe ziehen.«

»Sie wird leider in ihrem *húdfat* ertrinken.«

»Sie teilt ihn mit Snoorri«, wagte Hafr einen Einwand.

»Hast du mit Snoorris Tod Schwierigkeiten?«

»Nein! Nein.« Hafr schüttelte eilig seinen Kopf.

»Dann ist ja gut«, meinte Bergdis

Sie lächelte Hafr wieder gewinnbringend an, sodass Ketill kaum seine Eifersucht verbergen konnte. Unbeherrscht griff er Bergdis Schulter und packte brutal zu.

»Au!«, rief Bergdis gequält. »Was ...?«

»Übertreibe es nicht!«, knurrte Ketill mit seinen Lippen dicht an ihrem Ohr. »Du bist mein Weib!«

»Lass mich los!«, giftete Bergdis und riss ihren Arm aus der Umklammerung. Mit schmerzverzerrtem Gesicht rieb sie sich über die gerötete Haut.

›Du Narr!‹, urteilte sie stumm, betrachtete Ketill dennoch liebevoll. Sie brauchte ihn, also musste sie ihn täuschen. Erst zu gegebener Zeit würde auch er aus ihrem Wirkungskreis verschwinden müssen.

»Wir brauchen Hafr«, flüsterte sie leise mit dem Gesicht an Ketills Hals geschmiegt. »Vertrau mir.«

»Hmm.«

»Vertrau mir«, wiederholte Bergdis und lächelte ihn bezaubernd an.

»Hmm«, antwortete Ketill etwas beschwichtigter. »Schon gut.«

Bergdis sah ihm verliebt an.

›Alles Narren!‹ Worauf sie wieder zu Thyra blickte und die Heilerin an der Seite der Sklavin erkannte.

»Die muss auch verschwinden!«, beschloss sie und drehte sich um.

* * *

Aesa steuerte mit Thyra das Haus der Tuchhändlerin an. Thyra fror und bibberte.

»Warum musstest du auch mit deiner Tunika ins Wasser springen! Du bist eine Sklavin! Und Sklaven besitzen nicht mehrere Tuniken!«

Seufzend schob sie Thyra durch die niedrige Tür des Hauses.

»Wir können froh sein, dass uns die Tuchhändlerin erlaubt, in ihr Haus zu gehen, und sie dir eine Tunika zur Verfügung stellt.«

Abrupt blieben die Frauen hinter der Türschwelle stehen. Ihre Augen mussten sich an das Dämmerlicht in dem geräumigen Langhaus gewöhnen. Sie standen im Wohnraum und erkannten nach einer Weile einen großen Webstuhl, der rechts an der Wand lehnte.

Von der Decke hingen fünf armdicke Äste, die entgegen ihrer Wuchsrichtung am Deckenbalken befestigt waren. Die fingerdicken Zweige an den Ästen hatten die Handwerker über dem abgeborkten Stamm abgeschnitten. So rakten die Stängel zur Decke zeigend hervor und ergaben einen gebogenen Haken. Von dieser Hängevorrichtung baumelten unzählige aufgewickelte rote, gelbe, grüne und blaue Wollfäden, die alle zu Webstoffen verarbeitet werden sollten.

Daneben stand eine hohe schlanke Frau. Sie schob das Webschiffchen durch die gespannten Wollfäden und ließ sich von den Besucherinnen nicht ablenken.

Thyra und Aesa blieben höflich und warteten auf ein einladendes Wort der Färöerin.

»Ich habe diese Frau schon gesehen«, flüsterte Thyra.

»Wo?«

»Auf dem Pfad oben auf dem Bergkamm. Sie sah aus wie eine Königin.«

»Königin?«

»Sie trug solch prächtige Kleidung, mit Schmuck und ovalen …« Thyra fehlten die Worte. Stattdessen formte sie ihre Hände vor ihren Brüsten. »Schalen aus Silber, auf jedem Busen.«

»Ovalfibeln einer reichen Frau.«

»Mit Bernstein, blauen Perlen, edlen Steinen und Muscheln geschmückt. Doch um ihre Hüfte trug sie nur ein einfaches Lederband, mit einem großen Schlüssel dran.«

»Sie ist die Frau des Hauses und trägt den Schlüssel.«

»Was bedeutet das?«

»In diesem Haus bestimmt nur sie. Kein einziger Mann.« Aesa beugte sich zu Thyras Ohr und flüsterte noch leiser: »Nicht ein Mann steht im Haus über ihr. Nicht einmal Grímur Kamban! Sie ist die Herrscherin ihres Hauses und reich dazu.«

»Daher das wundervolle Gewand mit dem wertvollen Schmuck.«

»Hmmm.«

Aesa nickte, während Thyra staunend das Muster, welches unter den geschickten Händen der Frau entstand, betrachtete. Aesa ließ ihre Augen durch den Raum wandern ließ und inspizierte ihn.

Von der Decke baumelte eine hölzerne rechteckige Plattform, auf der unzählige Vorräte in Schalen und tönernen Krügen lagerten.

»Die Tuchhändlerin ist reich«, murmelte die *laek-n-a* leise.

Ihr Blick ging durch einen schmalen Durchgang, zum nächsten Raum und blieb an den rotglühenden Holzscheiten in der Feuerstelle, die zentral im zweiten Raum platziert war, hängen. Aesa wusste, dass zur rechten und linken Seite jeweils leicht erhöhte Podeste errichtet waren, welche den Bewohnern als Schlafstatt dienten.

»Bei einem reichen Wikinger werden auf den Schlafstätten kostbare Felle liegen. Seine Familie und seine Gäste werden im Winter weder frieren noch hungern.«

Ein Schaf blökte und kurz darauf eine Ziege.

»Ihr habt schon Tiere im Stall?«, fragte Aesa erstaunt.

Das erste Mal sah die *faereyiarnerin* von ihrer Arbeit auf. Sie nickte den beiden Frauen kurz zu.

»So, entschuldigt, ich musste zuerst das komplizierte Muster zu Ende bringen. In diesem Tuch wird ein besonderer Faden für das entstehende Bild verwendet. Da darf ich mir keinen Fehler erlauben. Doch bitte, tretet ein.«

Sie unterstrich mit einer einladenden Handbewegung ihre freundlichen Worte.

»Danke«, murmelte Thyra und konnte ein Kälteschauer, der über ihren Körper lief, nicht unterdrücken.

»Ah«, strahlte die Frau des Tuchhändlers Thyra an. »Thengill hat mir alles berichtet. Du bist die Siegerin des Schwimmwettkampfes!« Sie lächelte breit. »Und du hast den besten Schwimmer der *faereyiarner* besiegt. Ich wollte dich unbedingt kennenlernen.«

Sie lächelte versonnen, packte mit beiden Händen Thyras Hände und schüttelte sie.

»Ich freue mich, euch in meinem Haus begrüßen zu dürfen. Thengill ist mein Bruder.« Sie lachte herzerfrischend. »Und jedes Mal, wenn ich gegen ihn im Wettkampf schwamm, habe ich verloren. Er behauptete immer, nie würde er von einer anderen Person geschlagen werden. Besonders nicht von einer Frau!«

Sie gluckste vergnügt.

»Oh!« Thyra riss erschrocken die Augen auf und flüsterte entsetzt: »Noch ein Feind! Nicht nur Hafr, jetzt auch noch ein *faereyiarner*!«

»Aber Thengill ist nicht nachtragend«, plapperte die Färöerin einfach weiter. »Er ist ein stolzer, aber auch ehrlicher Mann, der eine Niederlage verkraften kann. Doch nun kommt mit mir. Ich sehe, du frierst, und ich werde dir eine meiner Tuniken geben. Du bist die Siegerin des Wettstreites. Du hast die Ehre aller Färöer Frauen auf unser Siegerpodest gestellt.«

Augenzwinkernd sah sie Thyra und Aesa an.

»Auch wenn du offenkundig keine Wikingerin bist, werde ich dir eines meiner schönsten Gewänder leihen.« Strahlend betrachtete sie Thyra. »Zumindest, bis die Feierlichkeiten beendet sind. Jeder soll sehen, wie stolz alle *faereyiarnerinnen* auf den Sieg einer Frau im Wettkampf sind.«

Thyra zwinkerte Aesa freudig überrascht zu.

»Das ist es!«

Stolz hob die Tuchhändlerin die leuchtend rote Tunika hoch und Thyra schnappte staunend nach Luft.

»Aesa!«, stieß sie fassungslos aus. »Hast du jemals so ein schönes Gewandt gesehen?«

Aesa lächelte und raunte leise: »Das habe ich.«

»Und dieser Umhang gehört dazu.« Die Wikingerin zog einen kobaltblauen Umhang aus dem Korb. Er war engmaschig gewebt und aus einem wunderbar weichen Tuch, der am gesamten Saum mit einem glänzenden, rötlich braunen Fuchspelz eingefasst war.

Erschüttert stolperte Thyra rückwärts und landete unsanft mit den Hintern auf dem leicht erhöhten Schlafpodest.

»Das … das kann ich nicht annehmen!«, stotterte Thyra. »Das, das ist das Gewandt einer, einer Königin!«

Aesa grinste.

»Ja und?«

Empört drehte sich Thyra zu Aesa um.

»Ich bin eine Wikingersklavin! Hast du das vergessen?«

Aesa lächelte.

»Offenbar interessiert es die Tuchhändlerin nicht. Schließlich bist du die Tochter eines Königs.«

»Aber nicht von eurem Volk!« Irritiert wanderten Thyras Augen von einer zur anderen. »Das, das … geht nicht«, versuchte sie es erneut.

»Deine Kleidung ist nass«, meinte Aesa und begutachtete ausgiebig ihre Fingernägel.

»Und Siegerfrauen stehen nicht nackt auf dem Podest«, vervollständigte die Färöerin den Satz.

»Aber … aber …«, stammelte Thyra verzweifelt und ließ die Schultern hängen.

»Was!« Aesa wurde ungeduldig.

»Ich, ich …« Thyra suchte händeringend eine Ausrede. Doch dann platzte sie mit dem Dilemma heraus: »Ich habe Läuse!«, elendig sah sie die Frauen an.

»Nicht mehr lange«, meinte Aesa verschmitzt.

»Wie? Nicht mehr lange?«

»Ich werde eine Tinktur aus Rainfarn, Frauenminze, Sabadillesamen und Mutterkraut ansetzen und deine Haare und die Kopfhaut damit einschmieren.«

»Und dann?«

»Dann bist du sämtliche Läuse und deren Eier los und ziehst diese wunderschöne rote Tunika mit diesem wunderschönen, leuchtend blauen Umhang an.« Verträumt streichelte Aesa den Zobelkranz am Saum. »Sie werden staunen.«

»Ich bin doch eine Sklavin. Ich habe schon einen Feind! Ich brauche keine weiteren, die durch Neid entstehen!«

»So machen wir es!«, freute sich die Färöerin, den Einwand der *thraell* ignorierend. »Auch wenn ich nicht an den Feierlichkeiten teilnehme.«

»Warum nicht?«, erkundigte Aesa sich neugierig bei der Tuchhändlerin.

Das Gesicht der *faereyiarnerin* erstarrte und ein trauriger Zug umspielte ihre Mundwinkel.

»Mein Mann starb. Ich kann die Menschenmengen noch nicht ertragen.«

»Lass es gut sein«, sanft berührte Aesa die Tuchhändlerin. »Rede nicht weiter.«

»Habe ich denn gar nichts mehr zu sagen?«, jammerte Thyra und ließ sich rücklings auf die Schlafffelle plumpsen. »Die neidischen Blicke werden mich erdolchen!«

»Nein«, spöttelte Aesa grinsend und war dankbar, dass Thyra den traurigen Moment durchbrach. »Schließlich bist du die Sklavin des Häuptlings.«

Die lautstarken Wettkämpfe gingen weiter, während Thyra diesen stinkenden und beißenden Kräutersud auf ihrem Kopf erduldete.

Die Nordmänner hatten ihren Spaß am Steine werfen, Wettlaufen, Speerwerfen, Bogenschießen und Bergsteigen.

Nur Thyra sah von diesen Aktivitäten nichts mehr. Sie verbrachte den restlichen Tag im Dämmerlicht des Hauses.

Die Tuchhändlerin erstattete Bericht über die einzelnen Erfolge und Misserfolge. Ruadhan belegte den ersten Platz beim Bogenschießen, während Siguror den Sieg beim Steinewerfen errang.

»Aber Ruadhan war etwas angeschlagen.«

»Angeschlagen?« Thyra horchte auf.

»Diese verrückte Kriegerin. Einer von deinen Leuten schwängerte Ruadhans Schwester und … Ich weiß gar nicht, ob ich dir die Geschichte erzählen soll. Ihre Schwester ist tot, während der Geburt qualvoll gestorben und Ruadhan gibt diesem Dänen die Schuld daran. Schon am ersten Abend erstritt sie von Grímur die Erlaubnis, diesen Dänenkrieger zum Schwertkampf herauszufordern.«

Thyra blickte fragend zur Frau.

»Beide leben«, meinte die *faereyiarnerin* mit fast stoischer Ruhe. »Beide sind verletzt. Ruadhan am Oberschenkel und euer Seefahrer an den Rippen. Die Schuld ist gesühnt. Ruadhan ist von ihrem Gelöbnis den Tod ihrer Schwester zu sühnen befreit und alle sind zufrieden. Diese verdammte Blutrache! Sie tötet jedes Jahr viel zu viele gute Wikinger.«

Sie blinzelte traurig ins Feuer. Doch dann gab sie sich einen Ruck.

»Das ist Vergangenheit. Jetzt sollte ich langsam das Leben wieder genießen.«

Sie schüttelte sich, wie um die toten Geister der Ahnen abzuschütteln, ergriff den flachen Teller mit dem Schafsfleisch und reichte ihn der Sklavin.

»Greife zu. Es ist heiß und fettig.«

Sie stellte den Teller der *thraell* vor die Füße.

»Gleich wird es spannend«, plauderte die Tuchhändlerin weiter. »Ich muss mich beeilen, der letzte Wettkampf der Häuptlinge und Königsdrengire beginnt und ich habe mir vorgenommen, beim letzten und wichtigsten Wettkampf dabei zu sein. Aber der Weg zur Klippe ist weiter entfernt.«

Sie warf sich ihren Umhang über und steckte ihn mit der Silberfibel fest.

»Der Wind frischt auf und die Gischt wirbelt die Felsen hinauf. Die Steine sind nass und vom Algenbewuchs rutschig. Dieser Wettkampf ist gefährlich und das macht es spannend.«

Thyra blieb das heiße Schafsfleisch fast im Hals stecken. Sie hörte abrupt zu kauen auf.

»Schade, dass du es nicht sehen kannst, so wie du jetzt aussiehst! Es ist unglaublich aufregend.«

»Aufregend«, flüsterte Thyra und ihr Herz klopfte bis zum Hals.

»Na ja«, lächelte die Färöerin. »Dieser Wettkampf wird selten ausgetragen, weil er so gefährlich ist. Das steile Riff ist direkt am Meer. Wenn einer der Männer herabstürzt, fällt er entweder auf die emporragenden scharfkantigen Klippen oder in die mörderische Meeresbrandung, die jeden Knochen im Körper bis aufs Blut zerschmettert. Das überlebt kaum einer.«

»Sie klettern die Klippe hinunter!«, schrie Thyra und sprang auf.

Erstaunt runzelte die Tuchhändlerin ihre Stirn. »Das ist die Königsdisziplin unserer Insel.«

»Ich muss zur Klippe!« Völlig aufgelöst rannte Thyra zur Tür.

»So …?« Die *faereyiarnerin* starrte eindringlich zur breiig grünen Kräutertinktur auf Thyras Kopf. »Außerdem trägst du die noch feuchte Tunika der Sklaven. Sie klebt verführerisch an deiner Haut. So kannst du nicht aus dem Haus.«

»Dann wasche ich den Sud ab«, fuhr Thyra sie an.

»Dann verfliegt die Wirkung. Die Läuse bleiben und vermehren sich.«

»Ich gehe«, erklärte Thyra resolut. »Dann binde ich mir ein Tuch über das Haar!«

»Es ist nur ein Wettkampf.« Die Tuchhändlerin schüttelte erstaunt den Kopf über die heftige Reaktion der Sklavin, reichte ihr aber ein abgetragenes Tuch.

»Danke.« Thyra packte das Leinen, rannte aus der Hütte und schlang es im Laufen über die grüne stinkende Paste. Dann blieb sie aber schlagartig stehen, rannte zurück und rief hektisch, fast schon panisch: »Wohin? Wohin muss ich gehen? Wo ist das Riff?«

»Dort befindet sich die Klippe!« Der Arm der Färöerin schnellte hoch, und zeigte in die Richtung, aus der das donnernde Tosen der Meeresbrandung zu ihnen drang. »Diesen Weg entlang.«

Thyra drehte sich gehetzt um und rannte los, während sich die *faereyiarnerin* gelassen in den Türrahmen ihres Hauses stellte, sich gegen den Rahmen lehnte, um der davon stürmenden *thraell* hinterher zu blicken.

»Merkwürdig! Es klettern doch nur die Häuptlinge und Königsdrengire. Über wen sorgt sie sich? Schließlich ist sie eine Gefangene, eine Sklavin.«

Langsam machte die Tuchhändlerin sich auf den Weg und ging mit den Dorfbewohnern und Seefahrern der Drachenflotte zur Klippe. Das Verhalten der *thraell* ging ihr nicht aus dem Sinn.

»Ungewöhnlich.«

Langsam schritt sie auf dem schmalen steinigen Pfad zum Meer, doch dann blieb sie plötzlich stehen.

»Das ist es!«, rief sie aus.

»Hey Frau, gehe weiter«, wurde sie rüde angerempelt.

Die Frau des Tuchhändlers schmunzelte.

»Sie ist verliebt.«

»Wer ist verliebt?« Die Schafhirtin trat neugierig neben die Tuchhändlerin.

»Ach«, winkte die Färöerin ab, nicht bereit ihr Wissen weiter-zugeben. »Niemanden, den du kennst.«

Außer Atem erreichte Thyra die Klippe. Die Wikinger der Inseln und der dänischen Flotte standen am Rand der schroffen, steil abfallenden Barriere und starrten in die Tiefe. Vorbei an den vor-springenden Felsen, hinab auf den steinernen Meeresstrand, der jetzt während der Flut, nur wenn die Wellenbrecher sich rhyth-misch zurückzogen, zu sehen war.

Schwer atmend blieb Thyra stehen. Punkte flimmerten vom schnellen Lauf vor ihren Augen.

Sie erkannte Siguror, wie er sich über den Felsvorsprung beugte.

»Siguror«, flüsterte Thyra und spurtet auf ihn zu. Kurz bevor sie ihn erreichte, schrie sie. »Siguror! Stimmt es?«

»Weib! Erschrecke mich nicht so!«

»Stimmt es?«

»Was?«, strich er nachdenklich über seine Bartzöpfe.

»Das Gorm an der Felswand klettert?«

»Nicht nur Gorm.«

Aufgelöst blieb Thyra neben Siguror stehen, während ihre Knie unkontrolliert zu zittern anfingen.

»Er klettert dort unten?« Sie deutete mit der Hand an und wagte es nicht herunterzusehen.

»Na sicher.«

Thyra schluckte und beugte sich, ohne einen Schritt weiter zum Abgrund zu setzen, nach vorn und starrte vorsichtig über den Rand. Doch sie sah nur die hohen, von hier oben betrachtet, sanft wogenden Wellen.

»Wie hoch ist er schon?«

»Sieh doch selbst«, forderte Siguror und beugte sich über den Abgrund.

Thyra und sah ihn mit großen, ängstlichen Augen an.

Erstaunt hielt Siguror in der Bewegung inne und musterte Thyra. Sie trat keinen Schritt vor.

»Ich kann nicht.«

»Ich helfe dir. Ich halte dich fest. Du brauchst keine Angst zu haben, dass du die Klippe herunterstürzt«, meinte Siguror gutmütig.

»Das …, das ist es nicht«, flüsterte Thyra fast unhörbar.

»Das ist es …!«, wiederholte Siguror und stellte sich aufrecht hin. Er musterte ihr blasses, Gesicht und näherte sich ihr langsam.

»Er ist ein guter Bergsteiger. Der Beste, den ich kenne.«

Thyra biss sich auf die Lippen. Sie nickte nur. Nicht fähig etwas zu sagen.

»Ihm wird nichts passieren.« Aufmunternd drückte er ihre Hand.

Thyra sah ihn nur an.

»Du brauchst nicht hinzusehen« Er ließ ihre Hand nicht los. »Ich berichte dir, wo er ist?«

Sie nickte mit starrem Blick.

»Gut«, murmelte er und beugte sich über den Abgrund. »Es klettern neun Wikinger an der Wand. Fünf *faereyiarner* und vier aus unserer Flotte. Drei *faereyiarner* haben zusammen mit zwei von uns die Hälfte geschafft.«

Thyra biss sich die Lippe blutig und nickte steif.

»Gorm ist unter den Ersten.«

Sie schluckte nur.

Siguror stieß einen kurzen Schrei aus und zuckte zusammen.

»Was?« Thyra ließ ihn los.

»Einer von uns ist abgerutscht!«

»Wer?«

Leichenblass und verkrampft stand sie am Abgrund. Siguror hörte es nicht, sprach einfach weiter.

»Er konnte sich aber auf eine kleine Plattform unter sich retten.«

»Siguror!«, schrie Thyra gereizt, presste roh seine Hand zusammen. »Wer?«

»Israuor.«

Erleichtert stieß Thyra den Atem aus, während Siguror verschmitzt grinste und Thyra aus dem Augenwinkel beobachtete.

»Dich hat es ordentlich erwischt!«, meinte er gelassen.

»Was?« Irritiert flackerten Thyras Augen. »Was meinst du?«

»Ach nichts.«

Sie bemerkte nicht, dass er ihre Gefühle für Gorm prüfte.

Er richtete erneut seinen Blick auf die schäumende Meeresbrandung. Die Gischt flog in feinen Tropfen hinauf zum Plateau und benetzte Kletterer und Zuschauer mit seinem salzigen Nebel.

»Ahhh«, riefen die Zuschauer und einige pressten unwillkürlich die Hände auf den Mund.

»Was ist?«, schrie Thyra.

»Nichts Besonderes. Es ist wieder einer abgerutscht.«

»Gorm?«

»Nein, *thraell*. Der doch nicht.«

»Wie hoch sind sie schon?«

»Die Hälfte haben sie geschafft.«

Thyra zappelte ungeduldig.

»Wie weit sind sie jetzt?«

Leicht verärgert verengte Siguror die Augen.

»Schau doch selbst.«

»Nein! Nun sag schon! Wie weit?«, forderte sie.

Siguror blickte gelassen in die Tiefe.

»Sieh selbst.«

»Siguror, wie weit?«

Der blonde Wikinger beugte sich über den schäumenden Abgrund, sodass seine Bartzöpfe herunterbaumelten.

»Hey Gorm!«, rief er lachend in die Tiefe. »Kannst du nicht schneller klettern? Du gönnst den *faereyiarnern* doch keinen Sieg über uns Drachenfahrer, oder?«

»Komm runter und klettere selbst«, konterte Gorm gepresst und schob sich eng am Felsen hinauf.

»Was sagt er?«

»Frau!«, knurrte Siguror verärgert. »Willst du, dass ich deinen Kopf über die Klippe hänge?«

»Wie hoch ist er schon geklettert?« Ihr besorgtes Gesicht ließ Sigurors Ärger verrauchen.

»Er ist fast am Ziel«, murmelte er gutmütig und rief Gorm zu. »Beeile dich! Neben mir steht ein feuriges Weib und wartet auf dich. Aua!« Er rieb seinen Hintern und sah Thyra bedrohlich an. »Wenn du noch einmal meine Hinterbacken kneifst …«

»Ahhh!« Die Stimmen der Zuschauer klangen wie ein einziger Schrei.

»Was ist?«

Alle starten über die Klippe zu den Kletterern.

»Gorm ist abgerutscht«, murmelte Siguror tonlos.

»Gorm!« Sie fiel auf den Bauch und rutschte voran. »Gorm! Gorm!«

»Na so schlimm nun auch wieder nicht.« Siguror zeigte grummelnd auf seinen Häuptling. »Er hängt am Gestein.«

»Gorm!« Unbeirrt robbte Thyra vor und wagte den Blick in die Tiefe. Panisch sah sie Siguror an. »Wo ist er?«

»Wenn er nicht abgestürzt ist!«, lachte er verschmitzt und seine blonden Bartzöpfe vibrierten, »dann ist er genau unter dir.«

»Gorm.« Thyra robbte weiter und schob viele kleine Steine über den Abgrund.

»Verdammt!«, schimpfte Gorm und drückte sich enger an den Felsen. »Welcher Idiot ist das?«

»Dein ungestümes Weib«, lachte Siguror seinem Häuptling entgegen. »Du solltest dich beeilen, alter Mann. Sonst fällt sie über den Abgrund und deine Nacht mit ihr ist dahin.«

»Siguror!«, tadelte Thyra und sah den Königsdrengír streng an. »Welches Weib?«

Gorm grinste und sah nach oben.

»Sieh hier hin«, forderte Siguror. »Die Hässliche mit dem verdreckten, stinkenden Tuch auf dem Schädel und dem nackten Hintern. Kaum verhüllt vom dünnen Tuch der Tunika.«

»Oh!«

Thyra griff mit großen Augen an das verklebte, grün schimmernde Leinen auf ihrem Kopf. Feucht quetschte sich der bröckelige Kräutersud wie kleine krümelige Würmer aus dem löchrigen Tuch hervor. Zudem schlängelte sich ein braungrünes Rinnsal am Ohr vorbei, ihren Hals hinunter, mit dem Ziel, ihr Dekolleté und die Brüste zu benetzen.

Das Kopftuch mit dem Kräutersud gegen die Läuse hatte sie vollkommen vergessen!

Gorm warf einen schnellen Blick nach oben und entdeckte Thyra.

»Ah!« Gorm grinste und kletterte ihr entgegen. »Dieses Weib ist es, welches mit einer fadenscheinigen Tunika im Hafen schwimmt und alle Männer verrückt nach ihrem nackten Körper werden lässt.«

»Genau, das Weib, das sämtliche Männerblicke mit dem nassen Stoff auf ihre prallen Brüste und runden Hinterbacken und das magische dunkle Dreieck zwischen ihren prallen Schenkeln zieht.«

»Stimmt«, knurrte Gorm übel gelaunt.

Er griff fest in den Felsen, schob seinen Körper höher und suchte mit dem Fuß einen festen Stand auf einem winzigen Vorsprung.

»Er ist eifersüchtig.« Siguror lachte aus vollem Hals.

»Eifersüchtig?«, horchte Thyra und ihr Herz flatterte.

»Ich sollte diesem Weib Manieren beibringen«, knurrte Gorm.

Thyra schob sich vorsichtig etwas weiter über den Klippenrand und noch mehr Steine fielen in den Abgrund. Sie blickte in Gorms verkniffenes Gesicht und kurz darauf zu Siguror.

»Du meinst der da?«

Sie deutete mit dem Zeigerfinger hinab auf den Häuptling der *dreki*, der sich gereizt an der Felswand nach oben schob.

»Hmmm«, brummte Siguror und nickte. »Der da!«

Thyra lächelte.

»Wo ist das Weib?«

Gorm packte fluchend einen Felsvorsprung am Rand der Klippe. Alarmiert rutschte Thyra zurück.

Eine hohe Welle prallte donnernd gegen die schroffe Felswand. Die Gischt verteilte das Salz des Meeres auf den Felsen und den flach wachsenden Pflanzen.

Siguror griff Gorms Hand und zog ihn das letzte Stück hinauf.

»Sie liegt schon auf dem Boden und erwartet dich.«

Gorm suchte Thyra.

»Wo?«, grollte er unangenehm.

»Guck nach links«, forderte Siguror und lachte.

»Ahhh! Endlich!«

Gorm stellte sich breitbeinig auf, klopfte die kleinen Gesteinsbrocken, die auf ihn gefallen waren ab und schritt auf Thyra zu.

»Ohhhhhh!«

Thyra riss geschockt ihre Augen auf, rappelte sich eilig auf, rannte rückwärts und stolperte über den unebenen Boden. Denn sie ließ Gorm nicht aus den Augen.

»Weib!«, brüllte Gorm. »Bleib!«

Er kam immer näher. Thyra strauchelte.

»Weib! Steh!« Gorm packte Thyra.

»Ich … ich …«, stotterte sie.

»Wie siehst du überhaupt aus? Und was trägst du auf dem Kopf?«

Skeptisch unterzog er diese wurmartige, stinkende Kopfbedeckung einer detaillierten Musterung.

»Und warum trägst du immer noch deine abgenutzte Tunika?«

Seine Stimme bekam einen dieser merkwürdigen tiefen Untertöne. Sie wurde immer grimmiger, während er den Lauf des

Sudes, vom Haaransatz bis zum Beginn des Dekolletés, mit dem Finger verfolgte.

»Das … das …« Verlegen fasste Thyra sich an den Kopf und fühlte den matschigen Sud unter dem Tuch. Plötzlich veränderte sich ihre Scham in Wut.

»Das geht dich nichts an.«

›Ich werde dir bestimmt nichts über die Läuse erzählen. Das fehlt noch. Kein Wort kommt über meine Lippen!‹

»Das geht mich nichts an? Du bist meine Sklavin!«

»Ich bin nicht deine Sklavin!«, fauchte Thyra angriffslustig.

»Du – bist – meine – Sklavin!«, quetschte Gorm zornig gedehnt zwischen den Zähnen hervor.

»Hey ihr zwei, kämpft auf einem weichen Felllager.«

Thyra funkelte Siguror gefährlich an. Sie verstand seine anzügliche Anspielung und sah daraufhin Gorm mit zusammengekniffenen Augen bedrohlich an.

»Nicht mehr lange bin ich deine Sklavin. Denn eine *het-ja* ist keine *thraell*.«

»Wie?« Gorm packte ihren Arm erneut und kam ihrem Gesicht gefährlich nahe. »Wie, nicht mehr lange?«

Sie spürte seinen warmen Atem auf ihrer Haut und wäre ihm am liebsten in die Arme gesunken, nur um ihn endlich zu fühlen. Doch stattdessen riss sie sich los. »Nicht mehr lange.«

Dann drehte sie sich um und ging provozierend, mit den Hüften schwingend in der durchscheinenden Tunika den Pfad zum Dorf zurück.

»Weiber«, knurrte Gorm verächtlich, ließ sie aber nicht aus den Augen und raunte leise: »Was für ein Weib!«

»Sie hat es dir aber angetan«, lachte Siguror Gorm aus und schlug ihm neckend auf die Schulter.

»Dieses Weib? So eine aufmüpfige Sklavin? Sie bringt mir nur Ärger!«

»Eine andere wirst du nicht mehr haben wollen.«

»Was?«

»Komm mit! Wir wollen unsere Drachenfahrer am Abgrund begrüßen«, ignorierte er seinen Einwand.

Gorm schüttelte den Kopf und erinnerte sich an seine Aufgabe. »Wer hat eigentlich gewonnen?«

»Du.« Siguror kam aus dem Grinsen nicht mehr raus.

»Ich?«

»Tja«, feixte sein Königsdrengir. »Irgendwer lockte dich unwahrscheinlich schnell nach oben.«

Er erntete nur einen strafenden Blick. Gorm ignorierte seinen Freund und begrüßte stattdessen schulterklopfend seine Königsdrengire.

* * *

Alle Wikinger kamen auf dem weitläufigen Versammlungsplatz zusammen und blickten gespannt auf Grímur Kamban, den *edling-r* aller *faereyiarner* Inseln.

»Das war ein spannender Tag. Die Wettkämpfe sind, bis auf wenige Ausnahmen, ohne schwere Verletzungen und Todesfälle ausgegangen. Jetzt darf ich die Sieger ehren.« Er machte eine lange eindrucksvolle Pause.

»Zuerst soll Ingimundr, unser Schmied zu mir treten. Er ist ein Sieger. Ingimundr warf die schwersten Felsbrocken am weitesten.«

Applaus brandete auf und Ingimundr ging mit stolzgeschwellter Brust und protzenden Muskeln zu Grímur.

»Dann soll der rothaarige Finnr aus der Drachenflotte zu mir kommen.«

Laut jubelten die Seefahrer der *dreki*.

»Er ist der Sieger im Wettlauf.«

»Gut gemacht Rotschopf.«

Kräftig klopften die Drachenfahrer dem schmächtigen Mann auf die Schulter, während er sich einen Weg bahnte.

»Nun soll Ruadhan zu mir kommen!«

Ein Raunen ging durchs Publikum.

»Eine Frau hat gewonnen«, murmelten die Frauen hochachtungsvoll.

Aber die Wikingermänner grollten: »Eine Schande für alle Krieger!«

»Sie ist die Siegerin im Bogenschießen!«, ließ Grímur laut seine Stimme über die Köpfe der Zuhörer schallen. »Und noch eine Siegerin soll zu mir treten. Eine Sklavin! Thyra Danebod!«

Stimmengemurmel brummte durch die Menge.

»Thyra, die *thraell*.«

»Wir Frauen können etwas!«

»Sie gehört dem Drachenfahrer.«

»Zwei Frauen auf dem Siegerpodest?«

»Wie schrecklich! Eine *thraell*!«

»Was für eine Schande!«

»Eine Angeln-Frau siegt für die *Ascomanni*.«

Thyras Herz klopfte wild. Sie trug die wunderschöne lange rote Tunika und den kostbaren blauen, mit Zobelpelz besetzten Umhang, der bis zum Boden reichte. Würdevoll trat Thyra durch die Menge und die Tuchhändlerin blickte stolz auf ihr Handwerk.

»Das war eine gute Eingebung. Dieses Gewandt ist einer Königin würdig und diese stolze *thraell* preist meine Ware bestens an«, frohlockte sie listig, als sie die begehrlichen Blicke der anderen sah. »Ich werde unzählige Aufträge bekommen.«

»Thyra!«, empfing Grímur die Sklavin. Er lächelte begehrlich und musterte die Sklavin eingehend. Dann befahl er. »Stelle dich neben unsere Kriegerin Ruadhan.« Laut rief er über die Köpfe der Zuschauer. »Diese *thraell* hat unseren hervorragenden Schwimmer Thengill besiegt.«

Nervös suchte Thyra ihren Widersacher, fand ihn in der Menge und sah zweifelnd in sein Gesicht.

›Bist du jetzt mein Feind?‹

Doch Thengill legte seine rechte Hand auf die Brust und verbeugte sich hochachtungsvoll.

Thyra lächelte und tat es ihm gleich.

›Er ist mir nicht böse‹, erkannte sie erleichtert.

»Der Sieger des Schwertkampfes soll zu mir treten. Es ist der *faereyiarner* Haraldr.« Beifall ertönte und Grímur wartete, bis er den letzten Sieger ankündigte.

»Der Anführer der *dreki* ist der Bezwinger der Felswand. Gorm Gormsen. Wo bist du, mein Freund?«, rief er suchend in die Runde.

Tosender Applaus brandete auf, als Gorm in seinem Festtagsgewand zu den Siegern trat. Thyra sah ihn, erstarrte und schluckte. Bei seinem Anblick bekam sie weiche Knie.

›Verflixt, sieht er gut aus. Oh Mann! Er ist ein Barbar! Ein Wikinger, ein Mörder! Warum reagiere ich so? Ich muss endlich lernen, ihn zu vergessen. Er ist einer anderen Frau versprochen!‹

Sie zitterte am ganzen Körper.

›Doch stattdessen will ich nur ihn! Nur diesen einen Mann! Ist das Liebe oder ist es Begehren? Verdammt, ich weiß es nicht! Aber ich will diesen Mann!‹

Sie konnte den Blick nicht von Gorm abwenden. Er kam immer näher, grüßte Grímur, drehte seinen Kopf und sah in ihre Augen.

Thyra erstarrte, konnte kaum atmen, geschweige denn stehen, als er in ihre Augen sah.

›Ich liebe ihn. Ich liebe diesen verdammten Wikinger!‹

»Gorm, edler Häuptling!« Grímur forderte leicht kopfschüttelnd und mit Nachdruck Gorms Aufmerksamkeit. »Trete zu mir!«

Ihre Augen verloren einander.

Der Zauber des Augenblicks war gebrochen.

Gorm trat zu Grímur, ergriff seine ausgestreckte Hand, schlug mit der anderen freundschaftlich auf seine Schulter.

»Deine Männer waren sehr gut. Aber du warst besser!«, rühmte Grímur, worauf Gorm wohlwollend schmunzelte.

»Schließlich bin ich der *edl-ing-r* der Drachenflotte.«

Grímur nickte freundschaftlich und erhob seine volltönende Stimme.

»Hier stehen alle Sieger unseres Wettkampfes. Es sind die Besten. Wir wollen sie ehren und unser Skaldendichter soll ein Lied über sie singen. Wollen sie rühmen, dass selbst unsere Kindeskinder noch wissen, wer die Sieger dieses Wettkampfes sind!«

Jubel brandete auf, die Hörner wurden gefüllt, das Essen verteilt.

Die Feier begann.

Gorm trat langsam zurück. Er ging hinter den anderen Siegern entlang und stellte sich hinter Thyras Rücken. Er sah über ihre Schulter in die erwartungsvollen Gesichter hunderter Wikinger. Langsam beugte er sich vor, roch den Kräuterduft ihres Haares und kräuselte leicht die Stirn.

Der merkwürdige Duft kam ihm bekannt vor. Doch er konnte ihn nicht einordnen. Noch nicht!

»Gut siehst du aus«, raunte er leise in ihr Ohr.

Thyra lief ein Schauer über den Rücken, sie wagte es aber nicht, sich umzudrehen. Sie traute es sich nicht, sich zu bewegen oder auch nur ihren Kopf zu drehen, weil ihre Lippen seinem Mund gefährlich nahegekommen wären.

»Dein Gewand gleicht dem einer Königin«, raunte er weiter.

»Es ist nicht …«

›… meines‹, wollte sie sagen. Doch er unterbrach sie.

»Scht.«

Thyra zitterte.

»Heute Nacht liegst du an meiner Seite«, versprach Gorm.

Thyra war nicht fähig zu sprechen.

»Wir werden feiern! Doch danach …«, seine Lippen fühlten sich warm und weich auf ihrer Haut an.

Ihre Atmung ging flach und schnell.

Das war ihm Antwort genug!

»Komm«, sagte er, packte ihre Hand und zog sie mit sich fort.

Ruadhan bahnte sich rücksichtslos einen Weg durch die Menschenmenge. Sie war übel gelaunt und wollte weg aus diesem Getümmel, wo geschubst, gedrückt, gelacht und gefeiert wurde.

»Verschwinde«, fauchte sie einen Jüngling an, der sich mürrisch umdrehte. Doch als er die *lochlannach*[65] erkannte, wich er mit großen Augen zurück.

»Geht mir aus dem Weg!«

Bald hatte sie es geschafft. Das Gedränge auf dem weiträumigen Platz löste sich auf. Starr sah sie auf den schmalen Pfad zum Bergkamm und schritt darauf zu.

Das war ihr Ziel. Sie wollte Ruhe, Einsamkeit und Stille.

»Hallo, Ruadhan.« Bergdis hielt sie auf und griff nach ihrem Arm. »Ich gratuliere dir zu deinem Erfolg.«

»Kennen wir uns?« Ruadhan runzelte verärgert ihre Stirn.

Bergdis lächelte und zwinkerte ihr verschwörerisch zu.

»Ich bin mit der Drachenflotte zu euch auf die Insel gekommen und eine Freundin von Thyra. Sie erzählte mir von eurem Treffen.« Als sie Ruadhans fragenden Blick sah, fügte sie schnell hinzu: »Euer Treffen. Gestern, auf dem Bergkamm«, erinnerte sie lächelnd und strich sich eine Strähne ihres langen weißblonden Haares hinter das Ohr.

»Bergkamm?« Ruadhan wurde misstrauisch.

»Als du mit Thyra und Aesa …« Sie sprach nicht weiter, sondern ließ ihre Worte wirken.

Da sie dem prüfenden Blick der Kriegerin nicht mehr standhalten konnte, zwinkerte sie und sah rasch auf den Boden. Sie fing sich schnell wieder und sah der *lochlannach* offen in die Augen.

---

65   Irische Wikingerin.

»Jaah«, antwortete Ruadhan gedehnt und betrachtete Bergdis lauernd.

»Thyra erzählte mir davon. Sie sprach von dem, was ihr besprochen habt und was ihr vorhabt.«

»Was wir vorhaben?«

›Diese Thyra ist ein Plappermaul!‹

»Wir erzählen uns alles. Ich habe sie während der Gefangennahme versorgt, so sind wir uns nähergekommen. Seither sind wir Freundinnen.«

Die Lüge ging ihr leicht über die Lippen und sie strahlte die *lochlannach* offen an.

›Schluckt sie es?‹, ging es ihr durch den Kopf.

Sie sah den skeptischen Blick der Kriegerin.

»Während dieser Zeit fing ich an, ihr unsere Sprache beizubringen.«

»Sie will etwas von mir. Mehr nicht!«, wich Ruadhan aus.

»Ja, stimmt. Es wird nicht einfach werden!«

›Verdammt! Was hat dieses Weib vor?‹

»Einfach ist es nicht!«, murmelte Ruadhan und sah zum Bergpfad. »Sie wird an sich arbeiten müssen.«

Erstaunt blickte Bergdis kurz auf, hatte aber ihren Gesichtsausdruck schnell wieder unter Kontrolle.

»So etwas ist nie einfach«, warf sie Ruadhan die Worte entgegen.

»Einen Bogen und Schwert zu halten erfordert einiges an Kraft und Geschick.«

Bergdis riss ihre Augen auf und für Sekunden fiel ihre Kinnlade herab.

»Sie will eine *het-ja* werden?« Entsetzt starrte sie Ruadhan an.

»Ist es dir neu? Hat sie dir diesen Teil unserer Absprache nicht erzählt?«

»Doch, doch. Es ist nur jedes Mal wieder so aufregend und so absurd, dass sie, eine Sklavin aus dem Volk der Fremden, eine Kriegerin der *faereyiarner* werden will.«

»Der *faereyiarner*? Nein! Offenbar seid ihr doch nicht so vertraut.« Sie musterte Bergdis voller Argwohn und sagte leise, fast drohend: »Diese *thraell* wird eine *het-ja* der *Ascomanni*.«

»Es gibt nicht viele von ihnen in unserem Volk«, flötete Bergdis und pflückte sich eine der letzten Blumen, die noch blühten.

»Das stimmt.«

Ruadhan drehte sich zum Bergpfad. Sie wollte weg von dieser Frau. Sie mochte sie nicht und war erstaunt, dass Thyra mit dieser Wikingerin Freundschaft geschlossen hatte.

»Eine *het-ja*«, murmelte Bergdis.

»Ich muss gehen«, schnauzte Ruadhan heftig und ließ die weißblonde Frau einfach stehen. Impulsiv lief sie den schmalen Bergpfad hinauf.

›Was für eine schreckliche Frau.‹

›Diese *thraell* will eine *het-ja* der *Ascomanni* werden!‹

Bergdis musste diese Neuigkeit erst einmal verdauen.

»Dann ist sie frei!«, fiel es ihr wie Schuppen von den Augen. »Dann ist sie eine von uns und zudem von königlicher Geburt!«

Entsetzt drehte sie sich um und suchte Ketill.

»Verdammt noch mal! Wo ist er?« fauchte sie laut und etwas leiser. »Als *het-ja* wird sie sich Macht, Ruhm und Reichtum erarbeiten.«

Bergdis knirschte mit den Zähnen und raufte sich ihr Haar. Wirr stand es vom Kopf ab.

»Jeder Krieger, jeder *styrimannr*, jeder Königsdrengir und jeder Häuptling kann sie zur Frau wählen.«

Sie konnte kaum noch atmen.

»Wenn Gorm sie wählt, sind meine Pläne dahin. Aber ich werde die Königin an seiner Seite! Verdammt! Wo ist Ketill!«

Ungestüm rannte Bergdis durch die Menge. Sie schupste und stieß jeden, der ihr im Weg stand zur Seite.

»Diese Sklavin muss weg«, murmelte Bergdis lauter als beabsichtigt. »Dieses Weib sollte endlich über Bord gehen und ertrinken.«

Bergdis stieß ein Kind zu Boden, sodass es weinte. Sie bemerkte es noch nicht einmal.

»Thyra muss sterben.«

* * *

Thyra folgte Gorm. Sie starrte auf das Muskelspiel seiner Oberarme und den sich bei jedem Schritt bewegenden, bis zum Boden reichenden Umhang. Ihr Herz klopfte und es bereitete Thyra Mühe, seiner eiligen Gehweise zu folgen.

›Will ich es überhaupt? Er will mit mir das Lager teilen. Ich sollte verschwinden! Weglaufen! Ich bin nicht seine Frau! Ich will nicht seine Sklavin sein!‹

Gorm strebte auf eine kleine Gruppe von Wikingern zu und Thyra erkannte, dass es sich um Mitglieder seiner Flotte handelte.

›Ich könnte weglaufen! Doch wohin? Wir sind auf einer Felseninsel. Sie haben mich schneller wieder gefangen und zurückgebracht, als es mir lieb ist‹, schätzte sie ihre Chancen realistisch ein. ›Ich könnte mich ihm verweigern. Doch will ich das überhaupt?‹

Essensgeruch stieg in ihre Nase.

›Ich will diesen Mann! Ich will ihn! Ich begehre ihn! Ich will seinen warmen Körper endlich wieder auf meiner nackten Haut spüren. Auf mir! In mir!‹

»Verdammt!«, fluchte Thyra laut und ein erregender Schauer eroberte jeden Winkel ihres Körpers. Sie blinzelte in die hellen Flammen des Feuers und versuchte, ihre Gedanken, ihren Körper und ihre Emotionen unter Kontrolle zu bekommen.

›Denke an etwas anderes! Etwas Schreckliches! Denke an eiskaltes Meerwasser oder an Snoorri, wenn er neben dir im *húdfat* liegt und sich an dich schmiegt!‹

Sie schüttelte sich kurz. Dann blickte sie auf Gorm und jede willentlich angestrebte, unangenehme Eingebung verflog schlagartig.

›Selbst der Duft seiner Haut bringt mich um den Verstand. Wie soll ich ihm widerstehen, wenn er mit seinen Händen über meinen Körper streichelt? Wo ich es doch so will! Wie soll ich mich seinen leidenschaftlichen Küssen entziehen? Wenn nur mein Körper nur beim Gedanken, dass seine Lippen über meine Haut wandern, schon willenlos zittert.‹

»Meine Verbeugung vor unserem *edlin-g-r*.«

Hallgeirr grüßte Gorm hoheitsvoll. Aus dem Augenwinkel entdeckte er die Siegerin des Schwimmwettbewerbes.

»Hallo, Thyra. Schöne Frau!«, rief Hallgeirr und betrachtete Thyra bewundernd. »Du bist eine hervorragende Schwimmerin. Gratuliere.«

»Danke.«

›Ich bin verflucht! Bestimmt hat mich Gnupas, diese alte Hexe, verflucht.‹

Thyra presste die Lippen zusammen und starrte auf Gorm. Atmete sehnsuchtsvoll die rauchgeschwängerte Luft ein. Plötzlich riss sie ihre Augen weit auf.

›Warnte Ethelgiva, meine alte, faltige Gouvernante mich nicht, dass sich eine Frau nie zu einem Mann ins Nachtlager legen sollte?‹

Thyra schürzte ihre Lippen.

›Und wenn dann ein Kind in mir wächst?‹

Vor Schreck weitete sie ihre Augen und verlor sich nur Sekunden später in freudige Erregung. Sie stolperte und ruderte ungeschickt mit den Armen.

›Aesa weiß ein Mittel gegen das Wachsen eines Kindes im Leib. Bestimmt! Ich will eine *het-ja* werden! Keine Frau, die als verarmte Sklavin ihre Kinder nicht ernähren kann.‹

Sie hörte Gorms Stimme, selbst bei diesem Klang wurden ihre Knie weich.

›Wie soll ich diesem Mann nur widerstehen? Er ist ein Wikinger! Ich liebe ihn. Ich bin seine Sklavin! Darf ich mich ihm widersetzten?‹

Ein Lächeln wanderte über ihr Gesicht.

›So kann man sich auch belügen. Ich bin Thyra Danebod. Ich könnte es! Doch will ich?‹

Thyra gestand es sich ein.

›Nein! – Ja! – Ich will nicht! – Doch, ich will. Ich will mit Gorm auf dem Felllager liegen. Ihn spüren. Neben, auf und in mir!‹

Ein wilder Schauer überrannte ihre Haut.

Gorm blieb stehen und drehte sich zu Thyra um. Sie sah in seine Augen und lächelte ihn an. Sie hatte eine Entscheidung gefällt.

»Heute Nacht gehörst du mir«, flüsterte sie kaum hörbar.

Erstaunt sah Gorm auf Thyra. Seine Pupillen weiteten sich. Er traute seinen Ohren kaum. Thyra sah, wie sich sein Brustkorb hob und senkte. Sein Körper fing zu zittern an. Er machte einen Schritt auf Thyra zu, packte ihre Schulter und zog sie dicht an sich. Sie fühlte seine Wärme. Sein Zittern. Ihr Gesicht berührte fast seine Brust. Das Fell des Umhanges kitzelte auf ihrer Haut und tief atmete sie seinen maskulinen Duft ein.

»Heute Nacht.«

Sie sahen einander an und nahmen nichts anderes mehr wahr.

Sie fühlten sich allein unter all diesen Menschen.

»Haallooho«, forderte Siguror und reichte geduldig das Brot. »Haaalloo, ihr Turteltauben. Habt ihr keinen Hunger?«

Sie reagierten nicht.

»Ihr hungert nach etwas ganz anderem«, erkannte er und lachte anzüglich, während er Gorm grob in die Seite stieß.

»Hey! *Edl-ing-r*! Verschwinde mit dem Weib! Und zwar schnell! Das kann ja keiner mit ansehen!«

»Was?« Irritiert sah Gorm widerstrebend seinen Freund an.

Siguror schnitt mit seinem langen Messer ein Stück Fleisch vom Knochen ab und deutete auf das Paar.

»Na das!« Er steckte sich das heiße Fleischstück in den Mund und kaute. »Ihr lauft wie zwei liebestolle Hunde durchs Lager.«

Gorm sprang auf Siguror zu und packte ihn unwirsch am Kragen seiner Tunika.

»Ruhig, *edl-ing-r*. Bleib ruhig, großer Häuptling.« Siguror ließ sich von Gorms Angriff nicht aus der Ruhe bringen. »Bisher habe hoffentlich nur ich eure Leidenschaft füreinander bemerkt. Ihr solltet euch zurückziehen und der Liebesgöttin ein Opfer bringen.«

Gorm ließ von Siguror ab.

»Du solltest vorsichtiger mit der Wahl deiner Worte sein«, knurrte er gefährlich leise.

»Sicher, das sollte ich.« Siguror steckte sich erneut einen Bissen in den Mund und kaute genüsslich. »Doch du lässt mir manchmal keine andere Wahl. Du bist ein edler Häuptling, ein hervorragender Seemann und ein geschickter Krieger. Aber du bist, wie die meisten hier, ein Mann. Und du hast ein Wahnsinnsweib an deiner Seite.« Schmachtend warf er Thyra einen leidenschaftlichen, unschuldigen Blick zu.

»Mmmh«, knurrte Gorm leise drohend.

»Verschwinde! Ich werde dich auf diesem Fest würdevoll vertreten. Schließlich bin ich dein Königsdrengir! Verschwindet! Beide! Schnell!«

Gorm fuhr sich mit der Hand nachdenklich übers Kinn, überlegte und lächelte verschmitzt.

»Vertrete mich würdig.«

Sie rannten mit der stärker werdenden Dunkelheit den Bergkamm hinauf.

Lachend und keuchend erreichten Gorm und Thyra das Plateau.

Atemlos blieben sie stehen und sahen einander an.

Kein Lachen, kein Wort zerstörte die herzklopfende Stille.

Gorm berührte sanft Thyras Schulter und zog sie näher zu sich.

Nervös hob und senkte sich Thyras Brustkorb.

Er roch so gut. Sie spürte seine Energie, obwohl sie einander kaum berührten.

Im Tal flackerten unzählige Feuer.

Gorm sprach nicht. Er nahm Thyra einfach in seine Arme und betrachtete ihr im Schatten liegendes Gesicht.

»Endlich! Wie lange habe ich diesen Moment herbeigesehnt?« Zärtlich berührte er ihre Lippen. »Gewartet.«

Thyra schloss die Augen. Sie fühlte die flüchtige Berührung und sein herber Duft ließ sie zittern.

Lautes Lachen erreichte aus dem Tal das einsame Plateau. Erschrocken riss Thyra die Augen auf. Es hörte sich so nah an.

»Komm«, raunte Gorm.

Der Wind strich über die grüne Hochebene. Sie liefen an grasenden Schafen vorbei. Manche blökten erschrocken, andere lagen und schliefen.

Gorm führte Thyra fort von den Menschen. Keiner sprach.

Wolkenfetzen rasten am Nachthimmel. Sie kreuzten die funkelnden Sterne und bedeckten für einen Moment die dünne Mondsichel. Dann lösten sie sich auf.

Sie hörten das Meer rauschen und die Brandung, die gegen die Klippen donnerte. Kein Vogel sang.

Musik tönte, vom Wind getragen, aus dem Tal. Das Fest nahm seinen Lauf.

Thyra fühlte den festen Griff seiner kräftigen Schwerthand. Gorm verließ den schmalen Pfad, ging über das flache Gras der hügeligen Ebene und steuerte auf einen hohen Berg zu.

Thyra folgte ihm.

Tiefschwarz empfing der Berg sie in dieser Herbstnacht.

Sie traten in den Schatten des Bergrückens und waren für niemanden sichtbar.

Bedächtig drehte Gorm sich um, nahm Thyra und küsste sie. Erst vorsichtig, dann leidenschaftlich, begehrlich, unkontrolliert. Sie fühlte sein pochendes Herz, seinen zitternden Körper und wusste, seine Beherrschung geriet außer Kontrolle.

Das gefiel ihr. Sehr sogar.

Fordernd presste sie ihren Körper gegen seinen. Sie zeigte ihm, dass sie ihn wollte.

Ungeduldig löste Gorm sich von Thyra und versuchte mit zitternden Fingern ihre silberne Spange am Umhang zu lösen.

Sie half ihm.

Der kostbare kobaltblaue Umhang fiel achtlos zur Erde. Thyra trug keinen Schmuck, keine Kette und keine Ovalfibeln. Gorm löste die Bänder ihrer Tunika. Sanft rutschte der schwere rote Stoff hinunter. Für einen winzigen Moment stoppte er an ihren Brüsten, bevor er den Boden berührte.

Nur mit einem dünnen Hemd bedeckt stand Thyra vor Gorm. Zitternd blickte sie Gorm verlangend an.

Er griff nach seiner große Ringfibel, löste seinen Umhang und ergriff mit beiden Händen langsam den Kragen. Er ließ den mit rotem Fell besetzten Umhang über seine Schulter, den Rücken und seine Hinterbacken entlang hinuntergleiten.

Ihre Brüste berührten ihn und ein wohliges Stöhnen drang aus seiner Kehle.

»Thyra«, raunte er erregt und heftig atmend griff er nach ihrem Hemd und zog es aus.

Nackt stand sie vor ihm. Er musste seine gesamte Willenskraft aufbieten, um stehen zu bleiben. Er wollte sie. Sofort! Doch er beherrschte sich. Fest griff Gorm Thyras Arme, drückte sie in Armeslänge von sich.

Heraus aus dem Bergschatten ins silberne Mondlicht.

Er wollte sie nackt sehen, ihren Körper genießen!

Langsam glitten seine Augen über ihren nackten Körper. Über ihre Brüste, ihren Bauch, die Schenkel und blieb am dunklen Dreieck zwischen ihren Beinen hängen.

»Du bist wunderschön«, keuchte er bebend und zog sie ungezügelt gegen seine Brust. »Wunderschön.«

»Ich will dich.« Thyra zitterte, konnte kaum noch stehen. Sie hielt sich an Gorm fest und flehte: »Jetzt! Bitte!«

* * *

Das Erwachen am nächsten Morgen war grausam.

Jeder hatte zu viel gegessen, viel zu viel *nabíd* getrunken, gelacht, getanzt und einige von ihnen fanden in dieser Nacht keinen Schlaf. Müde räkelten sich etliche Paare auf ihrem kuscheligen Felllager und genossen nach dem Sex die Zweisamkeit.

Laut rufend und auf ihren Ruferhörnern, von beachtlicher Länge, trompetend, schritten Tindr und Bersi durch das Lager.

»*Ascomanni*!«, riefen sie laut und fordernd. »*Ascomanni*, steht auf und erhebt euch aus den Schlaffellen. Die Reise nach Island beginnt!«

Wieder setzten sie die Trompetenhörner an die Lippen und gaben das Signal zum Aufbruch.

»*Ascomanni*! Wir fahren nach *snaeland*. Heute beginnt unsere Fahrt zur schneebedeckten Insel im Nordmeer. Steht auf! Der große *edl-ing-r* wartet auf seinem *askr*[66], auf der *dreki*. Unsere Flotte geht auf Fahrt.«

Erneut tönte der tiefe, dröhnende Ton der Hörner über das Lager.

»Die Fahrt, sie beginnt, steht auf.«

Gorm stand neben Siguror auf der *dreki*. Auch alle anderen *styrimannr* und Königsdrengire standen an Deck der jeweiligen Kriegsschiffe.

Gorm betrachtete nachdenklich das Purpursegel der *dreki*, dann glitt sein Blick besorgt zu den schwarzgrauen Wolkenbergen, die sich auftürmten. »Ein Sturm zieht auf«, brummte er nachdenklich.

»Gnupas fühlte ihn schon letzte Nacht in ihren alten Knochen.«

---

66 Schiff.

»Gnupas?« Gorm drehte sich zu Siguror um. »Was sah sie in den Runen?«

»Dass ein schwerer Sturm über das Meer und die Inseln ziehen wird. Er wird Wochen anhalten und jeder Seefahrer, der es wagt mit dem Schiff auf diesen Wellen zu reiten, wird von unserer Meeresgöttin Rán in ihr dunkles Reich gezogen werden.«

»Rán«, murmelte Gorm nachdenklich und rieb sein Kinn. »Was noch?«

Siguror biss sich auf die Lippen.

»Es wird dir nicht gefallen. Und Grímur auch nicht.«

»Was?«, fauchte Gorm.

»Sie behauptet, dass wir den Winter auf den Färöer-Inseln bleiben werden.«

»Diese Prophezeiung wird nicht in Erfüllung gehen!«

»Du hast gefragt«, wiegelte Siguror entschieden ab.

Stirnrunzelnd prüfte Gorm den Himmel.

»Wann soll er kommen? Der Sturm.«

»Noch heute. Bevor die Sonne ihren höchsten Stand erreicht hat.«

»Noch heute!« Langsam schritt Gorm übers Deck. »Das gefällt weder mir noch Grímur.«

Unerwartet stürmte er auf Siguror zu.

»Dieser Hafen mit seinen hohen Felswänden engt mich ein. Los! Runter von der *dreki*! Ich will an die Küste. Sofort! Ich will den Himmel sehen!«

Verdutzt riss Siguror seine Augen auf und runzelte die Stirn. »Wenn du es so willst, *edl-ing-r*.«

Er drehte sich um und folgte Gorm ins kleine Beiboot, das neben dem Rumpf der *dreki* dümpelte. Mit kräftigen Ruderschlägen erreichten sie das mit Menschen übersäte Ufer, wo der Steuermann verschlafen auf sie zuging.

»Was ist?« Ongull wirkte erstaunt, doch Siguror winkte unwirsch ab.

»Später! Sie sollen alle an Bord gehen.« Er rannte hinter Gorm her und drehte sich noch einmal kurz um. »Alle!«

»Ist ja gut«, murmelte Ongull kopfschüttelnd. »Was denn sonst?«

»Was haben die denn?« Hafr starrte neugierig dem Häuptling mit seinem Königsdrengir nach.

Gorm und Siguror rannten den ausgetretenen Pfad zur Steilküste hinauf. Unzählige Schafe kreuzten ihren Weg und liefen laut blökend quer über den Archipel.

»Was erzählte Gnupas noch?«, keuchte Gorm, während er mit großen Schritten den Weg hinaufjagte.

»Nichts weiter«, japste Siguror und sprang über einen größeren Felsen.

»Verdammt will ich sein, wenn die Alte recht hat.«

»So sei es.« Siguror rannte neben Gorm, der ihn schief anblickte.

»Diese alte Hexe! Sie und ihre Weissagungen. Manchmal glaube ich, sie beschwört die Geister, damit sich alles zu ihren Gunsten auslegt. Sie ist alt und hat keine Lust im Winter auf eine weite und unsichere Reise zu gehen. Doch wir können nicht hierbleiben! Wie soll das gehen? Grímurs Vorräte werden nicht reichen! Wir sind zu viele!« Sorgenvoll schüttelte Gorm den Kopf und sah in den Himmel und brüllte gegen den Wind: »Sieh nur, die Wolken verdichten sich!«

Schon aus der Ferne hörten sie die donnernde Brandung gegen die Klippen schlagen. Wild und unbarmherzig prallten die meterhohen Wellen gegen den Stein.

Keuchend erreichten sie das Plateau. Der scharfe Wind zerrte an ihren Umhängen, den Haaren und drückte gegen ihre Körper. Gorm und Siguror stemmten sich gegen den Wind und starrten zum Wolken auftürmenden Horizont. Dorthin, wo das aufbrausende Meer den zornigen Himmel berührte.

Schwarzgraue Wolken schwollen zu gigantischen Türmen an, während zornige Wellenberge mit ihren weißen Schaumkämmen versuchten den Himmel zu berühren.

Sie starrten aufs Meer, schwiegen, sahen sich nur vielsagend an.

Die Brandung war wild, brutal und heftig. Sie warnte mit jedem Schlag gegen die Klippen. Todbringend und zerstörerisch.

»Verdammt!«, knurrte Gorm böse und ballte seine Fäuste. »Verdammt! Verdammt!«

»Gnupas hatte recht«, erklang eine ruhige Stimme hinter ihnen.

Erstaunt drehten Gorm und Siguror sich um. Mit erhabenen Schritten trat Grímur gemächlich zum *styrimannr* mit seinem Königsdrengir. Er hatte sein weißes Eisbärenfell umgelegt und der scharfe Wind ließ sein langes weißes Haar fliegen.

»Wer sagte es dir?«, wollte Gorm wissen.

Grímur trat zu ihnen. »Ich hörte Gnupas Worte. Ich wollte den Worten der Alten ebenso wenig glauben wie ihr.«

Das bösartige Grollen der Wellenberge gegen die Klippe nahm zu.

»Dieses wird ein großer Sturm.«

In seine Gedanken vertieft starrte der Anführer der *faereyiarner* über das grenzenlose Meer.

»Er wird uns für eine Weile hier festhalten.« Griesgrämig traten Gorms Wangenmuskeln hervor. Er war mehr als unzufrieden.

»Das wird er.« Grímur nickte sorgenvoll.

Siguror beobachtete nervös den Horizont.

»Wir sollten zu unseren Schiffen gehen. Eher rennen«, drängte er angespannt und deutete zum herannahenden Sturmtief. »Das wird ein Wüterich, der auf uns zurast«, schrie er gegen den Sturm.

Grímur sah den großen Dänen beherrscht an. »Im Hafen sind eure Kriegsschiffe sicher. Kein Orkan hat es je geschafft, seine Windkraft durch unsere Schlucht in den Hafen zu blasen, nur um Rán zu dienen und dort unsere Schiffe zu zerstören.«

Doch tiefe Sorgenfalten zerfurchten sein Gesicht.

Gorm nickte und ließ den Färöer und seinen Freund stehen. Wortlos ging er zurück.

Erst als Siguror neben ihm trat, murmelte Gorm mit versteinerter Miene: »Wir werden möglicherweise den Winter auf den Färöern Inseln verbringen. Wir können es nicht wagen, während des Unwetters die Insel zu verlassen und werden warten müssen, bis unsere Zeit gekommen ist.«

Er drehte sich um und der eiskalt schneidende Sturmwind blies ihm ins Gesicht.

»Und ich fürchte, das Jahr ist zu weit fortgeschritten, als dass wir es wagen könnten, durch die Winterstürme zu segeln, um *snaeland* zu erreichen.«

»Das wird Grímur nicht gefallen. Das kannst du mir glauben.« Siguror schüttelte seine Bartzöpfe.

»Mir auch nicht!« Grimmig stapfte Gorm zum Hafen.

Noch bevor sie die Langschiffe erreichten, peitschte ein eisiger, grobkörniger Hagelschauer herunter und begrub alles unter einer weißen Schicht.

* * *

Thyra, Aesa, Ruadhan und Bergthora, die Frau des Tuchhändlers, standen im Türrahmen von Bergthoras Haus und sahen besorgt durch den undurchlässigen Hagelvorhang zum Hafen. Die Kriegsschiffe konnten sie nicht mehr erkennen, so eng war der Schleier aus Hagelkörnern gewebt.

»Ihr werdet auf unserer Insel bleiben«, meinte Bergthora emotionslos und starrte hinaus.

»Sehr lange«, erweiterte Ruadhan trocken.

»Wie? Lange?« Erschrocken blickte Thyra von einer zur anderen. »Was meint ihr damit?«

»Die Herbststürme fangen an. Die Musik wird lauter. Ráns Tänze werden schneller, wirbeln mit regenschweren Wolken am

Himmelszelt. Heute fangen die Trommeln des Donnergottes an, ihren Takt zu schlagen.«

Wie Sterne am Nachthimmel blitzten die weißen Hagelkörner auf Aesas Haar und bildeten ein filigranes Mosaik.

»Wir hatten schon stärkere Stürme auf See! Die Wellen waren so hoch wie die Bergkämme dieser Insel«, ereiferte sich Thyra. »Wir mussten uns anbinden, um nicht über Bord zu gehen. Mir war speiübel und ich hatte wahnsinnige Angst.«

Thyra sah von einer zur anderen Frau, doch keine sprach.

»Ich war, glaube ich, die Einzige auf der *dreki*, die Angst hatte.«

»Vor diesem Orkan haben auch wir Angst, glaube mir!«

»Oh.«

»Ihr werdet diesen Winter nicht übers Nordmeer segeln.« Ruadhan drehte sich zu Aesa. »Ihr werdet auf den Färöern bleiben.«

»Das wird Gorm gar nicht gefallen.«

»Warum?«

»Handel! Gorm wollte noch in diesem Jahr auf Island unsere Waren tauschen. Glasperlen, Bernstein, Felle, Taue. Unsere Wikingerfrauen in *haidabýr* weben einen feinen blauen Stoff. Er ist in jedem Hafen begehrt. Außerdem wollte er kostbare Winterfelle von Eisbär, Fuchs und Hermelin auf *snaeland* kaufen um sie zu Hause bei uns in *haidabýr* wieder teuer zu verkaufen. Du solltest wissen, dass jeder auf unseren Langschiffen vom Handel profitiert.«

»Jeder?«

»Jeder! Denn nicht nur Sieg und Ruhm in einer Schlacht erhöht das Ansehen eines Wikingers. Auch Reichtum gehört dazu. *Haidabýr* ist ein großer Handelsort am Ostseefjord im Norden. Er liegt an der Spitze unseres Fjords, die Schlei. Dort treffen sich alle Wikinger um Handel zu treiben, Waren zu tauschen und Geschichten von ihren Beutezügen oder aus fremden Ländern zu erzählen. Einige verkaufen oder kaufen Sklaven.«

Thyra fuhr ein schmerzlicher Stich in die Brust. Doch Aesa bemerkte es nicht und sprach ungerührt weiter.

»Alle Nordmänner kommen mit ihren Fracht- und Kriegsschiffen über die Ostsee gefahren. Sie kommen aus Schweden, Norwegen und Russland. Sie bringen ihre Waren aus jedem Land. Auch aus dem Orient und noch ferneren Ländern.«

Sie lächelte, während die Erinnerungen vor ihren inneren Augen mit eindrucksvollen Bildern aus der Vergangenheit auftauchten.

»Sogar aus dem Süden kommen Wikinger gesegelt. Ihre Haut ist so tiefbraun, fast schwarz, wie ich sie vorher noch nie sah. Die Haare dieser Wikinger sind von der Sonne fast ausgeblichen. Und dann sah ich ihre Ware! Ich sah bunt gemusterte Seide und edle, glänzende Brokatstoffe aus Byzanz, bebilderte Seide aus China und gläserne Spielsteine und glashelle Kelche aus Frankreich.«

»Seide und Brokatstoffe?«

Aufgeregt stupste Bergthora Aesa an und holte sie aus ihren Erinnerungen in die Gegenwart zurück. Aesas Augenlider flatterten, doch dann lächelte sie der Frau zu.

»Seide, Brokat und vieles mehr.«

»Und der feine blaue Stoff aus deiner Heimat?«

»Ja?« nickte Aesa und fragte sich, was Bergthora wollte.

»Kann ich den blauen Stoff sehen?«

»Sicher!«

Bergthora lächelte verschmitzt.

»Wenn er mir gefällt, kaufe ich vielleicht den Stoff.«

»Und was sagt dein Häuptling dazu?«

»Nichts!«

»Nichts?«

Bergthora starrte zum Hafen. Der Hagelschauer war in Regen übergegangen.

»Er sagt nichts und mein Mann auch nicht mehr! Er spricht in meinen Träumen zu mir und manchmal höre ich ihn. Doch es wird immer seltener.« Sie lächelte gequält. »Er ist vor einem Jahr mit vielen anderen *faereyiarnern* beim *grindadráp*[67] auf See geblieben. Er kehrte nicht mehr heim. Er ist tot. Und nun führe ich die Geschäfte.«

Nur das laute Rauschen des Regens war zu hören.

»Du führst die Geschäfte?« Thyras Stimme klang gedämpft. »Eine Frau! Erlauben es die Männer und Frauen deines Volkes? Und dein Häuptling? Erlaubt Grímur, dass eine Wikingerfrau Handel treibt? Ich glaube nicht, dass eine Angeln-Frau so etwas dürfte. Selbst eine Königin nicht!«

Bergthora lächelte stolz.

»Eine Wikingerin schon.«

»Ich werde Gorm um Erlaubnis bitten, dir die Stoffe zu zeigen. Denn schließlich können wir ja auch mit euch Handel treiben!«

»Das könnt ihr!«, lachte Bergthora. »Kommt hinein und schließt die Tür. Der Regen kann seine Kälte behalten. Wir werden es uns in meinem Haus gemütlich machen.«

Die Frauen saßen vor dem Feuer und hielten einen gedrechselten hölzernen Becher mit heißem Kräutertee in der Hand und genossen die Wärme.

»Du hast Glück, dass ihr nicht fahrt«, murmelte Ruadhan plötzlich, nahm einen vorsichtigen Schluck und sah Thyra über den Becherrand an.

»Glück?«

»Jetzt können wir mit deiner Ausbildung zur Kriegerin beginnen.«

Weit riss Thyra ihre leuchtenden Augen auf.

»Das können wir. Ich lerne das Kriegshandwerk. Wann fangen wir an?« Gedankenverloren nahm Thyra einen Schluck und flüsterte: »*Het-ja*. Endlich!«

Aesa sah von einer Frau zur anderen.

---

67 Grindwalfang.

»Eine Kriegerin, eine Tuchhändlerin, eine *thraell* und Königstochter und eine Heilerin.«

Alle Blicke waren auf sie gerichtet.

»Daraus wird sich doch etwas machen lassen. Aus unserem Clan der Wikingerfrauen!«

Ganz langsam, aber unaufhaltsam wanderte ein Lächeln über jedes Gesicht und die Augen fingen zu strahlen an.

»Ich kann euch das Handeln und Weben von Stoffen beibringen«, eifrig schmiedete Bergthora Pläne.

»Ich das Kämpfen«, energisch sah Ruadhan in die Runde. »Und du?«, sah sie Thyra an.

»Ich?«

»Was kannst du zu unserem Clan beitragen?«

»Ich kann sticken«, meinte Thyra euphorisch.

»Das können wir alle«, murrte Bergthora.

»Ich kann im Garten arbeiten«, erinnerte sie sich an die ungeliebte Arbeit in Oxfordshire, wo sie die Obstbäume und den Kräutergarten pflegen musste.

»Im Winter?«, schüttelte Aesa ihren Kopf.

»Hm.« Traurig ließ Thyra ihren Kopf hängen und starrte in ihren Tee. »Sonst habe ich nichts gelernt. Ich bin keine Handwerkerin oder Heilerin.«

»Ja!«, rief Ruadhan und sah auffordernd die Heilerin an. »Wenn ich euch das Kriegshandwerk beibringe, Bergthora den Handel, was willst du uns zeigen, Aesa?«

»Ich lehre euch das Wissen der Kräuter. Mit welchen Kräutern ihr Krankheiten lindern könnt oder welche Blätter, Rinden und Wurzeln auf Schnittverletzungen gelegt werden können, damit das Fleisch zusammenwächst und nicht eitert. Und welches Kraut ihr nehmen müsst, um keine Kinder zu bekommen, wenn ihr mit einem Mann das Nachtlager geteilt habt.«

»So etwas gibt es?«

»Es ist wirklich sehr hilfreich.«

»Das muss ich unbedingt wissen! In einem Kampf ist ein runder Bauch nicht wirklich von Vorteil. Man ist so schwerfällig und ungeschickt«, spottete Ruadhan und sah wieder Thyra an. »Und du?«

Alle starrten Thyra an.

»Was kannst du Besonderes?«

Thyra sah Bergthora an.

»Ich kenne mich mit der Blutlinie des englischen Adels aus.«

»Wir sind Wikinger! Was sollte uns das bringen?«

»Ich kann tanzen!«, rief sie freudestrahlend.

Bergthora lächelte Thyra gutmütig an.

»Das ist sicherlich nett. Doch wann braucht man das schon?«

Seufzend wurde Thyra immer kleiner.

»Du kannst doch Laute und Namen auf Knochen und Rinden ritzen«, rief Aesa aufgeregt.

»Das kann ich. Und ich kann sie auch lesen und aussprechen.« Zaghaft leuchteten ihre Augen vorsichtig auf.

»Auch unsere Runen?«

Nachdenklich biss Thyra auf die Lippen.

»Das habe ich noch nie gemacht. Doch ich werde es versuchen.«

»Das würde ich auch gerne können«, seufzte Bergthora hingebungsvoll. »Dann könnte ich meine Waren auflisten und die Namen der Käufer nie mehr vergessen.«

»Dann ist es beschlossen!«, verkündete Aesa freudestrahlend. »Thyra lehrt uns die Runenschriftzeichen.«

Thyra zog den Kopf ein und schielte zur *laek-n-a*, erwiderte aber nichts.

Das Feuer knisterte in den Holzscheiten und die Frauen sahen einander forschend an.

»Die Männer werden uns hassen!«, erkannte Bergthora sinnierend.

»Sie werden sich fürchten!«, grinste Aesa verschlagen.

»Auf unseren Clan der Wikingerfrauen!«

Ruadhan hob den dampfenden Teebecher und sah skeptisch hinein. Sie runzelte vielsagend ihre Stirn und schürzte die Lippen.

»Doch um unseren Clan zu besiegeln, sollten wir etwas anderes trinken!« Auffordernd starrte sie Bergthora an.

Diese reagierte sofort.

»Ich habe noch *nabíd*!«, rief sie strahlend. »Wir sollten mit *nabíd* anstoßen! Natürlich!«

Als die vier Frauen im Kreis standen und mit den gefüllten Bechern ihr Bündnis über dem Feuer besiegelten meinte Aesa warnend: »Dieses Bündnis sollte nicht unter den anderen verbreitet werden. Es sollten weder die Männer noch die anderen Frauen wissen. Es sollte erst einmal unser Geheimnis bleiben.« Warnend sah sie jeder Frau in die Augen. »Denn es wird einige geben, Männer und auch Frauen, die unser Frauenbündnis nicht gutheißen werden. Sie werden versuchen mit vergifteten Pfeilen auf unseren Frauenclan zu schießen, um Zwietracht und Missgunst zu säen. Wir sollten vorsichtig und schweigsam sein. Denn schließlich sind wir …«, sie blickte von einer zur anderen. »Wir bekleiden in unserem Volk einen hohen Stand.«

Beschwingt zwinkerte sie Thyra zu und meinte schmunzelnd: »Na ja, du noch nicht. Aber du wirst es schaffen. Du wirst es schon sehen!«, deutete sie vielsagend an.

Dieses Mal hob Aesa ihr mit den geritzten Reliquien der Heilerin verziertes und mit einem silbernen Beschlag versehenes Trinkhorn.

»Wir sind Wikingerinnen. Eine angesehene Tuchhändlerin und Herrin dieses Hauses, eine Kriegerin, eine Heilerin und eine besondere *thraell* unseres Volkes, die noch viel, sehr viel erreichen wird.«

Aesa lächelte vielsagend.

»Du wirst einen schweren Weg haben, aber dein Name wird von allen *Ascomanni* in nicht mehr allzu ferner Zukunft in unseren Liedern voller Lob besungen werden.«

Thyra riss ungläubig ihre Augen auf. »Woher weißt du? Hat Gnupas ihre Runen befragt?«

»Glaube es mir einfach«, strahlte die Heilerin. »Glaubt es mir und stoßt jetzt endlich auf unseren geheimen Clan an.«

»Auf unseren Clan.«

Die Becher und das besondere Trinkhorn berührten einander und ohne die Becher und das Horn von den Lippen abzusetzen, lehrten die Frauen den *nabíd* in einem Zug.

Eine Woche später standen zwei Frauen in einer einsamen Schlucht, abseits des Dorfes.

»Halte den Bogen gerade. Verdammt! Lasse deinen Schussarm leicht angewinkelt und Thyra!«, schimpfte Ruadhan entnervt. »Wie stehen deine Füße denn schon wieder auf der Erde? So verlierst du deine Erdung. Siehst du?« Blitzschnell trat Ruadhan gegen Thyras linkes Bein und augenblicklich fiel Thyra zu Boden.

»Hey!«, entrüstete sich Thyra.

»Jeder kleinste Furz pustet dich um. So kann keine Kriegerin im Kampf überleben, noch nicht einmal einen Pfeil abschießen. Komm steh wieder auf.« Sie reichte Thyra ihre Hand und zog sie hoch. »Nun stell dich fest auf den Boden. Die Füße leicht auseinander. Ungefähr so weit auseinander, wie deine Schultern breit sind.«

Thyra tat wie ihr geheißen.

»Ja! Richtig! Und nun beugst du deinen Oberkörper leicht nach vorn. Ja, genau so. Hebe den Bogen hoch und jetzt legst du den Pfeil auf den Zeigefinger deiner Griffhand am Bogen. Das gefiederte Ende, wo der Schaft ganz leicht eingeritzt ist, in diesen Spalt legst du die Bogensehne und hebst den Bogen dahin, wo der Pfeil treffen soll.«

Thyra folgte Ruadhans Anweisungen, ohne zu überlegen.

»Ja genau. Und jetzt spannst du den Bogen, zielst kurz und schießt!«

Surrend flog der Pfeil durch die Luft und traf. Jedoch nicht den mit Stroh gefüllten Leinensack. Der Pfeil stieß fünf Meter vor seinem eigentlichen Ziel mit einem satten Pfumpf in die feuchte Erde.

Thyra runzelte die Stirn und Ruadhan grinste.

»Die Zielrichtung war schon gut.«

»Mmpf«, grunzte Thyra verächtlich und nahm den nächsten Pfeil, hob den Eibenholzbogen, legte den Pfeil in die richtige Position, zielte und schoss.

Pfumpf.

Ruadhan beobachtete Thyra schweigend, tickte mit ihrem Fuß Thyras Bein an, um die Stellung zu korrigieren. Sie zog etwas Thyras Schulter zurück und schob mit der Hand ihr Becken vor. Thyra ließ alles mit sich geschehen, hob den Bogen, legte den nächsten Pfeil an. Zielte und schoss.

Pfumpf.

»Grrrh«, murrte Thyra und sprang über das Feld um die Pfeile zu holen.

Die Übungspfeile besaßen keine schneidenden Spitzen, sondern waren wie ein Kolben vorne abgerundet und hinterließen nur einen runden Abdruck auf dem Ziel. Die Jäger jagten mit diesen Kolbenpfeilen kleinere Tiere, wie Vögel und kleinere Pelztiere, da so der Balg nicht beschädigt wurde. Meistens hatten die hölzernen Kolbenpfeile einen platten oder taubeneiförmigen Kopf, der mit der Wirkung eines Hammers auf die Beute schlug.

Aufmerksam stand Thyra vor der *lochlannach*.

»Auf ein Neues. Ich höre erst auf, wenn ich den Sack getroffen habe.«

Ruadhan schmunzelte und blickte über Thyras Schulter, während sie schoss.

Pfumpf.

»Ich lerne es schon noch!« Ehrgeizig hob Thyra den Bogen, legte den Pfeil an und zielte.

»Ziele mit dem Pfeil etwas höher«, riet Ruadhan. »Der Pfeil beschreibt in der Luft einen Bogen. Wenn er langsam fliegt, ist der Bogen runder. Schießt du schnell, fliegt er eine geradere Bahn.«

Thyra hob den Bogen höher.

»Gut«, lobte Ruadhan. »Ziele!«

Pfumpf.

»Ich lerne«, knurrte Thyra.

Pfumpf.

Neugierig kamen einige Schafe herangetrottet und blökten.

»Verschwindet! Es kann nämlich sein, dass ich eher euch treffe als diesen blöden Sack«, fauchte Thyra, holte die Pfeile, steckte sie in ihren Stiefelschaft, rannte zurück und legte den Ersten wieder an.

»Höher zielen!«, forderte Ruadhan.

Sie gehorchte.

»Den Schussarm leicht gebeugt halten, nicht durchdrücken, denke an deine Beinstellung! Höher zielen, nicht wieder abfallen!«

Sie gehorchte und zielte.

»Spanne die Sehne mehr!«

Sie gehorchte.

»Noch mehr!«

Leicht tippte Ruadhan Thyra an den Ellenbogen.

»Das ist schwer«, keuchte Thyra.

Ruadhan lächelte.

»Das ist ein Kinderbogen.«

»Was?«, schrie Thyra und ließ die Sehne zurren.

Pfumpf. Daneben.

»Es ist ein Kinderbogen«, lachte Ruadhan. »Dieser Bogen hat nur eine geringe Zugkraft, von weniger als zwanzig Pfund. Der ist nur zum Üben.«

Grimmig griff Thyra den nächsten Übungspfeil. Legte an. Zielte. Hob den Bogen höher. Spannte die Sehne stärker. Biss die

Zähne zusammen. Achtet auf ihren Körper, ihre Stellung. Mit einem leisen Surren flog der Pfeil durch die Luft.

Plopp.

Mit einem satten Ton prallte der hölzerne Kolbenpfeil gegen das braune Leinen.

»Ich habe getroffen«, flüsterte Thyra ungläubig, sah Ruadhan mit großen Augen erstaunt an und lachte. »Das war mein erster Schritt zur Kriegerin.«

»Deinen ersten Schritt hast du gemacht, als du Thengill im Schwimmwettbewerb geschlagen hast.« Ehrfürchtig sah Ruadhan Thyra an. »Hättest du in diesem einen Moment keinen Kampfesmut bewiesen, würdest du heute nicht mit mir hier stehen. Denn dann würde ich dich nicht ausbilden.«

»Nicht?«

Ruadhan lächelte und schüttelte ihren Kopf. »Dann nicht. Ich bilde keinen Frauen aus, die lieber Kinder gebären und ihren Mann und den Hof versorgen wollen. Du bist anders!«

»Bin ich das?« Nachdenklich legte Thyra wieder einen Pfeil an und zielte.

Ruadhan schwieg und musterte Thyras Körperhaltung. Thyra zielte, spannte und schoss.

Plopp.

Lautlos umrundete Ruadhan ihre Schülerin und mit jedem leisen Schritt trat die *lochlannach* näher an Thyra heran. Sie blieb hinter Thyra stehen, beugte sich langsam vor und flüsterte ihr ins Ohr: »*Het-ja.*«

Thyra lief ein wohliger Schauer über den Körper. Sie konnte ihren Blick nicht vom Leinensack mit den runden Abdrücken nehmen. Dann erwachte sie aus ihrer Erstarrung und leise und erstaunt murmelnd, wiederholte Thyra das magische Wort.

»*Het-ja.*«

Die Frauen lächelten. Der Wind spielte mit ihren Haaren und zerrte an den Umhängen. Die Möwen schrien am grauen

Himmel und aus der Ferne drang der Ruf des Schafhirten zu ihnen herüber.

Nieselregen benetzte das felsige Land und ließ die Steine in ihren bunten Farben glänzen.

»Komm, wir gehen.«

»Jetzt schon? Es fängt gerade an, mir zu gefallen. Der Bogen. Die Pfeile. Das schnelle Surren und das Gefühl von Erfolg, wenn ich treffe.«

»Gut so«, meinte die *lochlannach*. »Wir gehen.«

Leicht missgestimmt holte Thyra die hölzernen Übungspfeile und folgte Ruadhan den gewundenen Pfad durch die braungrünen Wiesen zum Dorf. Sie musste rennen, um Ruadhan einzuholen.

»Warum hören wir auf, wo es anfängt, mir Spaß zu machen?«

»Um lernen zu wollen, muss man hungrig sein. Um hungrig zu bleiben, darf man nicht zu viel essen. Wenn ein Kind zu viel Honig schleckt und ihm davon übel wird, mag es sein ganzes Leben vielleicht keinen Honig mehr. Es hat seinen Hunger auf Honig verloren.«

Sie sah Thyra an.

»Dein heutiges Ziel war es, den Leinensack zu treffen. Das haben wir erreicht.« Ruadhan blickte wieder auf den steinigen Weg zu ihren Füßen. »Morgen willst du mehr! Und übermorgen wirst du noch hungriger auf den Bogen sein.«

»Ich habe jetzt schon Hunger«, maulte Thyra und folgte der *lochlannach*, während sie sich auf den rutschigen Pfad konzentrierte.

Bergthora stand in der Tür und erwartete die beiden.

»Ihr werdet schon gesucht«, rief sie ihnen entgegen.

Ruadhan schüttelte sich die Nässe aus dem Haar. »Wer vermisst uns denn so dringend?«

»Bergdis. Die Dänin erklärte mir, sie ist eine Freundin der *thraell*.«

»Bergdis?« Thyra horchte auf. »Was will die denn?«

Aufmerksam betrachtete Ruadhan Thyras Gesichtsausdruck.

»Eine Freundin? Kann man nicht unbedingt behaupten.« Zerstreut hing Thyra ihren nassen Umhang an den hölzernen Haken, der von der Decke baumelte.

»Bergdis ist eine …« Sie legte überlegend ihren Kopf schief und zögerte. »Sie ist eine undurchsichtige Frau. Bergdis sucht immer wieder meine Nähe. Aber ich, ich kann es nicht erklären! Irgendetwas lässt mich bei ihr vorsichtig sein und ich habe keine Ahnung warum.«

Das Regenwasser tropfte lautlos vom Umhang auf den Boden und bildete dort eine Wasserlache.

»Sie ist eine sehr schöne Frau«, meinte Ruadhan vorsichtig.

»Das ist sie.«

»Von wem sprecht ihr?«

Bergthora trat zu ihnen und reichte jeder einen heißen Becher Tee.

»Von Bergdis.« Thyra pustete in den aufsteigenden Teedampf.

»Ah, die mit dem langen weißblonden Haar?«

»Genau die. Sie stickt wunderbare Bilder aus silbernen Fäden. Sie ist die Silberknotenfrau!«

»Oh! Eine besondere Wikingerin also!«

»Wenn man so will«, meinte Thyra stoisch.

»Sie wird sich mit ihrer Arbeit schon einige blaue Glasperlen verdient haben. Sie ist sicher eine reiche Wikingerin.«

»Kann schon sein«, wich Thyra aus. »Wo ist eigentlich Aesa?«

»Oh! Ihr wisst es nicht?«, erstaunt sah die Tuchhändlerin auf. »Sie ist mit Gnupas bei Gorm und Grímur.«

Ruadhan trank den Tee in winzigen Schlucken.

»Sie beratschlagen also.«

»Die Wikingerfrauen im Dorf erzählen, das unser *logting*[68] morgen beginnt.«

---

68 Gerichtsversammlung des Wikingervolkes.

»Das ist gut so. Wir leben schon zu viele Tage in Ungewissheit.«

»Und das *logting* wird hier auf Eysturoy stattfinden. Es wird das erste Mal eine so große Versammlung sein.«

»*Logting?* Was ist das?«

Neugierig blickte Thyra von einer zur anderen.

»Puh ist der Tee heiß«, zerknitterte Ruadhan die Stirn. »Es ist ein *thing*, eine Gerichtsversammlung unseres Wikingervolkes.«

»Wir *faereyiarner* nennen es *logting*«, klärte Bergthora Thyra schmunzelnd auf. »Auf Eysturoy ist dieser Platz auf dem Plateau.«

»Dort, wo du und ich mit Aesa standen«, unterbrach Ruadhan pustend.

»In der Mitte der Hochebene steht ein großer aufgerichteter Fels. Es ist ein heiliger Fels. Auf ihm sind die Insignien von Tyr eingemeißelt. Tyr ist der Schutzherr des *things*. Um ihn herum schufen unsere Ahnen einen magischen Steinkreis. Viele Tage lang haben sie vor ewigen Zeiten besondere Steine gesucht und sie zusammengetragen.« Sinnierend blickte Bergthora in den Tee und beobachtete für einen winzigen Augenblick wie die Blattfetzen sich drehten. »Innerhalb des Steinkreises gilt nach der Eröffnung der Versammlung der Thingfriede«, murmelte sie leise und ernst. »Das ist unser Thingplatz.«

»Thingfriede? Thingplatz?«

»Es ist sehr wichtig,« sah die *lochlannach* Thyra ernst an. »Dass jeder dem Richtspruch gehorcht. Auch wenn es ihm nicht gefällt.«

»Es gefällt nicht jedem, was der *logsogmuadur*[69] spricht.«

»Wer?«

»Der *logsogmuadur* ist der Vorsitzende des *logting*[70]. Seine Aufgabe ist es, die beschlossenen Gesetze zu verkünden. Er muss

---

69 Vorsitzende der Versammlung.

70 Versammlung, Gerichtsverhandlung, *thing*.

sich alle Beschlüsse merken und diese bei Bedarf vortragen. Egal, ob er mit dem Urteil oder dem Gesetz zufrieden ist oder nicht. Der *logsogmuadur* hat kein Stimmrecht, er kann nie Einfluss nehmen. Vestlioi ist ein äußerst schlauer Mann und unser wandelndes Gedächtnis.« Ehrfurchtsvoll flüsterte Bergthora es den beiden Frauen leise zu.

»Und wann findet dieses *logting* statt?« Thyra wurde ungeduldig.

»Wenn der Angebotsstab herumgereicht wird.«

»Es wird zu einem *skipreiduthing*[71] und ein *vápnathing*[72] geladen werden«, mutmaßte Ruadhan.

»Was?« Thyra verstand nichts mehr.

»Beim *skipreiduthing* werden die Ankerplätze eurer Kriegsschiffe und die Unterbringung eurer Seeleute geklärt. Während beim *vápnathing* jeder Krieger seine Waffen den Häuptlingen vorführen muss. So ist das Gesetz. Wenn so viele Wikinger für einen langen, kalten Winter auf einer Insel zusammenleben, Hunger haben und sich streiten werden, ist es klug, die Waffen vorher zu besichtigen.«

»Warum?«

Ruadhan spöttelte grinsend.

»Dann gibt es nicht so viele Tote unter euch schmächtigen Drachenfahrern.«

Aesa polterte durch die Tür herein und brachte kalten Wind und Regen mit in den Raum. Das Feuer in der Mitte des Raumes flackerte kurz und Aesa schüttelte sich das Wasser vom Umhang.

»Sie reichen den Aufgebotsstab für das *logting* herum. Wie es aussieht, wird die Versammlung morgen beginnen. Oh! Ihr trinkt Tee!«

* * *

---

71 Klärung der Schifffahrtsrouten, Schiffhandel und Ankerplätze.

72 Waffenappell.

Thyra und Ruadhan waren schon sehr früh am Morgen in die einsame Schlucht gewandert. Die Sonne versteckte sich hinter einer dichten, grauen Wolkendecke und selbst die Vögel schwiegen.

Schweigend ging die *lochlannach* voran. Thyra folgte ihr und ließ den Blick immer wieder an den hohen kargen Felswänden entlangwandern.

Wenige widerspenstige kleine Büsche klammerten sich mit starken Wurzeln in jeden dünnen Felsspalt. Auf einigen Felsvorsprüngen wuchs längeres, hartes Gras und Moose. Auch Flechten nutzten jede Nische aus, um zu überleben.

Ein Wasserfall benetzte den schimmernden Felsen. Thyras Blick wanderte hinauf. Kein Vogel, kein Tier, kein Mensch, kein Laut. Nicht ein Lufthauch zog durch die Schlucht.

»Unheimlich«, zischte sie und beobachtete die Kriegerin.

Diese verfolgte ihr Ziel. Thyra schulterte den verrutschten Bogen, überprüfte den Sitz der Pfeile im Stiefelschaft und wich einer Anhäufung von Felsbrocken aus.

»Hat diese Schlucht einen Namen?«

Ruadhan antwortete nicht und wanderte schweigend weiter. Thyra zog missmutig eine Grimasse und folgte der Kriegerin.

Die Schlucht wurde enger, bis sie nur noch einen schmalen Spalt für die Frauen offen ließ. Sie kletterten über Felsbrocken und umrundeten die kargen Wachholdersträucher, die üppig wuchsen. Noch eine enge Wegbiegung. Dann waren sie am Ziel.

Erleichtert seufzte Thyra. Sie hatte schlecht geschlafen. Immer wieder wanderte Gorm durch ihre Träume. Er lächelte sie an und umarmte leidenschaftlich ihren Körper. Sie spürte die Wärme seiner Haut und konnte selbst im Traum seinen markanten Duft riechen, ihn fühlen, ihn streicheln.

Unruhig hatte sie sich hin und her geworfen, bis sogar Aesa, die neben ihr im Haus der Tuchhändlerin auf dem Felllager lag, sie aufforderte, endlich ruhig zu liegen. Doch es fiel Thyra schwer. Der Traum verfolgte sie, ließ sich weder abschütteln noch verdrängen.

Sie stieß mit einem Fuß gegen einen Stein.

»Au, verdammt.«

Thyra humpelte und sah den spitzen Widersacher zornig an. Eine Maus huschte durch die Wachholderbüsche und quiekte, bevor sie in ihrem Loch verschwand. Thyra rieb sich ihren schmerzenden Zeh und sah in den Himmel. Die Sonne schien durch ein Wolkenloch und schickte den Lichtstrahl auf die Insel.

›Gorm raubt mir den Verstand! Nur ein einziger Mann. Und ich kann nichts dagegen tun!‹

»Wir sind am Ziel.« Ruadhan blieb stehen und fixierte Thyra. »Du bist nicht bei der Sache.«

»Wie?« Erschrocken sah Thyra sich um.

»Wo ist dein Hunger auf den Bogen?«

Thyra antwortete nicht, sondern feuerte mit ihren Augen zornige Blitze in Ruadhans Richtung.

»Hunger«, fing sie mit unterdrücktem Zorn zu reden an, »ist nicht immer sichtbar!«

Sie biss knirschend ihre Zähne zusammen. Legte Pfeil und Bogen an, überprüfte ihre Körperhaltung, spannte die Sehne, zielte, schoss!

Plopp.

Erstaunt riss Ruadhan ihre Augen auf, sagte aber keinen Ton.

Thyra zog den nächsten Pfeil aus dem Stiefelschaft. Legte an, zielte, schoss!

Plopp.

»Wir werden den Abstand verlängern«, entschied Ruadhan.

Sie ging einige Meter zurück und vergrößerte die Entfernung zum Leinensack.

Thyra nickte nur, folgte der Kriegerin, zielte, schoss, traf.

»Wiederhole den Schuss.«

Ruhig stand die *lochlannach* hinter Thyra und beobachtete die *thraell*.

›Irgendetwas macht sie zornig. Nur was?‹

Auch ging dieser Pfeil ins Ziel.

»Du bist gut. Deine Hand ist ruhig. Dein Körper hat gelernt richtig zu stehen und dein Auge ist sicher. Doch deine Gedanken sind woanders.«

Abrupt drehte Thyra sich um. »Wo sollen sie denn sein?«

Ruadhan ging die Pfeile holen.

»Beim Bogen sind sie nicht!«, rief sie Thyra über die Schulter hinweg zu.

Thyra knirschte mit den Zähnen und betrachtete wütend den Rücken der großen Frau und wie geschmeidig sie ihren Körper bewegte.

»Wenn ich treffe und alles richtig mache, können meine Gedanken nur beim Bogen sein! Wo denn sonst?«

Doch sie wusste genau, dass sie sich anlog.

Ruadhan kam achselzuckend zurück und lächelte Thyra an.

»Das weißt nur du. Doch beherrsche deine Gedanken. Fordere sie auf, dich nicht in ungeeigneten Momenten abzulenken.«

»War ich abgelenkt? Habe ich etwa nicht getroffen?«, fauchte Thyra wütend.

»Hier«, reichte Ruadhan ihr die Pfeile. »Schieß!«

Langsam trat sie hinter Thyra.

»Male ein Muster mit den Pfeilen auf den Leinensack.«

»Ein Muster malen?«

»Einen Kreis, ein Schiff, ein Viereck. Irgendwas!« Sie deutete mit der Hand auf das Ziel. »Schieß!«

Tief atmete Thyra die kalte Luft ein. »Wenn du es willst mache ich das.«

Sie schoss und traf. Sie nahm einen zweiten Pfeil und traf.

»Was malst du auf den Leinensack?«, erkundigte sich Ruadhan schmunzelnd, als sie den merkwürdigen Abdruck der Kolbenpfeile auf dem Leinensack skeptisch betrachtete.

»Einen Wachholderstrauch«, knurrte Thyra beißend und schoss. »Mit vielen ungleichmäßigen Zweigen.«

Sie traf den Sack dicht über dem Boden. Der Pfeil wippte noch etwas, erstarrte kurz darauf und plumpste runter.

»Und das?«

»Das ist die Wurzel!«, fauchte Thyra, sah die Kriegerin auffordernd an und fing schallend zu lachen an. »Gut, du hast recht. Meine Gedanken sind nicht beim Bogen.«

Thyra schritt zum Sack und holte die Pfeile, stellte sich wieder in Schussposition und zielte.

»Das wird ein Schiff.«

In kurzen Abständen schoss Thyra die Pfeile auf das Ziel und der grobe Abdruck ließ ein abstraktes Schiff erkennen.

Ruadhan sog zischend die Luft zwischen ihren Zähnen ein.

»Du bist gut«, murmelte sie bewundernd. »Hast du früher schon mal geschossen?«

»Nur gestickt.«

»Das ist gut zu wissen. Das kann ich nicht.«

»Und noch etwas kannst du nicht!«

»Was denn noch?«

»Die Runenzeichen!«

»Oh! Stimmt!«

»Hier sind viele Steine.« Thyra scharrte mit den Zehen in den am Boden liegenden Steine. »Damit können wir anfangen deine ersten Runen zu malen. Ich finde wir legen heute die Steine und schreiben deinen Namen.«

»Meinen Namen?« Aufgewühlt zappelte Ruadhan auf der Stelle herum, so dass Thyra nun doch lachte. »So kenne ich dich ja gar nicht. So unbeherrscht und aufgeregt.«

»Fang an!«

»Die erste Rune deines Namens sieht so aus. Du legst eine gerade Linie von oben nach unten und legst, an der oberen Spitze einen kleinen Zacken, die in der Mitte der Linie wieder die Linie kreuzt und jetzt legst du eine kurze schräg abfallende Linie nach unten. So!«

Stolz betrachtete Thyra ihr Werk. Es sah wie ein großes gezacktes R aus.

»Und nun du!«, forderte Thyra die Kriegerin auf.

Langsam kniete Ruadhan sich auf den Boden, griff sich kleine Steine und legte zum ersten Mal eine Rune.

Lächelnd betrachtete Thyra ihre Schülerin. »Sie sieht sehr schön aus. Ich lege jetzt die anderen sechs Runen deines Namens, sage dir, was sie bedeuten und du machst es mir nach.«

Es verging eine gute Stunde. Doch als Ruadhan ihr Werk betrachtet, platzte sie vor Stolz.

»Ich möchte meinen Namen nicht nur in vielen kleinen Steinen lesen. Ich will ihn auf meinem hölzernen Messerschaft einritzen und immer sehen. Kannst du mir helfen?«

Thyra lachte leise und nickte. Endlich konnte sie ihren Beitrag zum Clan der Wikingerfrauen leisten.

Gegen Mittag erreichten sie das Dorf und wurden aufgeregt von Bergthora erwartet.

»Morgen beginnt das *logting*.«

Thyra und Ruadhan kamen näher.

»Wo wart ihr eigentlich?«

»In den Bergen«, wich Ruadhan aus. »Werden alle erscheinen?«

»Alle freien Männer«, verzog Bergthora böse lächelnd den Mund und fügte sarkastisch hinzu: »Nur die Frauen, Kinder und Sklaven sind nicht zugelassen. Obwohl dieses Mal auch die Fremden daran teilnehmen dürfen. Dabei bin ich die reichste und zuverlässigste Tuchhändlerin auf Eysturoy. Reicher als manch freier Mann, der diesem *logting* beiwohnen darf.«

Sie konnte ihre Verachtung nicht verstecken und spuckte verärgert auf den Sandboden.

»Ich müsste dabei sein! Denn schließlich führe ich mein Geschäft erfolgreicher als so manch anderer Wikingerhändler!

Und du Ruadhan! Als Kriegerin und Grímurs Königsdrengir. Auch du müsstest daran teilnehmen!«

Wütend drehte Bergthora sich um und verschwand im Haus.

»Ihr dürft nicht dabei sein?« Thyra war verwundert.

»Nein«, knurrte Ruadhan mürrisch.

»Noch nicht einmal am Feuer sitzen und zuhören?«

»Nein!«, schnaubte Ruadhan noch gereizter. »Nicht einmal das!«

Thyra schüttelte den Kopf.

»Aber ich kenne es nicht anders. Die Frauen aus meinem Volk durften nie an wichtigen Versammlungen teilnehmen.« Sie schwieg kurz und überlegte. »Das scheint mir nicht richtig zu sein.«

»Nein, das ist es nicht.« Ruadhan bückte sich und schritt durch die niedrige Tür in Bergthoras Haus.

»Auch meine Mutter, die Königin war, durfte nie an Verhandlungen meines Vaters teilnehmen«, murmelte Thyra, als sie ins Haus trat.

Ihre Augen mussten sich erst ans Dämmerlicht gewöhnen. Endlich erkannten sie Bergthora im mittleren Raum. Sie füllte den deftigen Eintopf in flache gemeißelte Schalen aus Speckstein. Das wertvolle Material kaufte Bergthora aus Norwegen, da es gut die Wärme und auch die Kälte des Essens hielt. Besonders stolz war die Händlerin auf ihren großen Specksteinkessel. Sie hatte sich einen stattlichen Brocken Speckstein mitliefern lassen und ihn selbst zum Kessel geschnitten und ausgehöhlt. Der Schmied versah den Kessel mit einer speziellen Aufhängevorrichtung, so dass er jetzt über der Glut hing.

»Setzt euch und esst.«

Bergthora sah die Frauen nicht an, zu wütend war sie und zu tief saß der Stachel der Verachtung.

Keine sprach, während sie aßen. Grübelnd blickte Thyra von einer zur anderen.

»Werden viele Menschen an dem *thing* teilnehmen?«

»Ja.«

»Und das *thing* findet auf dem Plateau statt?«

»Ja!«

»Der Versammlungsort ist aber nicht für so viele Wikinger ausgerichtet. Der Steinkreis wird zu klein sein.«

»Ja!«, erstaunt blickten beide auf.

»Und außerhalb des Steinkreises stehen in einiger Entfernung andere große Felsen.« Nachdenklich sah sie Ruadhan und Bergthora an.

»Sind diese Felsen auch heilig?«

»Das sind sie nicht. Warum?« Bergthora runzelte die Stirn.

Thyra lächelte verschlagen. »Diese Felsen sind sehr hoch. Kein Mann wird sich so weit abseits des Steinkreises aufhalten wollen. Jeder will hören, was gesagt und beschlossen wird.« Herausfordernd sah sie eine nach der anderen an. »Und das will ich auch!«

»Du bist eine Sklavin.«

»Nicht mehr lange«, unterbrach Thyra energisch und ihre Wangenmuskeln traten zornig hervor.

Ruadhan schob sich den letzten Bissen des Eintopfes mit dem langstieligen, hölzernen Löffel in den Mund und kaute.

»Warum willst du wissen, wie die Männer entscheiden? Du hast kein Stimmrecht. Du kannst keinen Einfluss nehmen.«

»Ich bin eine Königstochter!«, aufgebracht sprang Thyra auf. »In eurem Volk bin ich im Augenblick noch eine *thraell*. Doch ich werde es nicht bleiben. Ich saß bei meinem Vater, König Ethelred als Kind am Feuer und hörte, was seinen Untertanen zu sagen hatten. Was sie planten und welche Kriegsstrategien sie entwarfen. Es ist wichtig zu wissen, was für die Zukunft geplant wird.«

Etwas ruhiger setzte Thyra sich wieder und murmelte: »Damit auch ich planen kann.«

»Aber du warst nie bei den Verhandlungen des Königs dabei!«

Bergthora und Ruadhan warfen sich einen vielsagenden Blick zu.

»Aber es wird Zeit, dies zu ändern.«

Stille. Nur das Harz in den Holzscheiten knackte.

»Und was planst du?«, fragte Ruadhan gedehnt und beobachtete Thyra lauernd.

Der Zorn funkelte aus Thyras Augen, während sie die *lochlannach* ansah.

»Mein Onkel!« spie sie aus. »Mein Onkel König Alfred der Große, hat mich und meine königliche Stellung mit Füßen getreten. Er hat mich weggeschmissen und als Sklavin verschenkt. Noch nicht einmal verkauft! So wenig war ich ihm wert! Ich hatte keinen politischen und keinen finanziellen Wert für ihn.«

Sie biss sich auf die Zähne, selbst Ruadhan und Bergthora konnten die Wut spüren.

»Ich habe geschworen, ihn zu bekämpfen. Diesen König, der Bruder meines toten Vaters! Er ist jetzt mein Feind! Darum muss ich wissen, was die freien Männer auf dem *logthing* planen.«

Bergthora stocherte im Eintopf herum und steckte sich einen Fleischbrocken in den Mund, kaute nachdenklich darauf herum und murmelte undeutlich: »Das wird schwierig.«

»Aber nicht unmöglich«, schätzte Ruadhan.

Langsam hob Bergthora den Kopf.

»Unmöglich ist es nicht. Aber du könntest auch abwarten. Die Männer erzählen in bestimmten Situationen den Frauen alles. Wenn die Frauen es geschickt anstellen.«

»Ich will nicht warten! Ich will dabei sein!«

»Ich auch«, grummelte Ruadhan.

Thyra grinste angriffslustig. »Wie machen wir es?«

»Es sind viele hundert Wikinger auf der Insel.«

»Mmh«, nickte Bergthora.

»Sie kennen sich nicht alle untereinander.«

»Das werden sie nicht!«

Thyra rieb sich die Hände. Sie ahnte das Ziel.

»Bergthora«, rief Ruadhan. »Wie sieht dein Bestand an guter Männerkleidung aus.

»Was?«, hob Bergthora irritiert ihren Kopf. »Was willst du?«

»Männerkleidung«, brummte Thyra und rollte mit den Augen.

»Oh nein«, wiegelte Bergthora entschieden ab. »Ihr könnt nicht als Wikingerkrieger an einem *logthing* teilnehmen. Seht euch doch mal an!«, rief sie herausfordernd. »Ihr habt Brüste, weiche Haut und noch nicht einmal Bärte!«

»Das haben Jünglinge auch nicht«, widersprach Thyra.

»Nein.« Bergthora wurde ärgerlich. »Aber euch werden sie an den Gesichtern erkennen, ohne Bart, klein und kaum bemuskelt.«

»Wir könnten uns hinter den Felsen um den Versammlungsplatz verstecken.« Thyras Augen leuchteten.

»Wo?«, fragte Bergthora höhnisch. »Auf oder hinter den Felsen. Schon von Weitem sichtbar?«

»Darf während des *logting* gegessen und getrunken werden?«

»Ja«, meinte Ruadhan.

»Und wer bedient die Männer?«

»Unsere Sklaven.« Ruadhan machte eine wegwerfende Handbewegung.

»Sklaven. So, so«, freute sich Thyra, stellte sich hin, hob ihre Arme und drehte sich im Kreis. »Eine Sklavin. Wie ich es eine bin?«

Bergthora hob ihre Augen und erkannte strahlend: »So wie du eine bist.«

»Ein Problem haben wir gelöst«, erkannte Ruadhan pragmatisch. »Doch wir zwei wären auch gerne dabei!«

Eindringlich sah Thyra die große Irin an. »Es werden viele hundert Wikinger an dem *logting* teilnehmen. Stimmt es?«

»Ja«, maulte Ruadhan.

»Und alle wollen etwas zu essen und besonders etwas zu trinken haben. Sie alle wollen bedient werden. Doch wie viele Sklaven haben die *faereyiarner*? Zehn? Zwanzig?«, warf sie die Frage in den Raum. »Wie viele Sklaven werden benötigt, um viele hundert Wikinger zu versorgen?«

Thyra machte eine kleine Pause.

»Bergthora«, forderte sie energisch. »Du gehst zu Grímur. Und ganz nebenbei fragst du nach der Anzahl der Sklaven, die er für die Bewirtung vorgesehen hat.«

Thyra schürzte die Lippen und ihre Augen funkelten vergnügt.

»Männer, da bilden auch Wikingerkrieger keine Ausnahme, machen sich über alles Gedanken. Über Kriege, Seefahrt, Wind und bei euch auch über Odin und Walhalla. Doch sie verschwenden kaum einen Gedanken an die Alltäglichkeiten.«

Sie strahlte über das ganze Gesicht.

»Die Bewirtung der Gäste vergessen sie oft! Und du, Bergthora« Thyra legte fordernd ihre Hand auf Bergthoras Schulter. »Du befreist deinen Häuptling aus dieser misslichen Lage.«

»Ich?«, rief Bergthora entsetzt.

»Wer denn sonst? Ich bin nur eine Sklavin eures Volkes. Ruadhan eine Kriegerin. Eine Kriegerin denkt wie ein Mann. Sie kann eurem Häuptling nichts über die Bewirtung von Gästen erzählen. Das kann nur eine reiche Hausfrau und Händlerin. Du!«

»Ich soll also den ersten Schritt gehen?«

»Denke an das *logting*«, erinnerte Thyra eindringlich und lächelte versonnen. »Du bist klug und raffiniert. Du wirst es schaffen! Grímur wird durch deine Worte seine Lage erkennen und dir dankbar sein. Schließlich ist er der Häuptling der *faereyiarner* und es schadet seinem Ansehen, wenn er es während eines so wichtigen *logtings* nicht anordnet, seine Gefolgsmänner zu bewirten.«

Bergthora, die als Geschäftsfrau im Tuchhandel äußerstes Geschick bewies, war jetzt etwas langsam im Denken.

»So viele Sklaven haben wir ja gar nicht!«

»Nein!«, meinte Thyra ernst und ihre Augen leuchteten aufgeregt. »Aber die *faereyiarner* haben Frauen!«

Nur das Knistern des Feuers war zu hören. Die Kriegerin und auch Bergthora schluckten.

»Wir sind hoch angesehene Frauen in unserem Volk«, fing Ruadhan fast lautlos zu sprechen an. »Wir haben lange um diesen Status gekämpft und viel gelitten. Und nun sollen wir wieder, wie die niedrigsten Sklaven, die Männer unseres Volkes, die teilweise weniger Reichtum, Ansehen und Ruhm erstritten haben als ich!« Sie schluckte schwer. »Ich soll diese Männer bedienen!«

»Tja!« Thyra zuckte mit den Achseln. »Oder wir gehen als Wikinger.«

»Ich gehe als Krieger!«, erklärte Ruadhan sofort kategorisch. »Ich werde keinen *Ascomanni* bedienen. Ich bin selbst einer!«

»Gut«, griente Thyra. »Und du?«

»Ich weiß es noch nicht. Ich bin eine angesehene Frau!«

»Und dennoch darfst du nicht am *logthing* teilnehmen, wie jeder andere Wikinger in deiner Position«, stichelte Thyra.

Bergthora rang mit sich, zögerte, schließlich erhob sie sich seufzend. »Gut, ich gehe als Sklavin! Aber ich will, dass ihr mich so zurechtmacht, dass mich niemand erkennt. Nicht ein *faereyiarner* oder *duph* soll wissen, dass er von mir, der reichen Tuchhändlerin bedient wird!«

»Das schaffe ich schon. Niemand wird wissen, wer du bist.«

»Dann bin ich dabei«, erklärte Bergthora nun energisch. »Und was ist mit Aesa?«

Thyra lächelte verschmitzt. »Aesa erzählte mir, dass sie beim *logting* hinter Gnupas steht, hinter der *ry-n-d-r gryl-a.*«

»Das Runenkundige Zauberweib! Die *fál-a* ist dabei?«, keuchte Bergthora beunruhigt.

»Genau! Gnupas Rat wird von den Dänen geschätzt. Aesa ist Heilerin und zusätzlich Gnupas Lernende. Sie wird hinter Gnupas stehen und alles hören! Und sie wird genau wie Gnupas wissen, welche Gedanken in den Köpfen der Mächtigen vorgehen!«

»Geistwissen«, keuchte Ruadhan entsetzt.

Bergthora nickte furchtsam.

»Unsere *ság-a*[73] Oddbjorg wird auch dabei sein. Dieses *logting* wird uns allen im Gedächtnis bleiben!«, erschüttert starrte sie ins Feuer und wisperte: »So viele Geister! So viele Götter!«

Nur Thyra stocherte ruhig im Eintopf herum und löffelte eine Möhre heraus.

»Es ist immer von Vorteil zu wissen, was die Mächtigen denken und was sie planen. Und wenn es von Vorteil ist, die Geister und deren Fähigkeiten zu nutzen, warum nicht?«

* * *

Es herrschte Neumond.

Der tiefschwarze Nachthimmel zeigte sich in dieser besonderen Nacht ohne Wolken und die Sterne funkelten silbriggolden, wie die fliegende Glut im Ascheregen, wenn der Wind in die Flammen bläst und die Hitze nach oben trägt.

In ihren besten Gewändern schritten die Männer den schmalen Bergpfad zum Thingplatz hinauf. Jeder trug eine brennende Fackel, so erstrahlte der Weg und der geweihte Thingplatz in einem schwebenden Feuermeer. Der Widerschein schwebte magisch über den Köpfen und den heiligen Runensteinen.

Thyra betrachtete aus einiger Entfernung die überwältigende Prozession und ein Kälteschauder lief über ihren Rücken.

»Es ist unheimlich«, murmelte sie. »So viele Menschen! Und niemand spricht! Man sieht sie dort vor und in dem heiligen Steinkreis stehen, sieht die Körper, ihre Gesichter und dennoch erhebt keiner seine Stimme.«

Bergthora stand neben Thyra und betrachtete die *thraell* nachdenklich.

---

73 Seherin.

»Die Stimme zu erheben steht einzig dem *logsogmuadur* und gleichzeitig unserem *go-d-i*[74] Ingjaldr zu. Nur der *logsogmuadur* darf das *logting* eröffnen. Nur wenn der Clan keinen *logsogmuadur* oder keinen *go-d-i* hat, übernimmt ein Heerführer, ein König oder ein Jarl den Vorsitz.«

»Und wer ist das?«, zischte Thyra leise, ohne den Blick von dem Menschenmeer zu nehmen.

»Vestlioi«, sagte Bergthora ehrfurchtsvoll. »Er ist das wandelnde Gedächtnis der *faereyiarner*.«

»Wo steht er?«

»Dort, vor dem hohen Felsen.« Bergthora beugte sich Thyra entgegen und zeigte mit ausgestrecktem Arm auf den heiligen Mann. »Da! Siehst du ihn? Er ist schon alt. Sein langes schütteres Haar reicht fast bis zur Erde. Er trägt ein grünes Gewand und stützt seinen alten Körper seit Jahren auf seinen magischen gedrehten Narwalzahn. Der Stab ist aus Elfenbein und äußerst wertvoll. Er wird seit unzähligen Generationen weitergereicht und im Laufe der Zeit mit Runensymbolen und Götterzeichen verziert. Dieser Stab des Narwals ist sehr kraftvoll und mächtig. Auch bei den Göttern.«

»Ist er so etwas wie Gnupas bei den *Ascomanni*?«

»Die *fál-a*?«, zischte Bergthora entsetzt.

»Ja.«

Bergthora blickte grübelnd in den Sternenhimmel.

»Ich glaube es ist so, wie du sagst. Vestlioi kann Runen lesen und sie in den Felsen schlagen. Er kennt sämtliche Götter und spricht mit ihnen, fragt unsere Gottheiten um Rat und bittet um deren Hilfe.« Bergthora runzelte verärgert ihre Stirn und schürzte die Lippen. »Aber er ist der *logsogmuadur*, keine *ry-n-d-r gryl-a*!«

Thyra lächelte Bergthora nachsichtig an.

»Ist ja schon gut. Ich wollte es ja nur wissen.«

Bergthora schnaubte erregt, sagte aber nichts mehr.

---

74 Priester.

Die Königsdrengire standen in unmittelbarer Nähe zum *logsogmua-dur* Vestlioi, neben Gorm und dem *jar-l* Grímur. Ebenso die *fardren-gire*[75], die *drengire*, die *húskarl*, die freien Bauern, Fischer und Händler.

Plötzlich legte sich eine gespenstische Stille über das *logting* und mit seiner Altmännerstimme erhob der *logsogmuadur* das Wort.

»Heute ist eine besondere Nacht.« Bedächtig sah er in die ernsten Gesichter. »Heute steht *mÿl-in-n*[76] nicht am Nachthimmel. Heute ist es eine schwarze Nacht und wir halten heute ein besonderes *logting*. Wir werden entscheiden, wo und wie unsere Gäste den Winter auf unserer Insel verbringen.«

Er schwieg eindrucksvoll.

»Heute Nacht wird eine Nacht der vielen Stimmen. Heute Nacht soll jeder zu Wort kommen und seine Meinung kundtun, damit wir morgen, wenn *mÿl-in-n* wieder anfängt das Gesicht zu runden, entscheiden können.«

Zustimmendes Gemurmel erhob sich. Der *logsogmuadur* lächelte sinnierend. Dann erhob er seine Stimme, die plötzlich jung und dynamisch klang. Laut erzählte er seinem Volk die Geschichte des Kriegsgottes und holte sie so zurück ins Gedächtnis.

»Es gab einen Asen, den sie Tyr nannten. Tyr unser kühner, tapferer und weiser Kriegsgott. Der sich mutig vor keiner Gefahr scheute. Er wollte Frieden stiften zwischen dem Fenriswolf und den listigen Asen. Die Asen beabsichtigten dem Fenriswolf die Fessel von Gleipnir anzulegen. Ihr müsst wissen, die Fessel heißt Gleipnir und ist aus dem Geräusch der schleichenden Katzen, dem Barthaar einer Frau, den Wurzeln eines Berges, den Sehnen eines Bären, dem Atem eines Fisches und dem Speichel eines Vogels gefertigt. Der Wolf zögerte und argwöhnte, dass die Asen ihn nie wieder losbinden würden. Da legte Tyr seine Hand als Pfand für die Ehrlichkeit der Asen in den Rachen des Fenriswolfes. Aber die

---

75 Mächtige Männer, die von Land zu Land segeln.

76 Name des Mondes.

Asen banden den Wolf nicht wieder von Gleipnirs Band. Da biss der Fenriswolf unserem Gott Tyr die Hand ab.«

Lautes Gemurmel erhob sich. Der *logsogmuadur* hob beschwichtigend beide Hände und bat um Ruhe.

»Seit diesem Tag ist Tyr einhändig und unser Kriegsgott und Schutzherr des *logthings*!« Laut ließ er seine kräftige Stimme über die Ebene ertönen.

»Tyr ich rufe dich. Tyr, der du der Schutzherr dieses *things* bist. Lasse Frieden über diesen *thing* herrschen!«

Er schloss seine Augen und atmete tief. Jeder sah, wie sich der Brustkorb des Priesters hob und senkte.

Plötzlich riss der *go-d-i* seine Augen auf, starrte den Jarl der Färöer, Grímur Kamban, an und mit kräftiger Stimme rief er: »Der Thingfriede ist hiermit ausgerufen!«

Wie auf ein unsichtbares Zeichen vibrierten im satten, tiefen Ton gewaltige Trommelschläge.

Laut, stark und rhythmisch.

Das überwältigende Dröhnen der Trommeln drang durch Ohren und Haut, in die Körper der Nordmänner und ein nerven-zerreißender Schauer ließ jeden schwer atmen.

»Was ist das?«, wagte Thyra leise zu fragen. Sie suchte mit den Augen den Ursprung der Trommeln, fand sie aber nicht.

»Die Trommeln ehren unseren Kriegsgott Tyr«, hauchte die Tuchhändlerin Thyra ins Ohr. »Du kannst sie nicht sehen, weil sie hinter den Felsen stehen, an besonderen Orten.«

Thyra riss staunend die Augen auf und starrte Bergthora an.

»Dort, wo die Männer ihre Trommel schlagen, wird der Klang über die gesamte Ebene getragen. Jeder soll den Klang der Trommeln hören, aber niemand soll die Trommler sehen!«

Thyra schluckte. »Stehen sie hinter jedem Runenstein?«

»Sieh genau hin«, raunte Bergthora, beugte sich zu Thyra und zeigte auf die im Schatten stehenden Männer. »Sie tragen dunkle Gewänder, um mit der Nacht zu verschmelzen. Keiner darf sie ansehen oder ansprechen. Denn heute Nacht sind die Trommler den Geistern gleich. Es würde Unglück bringen.«

Sie machte eine kleine Drehung.

»Und dort, hinter dem hohen Wachholderbusch und vor den vielen riesigen Felsbrocken, stehen auch einige. Ich zeige es dir, damit du mit unseren Gesetzen vertraut wirst.«

Grímurs feste Stimme ertönte und die Trommeln verstummten.

»Der Thingfriede ist ausgerufen und unser Kriegsgott Tyr weilt unter uns.«

Zustimmendes Gemurmel schwirrte durch die Nachtluft.

»Heute werden wir reden und zuhören.« Eindringlich sah er die *Ascomanni* und sein Inselvolk an. »Und morgen werden wir beschließen!«

Er machte eine lange Pause und las die Emotionen auf den Gesichtern der Wikinger.

»Wir werden heute darüber reden, wo und wie die Drachen-fahrer den Winter mit uns gemeinsam überleben. Wo sie ihre Schlafstätten haben werden, welche Jagden erforderlich sind, um nicht zu verhungern, und wie die Strafen aussehen, wenn unsere Gesetze nicht eingehalten werden.«

Wieder ertönte zustimmendes Gemurmel, besonders von den *faereyiarnern*. Die *Ascomanni* der Kriegsflotte schwiegen mit ver-kniffenen Gesichtern. Sie waren Gäste auf den Schafsinseln, die aufgrund des widrigen Wetters ihre Reise nicht weiterführen konn-ten, und sollten nun den Gesetzen der *faereyiarnern* gehorchen. Das gefiel vielen nicht. Gorm sah es und fing zu reden an.

»Grímur, ich danke dir und deinem Clan. Jeder Seefahrer mei-ner Kriegsflotte wird sich an deine Gesetze halten und ...«

Thyra hatte zuhören wollen, doch jetzt drehte Gorm sich in die andere Richtung und seine Stimme verlor sich.

»Los komm! Wir müssen unsere Pflicht tun«, höhnte Berg-thora und sah an ihrer Sklavenkleidung herunter. »Hoffentlich erkennt mich keiner!«

»Denke daran«, lächelte Thyra gewitzt, »du darfst nicht reden.«

Bergthora presste ihre Lippen fest zusammen und rollte mit den Augen. »Mmh mmh.«

Brummend machte sie sich mit dem schweren Getränkekrug auf dem Weg zum Zentrum der Menschenmasse, zum heiligen Steinkreis.

»Die *duph* sollen für ihr Essen selbst aufkommen!«, rief ein *faereyiarner* Beifall heischend.

»Wie sollen sie das machen? Sie haben keine Schafe, kein Korn zum Backen, nur ihre Drachenschiffe auf denen sie überwintern können.« Diesem Argument wurde durch lautstarkes *waepentaec*[77] zugestimmt.

»Wir haben aber nicht so viele Schafe oder genug Korn, das wir zusätzliche Hunderte Männer mit durchfüttern könnten. Die Vögel sind aufs Meer gezogen! Wir können sie nicht fangen und braten, oder Eier aus den Nestern sammeln.«

Der alte Mann schüttelte nachdenklich seinen Kopf.

»Es bleibt nur die Jagd auf dem Meer.«

Wieder schlugen die Waffen aufeinander, doch auch Murren ertönte.

»Im Winter peitschen schwere Stürme das Meer. So manches Schiff mit allen *skiparii* an Bord ist schon draußen, bei der Meeresgöttin geblieben. Niemand kehrte zurück. Rán hat sie alle zu sich, auf den Grund des Meeres geholt. Doch wir alle wollen essen! Wir alle wollen genügend Wasser zum Trinken und einen warmen Platz zum Schlafen!«

Lautstarkes *waepentaec* setzte ein.

Grímur sah sich erleichtert um.

»Wir werden Häuser aus Felssteinen bauen. Wir werden viele Moose, Flechten und trockene Hölzer für die vielen zusätzlichen

---

77 Aneinanderschlagen von Schwertern und Schilden.

Feuer sammeln müssen, bevor der Schnee alles bedeckt. Aber«, forderte er zum Nachdenken auf, »erinnert euch, dass unsere Winter oft keinen Schnee bringen und bei zehn Grad noch niemand erfroren ist.«

Gorm hob seine Arme und auffordernd sah Grímur dem Häuptling der Dänen an. Sie nickten einander zu, bevor Gorm zu sprechen anfing: »Wir sind alle sehr gute *skiparii* und werden aufs Meer hinausfahren und den Wal suchen. Wir werden ihn jagen und sein fettes Fleisch wird uns Nahrung geben.«

Aufmerksam sah Gorm in die Runde. Blickte jedem ins Gesicht. Die Mächtigen standen im inneren Steinkreis und er musste sichergehen, dass jeder seine Worte hörte. Gorm sah, dass viele Köpfe sich nach hinten drehten und flüsternd das Gesagte weitergaben.

»Wir werden Robben suchen und Walrösser töten. Wir werden Netze flechten und Fische fangen. Garnelen, Krebse und Muscheln am Ufer sammeln und Seegras trocknen.«

»Wie die Weiber!«, fiel ein *Ascomanni* ihm zornig ins Wort.

»Und unsere Schafe?«, rief ein besorgter *faereyiarner* dazwischen. »Wir können nicht alle Schafe schlachten! Sie sind unser Leben! Sie liefern uns Wolle, Fell, Fleisch und Milch. Sie sichern unser Überleben!«

Gorm hob seine Hände und versuchte den aufgebrachten *faereyiarner* zu beruhigen: »Wir werden eure Schafe und alles andere, was wir benötigen, bezahlen. Wir sind keine mittellosen *duph*!«

Die *faereyiarner* sahen einander beunruhigt an.

»Aber Hacksilber macht nicht satt«, murmelte ein Insulaner aus der Dunkelheit.

»Es wird kein einfacher Winter werden. Für niemanden! Doch wir werden eure Gesetze achten und das, was wir benötigen bezahlen, erarbeiten oder eintauschen.«

Lautes *waepentaec* ertönte. Niemand schenkte den Sklavinnen, die die Getränke verteilten, vermehrte Aufmerksamkeit. Thyras

Herz klopfte hemmungslos. Sie sah Gorm und Grímur mit Vest-lioi, dem *logsogmuadur*, vor dem heiligen Felsen stehen, der von allen Seiten von Fackeln erhellt wurde. Etwas abseits erkannte Thyra Gnupas, die *ry-n-d-r gryl-a,* und etwas versteckt hinter der alten Frau stand Aesa, die *laek-n-a,* und die *ság-a* Oddbjorg.

»Wir wollen uns jetzt zusammensetzen, trinken und reden«, forderte der *logsogmuadur* die Versammelten auf. »Und morgen werden wir abstimmen und das Gesetz verkünden!«

Thyra erblickte Bergthora, die mit zusammengebissenen Lippen das *nabíd* verteilte.

»Hey Weib! Schenke mir ein!«, forderte ein *duph* unbeherrscht.

Erschrocken sah Thyra ihn an und tat, was er forderte, während sie mit ungeduldigen Augen die Gesichter der Krieger abtastete und Ruadhan in der Menge suchte.

›Wo ist sie?‹

»Sklavin! Du vergisst deine Pflicht!«, wurde sie grob angefahren. »Schenke ein!«

»Wem gehört diese Sklavin? Sie sollte besser ausgebildet werden!«, dröhnte laut ein streitsüchtiger *faereyiarner.*

»Sie gehört Gorm«, sagte Hafr bedächtig und trat näher.

Thyra zuckte beim ersten Laut seiner Stimme jählings zusammen. Sofort fingen ihre Hände nervös zu zittern an.

»Eurem Häuptling also.« Die Augen des *faereyiarners* taxierten die *thraell.*

Hafr stand dicht bei ihr. Sie konnte ihn riechen und seine Wärme durch ihre Tunika spüren.

»Schenke mir ein, Sklavin«, flüsterte er zischend in ihr Ohr. »Du entkommst mir nicht. Ich werde dich immer finden und auf-tauchen, wenn du am wenigsten mit mir rechnest.«

Er hielt ihr sein Trinkhorn hin.

Thyra hob die Karaffe mit zitternder Hand und befüllte sein Horn. Er sah es und grinste.

»Angst?«

Etwas vom *nabíd* lief über seine Hand, während Thyra langsam ihren Blick anhob und Hafr herausfordernd anstarrte.

»Vergiss nicht, was mit dir geschieht, wenn du dich mit mir anlegst«, lächelte sie ihm zynisch entgegen.

Herausfordernd sah sie in Hafrs zorniges Gesicht. Sah, wie er sich mühsam beherrschte und seine andere Hand zur Faust ballte. Unbewusst schluckte Thyra, drehte sich eilig um und ließ ihn in der Menge stehen.

»Weib!« Hasserfüllt starrte Hafr Thyra nach. »Du wirst für all das büßen. Und es wir ein Genuss für mich sein!«

Thyra fand Ruadhan schweigend zwischen den Kriegern stehen. Ihr Haar hatte sie streng zum Zopf gebunden, das Gesicht mit Asche beschmutzt, die Kappe tief über die Stirn gezogen und die durchlöcherte Sklaventunika verhüllte ihren Körper perfekt.

»Sklavin«, zischte ihr Thyra gereizt entgegen, während sie ihre Arbeit tat. »Ich will mit dem Schwert und dem Messer kämpfen lernen.«

»Was willst du?«, schnaubte Ruadhan entsetzt, vergaß ihr Schweigeverbot und starrte Thyra mit großen Augen an.

»Ich will alles von dir lernen! Alles, was eine Kriegerin wissen muss!«

Thyra knirschte vor Wut mit den Zähnen.

»Treffen wir uns morgen bei Sonnenaufgang in der Schlucht?«

Ruadhan musterte Thyra argwöhnisch.

»Wen hast du getroffen?«

»Hafr!« Thyra konnte kaum ihre Wut verbergen. Spukte angewidert seinen Namen aus. »Morgen bei Sonnenaufgang?«

»Bei Sonnenaufgang«, nickte Ruadhan ihr zu. Erleichtert schloss Thyra zur Antwort ihre Augen und ging.

Ruadhan hatte die Geschichte von Hafr und Thyra gehört. Nachdenklich trank sie den *nabíd* und ahnte, was dieser Wikingerkrieger empfand und schüttelte sich unbewusst.

»Thyra, du hast einen mächtigen Feind auf der kleinen Insel«, murmelte die *lochlannach* nachdenklich und sah sich aufmerksam um. Doch dann zog langsam ein hämisches Grinsen über ihr Gesicht.

›Was ist das für ein Krieger, der sich von einer Frau den Schwanz abbrechen lässt? Thyra, ich glaube dein Feind ist gefährlicher als du es ahnst.‹ Ruadhans Gedanken wanderten weiter. ›Wenn er ein Berserker ist? Jemand, der im unkontrollierbaren Blutdurst alles vergisst! Getrieben von übernatürlichen Kräften. Wie ein verrückter Hund oder ein bissiger Wolf. Stark wie ein Bär und wild wie ein bulliger Stier.‹

Grübelnd nahm sie noch einen Schluck *nabíd*.

›Ein kämpfender Berserker, der auf seinem Weg alles niedermäht. Unverwundbar durch Feuer und Eisen …‹

Sie schluckte.

»Hafr? Bist du ein Berserker?« Tief atmete sie die rauchgeschwängerte Luft ein und sah sich lauernd um. »Trägst du während eines Kampfes eine Tierhaut und eine Maske aus rotem verfilztem Haar? Mit Augenlöchern, Ohren und einer Tierschnauze um deine Feinde zu täuschen? Trägst vielleicht einen *berserkir*[78] oder einen *ulfhednar*[79] aus denen du deine Lebenskraft ziehst?«

Ihr Herz klopfte immer schneller. Sie wusste, ein blutrünstiger Wikinger, der sich eine Bärenhaut über die nackte Schulter legte und diesen besonderen Kräutertrank schluckte, verfiel in wilde Raserei und besaß übermenschliche Kräfte. Sein Blutdurst wurde zur mächtigen, unkontrollierbaren Waffe. Denn Odin selbst verlieh ihm unermessliche Kräfte. Voller Wahn und Stärke. Ein Berserker fühlte keinen Schmerz, er heulte im Kampf wie ein wildes Tier und nur ein tödlicher Stich konnte ihn aufhalten.

Ruadhan schüttelte schaudernd ihren Kopf.

---

78 Bärenhemd.

79 Wolfsmantel.

»Hafr kann nicht im Berserkerrausch gewesen sein. Er hätte sie getötet!«

»Hej Sklavin! Ich habe Durst!«, wurde sie aus ihren Gedanken gerissen. Auch wenn es ihr schwerfiel, heuchelte Ruadhan Demut und dienerte.

›Aber nur heute‹, verfiel sie wieder in Schweigen.

Am nächsten Tag verkündete zur Mittagszeit der *logsogmuadur* die Beschlüsse von allen Teilnehmern und mit lautem Schlagen der Schwerter auf den Schilden, stimmten die Wikinger zu.

Nur die *lochlannach* und die *thraell* waren abwesend.

»Halte das Schwert höher!«, schimpfte Ruadhan. »Willst du die Erde erstechen? So wirst du bereits vor deinem ersten Kampf vom Schwert deines Gegners durchbohrt werden!«

Wütend stampfte sie um Thyra herum. Diese biss ihre Zähne zusammen, packte mit beiden Händen die schwere Waffe und zeigte mit der Spitze zum Himmel.

Ruadhan trat geschmeidig näher, berührte mit ihrem Schwert und einer kaum sichtbaren, schnellen Bewegung Thyras Schwert und schlug es ihr aus den Händen.

Die einfache Waffe fiel, auf den Steinen klappernd zu Boden. Thyra verfolgte es mit Erstaunen und knirschte ärgerlich mit den Zähnen. Wütend auf sich und ihre Unachtsamkeit rieb sie ihre vibrierenden Handflächen.

»Wenn du dein Schwert starr umklammerst, passiert dir so etwas!« Die *lochlannach* deutete mit ihrer Schwertspitze auf das am Boden liegende Metall.

»Dein Körper muss wie eine Sehne sein. Biegsam und dennoch stark und fest. Dein Schwertarm kräftig, geschmeidig und schnell sein. Wie ein Falke auf der Jagd. Er muss jeden Schlag des Gegners aufhalten und dennoch so federn, damit dir das nicht wieder passiert.«

Thyra umfasste den Griff und knurrte: »Danke.«

»Bist du hungrig?«

Zur Antwort hob Thyra lauernd ihren Blick und das Schwert, strich sanft mit ihrer Klinge über die scharfe Schneide der *lochlannach* und ließ einen sanften, singenden Ton erklingen.

Die Sonne stieß durch die graue Wolkendecke und die Möwen ließen ihren einzigartigen Schrei durch die Schlucht schweben.

»Ich habe immer Hunger!«, griff Thyra an.

Die Irin lachte laut und warf ihren Kopf in den Nacken, sodass ihre langen Haare wirr über den Rücken fielen.

Das stachelte Thyra noch heftiger an.

»Noch bevor wir im Frühling in See stechen, habe ich dich besiegt!«, schwor sie.

Ruadhan jubelte und ihre Augen funkelten vergnügt.

»Dann kämpfe!«, forderte sie und schlug zu.

Nach zwei Attacken der Kriegerin fiel Thyras Schwert wieder aus der Hand. Eilig hob sie es auf und griff erneut an. Und wieder fiel es und wieder und wieder.

Die Sonne verschwand hinter den steilen Felsen der Schlucht, als die beiden Frauen zum Dorf zurückgingen.

Thyras Arm schmerzte, ihre Hände fühlten sich taub an, genau wie ihre Ohren vom lauten Klang, den die Klingen erzeugten.

Stur und erschöpft blickte Thyra auf den Pfad und wich den Wachholderbüschen aus. Die steilen Felsen warfen noch etwas von der Sonnenwärme ab. Doch vom Boden kroch die feuchte Kälte an den Beinen hoch.

»War es schwer deinen ersten Gegner zu töten?«, durchbrach Thyra die Stille.

Sie sah, wie Ruadhan kurz ihren Rücken anspannte, um dann gelassen weiter zu gehen.

»Nicht als ich es tat«, sagte sie tonlos.

»Wann dann?«

»In den Nächten. In den Träumen. Wenn du glaubst, warm und geborgen in deinen Fellen zu liegen und dir nichts geschehen kann. Dann kommen die Albträume. Zusammen mit dem Geruch von Blut, Schweiß und dem Gestank der Gedärme, die aus den Leibern quellen.«

Lautlos schritt Ruadhan über den Pfad.

»Du wachst auf, dein Herz rast und du reißt deine Augen auf. Du weißt nicht, wo du bist und suchst deinen Feind. Dann, nach einer Weile, wenn du schon lange in die schwache Glut gestarrt hast, erkennst du endlich, wo du bist. Dass du nicht auf dem Schlachtfeld stehst und um dein Leben kämpfst. Der kalte, nasse Schweiß bedeckt die Haut deines Körpers und deine Nacht ist zu Ende. Du findest keinen Schlaf mehr, legst einige Holzscheite nach und wartest, bis die Flammen hochschlagen. Dann hockst du dich davor, wickelst dich in deine Bettfelle, starrst in die Flammen und wartest auf den Morgen. Darauf, dass die Sonne aufgeht und alles in helles Licht taucht, um die Geister der Nacht zu verdrängen.«

Ruadhan schwieg kurz, blieb stehen und drehte sich zu Thyra um.

»Am Tage scheint alles wieder gut. Du denkst nicht an die toten, gebrochenen Augen der Erschlagenen. Riechst die Erde und dein Essen, fühlst auf der Haut die Wärme und Kälte und den Mann neben dir. Doch in der nächsten Nacht kommen sie wieder, deine toten Feinde Willst du das?«

»Ich will keine Sklavin sein!«, sagte Thyra mit fester Stimme und sah die Irin entschieden an. »Und wenn das der Preis für meine Freiheit ist, werde ich ihn zahlen!«

Ruadhan nickte, drehte sich wortlos um und ging voran.

* * *

Das *logting* war nach drei Tagen beendet und alle Gesetze verkündet. Im Haus der Tuchhändlerin lebten jetzt elf Frauen auf engstem Raum. Als Thyra und Ruadhan das Haus betraten und zum Schlafraum gingen, staunten sie nicht schlecht, als sie Gnupas zusammen mit Aesa und Bergdis auf dem Podest am Feuer sitzen sahen.

»Hallo ihr zwei«, begrüßte Bergthora die *het-ja* und die *thraell* herzlich und ging um die knisternde Glut herum, die den mittleren Raum des Langhauses wärmte.

»Das *logting* hat mir alle unverheirateten Frauen zugeteilt. Wir werden diesen Winter zusammen an meinem Feuer sitzen. Darf ich euch unsere neuen Mitbewohnerinnen vorstellen?«

Sie stellte sich neben Thyra und Ruadhan und deutete auf die erste Frau, die auf den Bettfellen saß und den orangegoldenen Funkenflug im Auge behielt, damit er kein Loch in ihre Tunika brannte.

»Das ist Malmfrid, eine verwitwete Bäuerin.« Bergthora deutete auf die verhärmte, ungepflegte Frau mit verfilztem braunem Haar. »Neben ihr sitzt Gyda, unsere Gerberin.« Sie zeigte auf die zweite Wikingerin, die ihnen freundlich zulächelte.

Ruadhan nickte Gyda freundlich zu. »Gyda macht die beste Lederkleidung der Insel. Besonders für Frauen.«

»Hallo Gyda.« Thyra nickte ihr zu und betrachtete unauffällig die lederne Hose und die außergewöhnliche lederne Tunika der Gerberin.

»Hallo Fremde«, begrüßte Gyda Thyra zurückhaltend.

»Und in der dunklen Ecke sitzt Elfa. Sie ist unsere Fischerin und hervorragende Muschelsammlerin. Im Sommer fängt sie die fettesten Vögel und sammelt die meisten Eier auf der Insel.«

»Elfa«, nickte Thyra.

»Ellisif.« Bergthora zeigte auf eine wunderschöne dicke Wikingerin, die neben Elfa saß und ohne Scheu Thyra musterte.

»Und was macht Ellisif?«

»Mhgrmpf«, räusperte sich Bergthora ungewöhnlich zurückhaltend.

Thyra runzelte verwundert die Stirn und starrte der Tuchhändlerin eindringlich in ihre nervös zuckenden Augen.

»Also Ellisif ist eine …«, fing Bergthora an und suchte verzweifelt nach den richtigen Worten. »Also Ellisif …«

»Ich beglücke die Männer der Insel.« Ellisif lächelte Thyra offen an und erleichterte Bergthora die Antwort.

»Du beglückst die Männer? Wie das?«

Ellisifs Lächeln wurde immer breiter.

»Manche Männer haben keine Frau oder das Weib in ihrem Lager will mit ihm nicht die Nacht teilen. Dann kommen sie zu mir.«

»Dann kommen sie zu …? Oohh!«

Ellisif lachte vergnügt. »Jetzt hast du es verstanden?«

»Habe ich! Kommen viele Männer zu dir?«

»Wie du siehst,«, rieb Ellisif sich ihre vollen, üppigen Rundungen, »kann ich von den Gaben, die sie mir bringen, sehr gut leben.«

»Und neben unserer Männerfreundin sitzt Rogned unsere Holzhandwerkerin«, unterbrach Bergthora die Unterhaltung.

»Hallo Rogned«, grüßte Thyra nickend.

»Jetzt kennst du alle und ich hoffe …!« Sie warf als Hausherrin jeder Bewohnerin einen eindringlichen Blick zu, nur Gnupas überging sie bedächtig. Die *fál-a* war ihr unheimlich!

»Ich hoffe, dass wir den langen, kalten Winter gemeinsam in Frieden in meinem Haus verbringen werden.«

»Das hoffe ich auch«, murmelte Aesa und erntete von Bergdis einen hämischen Blick.

Über der Feuerstelle baumelte der große Specksteinkessel in der Aufhängevorrichtung. In ihm brodelte ein duftender Lammeintopf mit Gemüse und Kräutern.

Gyda ergriff den Kochlöffel und rührte den Eintopf vorsichtig.

»Wir werden unsere Vorräte und Tiere in dein Haus bringen müssen«, meinte sie nachdenklich und sah sich stirnrunzelnd im Haus der Tuchhändlerin um. »Das wird eng.«

Das Steinhaus der Tuchhändlerin verfügte über drei Räume und war eines der größten im Dorf. Es hatte die Maße von sechs Mal sechzehn Meter und in seiner gesamten Fläche ergab es fast einhundert Quadratmeter.

Für die Wände des Hauses schichteten die Färöer Felssteine aufeinander, stopften die Ritzen mit Moosen, Flechten und getrockneten Algen aus und rieben die Wände mit Lehm ein. An den Außenwänden wurden Grassoden gegen den rauen Felsstein gedrückt und mit biegsamen Zweigen befestigt. Das Gras wuchs schnell an der Hauswand entlang, umfing mit seinem feinen Wurzelgeflecht die Steine und hielt sie zusammen. Im Laufe der Jahre wanderte das harte Gras bis zum Giebel des Schilfdaches hinauf. So konnten die Häuser oftmals von der Grasebene kaum unterschieden werden.

Die Dachgerüstkonstruktion bestand aus breiten, tragenden Spaltbohlen. Die Holzbohlen waren kostbar und teuer, da auf den Färöer-Inseln kaum Bäume wuchsen.

Die *faereyiarner* mussten diese Holzstämme auf dem entlegenen Festland in Skandinavien oder England schlagen, sie spalten und behauen, um sie dann auf ihren Frachtschiffen über das unberechenbare Nordmeer fahren.

Im hinteren Teil des Hauses lag der Stall für die Schafe, Hühner und Schweine. Bevor Bergthoras Mann starb, gehörten ihr auch ein Pferd und zwei Rinder. Doch diese musste Bergthora, um zu überleben, nach seinem Tod verkaufen.

Der Stall besaß eine kleine Tür nach draußen und war mit einem Durchgang zum zentralen Wohnraum verbunden. So strömte im Winter die Wärme der Tiere durch das Haus.

Im mittleren Raum, mit der zentralen Feuerstelle, befanden sich rechts und links an den Steinwänden entlang die leicht erhöhten Schlafpodeste. Bergthora legte auf die Schlaflager die wärmenden Felle von Schafen und Robben. Auf jedem Schlafpodest konnten so bis zu acht Personen bequem übernachten.

Im ersten Raum mit der Haupttür lehnte jetzt der aufrecht stehende Gewichtswebstuhl von Ellisif an der Wand.

Zwei große und dicke Holzständer lehnten gegen die Wand, welche den stabilen hölzernen Tuchbaum trugen. Vom waagerechten Tuchbaum in Kopfhöhe hingen unzählige Kettfäden herab, die mit steinernen abgerundeten und kreisförmigen Gewichten straff gehalten wurden.

In einer anderen Ecke des ersten Raumes hatte sich Rogned, die Holzhandwerkerin, ihren Hocker gestellt und um ihn herum ihre hölzernen Schüsseln, Löffel und ihr Schnitzwerkzeug zurechtgelegt.

Neben Rogneds Platz war Gyda dabei ihre gegerbten Tierfelle und enthaarte Lederhäute zu stapeln. Ihr gehörten kostbare weiche, flauschige Felle. Viele Schafsfelle, doch auch Fuchs, Marder und Robbe sowie ein ausgewachsenes und zwei kleinere elfenbeinfarbene Eisbärenfelle waren darunter.

Bergdis stellte sich neben die niedrige Eingangstür einen Stuhl. So konnte sie die Tür bei gutem Wetter öffnen oder sich vor dem Haus unter das schützende Vordach setzen und ihre filigrane Silberstickerei auch im Winter, bei schwachem Licht ausüben.

Gnupas und Aesa wiederum lagerten ihre Kräuter in unzähligen Lederbeuteln und Krügen auf einem von der Decke hängenden, zwei Quadratmeter großen geflochtenem Zwischendach.

Nur Elfa, die Fischerin, beanspruchte kaum Platz für ihr Fischernetz, den Fischspeer und die vielen feinen Angelhaken aus Walknochen.

Genau wie Malmfrid, die Bäuerin. Sie sperrte ihre fünf Hühner zu Bergthoras Hühnern in den Stall, während ihre Schafe, wie alle anderen, noch auf den Weiden und an den Berghängen grasten.

Aber besonders Ruadhan litt unter dieser Einteilung. Sie musste ihr Haus mit ihren vier eigenen Sklaven, auf Befehl von Grímur, den dänischen Wikingerkriegern überlassen.

So war die *lochlannach* kaum im Langhaus der Tuchhändlerin zu finden.

* * *

»*Grindadráp*[80]«, murmelte Gorm, der neben Siguror auf dem schmalen Pfad zur Klippe ging. »Wir werden den schwarzen *grindahvalur*[81] jagen, um zu überleben!«

»Ich zählte vor Tagen die Holzschuppen zum Trocknen des Walfleisches, welche Grímur gehören.« Siguror blickte zum Himmel, um das Wetter abzuschätzen. »Es sind nicht genug.«

»Mmh, ich war mit Grímur bei seinen *hjallir*[82]. Die *faereyiarner* hatten in diesem Sommer viel Jagdglück. Jede der meterlangen Holzstangen hängt voll mit Klippfisch, Papageientauchern und getrocknetem Schaffleisch. Es sieht wirklich sehr schmackhaft aus. Der Seewind pfeift durch die Ritzen der Holzschuppen hindurch, wie Ráns Atem, wenn sie unsere Segel bläst, und lässt das Fleisch trocknen.«

Siguror grinste Gorm an und stieß mit seinem Fuß einen Steinhaufen aus dem Weg.

»Was freust du dich?«, fragte Gorm irritiert.

»Das ist gut.«

»Was ist gut?«

»Dass Grímur und sein Volk so fleißig waren.«

»Stimmt«, lachte nun auch Gorm, wurde aber schnell ernst. »Es wird trotzdem nicht für alle reichen.«

»Stimmt.«

Sie erreichten die Klippe und sahen über das graublaue aufgewühlte Meer. Der Wind blies ihnen ins Gesicht und zerrte an Haar und Kleidung.

---

80 Grindwalfang.

81 Grindwal.

82 Spezieller Holzschuppen zum Trocknen des Fisches.

»Es wird schwer werden die kurze Finne des Grindwales in den Wellenbergen ausfindig zu machen«, brummte Gorm leise.

»Wir könnten Boote rausschicken.«

»Rán, unsere Meeresgöttin und Hel, unsere schöne und hässliche, überaus schreckliche Todesgöttin werden sich freuen«, spöttelte Gorm. »Sie werden unsere Männer mit einem Lächeln auf den Lippen begrüßen.«

Er schwieg kurz.

»Wir werden am gesamten Küstenstreifen Wachposten aufstellen.«

Tief atmete er sehnsüchtig die salzige Meeresluft ein. Zu gern wäre er jetzt auf See und würde die Bewegung der Wellen unter seinen Füßen spüren.

»Die Wachen werden Tag und Nacht das Meer beobachten. Wir werden die Schiffe immer startbereit halten. Es müssen zu jeder Zeit genügend *húskarl* auf den Schiffen sein, damit wir, wenn der Grind an den Inseln zu dieser späten Jahreszeit noch vorbeiziehen sollte, sofort mit der Jagd beginnen können.«

Siguror starrte über das Meer und nickte zustimmend.

»Die momentanen Bedingungen für den *grindadráp* sind schlecht.«

Er sah, wie die weißen Schaumberge auf den hohen Wellen sich aufbäumten und hinauf spritzten.

»Den Sommer für die Jagd haben wir verpasst!«, frotzelte Gorm.

»Stimmt! Aber warum sollen wir den *grindahavalur* nicht im Winter jagen? Wenn die Wellen die Höhe von uralten Eichen erreichen und wenn der kräftige Wind die Segel lieber nicht mit seinem Atem füllen sollte, damit er sie nicht zerreißt! Wenn wir gegen den Wind, die Strömung und die Wellenberge rudern müssen und dann, ganz nebenbei, ein gigantisch großes Heer *grindahvalur* einkreisen und in eine Bucht jagen, damit wir alle töten können.«

Gorm sah zum unruhigen Horizont. Dorthin, wo die Spitzen der Wellen den Himmel berührten.

»Wir sind *nid-du-r*[83], die nicht auf dem Felllager neben einer Frau sterben!«, brüllte er zornig dem Wind ins kalte Gesicht.

»In der Drachenflotte fahren nur *nid-du-r*!«, schmunzelte Siguror. »Aber wenn ich so darüber nachdenke …«, sein Grinsen wurde immer breiter. »Also, gegen den großen, warmen, weichen Busen einer Frau hätte ich nichts einzuwenden.«

Erstaunt nahm Gorm seinen Blick vom Ozean und betrachtete skeptisch Sigurors Gesicht.

»Du willst im Bett, am warmen Busen einer Frau sterben?«

»Mmh, das Schlechteste wäre es nicht!«

»Du brauchst unbedingt eine Frau in deinem Lager. Dein Verstand wird von einem anderen Teil deines Körpers regiert!« Gorms Blick wanderte ungeniert auf Sigurors Penis.

»Was?« Entrüstet schrie Siguror auf, fing sich aber schnell und meinte gut gelaunt: »Das Schlechteste wäre es nicht.«

»Damit ist Walhalla für dich nur noch eine Geschichte.«

Lachend drehten sie sich in den Wind und blickten zum Horizont.

Die Sonne brach durch die grauen Wolken und schickte ihre schwachen Strahlen aufs Meer und auf die Färöer-Inseln. Möwen tanzten im Wind und stießen pfeilschnell zur Fischjagd ins Wasser. Ihre gellenden Schreie und der sirrende Laut des Windes flogen durch die unzähligen Schluchten der Klippen und schwebten durch die Luft.

Die Wellen schlugen ungestüm gegen die hohen Felsklippen und der Wind trug die salzige Meeresgischt weit übers Land. Wie ein feiner Nebelschleier bedeckte sie feucht glänzend das braun werdende Gras, die Wachholderbüsche und Felsen, die Haut der Menschen und das lange Winterfell der Tiere.

---

83   Grimmige Krieger.

Nach einer Weile sagte Gorm, ohne seinen Blick vom Meer zu nehmen. »Ich werde mit Grímur über den *grindadráp* reden.«

Nachdenklich starrte Siguror auf die hohen Wellenberge.

»Wir werden Grímurs *foroyskur bátur*[84] brauchen.«

»Und die Erfahrungen seiner Jäger.« Gorm wischte sich die Meeresgischt vom Gesicht und ging zurück ins Dorf.

* * *

»Die Männer wollen zum *grindadráp*«, wütete Aesa und stampfte über das Gras einem schroffen Berghang entgegen. »Sie wollen sich umbringen! Wollen den Grund des Meeres küssen. Obwohl einige von ihnen Frauen und Kinder haben, die auf sie warten.« Zornig und aufgewühlt streckte Aesa ihre Arme dem grauen Himmel entgegen. »Aber nein!« Sie ballte die Fäuste. »Diese wahnsinnigen Männer wollen den Grindwal in den Wintermonaten jagen.«

Aesa blieb vor einer Felsspalte stehen, zückte ihr kurzes Messer, stach Moos aus der Nische, schüttelte die trockene Erde heraus und stopfte es in ihren geflochtenen Wachholderkorb.

»Was sagst du dazu?«, forderte sie mit flammenden Blick Thyra heraus, die schweigend neben ihr stand.

»Es sind Wikinger.«

»Wikinger? Das sind dumme, einfältige, hirnlose …« Ihr fiel nichts mehr ein.

»… Wikinger«, half Thyra ihrer Freundin Aesa aus.

»Das sind keine Wikinger! Wikinger sind Krieger und Seefahrer und in der Heimat Händler, Bauern, Handwerker« Gereizt rang sie nach Luft. »Kluge Strategen. Berserker. Doch sie bringen sich nicht selbst um!«

Nachdenklich beobachtet Thyra Aesa.

---

84 Färöerboot zur Jagd.

»Wir brauchen Essen. Sie sorgen dafür, dass wir nicht verhungern.«

»Pah«, schnaufte Aesa. »Hier wächst doch genug!«

Weit streckte sie ihre Arme aus und ließ ihren Blick über die karge Ebene schweifen.

»Moose und Flechten«, brummte Thyra und runzelte die Stirn. Aesa war doch sonst nicht so engstirnig. »Was ist los?« Freundschaftlich beugte sie sich ihr entgegen.

»Nichts«, wich Aesa eilig aus und stocherte zornig zwischen der Felsennische auf einem weiteren Mooskissen herum.

»Nichts?«

Thyras Augen funkelten skeptisch. Dann kniete sie sich neben Aesa, nahm ihr langsam, fast zärtlich das Messer aus der Hand und brach liebevoll das Moos heraus.

»Ich glaube, du denkst an einen ganz bestimmten Mann. Ich glaube, du denkst an …«

»An wen sollte ich denn denken?«, unterbrach Aesa lauernd.

»An Hallgeirr!«, warf Thyra ihr den Namen vor die Füße.

»An Hallgeirr?«, wehrte Aesa entrüstet ab.

»An Hallgeirr«, betonte Thyra stoisch und stopfte das Moos in den Korb.

Aesa sah Thyra nicht an, als sie das Messer wieder an sich nahm und sich auf ihre Arbeit konzentrierte.

»Hallgeirr ist verheiratet. Er hat eine Frau und Kinder in *haidabýr*, die auf ihn warten.«

»Und trotzdem liebst du ihn. Das macht es nicht einfach.«

Abrupt hörte Aesa auf, mit ihrem Messer die Mooskissen zu malträtieren.

»Das macht es nicht einfach. Ich weiß nicht, was ich machen soll.« Traurig sah sie Thyra an. »Ich liebe diesen Mann. Doch er ist verheiratet und hat Kinder! Ich sollte ihn vergessen! Aufhören ihn zu lieben! Doch wie? Wie kann man aufhören zu lieben?«

Tränen standen in ihren Augen.

»Wie macht man das?«

Thyra sagte nichts, nahm Aesa einfach in den Arm und ließ sie hemmungslos weinen.

»Ich weiß es nicht«, murmelte Thyra. »Nur, dass alles, was geschieht, irgendwie und irgendwann einen Sinn ergibt.«

Jeden Tag wanderten die *laek-n-a* und die *thraell* über die felsige Landschaft der Insel.

Während Aesa den Wachholderkorb auf dem Rücken trug, baumelte von Thyras Schulter der leichte Jagdbogen. Die Pfeile hatte sie in den Stiefelschaft gesteckt, wo sie unter der langen Tunika verborgen waren.

Der stetige, immer kälter werdende Wind zerrte an den Umhängen und ihren Haaren. Sie stemmten sich gegen den Wind, der ihnen das immer lauter werdende und tosende Spektakel der Meeresbrandung zutrug.

Aesas Blick wanderte über die karge und dennoch so vielfältige Pflanzenwelt. Immer wieder bückte sich die Kräuterfrau, grub eine Wurzel aus, schabte Flechten von den Felsen oder schälte Rinde von den dünnen Zweigen der Büsche und den kleinwüchsigen, vom Wind gebeugten Bäumen. Die Frauen sammelten Beeren und Blätter. Sie fanden sogar Pilze. Ganz nebenbei erzählte Aesa alles über deren Wirkweisen und Zubereitungsarten und Thyra hörte aufmerksam zu.

Gegen Mittag aßen sie das mitgenommene Fladenbrot und tranken *drykkr*. Die Sonne kämpfte mit den Wolken und gewann!

»Das, was ich dir über die Pflanzen und deren Heilkräfte erzähle, darfst du niemandem erzählen«, fing Aesa unvermittelt zu reden an.

Thyra sah Aesa verwirrt an, während Aesa umständlich Brotkrümel von ihrer Tunika strich und diese anscheinend fasziniert beobachtete.

»Genauso wie du niemandem erzählen darfst, dass du eine *het-ja* werden willst und mit allen Waffen übst.«

Thyra biss sich nachdenklich auf ihre Lippen.

»Weil ich eine Angeln-Frau bin?«

»Nein«, lachte Aesa nun doch. »Weil du eine Sklavin bist!«

»Oh!«

»Dürfen Sklaven nicht mit dem Bogen schießen?«

»… und auch nicht mit dem Schwert kämpfen, mit dem Speer werfen, nicht das Messer zum Kampf einsetzen«, vervollständigte Aesa.

»Oh!«

»Bisher hattest du Glück. Wir waren lange auf See und sind erst sehr kurze Zeit auf dieser Insel. Alle sind noch zu sehr damit beschäftigt, wo Unterkünfte stehen sollen und wie sie gebaut werden. Jeder fragt sich, ob wir im Winter genügend zu essen haben werden und welche Gesetze in dieser Zeit gelten.«

»Daher das *logting*«, murmelte Thyra geistesabwesend.

»Ja«, nickte Aesa. »Daher das *logting*.«

Ruhig ließ Thyra ihren Blick über das Land und über die weite Hochebene schweifen.

»Aber ich bin eine Sklavin«, fing sie an.

»Richtig.«

»Und ich übe mit Pfeil und Bogen, dem Messer und das Schwert.« Ihre Augen wanderten zu den Wolkenfetzen am Himmel.

»Mmh.« Aesa wartete geduldig.

»Und euer Gesetz verbietet Sklaven den Umgang mit Waffen.«

»Außer, der Sklavenbesitzer erlaubt es ausdrücklich.«

»Was Gorm nicht getan hat.« Thyra atmete tief die salzhaltige Meeresluft ein. »Du und Ruadhan helft mir und bildet mich aus.«

»Mmh.«

»Das ist sicherlich nicht erlaubt …«

»Das eine *laek-n-a* und eine *lochlannach* ihr ureigenes Wissen an eine *thraell* weitergeben ist nicht erlaubt.«

»Und gefährlich für euch!«

»Das ist es!«

Eindringlich sah Thyra jetzt Aesa an.

»Wie gefährlich?«

»Wir könnten alles verlieren. Unser Leben, Ruhm und Ehre, unseren Besitz.«

»Ihr könntet alles verlieren. Warum helft ihr mir?«

Aesa lächelte gequält.

»Weil es unser vorbestimmtes Schicksal ist.« Sie stocherte mit einem Stock in den losen Gesteinsbrocken vor ihren Füßen herum. »Zum einen bist du mir meine Freundin geworden«, energisch warf sie den Stock weit von sich. »Und zum anderen erzählten es die Runen vor langer Zeit.«

»Die Runen?« Thyra legte ihren Kopf schief. »Was haben dir die Runen noch erzählt?«

Aesa zögerte, biss sich kurz auf die Lippen und sah Thyra gequält an. »Willst du es wirklich wissen?«

»Ja! Nein! Ja!« Thyra war sich unschlüssig.

»Ich habe mit Gorm gesprochen und ihm erklärt, dass ich eine Sklavin brauche, um genügend Kräuter und Heilpflanzen für den Winter zu sammeln. Da er augenblicklich keine Verwendung für dich hat …«

»Er hat keine Verwendung für mich?«, rief Thyra aufgebracht.

»Nur als Sklavin! Nicht als Frau!«

Grimmig sah Thyra die Kräuterfrau an.

»So, so.«

»Da er als Sklavin keine Verwendung für dich hat, darf ich deine Arbeitskraft beanspruchen.«

»Hm«, ächzte Thyra verärgert.

»Man kann es sich nicht aussuchen, wen man liebt«, meinte Aesa traurig. »Das ist offenbar unser Schicksal.«

»Warum müssen wir Männer lieben, die für uns unerreichbar sind?«

»Wo ist die Schlucht, wo du mit Ruadhan deine Schießkünste übst?«, wich Aesa aus.

Thyra setzte sich aufrecht hin und sah sich suchend um. Grübelnd legte sie die Stirn in Falten und brach sich ein Stück vom Fladenbrot. »Ich glaube etwas weiter westlich«, murmelte sie.

»Komm!« Aesa stellte sich hin und schüttelte die restlichen Brotkrümel von der Tunika. »Wir gehen hin!«

»In die Schlucht?«

»Wohin sonst!« Aesa versuchte ihre Emotionen zu unterdrücken. »Du musst üben, damit du eine meisterhafte *het-ja* wirst!«

Umständlich stellte Thyra sich hin.

»Ich dachte wir sammeln …«

»Ich sammle!«, unterbrach Aesa. »Du musst üben! So oft es geht.«

»Aber da ich eine Sklavin ohne Rechte bin und ohne die Erlaubnis des Dänenhäuptlings Gorm nicht alleine über das Land wandern darf«, ächzte Thyra, »komme ich eben mit.«

Aesa schulterte den Korb. »Und da unsere Häuptlinge Gorm und Grímur nichts von deinen Übungen wissen dürfen, haben Ruadhan und ich beschlossen, dass du so oft wie möglich mit allen Waffen übst. Männer mögen oft keine Frauen, die sich im Kampf üben. Diese Frauen werden ihnen gefährlich!«

»Jeder Wikinger ist mir an Kraft und Statur weit überlegen.«

Aesa lachte laut, während der Wind mit ihrem langen Haar spielte und es wie einen filigranen, sonnengefluteten Fächer in die Höhe hob.

»Nicht körperlich gefährlich!«

»Nicht?« Thyra wusste nun gar nichts mehr.

»Welcher Wikinger will schon den Anweisungen einer Frau gehorchen? Selbst wenn es eine ruhmreiche Kriegerin ist! Nur ein geistig starker und kluger Mann.« Sie tippte sich gegen die Stirn. »Nur ein mental und körperlich starker Mann kann neben einer Kriegerin bestehen. Also musst du besser sein, als jeder männliche *Ascomanni* und schneller den Umgang mit den Waffen lernen als jeder andere Wikingerkrieger. Denn jeder Wikinger, auch die Frauen, würden dir den Umgang mit den Waffen sofort verbieten.«

Sie lächelte wissend.

»Ihre persönliche Ehre steht auf dem Spiel.«

»Das stimmt!« Thyra nickte und dachte an Hafr.

»Du musst so gut sein, dass du im Zweikampf gegen die besten Wikingerkrieger bestehen kannst.«

»Oh!«

»Und daher wirst du üben. Jeden Tag. Jede freie Minute. Bei jedem Wetter. Auch bei Nacht. Du wirst lernen deine Waffe so schnell, so geschickt und selbstverständlich zu führen, wie deinen Atem, der durch deinen Körper fließt. Ohne, dass du es noch bewusst wahrnimmst. Denn jeder Gegner wird dir körperlich überlegen sein! Kein Krieger wird dich schonen! Ihre Ehre steht auf dem Spiel! Du musst schneller sein! Geschickter und jeden Schritt deines Gegners erahnen, bevor er selbst daran denkt. Sonst hast du schneller eine Klinge in deinen Gedärmen, als du ahnen kannst.«

Aesa trat einige Schritte vor und ließ ihren Blick über die Ebene schweifen. »Wo ist denn nun die Schlucht?«

Langsam trat Thyra hinter die Kräuterfrau und deutete mit ausgestrecktem Arm in die Ferne.

»Diese Felsformation kommt mir bekannt vor.«

»Dann gehen wir dorthin.«

»Warum machst du das? Warum hilfst du mir?«

Langsam drehte Aesa Thyra ihr Gesicht zu. »Noch bist du eine Sklavin des Wikingervolkes. Du bist rechtlos! Jeder kann über dich verfügen.«

Aesa legte ihren Kopf in den Nacken und blickte hinauf zum weiten Himmel.

»Jeder Mann und jede Frau kann über deinen Körper und deine Arbeitskraft verfügen.«

Sie schwieg kurz und hörte wie Thyra entsetzt atmete.

»Nur nicht über deinen Geist! Der ist frei!« Wieder sah sie Thyra an. »Du bist meine Freundin. Du bist nicht zur Sklavin geboren! Deine Bestimmung ist einen andere!«

Sie schwieg, nur der Wind pfiff singend durch die Felsnischen.

»Ich bin Kräuterfrau. Das ist meine Bestimmung! Die Runen haben es mir schon vor langer Zeit erzählt. Ich werde irgendwann – wenn Gnupas, unsere alte *ry-n-d-r gryl-a,* stirbt – die höchste Schamanin unseres Volkes werden. Dann bin ich die *fál-a.«*

»Du?«

Aesa lächelte gequält.

»Das ist meine Bestimmung.«

»*Ry-n-d-r gryl-a, fál-a«*, murmelte Thyra. »Das ist kein einfaches Leben.«

»Mmh«, bestätigte Aesa leise.

Schweigend standen sie nebeneinander und blickten über die felsige Insel.

»Und was ist meine Bestimmung?«

Lächelnd sah Aesa Thyra an.

»Königstochter«, sagte sie nur und machte sich auf den Weg.

»Königstochter? Das ist meine Bestimmung?«, schrie sie ihr aufgebracht hinterher. »Aber das bin ich doch schon mein ganzes Leben lang!«

Die Kräuterfrau lächelte und antwortete nicht während Thyra missmutig hinterher stapfte.

»Du bist jetzt schon eine Zauberfrau«, giftete sie wütend. »Sprichst viel und gibst mir keine Lösung!«

Aesa lächelte wissend und flüsterte leise gegen den Wind, ohne dass Thyra es hören konnte.

»Was wird aus einer Königstochter, wenn sie klug und diplomatisch ist, alles gelernt hat, erwachsen ist, wenn Clans sich verbinden, ihre Reiche vergrößern?«

In der Schlucht herrschte absolute Windstille.

Thyra stand in zwanzig Meter Entfernung vom Leinensack und zielte, schoss und traf.

Sie vergrößerte die Distanz. Zielte, schoss, traf. Doch als sie einen noch größeren Abstand zwischen sich und dem Ziel wählte, plumpsten die Pfeile mit einem schmatzenden Ton auf die Erde.

»Du brauchst einen stärkeren Bogen«, kommentierte Aesa Thyras Bemühungen lakonisch. »Dann kannst du den Abstand vergrößern und dein Arm wird kräftiger werden.«

Aesa hockte auf einem moosbewachsenen Felsen, baumelte vergnügt mit den Beinen, streckte ihr Gesicht der Sonne entgegen und genoss die letzten warmen Strahlen des Tages, die es schafften, mit ihrem Licht den Boden der Schlucht zu berühren.

»Einen stärkeren Bogen?«

»Jetzt arbeitest du mit einem Kinderbogen.«

»Ich weiß!«, murrte Thyra und streckte den Bogen von sich und starrte ihn missmutig an.

»Der hat nur eine geringe Zugkraft. Doch du brauchst jetzt einen normalen Bogen mit einer Zugkraft von fünfundzwanzig oder sogar dreißig Pfund.«

»Wie weit könnte ich dann schießen?«

»Das werden wir dann sehen.« Sie blinzelte der Sonne entgegen und sagte fast beiläufig: »Ruadhan besitzt einen Eibenholzbogen mit einer Zugkraft von fünfundvierzig Pfund.«

Sie beobachtete Thyra aus dem Augenwinkel und wartete auf eine Reaktion. Doch Thyra tat interessenlos, legte ihren Kolbenpfeil an und schoss.

»Ein Eibenholzbogen ist etwas ganz Besonderes«, säte Aesa die Wurzel für Thyras Ehrgeiz. »Dieser besondere Bogen findet auch bei einer Entfernung von über 200 Meter noch sein Ziel.«

Thyra tat gleichgültig.

»Diesen Bogen beherrschen nur wenige Wikingerkrieger.«

Sie beobachtete Thyra.

»Und ich kenne nur eine Kriegerin, die diesen Eibenholzbogen bedienen kann.«

Aesa lauerte auf eine Reaktion.

Thyra spannte die Bogensehne und zielte.

»Ruadhan!«

Der Pfeil ging weit daneben.

›Gut, die Saat liegt auf fruchtbarem Boden.‹

* * *

»Ahh! Da kommt unsere Sklavin von ihrem Spaziergang zurück, um ihre Arbeiten im Haus zu erledigen«, giftete Malmfrid zynisch.

Aesa und Thyra sahen sich kurz an.

»Wir haben Kräuter gesammelt«, sagte Thyra wie zur Entschuldigung und ärgerte sich sofort. ›Sie ist eine einfache grässliche Bäuerin. Ich bin dieser Frau überhaupt keine Erklärung schuldig.‹

»Dann musst du eben früher aufstehen«, geiferte Malmfrid und sah sich Beifall heischend um. »So wie wir alle!«

»Und was wären denn meine Arbeiten?«, knurrte Thyra die streitsüchtige Frau an.

»Sieh dich doch um!« Malmfrid machte eine weitausgreifende Armbewegung. »Das Haus muss gesäubert werden, Holz für das Feuer herangeschafft und der Stall ausgemistet werden. Die Hühner stinken und die Schafe stehen im Mist.« Malmfrids Gesichtszüge verhärteten sich zum authentisch unangenehmen Spiegelbild ihres Charakters.

»Den Stall ausmisten?« Thyra zügelte ihren aufsteigenden Ärger mit Mühe.

Malmfrid stemmte ihre Arme in die üppige Taille. »Du sollst den Stall ausmisten.«

»Wo deine Hühner gackern?«

Malmfrid schlich lauernd um Thyra herum und flüsterte böse: »Genau. Da wo meine Hühner gackern. *Thraell* oder *Men-ja* oder in deiner Sprache, Sklavin!«

»*Men-ja*! Sklavin! *Thraell*«, zischte Thyra und ihre Augen funkelten vor Zorn.

»*Men-ja*«, säuselte Malmfrid. »Es wird Zeit, dass du dich deinem Status angemessen verhältst.«

»Meinem Status!«, schnaubte Thyra voller Wut und war kurz davor dieser verdreckten Bäuerin an den Hals zu springen.

»Oder ist dieses Angel-Weib keine Sklavin?«, rief sie laut in die Runde. »Dann würde ich mich natürlich umgehend entschuldigen.«

Thyra sah ins fies lächelnde Gesicht und konnte sich nur noch mit Mühe zurückhalten.

»Ist sie nicht Gorms Sklavin?« Gyda die Gerberin schien völlig arglos.

»Aber dann müsste sie doch in seinem Haus wohnen und ihm dienen«, meinte die Hure leichthin. »Sieh sie dir doch an. Sie hat üppige Brüste. Für meinen Geschmack ist sie etwas zu mager auf den Hüften, aber vielleicht mag der große Däne ja solche Frauen!«

»Vielleicht auch nicht!«, züngelte Malmfrid. »Und er hat sie deshalb in Bergthoras Haus geschickt, damit sie uns dienen kann.«

»Möglich!«, zuckte Ellisif mit den Achseln und betrachtete Thyra kurz, um sich wieder ihrer Arbeit am Webrahmen zu widmen.

»Aber«, mischte sich Elfa ins Gespräch ein. »Auch wenn der Dänenhäuptling sie nicht will, sie ist immer noch eine *thraell*. Also soll sie auch die Arbeit einer *thraell* verrichten. So will es das Gesetz.«

»So will es das Gesetz«, nickte Malmfrid zufrieden.

Thyra sah sich entsetzt um.

›Ich bin eine Königstochter! Ich werde keinen Hühnerstall ausmisten und Hühnerflöhe auf meiner Haut krabbeln lassen! Die Läuse haben mir gereicht!‹

Hilfesuchend sah sie Bergthora an. Doch Bergthora warf ihr nur einen warnenden Blick zu und nickte. Auch Ruadhan schwieg eisern. Thyras Augen wanderten weiter und sie entdeckte Bergdis am Feuer. Die Silberknotenfrau tat mitfühlend, doch in ihren Augen funkelte es befriedigt.

»Also gut«, begriff Thyra ihre ausweglose Lage und sah Malmfrid zornig an. »Ich werde tun, was mir befohlen wird!« Langsam trat sie ganz dicht an Malmfrid heran und zischte »Doch eines lass dir gesagt sein …«

»Thyra!«, rief Aesa schnell, bevor sie weitersprechen konnte.

Ärgerlich sah Thyra zur *laek-n-a*.

»Die Hühner warten«, forderte Aesa nachdrücklich und mit etwas verhaltener Stimme. »Und außerdem müssen meine Kräuter getrocknet werden.«

Thyra hörte den warnenden Laut und schluckte ihre angestauten, gehässigen Worte herunter. »Ich komme«, knirschte sie mit den Zähnen, warf Malmfrid noch einen gefährlichen Blick ins zufrieden grinsende Gesicht und ging zu den ihr aufgetragenen Arbeiten.

»Dieses grässliche Weib! Die ist genauso dumm wie ihre Hühner!«, zeterte Thyra aufgebracht in ihrer Heimatsprache.

Jede Frau im Haus wusste, dass sie Malmfrid beschimpfte. Manche grinsten, während Malmfrid der Angeln-Frau immer wieder einen grimmigen Blick zuwarf.

»Verschwindet!«, scheuchte Thyra die flatternden Hühner vor sich her. »Setzt euch auf eure Stangen und hört endlich auf zu gackern!«

Die Hühner flatterten mit ihren Flügeln, wirbelten den staubigen Dreck auf, staksten grazil mit ihren dünnen Beinen um Thyra herum und ärgerten sich lautstark.

»Puh, stinkt ihr! Pfui.«

Lauernd warf sie einen schiefen Blick auf Malmfrid, die mürrisch auf dem Schlafpodest vor dem Feuer saß.

»So wie eure Besitzerin«, wisperte sie gehässig und schob energisch den stinkenden Hühnermist mit der Mistschaufel zusammen.

In einem hölzernen Kübel trug sie den Kot vor die Tür und stapelte den Dung zu einem dampfenden Haufen. Sie füllte den

Bottich mit Erde und streute diese auf den Boden im Hühnerstall. Stolz stand sie im Türrahmen und konnte ihre Freude, über die aufgeregt in der Erde scharrenden Hühner nicht verbergen.

»Das mögt ihr, mmh!«

Thyra lehnte sich an das Gatter innerhalb des Raumes und betrachtete schmunzelnd das glücklich gackernde Federvieh.

»Malmfrid ist eine unzufriedene und quengelnde Bäuerin.« Bergdis trat neben Thyra und lächelte sie an. »Nimm es ihr nicht übel. Sie wurde von ihrem Mann bei jeder Gelegenheit verprügelt und gedemütigt. In dir hat sie jemanden gefunden, an dem sie ihre Wut ablassen kann.«

Erstaunt sah Thyra die Silberknotenfrau an.

»Woher weißt du das?«

»Von Ellisif.«

Bergdis lehnte sich aufs Gatter und beobachtete die Hühner.

»Malmfrids Ehegatte hat öfter die Nacht bei ihr verbracht, anstatt die Nähe seiner Frau zu suchen.«

»Und warum ich?«

»Du bist eine *thrael*! Eine *Men-ja*!«

»Oh!«

Bergdis schnaubte kurz und schüttelte über die einfältige Angeln-Frau den Kopf, während sie Thyra ungläubig ansah.

»Du bist schon merkwürdig! Wirst gefangen genommen, lebst seit Monaten als Sklavin unter uns und dennoch erstaunt es dich immer wieder.«

Sie stellte sich aufrecht zu Thyra gewandt hin.

»Hast du einmal die anderen Sklaven unseres Volkes betrachtet? Sie führen ein viel ärmlicheres Leben als du!«

»Ach ja?«

»Ja«, fing Bergdis jetzt an ärgerlich zu werden. »Sie müssen wirklich schwer arbeiten.«

»Die sind auch nicht von königlichem Geblüt«, meinte Thyra hochmütig.

»Das sind sie nicht«, musste Bergdis zugeben. »Und sie stehen nicht in der Gunst unseres Häuptlings«, fügte sie unbedacht hinzu.

Beunruhigt sah Thyra die schöne blonde Frau an.

»Stört es dich?«

»Was!«, sagte Bergdis viel lauter und erschrockener als beabsichtigt.

»Dass ich in Gorms Gunst stehe?«

»Wie kommst du darauf?«

»Ach, nur so.« Thyra blickte auf die Hühner.

»Du vergisst, dass du eine *thraell* bist! Jeder Häuptling kann sich so viele Sklavinnen halten, wie er will. Zu jeder Zeit. Mal steht die eine in seiner Gunst, dann die andere«, stichelte sie. »Und auch wenn dein Vater ein König war. Hier ist es nicht von Bedeutung!«

»Nein?«, konnte Thyra sich die zynische Frage nicht verkneifen.

»Nein!«, fauchte Bergdis. »Mache dir also keine falschen Hoffnungen!«

»Hoffnungen? Worauf?«, forderte Thyra Bergdis heraus.

»Auf Gorm! Worauf sonst?«, konterte Bergdis und konnte sich kaum noch beherrschen. »Er wird nie eine Sklavin heiraten! Das ist es doch, was du willst!«

Unbändiger Zorn funkelte aus ihren Augen.

»Du willst also die Frau an seiner Seite werden?«, lockte Thyra oberflächlich freundlich.

»Ich bin die Frau, die ihm zu Macht und Erfolg verhelfen wird. Ich bin von hohem Rang und bekleide eine einflussreiche Stellung in meinem Volk. Also lasse deine Finger von Gorm!«

Purer Hass schlug Thyra von Bergdis entgegen.

»Endlich zeigst du dein wahres Gesicht!« Langsam richtete sie sich auf und sah Bergdis eisig an. »Ich tue, was meine Bestimmung ist. So wie du!«

Dann ging sie und ließ Bergdis im lichtlosen Stall zurück.

Nachdenklich starrte Bergdis durch die offene Stalltür der Sklavin hinterher.

»Was war das denn?« Neugierig schlich Malmfrid zu Bergdis.

Erschrocken drehte Bergdis sich um und rümpfte die Nase, als sie die stinkende Wikingerin wahrnahm.

»Ich habe dieser Sklavin aus dem fremden Land nur ihren Platz in unserer Gemeinschaft erklärt.«

»Und?«, fragte Malmfrid begierig. »Hat sie es verstanden?«

Unverschämt langsam musterte Bergdis die einfältige Bäuerin.

»Sie ist schlau«, betonte Bergdis mit einem abfälligen Blick auf das reizlose Gesicht der einfachen Frau und deren vor Schmutz starrende, übelriechende Kleidung.

»Sie versteht mehr, als viele andere.«

Dann ließ Bergdis Malmfrid stehen und ging zielstrebig zu ihrer Silberstickerei.

Wütend stapfte Thyra mit weitausgreifenden Schritten durchs Dorf und schimpfte vor sich her. Sie sah nichts und hörte nichts.

Thyra ging an Grímurs Haus und am Hafen vorbei. Beachtete die anderen Menschen nicht und sah nicht deren kopfschüttelnde Blicke.

Blind vor Wut stapfte Thyra über den steinigen Pfad der Insel. Vorbei an Dornen, Wachholderbüschen und hohen Megalithfelsen.

Doch plötzlich wurde ihr Marsch gewaltsam gestoppt.

»Wohin so schnell schöne Frau?«, knurrte eine tiefe männliche Stimme.

Sofort schnellte ihr Puls in die Höhe. Heftig atmend trat augenblicklich nasser Schweiß auf ihre Haut.

»Hafr!«, keuchte sie entsetzt.

»Ja«, packte Hafr Thyra noch fester am Arm. »Ich bin's!«

Er lächelte.

»Habe ich dir nicht geschworen, dass ich immer in deiner Nähe sein werde?«

Sie roch seinen widerlichen Atem.

»Du entkommst mir nicht!«

»Lass mich los!« fauchte Thyra Hafr an und wandte sich.

»Warum sollte ich?« Zynisch drückte Hafr seine Finger fester in ihr Fleisch und zog sie näher zu sich heran. »Magst du es nicht, wenn ein Mann dich fest anpackt?«

»Ich mag dich nicht!«, spuckte sie ihm entgegen.

Thyra konnte seinen Körper riechen. Ihr war übel und die Erinnerung an seinen schweren Körper, wie er auf ihr lag und sie vergewaltigen wollte, rüttelte ihren Überlebensinstinkt wach! Mit der freien Hand griff sie zum Gürtel. Dort trug sie das einfache kurze Messer der Wikingerinnen für die täglichen Arbeiten.

Hafr beugte sich zu Thyra herunter.

»Ah!«, knurrte er ihr erregt ins Ohr. »Ich sehe …«, zischte er und Thyra fühlte seinen feuchtwarmen Atem und ein ekelerregender Schauer glitt über ihren Körper. Entsetzt riss sie die Augen auf und mit der anderen Hand suchte sie am Gürtel fahrig das Messer. Doch sie war zu nervös.

»Es ist nicht da!«

»Du hast dich nicht verändert!«

»Wo ist es?«, zischte sie verzweifelt.

»Du meinst er«, gurrte Hafr böse in ihr Ohr. Dann wurde er grausam. Quetschte seine Fingernägel in ihr Fleisch und sagte, mit diabolisch verzerrtem Gesicht: »Hast du vergessen, was du mir angetan hast?«

Er packte ihre Hand und legte sie auf seinen warmen, fast schon heißen Schwanz.

»Hast du vergessen, wie du mich vor allen anderen zum Gespött gemacht hast? Als du meinen Riemen brachst!«

Thyra fühlte sein warmes Geschlecht in ihrer Hand und schleuderte ihm böse zischend entgegen: »Ist es nicht etwas gewagt«, sie warf einen anrüchigen und bösartigen Blick zwischen seine Beine. »Meine Hand an dein Geschlecht zu führen?«

Seine Lippen berührten ihre Wange.

»Was soll mir jetzt noch passieren?« Zart strichen seine Lippen über ihre Haut.

Thyra fand das Messer, packte zu und zog es mit zitternden Fingern am hölzernen Schaft aus der Lederscheide.

»Spürst du das?«, fragte sie zynisch und drückte rücksichtslos die Messerspitze gegen seine dünne Haut an die Innenseite des Oberschenkels.

»Noch hast du wenigstens einen Teil behalten!«, provozierte sie verächtlich. »Soll der Rest auch weg?«

Langsam hob sie die scharfe Messerschneide an und erreichte seine Hoden.

»Das wagst du nicht?

»Bist du mutig? Lässt es darauf ankommen?«, forderte Thyra ihn böse lächelnd heraus.

Sie konnte seinen Zwiespalt riechen, packte mit der Hand zu und krallte die Finger schmerzhaft in seinen Penis.

»Zweifelst du noch?«, schleuderte sie ihm kaltblütig entgegen. »Ich nicht!«

Eiskalt und blitzschnell griff Hafr in Thyras Haar und riss ihren Kopf brutal in den Nacken. »Das wagst du nicht!«

Hart quetschte er seine Lippen auf ihren Mund.

Thyra presste ihre Lippen zusammen, wandte sich angewidert. Sie drehte den Kopf zur Seite. Doch sie löste ihre Hand nicht von seinem Schwanz. Stattdessen krallte sie diese noch fester um sein fieses Stück. Drückte die Messerschneide tiefer gegen seine Hoden. Faser für Faser des Stoffes fiel auseinander. Hafrs Tunika wies erste löchrige Schnitte auf. Sanft und warm und nach Eisen duftend, lief der erste dünne Blutstrahl an Hafrs Oberschenkel hinab.

Mit voller Wucht presste Hafr noch einmal seine Lippen auf ihren Mund und löste dann, vorsichtig und langsam, seine Hand von Thyras Oberarm und ihrem Haar und trat schwer atmend zurück.

Thyra blieb stehen und löste ihren Griff. Bebend hob und senkte sich ihr Brustkorb. Die Hände zitterten, waren schweißnass. Angewidert rieb sie den gemeinsamen Schweiß. Sie wich keinen Schritt zurück. Doch in ihrem Gesicht erkannte Hafr, wie entschlossen diese *thraell* gegen ihn kämpfen würde.

Er schluckte, ging einen weiteren Schritt zurück. Dann noch einen. Der Zorn flammte böse in seinen Augen als er leise, kaum hörbar drohte: »Du wirst alles bereuen, wenn du zahlen musst.«

Dann drehte der hochgewachsene Däne sich um und ging.

Thyras Knie fingen zu zittern an. Allmählich begriff sie das Geschehen. Sie taxierte Hafrs Rücken.

»Ich hoffe, dieser Tag kommt nie.«

»Ist alles in Ordnung?«

Entgeistert wirbelte Thyra herum, hob geistesgegenwärtig das Messer und setzte es auf die Brust des Fragenden.

Gorm blickte konsterniert auf seine Brust, in die Thyra die Klinge bohrte.

»Offenbar nicht!«, erkannte er spöttisch und drückte langsam und vorsichtig die Schneide zur Seite.

Thyra schluckte und murmelte undeutlich: »Entschuldige. Heute ist ein merkwürdiger Tag.«

»Offensichtlich«, meinte Gorm treffend.

»Es ist viel passiert«, erklärte Thyra ausweichend und steckte das kurze Messer zurück in die Lederscheide am Gürtel.

Gorm blickte über Thyras Kopf zu seinem Ziel, dem Bergkamm, ging los und nahm sie mit.

»Wie ist es im Haus der Frauen?«, fragte er, während er den Flug der Möwen beobachtete.

»Anstrengend.«

Gorm runzelte die Stirn, hob eine Augenbraue und sah sie etwas spöttisch an.

»Willst du in ein anderes Haus?«

»Nein!«, antwortete Thyra hastig und sagte dann ruhiger und überlegter: »Dort wird es auch nicht anders sein.«

Gorm nickte verstehend und deutete auf eine dunkelgraue Wolkenbank.

»Das werden die ersten Schneewolken dieses Winters sein.«

»Mmh«, brummte Thyra und dachte nervös: ›Nur kein anderes Haus. Was wird denn aus dem Clan der Frauen?‹ Sie seufzte unbewusst. ›Und aus meiner Ausbildung zur Kriegerin?‹

»Du sprichst unsere Sprache immer besser – fließender«, fing Gorm das Gespräch wieder an.

»Danke.«

»Ich habe gesehen, dass du mit Aesa über die Insel gewandert bist, um Kräuter und so ein Zeug zu sammeln. Bringt sie dir auch unsere Sitten und Gebräuche bei?«

›Oh mein Gott!‹ Thyra riss entsetzt erschrocken die Augen auf. ›Was will er jetzt wissen?‹

Nervös starrte sie auf die Füße. ›Was ist das nur für ein Tag?‹

»Jaaa«, sagte Thyra stattdessen gedehnt. »Nur manchmal verstehe ich nicht alles.«

»Was nicht? Das Wort oder unsere Geschichte?«

»Beides!« Thyra lächelte erleichtert.

Das war die Lösung, die ihr jedes Schlupfloch ermöglichte.

»Was hat sie dir denn schon beigebracht?«

›Verdammt!‹ knirschte Thyra mit den Zähnen. ›Lass dir etwas einfallen! Schnell!‹

»Nun?« sah Gorm Thyra fordernd an.

»Ähm. Also. Mhm«, ging sie es zögernd an. »Also alle Frauen im Haus versuchen mir die Kultur nahezubringen.«

Verärgert dachte sie an Malmfrid und kniff die Augen zusammen.

»Eine Frau erklärte mir erst vor kurzem etwas über die *karlar*, die unfreien Wikingerbauern.«

Thyra biss sich auf die Lippen. Was sollte sie ihm berichten?

Eilig redete sie weiter, bevor Gorm nachhaken konnte.

»Sie haben mir das *logting* erklärt. Wie eure Gesetze eingehalten werden und wer sie bewahrt. Außerdem weiß ich schon etwas über eure Götter. Besonders über Odin und Walhalla.«

Gorm nickte befriedigt.

»Dann lernst du ja. So wie Gnupas es wollte.«

»Ja«, murmelte Thyra unbewusst. »Euer Zauberweib wohnt auch in Bergthoras Haus.«

»Ach!«, stieß Gorm erstaunt aus. »Ich hatte sie aus den Augen verloren. Es ist gut zu wissen, wo die *fál-a* nachts in den Schlaffellen liegt.«

Thyra sah ihn an und dieses Mal wich Gorm ertappt aus.

»Na ja«, schürzte er wissend die Lippen. »Das Zauberweib ist nie da, wo man es erwartet.«

Thyra wanderte stumm neben Gorm der hohen Klippe entgegen. Das donnernde Tosen der brechenden Wellen an der Steilküste und die neblige Gischt begrüßten beide am Rand der Felsenküste.

Eine Weile standen sie schweigend nebeneinander und betrachteten die brechenden Wellen und die unendlich scheinende Weite des Meeres.

Der Wind fegte einen salzigen Algenduft über die Felseninsel. Die knorrigen Büsche bogen sich mit dem Wind und schmiegten sich dem steinigen Grund entgegen.

»Wir werden uns kaum sehen können«, fing Gorm unvermittelt zu reden an.

Thyra schluckte. Sie wusste, was er meinte. Sie würden wenig Zeit allein miteinander verbringen können.

»Der Winter bricht bald herein und er wird an vielen Tagen alles mit Eis und Schnee bedecken. Ich werde mit den anderen Männern auf die Jagd gehen. Wir werden Robben und Eisbären jagen und versuchen eine Grindwalschule in eine Bucht zu treiben, um sie zu töten.«

Er lächelte Thyra an.

»Wenn wir viel Glück haben, kommen die Wale und wir werden diesen Winter nicht hungern und frieren müssen. Nicht in völliger Dunkelheit sitzen und wir werden überleben.«

Seine Gedanken schweiften ab und der Blick ging weit übers Meer hinaus.

»Ich habe das weiße Eisbärenfell, welches Grímur trägt, gesehen!«, unterbrach Thyra seine Grübeleien und trat einen Schritt vor, um faszinierend auf die brechenden Wellen am Fuß der hohen Klippe herunter zu sehen. »Der Bär war sehr groß.«

»Das war er«, brummte Gorm scharfsinnig. »Dieser Bär war mächtig und stolz. Er war gefährlich und stark.« Er blickte übers Meer. »Ein Eisbär schwimmt tagelang ohne Pause durch das eisige Nordmeer. Er jagt Robben und gebärt seine Jungen in den langen, dunklen Wintertagen in Eishöhlen, unter dem Schnee. Dieser Bär ist ein gefährlicher Gegner. Er tötet einen Mann mit dem Hieb seiner riesigen Pranke. Wenn er sich auf seine Hinterbeine stellt, sein Maul aufreißt und brüllt, schlottern selbst dem mutigsten Krieger die Knie vor Angst.«

Eindringlich sah er Thyra an.

»Du solltest wissen, dass seine Kraft und sein uraltes Wissen auf den Mann übergehen, der ihn tötet und sein Fell trägt.«

»Ist Grímur aus diesem Grunde so angesehen?«

»Nicht nur. Grímur ist ein starker Wikingerkrieger. Auf dem Schlachtfeld ist er ein kluger und gefährlicher Gegner. Er hat sich Ruhm und Ehre erkämpft.«

»Ruhm und Ehre«, murmelte Thyra nachdenklich und fragte sich, ob sie im Kampf einen Menschen für Ruhm und Ehre töten könnte, um ihre Freiheit zurückzugewinnen.

»Was geht dir durch den Kopf?«

»Mir?« Ertappt schreckte Thyra auf.

»Hier steht sonst niemand mehr, den ich fragen könnte.«

»Nichts! Gar nichts!«

Gorm sah wieder zum Horizont. Die schwarzgrauen Wolken kamen schnell näher und der Wind nahm an Geschwindigkeit zu.

»Du lügst«

»Ich …?«

»Hallo ihr zwei!«, rief Siguror, der sich gegen den Wind stemmte. »Hier seid ihr also! Ich habe dich, stattlicher Häuptling der *duph*, überall gesucht.«

»Buh!«, pustete Thyra erleichtert. ›Siguror kam genau zum richtigen Zeitpunkt.‹

»Wollen wir Gnupas Rat einholen, um den Zeitpunkt der Jagd zu bestimmen?« Siguror starrte zum schwarzen Sturmhimmel.

Noch bevor Gorm antworten konnte, stutzte er, zeigte energisch auf die bedrohliche Wolkenbank und brummte erschrocken: »Wir sollten schleunigst zurück zum Dorf gehen. Die da!« Er deutete nahezu vorwurfsvoll mit ausgestrecktem Arm dem Sturmtief entgegen. »Die da tragen Eis und Schnee gepaart mit lausekaltem Regen.«

Lauernd kniff Siguror seine Augen zusammen und blickte von Thyra zu Gorm und wieder zurück. Dann schmunzelte er, während seine Bartzöpfe im Wind flatterten.

»Aber so was kann man schon mal übersehen, wenn man Wichtigeres zu tun hat«, spöttelte er.

Attackierend sah Gorm seinen Freund an und befahl knurrend: »Lasst uns gehen.«

»Gute Entscheidung« Siguror frotzelte, blickte Gorm hinterher, musterte Thyra neugierig und warf ihr einen schmunzelnden Blick zu.

Eilig und aufmerksam starrte Thyra auf die vielen bunten Steine am Boden und scharrte mit dem Fuß darin herum.

Freundschaftlich stupste Siguror Thyra an.

»Ich finde es überaus aufschlussreich! Nicht war?«

»Wie? Was?« Irritiert riss sie ihren Kopf hoch und sah den blonden Wikinger mit hochrotem Gesicht an.

»Ihr zwei! Hier allein auf der Klippe! Und alles, während ein großer Sturm herannaht, ihr seht in den Himmel und seht das Unwetter dennoch nicht. Bemerkt es noch nicht einmal. Habt nur Augen füreinander.«

»Oh!«

Siguror lächelte vertraulich und ging.

* * *

Der Wintereinbruch überrannte den felsigen Archipel mit eisigem, in die Haut schneidendem Wind, der Schneekristalle und Hagelkörner trug.

Die Menschen suchten Schutz in den Häusern und wärmten sich am Feuer, während sie sich mit handwerklichen Tätigkeiten beschäftigten.

Die Männer schnitzten hölzerne Löffel, Schöpfkellen, Schalen und Schäfte für Pfeile und Speere. Einige bauten Hocker, Stühle, Truhen und Tische. Ein Mann höhlte einen Baumstamm für Holzeimer aus. Er fand den Buchenholzstamm beim Muscheln sammeln am Strand.

Sie knüpften Fischernetze und fertigten Angelhaken und die Sehnen dazu, reparierten Sturmschäden an den Häusern, flickten Dächer mit getrocknetem und in lange dicke Seile gedrehtem Seetang, besserten Fenster und Türen aus und bauten Pferche fürs Vieh. Außerdem nähten sie aus dem gegerbten Leder der Schafe feste Schuhe und Stiefel, Gürtel, Messerscheiden und Capes.

Andere Wikinger schnitzten Holzgriffe für Messer oder formten aus Speckstein Töpfe, Lampen und Krüge.

Der wertvolle Speckstein wurde im Sommer aus Norwegen auf den Handelsschiffen zu den Färöer-Inseln gefahren und hoch gehandelt. Das weiche Material ließ sich leicht schneiden, und selbst wenn es einem aus der Hand fiel, zerbrach es nicht sofort. Unter den Frauen waren diese Töpfe und Schalen sehr begehrt, denn der Speckstein hielt die Wärme lange und eignete sich hervorragend zum Kochen.

In jedem Wikingerhaus lag zentral vor den Schlafpodesten ein runder oder ovalförmiger, manchmal auch ebenerdiger Herd. Der Boden wurde mit faustgroßen Pflastersteinen ausgelegt und mit einer Lehmschicht als Herdplatte bedeckt. Sie isolierte das offene Feuer gegen die feuchte Kälte aus dem Boden und sicherte gleichzeitig, gemeinsam mit den Pflastersteinen, die Wärme im Haus.

Der Herd war der Mittelpunkt des häuslichen Lebens. Sein offenes Feuer spendete Wärme und Licht in der dunklen Winterzeit. Nur in wenigen reicheren Häusern gab es eine zusätzliche schwache Beleuchtung von Tran- oder Talglampen aus Keramik oder Speckstein. So wurde das spärliche Tageslicht genutzt. Denn je weiter man nach Norden kam und die Wintersonnenwende näher rückte, desto kürzer wurden die Tage.

Die Frauen formten aus Lehm Schalen für den täglichen Gebrauch, ritzten kunstgerechte Muster oder die Abbilder ihrer Götter hinein und brannten den Ton im Ofen.

Sie bearbeiteten die geschorene Schafswolle, wuschen, zupften und rissen die Wolle zu Fäden, um sie danach in lange Garne zu spinnen, zu färben und schließlich zu einem feinen Stoff zu verweben und Kleidung daraus zu nähen.

Bergthora, die Hausherrin, hatte Elfa, der Fischerin, und der Bäuerin Malmfrid befohlen einen groben Wollteppich aus der braunen und weißen Wolle der Skuddenschafe zu weben. Dieser sollte den Boden im Eingangsbereich bedecken und die Kälte abhalten.

Thyra sah ihnen über die Schulter, während sie selbst mit harten Moosen die Essensreste von den Tellern abrieb.

Ellisif hatte ihren Webstand verlassen und fegte mit der zu einem engen Bündel verschnürten Besenheide den Boden und wirbelte eine Menge Staub auf.

»Lass das!«, fauchte Elfa hustend und rieb sich den Staub aus den Augen. »Mache das gefälligst, wenn wir nicht im Haus sind!«

Ellisif zwinkerte Thyra schelmisch zu. Die Hure hasste putzen und fegte den Staub jetzt in Bergdis Richtung. Der feine körnige Nebel hüllte die blonde Frau ein. Bergdis knirschte zornig mit den Zähnen und riss die hölzerne Tür weit auf. Sofort zog der Staub ins Freie und das schwache Winterlicht fiel in den Raum.

Energisch ließ sich Bergdis wieder auf ihren Stuhl plumpsen und nahm ihre filigrane Stickarbeit wieder zur Hand.

»Es zieht!«, fauchte die Holzhandwerkerin aus der Ecke.

»Werfe dir doch deinen Umhang über!«, zickte Elfa.

Ellisif tat als hörte sie nichts und fegte unverdrossen mit der Besenheide über den festgetretenen Boden. Der feine Staub waberte und schimmerte im fahlen Licht durch den Raum.

Doch nicht nur Thyra beobachtete die Hure. Auch Gnupas warf immer wieder einen verstohlenen Blick zu der dicken Wikingerin. Das alte Zauberweib saß auf den Bettfellen vor dem warmen Feuer, hatte sich eine Handmühle auf den Schoß gelegt und mahlte unverdrossen das Korn zu Mehl.

Thyra ging an ihr vorbei, um die mit Essensresten verklebten Moose zu den Hühnern in den Stall zu werfen.

»Sie ist klug«, hörte Thyra im Vorbeigehen Gnupas murmeln.

Überlegend warf Thyra einen Blick über die Schulter. Noch bevor die Hühner sich wild flügelschlagend über das Futter lautstark freuten, wurde Ellisif von Bergdis scharf angegriffen.

»Hör sofort mit dem Fegen auf. Alles verdreckt! Ich kann nichts mehr sehen und der Sand knirscht zwischen den Zähnen.«

»Außerdem ist es eiskalt«, warf Rogned dazwischen.

»Und es zieht!« Böse funkelnd sah Malmfrid Ellisif an.

»Ich soll aufhören?«, stellte sich die Hure dumm.

»Sofort!«, befahl Bergdis und stieß mit dem Fuß die Tür zu.

»Wenn ihr wollt«, meinte Ellisif gedehnt und ließ den Besen in eine Ecke fallen.

Grinsend ging sie zum Feuer und setzte sich neben Gnupas.

»Geschafft!«, rieb sie sich grinsend die Hände. »Soll ich dir das Mehl abnehmen und Fladenbrote backen?«, fragte sie in bester Laune.

Plötzlich flog wieder die Tür auf und mit Aesa rieselten winzige Schneeflocken in den Raum.

»Tür zu!«, fauchte Elfa, während Malmfrid unnötigerweise vervollständigte: »Es zieht.«

Aesa warf den zänkischen Frauen einen verständnislosen Blick zu und ging zielstrebig auf Gnupas zu.

»Oddbjorg, die Seherin der *faereyiarner* hat mit dem *logsogmuadur* heute Abend eine Zusammenkunft«, setzte sie sich neben Gnupas. »Wir sollen dabei sein.«

»Aha«, meinte die Zauberfrau nur und warf neue Körner zwischen die Basaltscheiben der Getreidemühle. »Sollen wir. So, so!«

Aesa biss sich mit einem mulmigen Gefühl auf die Lippen. »Dieser *logsogmuadur*, dieser Vestlioi vom *logting*, meint …«

»Es ist mir egal, was der meint!«, fauchte Gnupas zornig die Heilerin an und hörte abrupt mit dem Mahlen auf. »Ich bin die Hohe Frau, die *ry-n-d-r gryl-a*, die *fál-a*. Wenn dieser Gesetzeshüter, dieser hochnäsige Wikinger eine Hohe Frau an seinem Feuer haben will, soll er zu mir kommen und mich darum bitten! Und dich auch!«, ergänzte sie ihren Befehl.

Seufzend ließ Aesa ihre Hände in den Schoss fallen. »Und wer sagt es ihm?«, meinte sie erschüttert.

Streng, mit fest zusammengepressten Lippen drehte Gnupas ihren alten Kopf langsam zur Heilerin: »Haben wir keine Sklavin im Haus?«

»Oh! Ja!« Aesa sah Thyra mit großen Augen an.

»Sie soll gehen!«, befahl Gnupas und zeigte mit ihrem knochigen Zeigefinger auf Thyra.

»Ich?« Entsetzt legte Thyra eine Hand auf ihren Brustkorb. »Ich kann doch nicht zum *logsogmuadur* gehen.«

Gnupas sah die Sklavin streng an. »Hast du eine Wahl?«, sagte sie gedehnt mit kalter Stimme.

Sofort stand Aesa auf, packte Thyras kalte Hand, griff im Vorbeigehen ihren Umhang und zog die *thraell* aus dem Haus.

»Du musst nicht viel sagen. Nur das Gnupas um eine persönliche Einladung bittet.«

Misstrauisch stapfte Thyra mit Aesa durch die tanzenden Schneeflocken und stemmte sich gegen den Wind.

»Die *thraell* wird dem *logsogmuadur* und der *ság-a* in den offenen Schlund zum Fraß vorgeschmissen«, zürnte Thyra.

»Was soll ich denn machen? Sie ist die Hohe Frau. Auch ich unterstehe ihrem Befehl!«

Sie schlang sich den Umhang fester um den Körper.

»Noch«, flüsterte Aesa grimmig. Doch der dichte Schnee verschluckte ihre Worte.

Der Schneesturm hüllte die Frauen auf dem Weg zum Haus des *logsogmuadurs* ein und bedeckte sie mit Schnee. Bibbernd blieb Aesa stehen und deutete mit zitternder Hand auf ein kleines Haus.

»Das ist es! Das ist das Haus des *logsogmuadurs*.«

Thyra sah Aesa vorwurfsvoll an und schritt zur Tür.

»Kommst du nicht mit?«, wollte sie von Aesa wissen, die im Schneetreiben stehen blieb.

»Ich warte hier auf dich!«

Tief atmete Thyra ein.

»Na, das kann ja nur schief gehen.«

Energisch klopfte sie ans Holz.

Die kleine Tür wurde geöffnet, Thyra am Arm gepackt, und ehe sie sich versah, wurde sie in das Haus des *logsogmuadurs* gezogen. Etwas verwirrt stand Thyra im schummrigen Raum und zwinkerte sich den Schnee von den Augenlidern.

»Ich habe dich erwartet«, sagte eine angenehme Stimme aus einem dunklen Winkel. »Sie hat dich geschickt, nicht wahr?«

Thyra nickte und hörte ein leises Lachen. »So war sie schon immer. Sie hat sich nicht geändert! Schon als junge Frau wollte sie immer gefragt und gebeten werden.«

Thyra hörte ein leises Schlurfen und plötzlich stand der *logsogmuadur* vor ihr. Zischend sog Thyra die Luft ein und stand wie erstarrt.

»Du hast Angst«, erkannte er lächelnd. »Heute brauchst du vor mir keine Angst haben.« Er machte eine kleine Pause, denn seine Augen sahen in die Vergangenheit. Plötzlich gab er sich einen Ruck und sah Thyra direkt an.

»Also gut. Sag der *ry-n-d-r gryl-a*, ich werde sie, wenn die Sonne den höchsten Stand des Tages erreicht, besuchen.«

Thyra blickte ihn nur stumm mit großen Augen an.

»Hast du meine Worte verstanden?« Der *logsogmuadur* zweifelte.

Thyra nickte nur, drehte sich um und ließ die Tür hinter sich zufallen. Sofort zerrte der Schneesturm an ihrem Gewand.

»Was war denn das?«, fragte sie sich leise und schüttelte den Kopf.

»Was hat er gesagt?«, trat Aesa neugierig zu ihr.

»Er kommt.«

»Und noch?«

»Nichts.«

»Mmh«, brummte Aesa unzufrieden. »Er war nicht wütend?«

»Nein.«

»Er hat dich nicht geschlagen?«

»Nein!«

»Was hat er denn gesagt?«, brüllte Aesa gegen den Wind. Doch Thyra zuckte nur mit der Schulter und machte sich auf dem Weg zum Haus der Tuchhändlerin.

»Du benimmst dich immer noch wie eine Königstochter«, murrte Aesa, allerdings ohne dass Thyra ihre Worte verstand.

* * *

»So, so«, grinste Gnupas. »Er kommt zur Mittagszeit. Dieser gerissene Hund! Will sich bei uns eine warme Mahlzeit erschleichen.« Sie rieb sich mit der Hand über die vom beißenden Rauch brennenden Augen. »Also gut. Dann soll er sie haben. Aber ...« Die Alte lächelte verschlagen. »Dieser *logsogmuadur* bekommt ein einfaches Fladenbrot.« Sie rieb sich ihre knotigen Hände. »Wie wir alle!«

Ellisif sah zum Zauberweib.

»Offensichtlich mögt ihr euch nicht besonders!«

Gnupas musterte die Hure abwertend. Dieses Weib hatte kein Recht auf mehr Wissen um ihre Vergangenheit.

Mit den Händen knetete Ellisif den Fladenbrotteig und formte handtellergroße Pfannkuchen. Dabei beobachtete die Hure das Zauberweib aus den Augenwinkeln. Gnupas starrte mit großen Augen in die kleinen lodernden Flammen.

›Du wanderst in der Vergangenheit. Und was siehst du?‹

Ellisif legte einen platten Pfannkuchen auf die flache Eisenpfanne ohne Rand und backte das Brot über dem offenen Feuer. Die Pfanne besaß einen langen Eisenstiel, damit die Feuerfunken aus dem herausplatzenden und berstenden Harz keine schwarzverkohlten Löcher in die Kleidung glühten. Aus diesem Grund benutzten nur die ärmeren Familien Tannenholz, denn es war mit Harz getränkt und ließ die Funken spritzen. Doch Bergthora hatte vorgesorgt und gespaltenes Laubholz hinter dem Haus gestapelt.

Ellisif drehte den Pfannkuchen um. Der herrliche Duft zog durch den Raum.

›Es scheint keine angenehme Erinnerung zu sein‹, las sie aus der Mimik der Alten und legte erneut Fladenbrotteig auf die randlose Pfanne.

Plötzlich flog die Tür auf. Der Wind fegte durchs Haus ins Feuer und sofort stoben glühende Funken auf.

»Verdammt!«, fluchte Ellisif und schlug die Glühpunkte aus. »Welcher Schafskopf lässt den Winter ins Haus?«, schimpfte sie laut und klopfte hektisch auf ihrer Tunika herum.

»Ich bin es«, klang plötzlich eine männliche Stimme durch den Raum und ließ Ellisif das Blut in den Adern gefrieren.

›Der *logsogmuadur*!‹, erkannte sie erschaudernd und starrte zur Tür.

Dort stand er! Mächtig. Stolz. Angsteinflösend!

»Hallo, Gnupas«, sagte er ruhig. »Lange nicht gesehen.«

»Setz dich.«

Das runenkundige Zauberweib ignorierte seine Worte.

»Oh! Ihr bereitet das Essen zu!«

»Als ob du es nicht so geplant hättest«, knirschte Gnupas mit den Zähnen. »Wie jeden Tag um diese Zeit. Was willst du?«

Langsam drehte Vestlioi sein Gesicht zur alten Frau.

»Oddbjorg, die *ság-a* der *faereyiarner* hat in der letzten Nacht geträumt.«

»So etwas soll Schlafenden passieren«, unterbrach Gnupas spöttisch.

Der *logsogmuadur* ließ sich nicht aus der Fassung bringen und betrachtete Gnupas eindringlich an.

»Sie sah etwas Besonderes! Etwas Wichtiges!«

Gnupas kräuselte spöttisch ihre faltigen Lippen.

»Was soll eine Seherin wissen, was die Runen mir nicht schon lange vorher geweissagt hätten?«

Er setzte sich leise stöhnend neben Gnupas auf das Schlafpodest.

»Man kann nie genug wissen«, meinte Vestlioi leise und starrte in die Glut.

Sie schwiegen.

Die Frauen sahen sich erwartungsvoll an.

Schließlich seufzte Gnupas, legte ihre faltigen Hände ins Kreuz und streckte sich stöhnend. Bedächtig griff die Alte nach dem Fladenbrot und reichte es dem *logsogmuadur*.

»Es ist noch heiß.«

›Gewonnen‹, erkannte er vorsichtig lächelnd und nahm das Brot.

»Wir werden zu dir gehen«, brummte Gnupas griesgrämig.

Der *logsogmuadur* nickte zustimmend.

»Die Heilerin und ich.«

Er schmunzelte verhalten.

»Es freut mich, euch heute Abend in meinem Haus begrüßen zu dürfen. Beide!«, betonte er und biss herzhaft ins Brot.

Gnupas grunzte nur und schwieg.

Oddbjorg saß vor der schwachen Glut, eingekuschelt in ein großes dickes Robbenfell auf dem Schlafpodest und wartete.

Das Haus des *logsogmuadur* besaß nur einen einzigen Raum, in dem sich seine wenigen Tiere und Habseligkeiten verteilten.

Der *logsogmuadur* reichte der grau gesträhnten Seherin einen Becher mit Molke. Gemeinsam warteten sie auf die *ry-n-d-r gryl-a* und die *laek-n-a*.

»Sie lassen sich Zeit«, murmelte er.

»Sie ist die Zauberfrau«, lächelte Oddbjorg und trank. »Sie muss sich nicht beeilen.«

»Nein«, knurrte Vestlioi. »Das hat sie nie getan!«

»Du kennst sie von früher?«

»Ja«, antwortete er einsilbig.

Oddbjorg kniff musternd ihre Augen zusammen.

»Es muss keine schöne Erinnerung sein, die du an eure gemeinsame Zeit hast!«

Erstaunt sah Vestlioi auf.

»Wie kommst du darauf?«

»Weil du nicht antwortest.« Oddbjorg trank den Becher leer.

»Ach«, machte er eine wegwerfende Handbewegung. »Es ist schon so lange her.«

»Aber in deinen Gedanken nicht«, grinste die Seherin. »Warst du ihr Liebhaber?«

»Oddbjorg!«, rief Vestlioi entrüstet. »Der *logsogmuadur* und die *ry-n-d-r gryl-a?*«

Die Seherin zuckte lapidar mit der Schulter.

»Auch du warst mal jung.«

»Stimmt«, grinste er und sprach wortlos weiter: ›Gnupas war eine aufregende Frau. Ich hätte gerne öfter mit ihr die Schlaffelle geteilt.‹

Er lächelte sinnierend bei der Erinnerung. »Aber Gnupas war schon immer sehr halsstarrig!« Er fixierte die rote Glut. »Und willensstark!«

»Sie muss eine sehr schöne Frau gewesen sein.«

»Das war sie.«

Die Tür flog polternd auf und mit dem Schneesturm traten Gnupas und Aesa traten in den Raum.

Herrisch sah Gnupas sich in dem dämmrigen Raum um und wartete auf eine einladende Geste vom *logsogmuadur* und der *ság-a*.

Beide erhoben sich schwerfällig und traten auf Gnupas zu.

»Seid willkommen in meinem bescheidenen Haus.«

»Willkommen«, nickte Oddbjorg freundlich.

»Mmh«, schnaubte Gnupas verächtlich, ging an ihnen vorbei und setzte sich stöhnend vor die offene Feuerstelle. »Was soll so wichtig sein, dass ich mich zu euch bemühen muss und ihr es nicht für nötig erachtet, zu mir zu kommen?«

»Die vielen Ohren in dem Haus, in dem du untergekommen bist«, schmunzelte Vestlioi. »Und die vielen Geschichten, die in den Mündern der Frauen entstehen.«

»Nun gut«, auffordernd blickte sie Oddbjorg an.

Die ältere Seherin ließ die Zauberfrau warten und setzte sich bedächtig. Aesa setzte sich neben Gnupas aufs Robbenfell und der *logsogmuadur* saß ihr gegenüber. So sahen sie sich eine Weile eindringlich an, bis die *ság-a* ihren Blick abwandte und das Wort erhob.

»Du willst wissen, was ich sah.«

»Erzähl!«, forderte Vestlioi Oddbjorg auf, bevor die Weiber das Streiten anfangen konnten.

Leicht verärgert sah Oddbjorg den *logsogmuadur* an. Sie wollte diese Situation auskosten. Doch er zerstörte ihren Wunsch.

»Also gut«, schnauzte sie Vestlioi an und sah zu Gnupas, deren Lippen sich verächtlich nach unten zogen.

»Ich sah eine Grindwalschule an unseren Inseln vorbeiziehen.«

»Wann?«, rief Aesa aufgeregt.

»Noch vor der Wintersonnenwende«, meinte Oddbjorg triumphierend.

Gnupas atmete die verräucherte Luft tief ein und sah die *ság-a* erhaben an.

»Sind deine Träume zuverlässig?«

»Immer!« Verärgert sah die *ság-a* der Zauberfrau ins Gesicht und sagte herrisch: »Ich bin die Seherin der *faereyiarner*!«

»Schon gut«, beschwichtigte Gnupas herablassend. »Wissen Grímur und Gorm davon?«

»Noch nicht. Warum sollte ich ihnen davon berichten? Warum sollte ich Grímur zuerst von meinem Wissen erzählen? Er würde sich sofort mit eurem Häuptling besprechen und ich vermute, dass er sich mit seinen Königsdrengiren und schließlich mit dir besprechen würde.«

Oddbjorg biss ins Fladenbrot und genoss ihre momentane Situation, in der sie mit ihrem Wissen der hochangesehenen Hexe und dem *logsogmuadur* weit voraus war.

»Warum sollten wir, die mit den Göttern und den Geistern in Verbindung stehen, unsere gemeinsame Macht entzweien und damit schwächen?«

Oddbjorg lächelte, doch ihre Augen blickten hart.

»Ich sah die Schule der Grindwale im Traum an der Felsenküste unserer Insel entlang schwimmen. Wenn wir sie jagen, wird das Fleisch unser Leben retten.« Es kostete der Seherin Überwindung, die nächsten Worte auszusprechen. »Doch du …!« Unbeherrscht beugte sie sich vor und ihr ausgestreckter Arm berührte fast Gnupas Brustkorb. »Du musst uns sagen, wann sie erscheinen!«

»Ich?«, meinte Gnupas gedehnt und lehnte sich übellaunig zurück. »Du bittest mich um Hilfe?« Der Spott triefte aus ihrer Stimme. »Die stolze und arrogante Seherin des Inselvolkes bittet mich um Dienste?«

»Ja, du!«, kaute die *ság-a* und tat gelangweilt, trank einen Schluck und blickte die *ry-n-d-r gryl-a* der Drachenfahrer herausfordernd an. »Ich könnte mich auch in Trance versetzen und die Götter fragen.«

Stolz blickte sie jeden an.

»Die Werdandi, unsere Schicksalsgöttin, ist mir wohl gesonnen. Doch warum sollten wir nicht zusammenarbeiten?«

»Die Werdandi. Göttin und Norne. Verantwortlich für das Werden«, murmelte Aesa leise und sah Gnupas an.

Vestlioi lächelte stumm in sich hinein. Er war klug genug in diesem Moment zu schweigen.

Die *ry-n-d-r gryl-a* knirschte unwirsch mit den Zähnen.

»Gut«, griff sie schließlich zögernd zum Lederbeutel und breitete ein mit heidnischen Zeichen bemaltes Ledertuch vor sich aus. »Aber nur um das Leben meines Volkes zu sichern, werde ich helfen.«

Kurz sah die Zauberfrau jeden an, konzentrierte sich, suchte mit geschlossenen Augen die Verbindung zu den Ahnen, zögerte einen Moment, nickte und schüttete unbeirrt die alles wissenden Runen aufs weiche Ledertuch.

Zischend sog sie die Luft zwischen ihren langen braunen Zähnen ein.

»Was!«, fauchte Vestlioi ungeduldig.

›Ich hab ihn!‹

Gnupas lächelte tief über die Runen gebeugt und versteckte ihre Gedanken hinter einem ausdruckslosen Gesicht. ›Er war früher schon so ungeduldig und hat im Alter nichts dazugelernt!‹

»Sie kommen!«

Genervt verdrehte Oddbjorg ihre Augen.

»Wann?« Vestlioi konnte seine Ungeduld kaum zügeln.

»Ich sehe dunkle Wolken«, zögerte Gnupas die Antwort theatralisch hinaus.

»Und?«

Die *ry-n-d-r gryl-a* lächelte. »Es ist kalt.«

»Im Winter ist es immer kalt«, murmelte Oddbjorg abfällig, steckte sich den letzten Bissen in den Mund und nahm einen Schluck von der säuerlichen Molke.

Aesa sah die *ság-a* streng an. Wie konnte die Seherin die Hohe Zauberfrau nur so herablassend behandeln?

»Der Mond zeigt noch nicht sein ganzes Gesicht. Es wird früher sein. Die Rückenflossen der Wale schimmern rötlich im Licht der Morgensonne, wenn an sie den Felseninseln vorbeiziehen.«

Gnupas hörte nicht mehr das Knacken des Harzens in den Holzscheiten. Sie sah die Menschen nicht mehr. Sah nur noch die Sprache der Runen. Tief hatte sie sich über das verzerrte Runenbild gebeugt. Es war, als ob sie mit ihnen und den Göttern durch die Steine sprach.

»Es werden viele sein. Mütter mit ihren Kindern, die von männlichen Walen begleitet werden. Sie sind viel zu spät in diesem Jahr und in Eile. Sie haben Hunger! Wir werden wachsam sein müssen, denn sie schwimmen schnell. Sie kommen vor der Wintersonnenwende. Kurz bevor der Mond sein volles Gesicht zeigt.«

Zitternd atmete Gnupas tief die rauchgeschwängerte warme Luft ein. Erschöpft fiel ihr alter Körper zusammen. Aesa packte sie an der Schulter und zog sie zurück aufs Lager, bevor die Zauberfrau auf das Runenbild fiel.

›Sie ist alt geworden‹, erkannte Vestlioi. ›Ihre Kraft lässt nach. Der Blick auf die Runen und das Gespräch mit den Göttern raubt ihr viel Energie.‹

Besorgt sah er kurz auf Aesa und flüsterte erschrocken: »Gnupas sollte bald eine Nachfolgerin bestimmen, damit das Volk der *Ascomanni* nicht ohne die Stimme der Runen und Götter ist.«

Aesa sah ihn an und nickte stumm.

»Gut«, meinte Oddbjorg ungerührt und brach so die belastende Stimmung. »Dann werden wir Grímur, unserem *jar-l* und eurem Häuptling Gorm von unserem Wissen berichten, damit sie handeln können.«

»Das werden wir. Gleich morgen, wenn die Sonne den Horizont berührt«, erklärte der *logsogmuadur*.

Gnupas legte sich erschöpft zurück, kuschelte sich in das warme Robbenfell und schloss die Augen, während der *logsogmuadur* sich erhob und die Becher mit *nabíd* füllte.

Seine Augen leuchteten, als er seinen Becher hob und mit fester Stimme sagte: »Auf den *grindahvalur*.«

»Auf das *grindadráp*«, erhärteten Aesa und Oddbjorg den Schwur mit einem besorgten Blick auf die alte Zauberfrau, die flach atmend mit eingefallenem Gesicht ruhte.

Sie wollten in der Annahme, dass die Hexe schlief, die Becher an ihre Lippen setzen und trinken, als plötzlich ein verächtliches Lächeln über die faltigen Lippen der *fál-a* zog. Blitzartig riss sie ihre Augen auf und starrte böse in die Runde.

»Auch wenn mein Körper erschöpft und alt ist«, fing sie mit herrischer Stimme zu reden an, »sind meine Kräfte nicht erloschen! Vergesst es nicht! Gebt mir sofort einen Becher, bis zum Rand gefüllt mit *nabíd*!«

* * *

»Unsere *ry-n-d-r gryl-a*, der *logsogmuadur* und die *ság-a* waren beim *jar-l*. Eine Grindwalschule soll vorbeiziehen. Gorm hat Wachen auf die höchsten Klippen der Küste gestellt und verbreiten lassen, dass jeder, der den Wal blasen sieht, sofort mit einem Ruferhorn Alarm geben soll.«

Ketill ging von einem vollgefüllten Fass zum nächsten, hob den hölzernen Deckel, roch an den Lebensmitteln, nickte kurz und verschloss es wieder gewissenhaft.

Bergdis und Ketill plauderten am Rande des Dorfes, unter einem mit grasbewachsenem, schrägen Schleppdach, das an einem Ende den Boden berührte und dort, wo die Fässer standen, die Höhe der Menschen erreichte.

Sie stand neben Ketill und betrachtete fasziniert seine tätowierten, schwarz behaarten Handrücken. Der dunkle Wolfskopf auf der einen und der Drachenschädel auf der anderen Hand, schienen mit jeder Bewegung zu atmen, zu leben.

»Und?«, fragte sie beiläufig, nahezu abfällig und starrte in das geöffnete Fass. »Was haben die Geisterseher gesagt? Wann soll der *grindahvalur* kommen?«

»Noch vor der Wintersonnenwende.«

Ketill fischte angewidert ein fauliges Stück Dörrobst aus einem Fass.

»Das Obst ist so faul wie die Sklavin im Haus der Tuchhändlerin!«, ächzte Bergdis verächtlich.

Ketill warf das matschige Obst fort.

»Hast du sie wieder mit Gorm zusammen gesehen?«

»Das fehlt mir noch! Die zänkischen Weiber im Haus, die Kälte und die lange Dunkelheit und …«

»Du vernachlässigst deine Pflichten!«, fuhr Ketill unbeherrscht auf. »Jeden Tag geht sie in die Berge! Jeden Tag! Was macht sie dort? Hast du es nicht bemerkt?«

Bergdis ließ sich von Ketills Wutausbruch nicht einschüchtern und zuckte nur mit den Schultern.

»Sie sammelt mit der Heilerin Wurzeln und Kräuter.«

»Jeden Tag? Kaum zu glauben«, schnaubte er.

»Und Pilze und Beeren«, fügte Bergdis entnervt hinzu.

»Und was sonst? Es schneit seit Tagen. Selbst eine Heilerin kann keine Kräuter mehr sammeln.«

Ketills Unmut wuchs. Bergdis spürte es und stellte sich liebkosend hinter ihn. Sie umfasste mit beiden Armen seinen Körper, lehnte ihren Kopf gegen seine Schulter und ließ streichelnd ihre Hände tiefer in seinen Schoss gleiten. »Die Grindwaljagd ist eine gute Gelegenheit die Sklavin über Bord ins Meer zu werfen.«

Sie küsste seine warme Haut am Nacken und lächelte ungeniert.

Ketill genoss ihre Zärtlichkeiten und seine Wut schmolz.

»Wir opfern ihren Körper unserer Göttin und wir …« Sie stellte sich aufreizend zwischen Ketill und das Fass und hob schamlos ihre Tunika, hinauf bis zum magischen Dreieck zwischen ihren Schenkeln. »Wir sollten Freya ein Opfer bringen.«

Sie küsste ihn kurz auf seine Unterlippe und wanderte langsam knabbernd zum Hals hinab. Wanderte tiefer.

Sein Herz klopfte und Schweiß trat auf seine Haut.

»Du meinst«, raunte er erregt und schluckte. »Wir sollten unserer Liebesgöttin opfern.«

»Mmmh«, knabberte Bergdis spielerisch mit ihren Zähnen an seiner Halsfalte. »Ich weiß einen Unterschlupf.«

Sie biss zu.

»Au!«, zuckte Ketill zurück und griff sich an die Bissstelle.

»Wo es warm und trocken ist«, lächelte Bergdis.

»Du bist aufregend.« Wollüstig packte er mit beiden Händen grob ihre Pobacken.

»Lass das!«, fauchte Bergdis und schlug seine Hände fort. Doch als Bergdis sein übel gelauntes Gesicht sah, änderte sie sofort ihre Taktik und gurrte: »Das machen wir, wenn wir dort sind«, versprach sie und lockte ihn fort.

* * *

Eysturoy lag im Winterschlaf.

Der Schnee war nur ein Vorbote des Winters. Das frostige Weiß floh und schmolz unter den wärmeren Temperaturen. Kalter Regen prasselte vom grauen, sonnenlosen Himmel und verwandelte alles in eine graubraune Landschaft mit Pfützen, matschigen Weiden und schlammigen Pfaden.

Die Menschen arbeiteten und werkelten in den Häusern, wechselten sich mit der Walwache am Küstenstreifen ab und bereiteten sich auf das Fest der Wintersonnenwende vor.

Ruadhan unterrichtete Thyra im Bogenschießen, dem Umgang im Kampf mit dem Messer und dem Schwert und sie selbst machte Fortschritte im Runenlesen. Aesa folgte Gorms Auftrag und erzählte Thyra, während die Frauen die bearbeitete Schafswolle zu Garnen spannen, die Geschichten ihrer Götter.

Wochenlang reinigten und sortierten alle Wikingerfrauen die Schafswolle. Pulten Dreck wie Kot, Gräser und Dornen heraus und zupften es aus den Fellen. Die Schafe auf den Färöer-Inseln besaßen glänzend steifes Deckhaar und ein überaus feines Unterhaar. Um festes Kettgarn und weicheres Schussgarn zum Weben herzustellen, trennten die Frauen die Haare voneinander und kratzten die Schafswolle mit stacheligen Distelkarden auf. So lockerten sie die Wollflocken auf und machten die Felle flauschig.

Jede Wikingerin besaß eine Spindel und sobald sie ihre häuslichen Tagesarbeiten ausgeführt hatte, nahm sie einen Spinnrocken, klemmte diesen beinlangen Stock unter einen Arm, steckte die vorbereitete Wolle auf die Spitze und fing an, Fäden aus der Wolle zu zupfen und drehte sie zu einem Faden.

Mürrisch löste Malmfrid wenige Zentimeter des Garnes und befestigte das Ende des Fadens an ihrem langen, glatt geschmirgelten Holzstab.

»Diese Arbeit nimmt kein Ende.«

Geschickt beschwerte sie mit dem steinernen runden Gewicht ihren Faden am unteren Ende und zog das Garn durch das Loch in der Mitte.

»Du hast meine Spinnwirtel an deine Spindel befestigt!« Ellisif war erbost. »Nimm gefälligst deine runden oder ovalen Spinnwirteln und nicht meine trapezförmigen!«

»Deine sind aber schwerer!«

»Ich will mit meiner Spindel ja auch ein dickeres Garn für einen warmen Wollumhang spinnen.«

Malmfrid arbeitete im Stehen und drehte den Faden, bis die Spindel auf den Boden lag.

»Jetzt liegt meine Steinspindel auch noch im Dreck«, attackierte Ellisif.

Malmfrid beeilte sich und wickelte den Faden eilig auf den Holzstab der Spindel.

»Wenn ich diesen Faden gesponnen habe, bekommst du deine Spindel zurück.«

»Mmpf«, maulte Ellisif und die Frauen begannen erneut den Wollfaden zu drehen.

»Deine schwereren Spindeln laufen mit höherer Geschwindigkeit und länger als meine Leichten und ich muss diese nicht so oft drehen. Nimm doch meine leichten Spindeln. Dann kannst du sehr feine, festgedrehte Fäden für ein Hemd spinnen. Allerdings verlangt dieses Handwerk von dir ein ausdauerndes und geschicktes Arbeiten.«

»Willst du behaupten, ich kann mit der Spindel nicht umgehen?«

Malmfrid zuckte nur mit der Schulter.

»Ich spinne mit meiner mittelschweren Spindel 120 bis 160 Meter Garn in einer Stunde und für ein Frauenhemd habe ich ununterbrochen neun Stunden gesponnen.«

Eifrig holte Ellisif aus ihrer Holzkiste das Kleidungsstück und präsentierte das fertige Hemd.

Bergthora achtete nicht auf die Gespräche, sondern begutachtete die gesponnenen Fäden und besprach mit Ellisif und den anderen Handspinnerinnen die Qualität. Unter Bergthoras Aufsicht und Anleitung erlernten die Handspinnerinnen die beste Auswahl des Spindeltyps, der Wolle und Farben zu treffen. Vor ihrem inneren Auge gestaltete die Tuchhändlerin die schönsten Stoffe und verlangte von den Frauen in ihrem Haus eine hohe Konzentration und eine unendliche Ausdauer.

Als Ellisif, die Hure, sich bei der Gerberin Gyda über die mühselige und eintönige Arbeit beschwerte, schmerzend ihren Rücken durchdrückte und meinte ihre Fingerspitzen wären vom langen Drehen der Fäden taub und ihre Arme vom Heben schon schwer wie Felsbrocken, wurde sie scharf von Bergthora zurechtgewiesen.

»Grindabod! Grindabod!«, schallte der Ruf zusammen mit dem Alarm des Ruferhorns über die Insel. *»Grindabod*[85]*!«*

Jeder erstarrte und horchte. Wieder ertönte der lang anhaltende, dunkle Ton, das Echo prallte von den Berghängen vielfach zurück.

Ungläubig erstarrten die Frauen in ihrer eintönigen Arbeit, sahen sich skeptisch an.

»Der Grind kommt?«, sagte Elfa zweifelnd zur Rogned, die ihr Holzschnitzwerkzeug zur Seite legte.

»Er ist da!«, lachte Rogned und schrie aufgeregt durchs Haus. »Der Grind ist da! Er ist da! Er ist da!«

»Wer ist da?«, verschlafen blinzelnd stützte Gnupas, sich mit den Armen ab und setzte sich stöhnend hin.

»Der Grind! Der Grindwal ist gekommen!«

Unwirsch legte Gnupas sich wieder zurück und wickelte sich ins Robbenfell.

»Warum die Aufregung? Habe ich es nicht vorhergesagt?« Sie schloss ihre Augen und schlief ruhig weiter, während im Haus das Chaos ausbrach.

Die Wikingerinnen warfen sich ihre Umhänge über und rannten, wie alle anderen, zum Meer. Staunend standen sie an der Klippe und sahen den Grindwal. Wie der kleine graubraun, fast schwarze Wal mit seiner Rückenfinne durch die Wasseroberfläche schnitt, aus der kabbeligen See auftauchte und blasend seine Fontänen dem Himmel entgegen schleuderte.

---

85 Grindalarm.

Kurz glänzten die dunklen Finnen und die schimmernde Haut an der Wasseroberfläche, bevor sie wieder abtauchten und wie zum Gruß die Schwanzflossen in die Höhe streckten.

Das Meer brodelte, so viele Grindwale schwammen an der Küste entlang!

Die Färöer fingen sich als Erstes wieder und stießen die *Ascomanni* auffordernd an.

»Kommt! Wir müssen uns beeilen! Die Boote klarmachen! Schnell! Schnell!«

In kürzester Zeit saßen die Drachenmänner auf den Ruderbänken der Langschiffe, während die *faereyiarner* ihre *foroyskur bátur* stürmten. Grímur stand in der Mitte eines Färöerbootes und trieb seine Männer an.

»Rudert, *faereyiarner*, rudert. Der Grind ist da und will von uns getötet werden. Rudert!«

Das leichte, seetüchtige Boot bauten die Färöer, da auf der baumlosen Insel Holzmangel herrschte, überwiegend aus Treibholz. Andere Hölzer konnten sie oftmals nur in Wikingerschiffen aus Norwegen heranschiffen.

Das *foroyskur bátur* war ein schlankes Ruderboot und für Männer und Frauen gebaut. Es besaß ein Luggersegel, das auf der rauen See oft zum Kentern führte. Daher benutzen sie es nur im Notfall.

Sie liebten ihr Boot dennoch. Aufgrund der schnittigen Form war es in den starken Strömungen und auf der rauen See im offenen Nordatlantik wendig.

Grímur entwickelte dieses Boot speziell für die Bedürfnisse seiner Inseln und die *faereyiarner* setzten es für den Fischfang ein. Doch in erster Linie wollten sie damit den *grindadráp* jagen.

»Rudert!«, schrie Grímur. »Rudert!«

Kraftvoll zogen die Männer die Riemen durchs Wasser und fuhren durch das Hafenbecken auf das unruhige und gefährliche Meer.

Die meisten Frauen blieben auf der Klippe stehen. Der Wind zerrte an ihren Umhängen und wehte ihnen den Geruch des Salzes, vom Meer und den Duft des Grindes entgegen. Staunend sahen sie auf die vielen grauenschwarzen Wale.

Ehrfürchtig flüsterte Thyra: »Es sind so viele, wie Sterne am Himmel.«

»Ja«, lachte Ruadhan laut und rieb sich die Hände. »Und sie werden uns den Winter über mit Fleisch, Speck und Tran versorgen. Kommt, wir müssen gehen! Wir wollen schließlich bei der *dráp*[86] dabei sein.«

Das kleinste Färöerboot war das *tríbekkur*. Es maß achtzehn färöische *fótur*[87] und konnte mit zwei Ruderern gefahren werden. Das Seksmannafar maß zweiundzwanzig *fótur* für sechs Ruderer und war die kleinste Regattaklasse der Männer, aber die Größte der Frauen.

Die Frauen rannten den Berg hinunter, da auch sie das Jagdfieber gepackt hatte.

Immer wieder blies der Rufer das Blashorn über das Tal und vom Hafen ertönte der Gesang der Männer:

»*Grindabod! Grindabod!*
Der schwarze Wal kommt gezogen!
Unsere Boote tanzen auf der dunklen Flut.
Zur Hetzjagd auf schäumenden Wogen!
Grindabod! Grindabod!«

Bergthora hörte es und rannte zu ihrem Haus.

»Thyra!«, rief sie energisch. »Du kommst mit mir!«

Thyra staunte zwar und sah neidisch auf die anderen Frauen, die zum Hafen rannten, doch sie folgte dem Befehl der Tuchhändlerin.

---

86 Tötung.

87 Fuß.

Bergthora stieß die Tür auf und rannte zielstrebig zu einer langen schmalen Kiste an der Wand. Stieß den schweren Deckel auf, zog die kostbaren Stoffe achtlos heraus und warf sie auf den Boden.

Thyra runzelte erstaunt die Stirn.

»Bergthora, deine kostbaren Stoffe. Du schmeißt sie auf den verschmutzen Boden!«

»Da sind sie!«

Bergthora hatte Thyras Worte nicht gehört und griff zu den Fanghaken.

»Hier! Nimm!«, reichte sie Thyra die langen Stangen. »Die brauchen wir jetzt unbedingt!«

»Was ist das?«

Bergthora riss den edlen Umhang von ihrer Schulter und warf sich ein einfaches Cape über.

»Fanghaken!«, rief sie hektisch.

Skeptisch betrachtete Thyra die Haken.

»Spitze und stumpfe Fanghaken?«, fragte sie und zum ersten Mal sah sie, dass sich hektische rote Flecken über Bergthoras Gesicht ausbreiteten.

»Ja! Verdammt!« Aufgeregt kramte Bergthora weiter in der Kiste, stieß das edle Tuch achtlos zur Seite. »Wo sind die Grindwalmesser? Verdammt!«

Thyra riss ihre Augen auf.

»Messer?«, murmelte sie nachdenklich und griff an ihren Gürtel. »Es steckt«, beruhigte sie sich leise. »Auch Frauen töten den Wal?«

»Natürlich!«, schnauzte Bergthora Thyra ungeduldig an. »Wie sollen die Männer es sonst schaffen? Es sind viel zu viele Wale.«

»Ich muss meinen Bogen mitnehmen. Und das größere Messer!«

Eilig rannte sie in eine Ecke des Schlafraumes und legte sich ihren Bogen über die Schulter. »Und die Pfeile!«, murmelte sie, während sie das längere Messer am Gürtel befestigte.

»Thyra! Wo bist du? Beile dich! Wir müssen los!«, rief Bergthora.

»Ich komme!«, rief Thyra und griff im Vorbeigehen die Pfeile. Die Tuchhändlerin stand nervös in der Tür. »Was willst du denn damit?«

»Ich dachte, wir jagen den Grindwal!«, rief Thyra nur erstaunt und rannte zum Hafenbecken.

»Aber doch nicht mit dem Bogen!« Bergthora schüttelte über die merkwürdigen Ideen dieser Sklavin den Kopf.

Die anderen Frauen aus dem Haus warteten ungeduldig im *grindabátur*[88].

»Wo bleibt ihr denn!«, wurden sie von Malmfrid angeschnauzt.

»Habt ihr die Taue?« Bergthora ignorierte die Bäuerin und sah Ruadhan an.

Die klopfte auf das Tauwerk zu ihren Füßen und forderte: »Steigt endlich ein!«

Thyra sprang in das kleine, färöische Boot.

»Hey! Pass doch auf!«, schrie Gyda und klammerte sich ängstlich am Bootsrand fest. »Du bringst das Boot zum Kentern!«

»Und die anderen Grindwalmesser?«, wollte Bergthora wissen, löste das Tau vom Felsen, warf es ins Boot und kletterte hinterher.

»Alles dabei«, klopfte Ruadhan gegen die Waffen. »Wir warten nur auf dich.« Mit einem grinsenden Blick betrachtete sie Thyra. »Und auf unsere lahme Sklavin.«

Thyra hörte es und ignorierte die spöttischen Worte der *lochlannach*. Ungeduldig griff sie zum Ruderriemen und wartete angespannt auf das Kommando zum Rudern. Das Jagdfieber hatte sie gepackt.

»Unser Grindwalboot ist komplett«, rief Rogned mit einem nervösen Seitenblick auf die anderen Boote der Männer und Frauen, die durch die enge Hafeneinfahrt ruderten. Selbst halbwüchsige Kinder pullten mit.

---

88 Grind-Boot.

»Alle Frauen sind an Bord und auch das *grindareidskapur*[89]!«

»Rudert Wikingerfrauen!«, brüllte Rogned begeistert und lachte aufgeregt. »Rudert! Jetzt jagen wir den Grind! Rudert!«

Thyra saß hinter Bergthora und vor Bergdis, die sich an die Seite von Ruadhan gesetzt hatte. Das Jagdfieber packte alle! Kraftvoll zogen die Frauen die Riemen durch das aufgewühlte Wasser. Im Hafenbecken wimmelt es von Booten. Plötzlich hörte Thyra eine bekannte Stimme.

»Sie einer an! Da ist ja Bergdis und unsere Thyra!«, klang eine foppende Stimme herüber.

Thyra ruderte und zog kräftig an dem hölzernen Blatt durchs Wasser. Sie warf einen Blick über die Schulter und plötzlich erkannte sie ihn.

»Ongull!«, rief sie lachend und erkannte auch die anderen im Boot. »Ukell! Tanni! Hallgeirr!«

Sie kam aus dem Takt und wurde sofort angeschnauzt.

»Rudere gefälligst! Mit unseren Männern kannst du ein anderes Mal flirten!«, stieß Bergdis ihr die Faust in den Rücken.

Die Männermannschaft im Boot lachte.

»Wir sehen uns auf dem Meer. Beim Grind! Wenn ihr Frauen es überhaupt schafft«, höhnte Ketill lautstark und erntete von Bergdis einen strafenden Blick.

Das eiskalte Wasser spritze an der Bugwand hoch und noch bevor sie den Hafen verlassen hatten, war die Kleidung durchnässt.

Eisig schlug ihnen der Wind entgegen.

Kraftvoll zogen sie die Riemen durch die kabbeligen Wellen, um nicht von der Bö und der Strömung gegen die zerklüftete Felsküste geschleudert zu werden.

Immer wieder schwappte das Meerwasser ins Boot und allmählich wurden die Holzplanken vom Meerwasser überflutet.

---

89   Grindgerätschaften wie Fanghaken, Taue und die Grindwalmesser.

Die Lederschuhe durchnässten und nur die kräftige Arbeit und die Aufregung ließen die Frauen die Kälte nicht spüren.

Verbissen kämpften sie mit den Elementen. Gegen Wind, Wellen, Strömung und ihre nachlassenden Kräfte.

Die Boote der Männer waren ihnen weit voraus.

Thyra zog mit zusammengebissenen Zähnen immer wieder das Ruderblatt durch das Meer. Hatte keinen Blick mehr, für die Umgebung oder ihre Mitstreiterinnen im Boot. Sie fixierte sich nur auf ihre Arbeit. Den Riemen anheben, nach vorn beugen, den Riemen kraftvoll durch das Wasser ziehen, während der Oberkörper sich angespannt weit nach hinten lehnte.

Wieder.

Nach vorn beugen.

Ziehen.

Plötzlich wurde sie von Bergdis angestoßen. Sie reichte ihr eine hölzerne Schale.

»Nimm!«, forderte sie mit vor Anstrengung und Kälte hochrotem Gesicht.

Als Thyra nicht sofort reagierte, schlug sie ihr die Schale kräftig gegen den Oberarm. »Nimm verdammt und schöpfe das Wasser aus dem Boot. Oder willst du, dass wir kentern?«

Thyra griff die Schale und verlor dabei fast den Riemen.

»Verdammt Thyra!« Ruadhan packte geschickt den Griff des Ruders. »Willst du uns zum Kentern bringen!« Die *lochlannach* zog Thyras Riemen zurück ins Boot. » Schöpf endlich das Wasser aus dem Boot und reiche die Schale weiter!«

Ruadhan reihte sich wieder in den Takt der Ruderinnen ein und beobachtet Thyra aus dem Augenwinkel.

»Nun mach schon!«, fauchte sie, als sie Thyras Zögern bemerkte.

Thyra legte das Ruder auf ihr rechtes Bein und warf ihr linkes Bein über die Ruderstange. Fest lag es nun zwischen ihren Schenkeln und so schöpfte sie das Salzwasser aus dem Boot.

Unermüdlich warf sie das Meerwasser über die Brüstung und ebenso unermüdlich warf das Meer sein Wasser zurück ins Boot. Sie schöpfte schneller und warf einen Blick auf die anderen Boote vor, neben und hinter ihnen. Auch die anderen kämpften mit den Elementen. Sie sah die Männer und Frauen in den anderen Booten rudern und Wasser schöpfen, aber alle mit einem festen, unbeirrbaren Ziel vor Augen.

Dem Grind!

Thyra sah nach vorn.

Und da war er!

Der Wal!

Es waren viele! So viele, dass es unmöglich war, sie zu zählen. Ihre graubraunen Leiber schnellten glänzend aus dem Wasser. Das Meer brodelte. Es waren so viele! Sie schwammen so eng zusammen, dass sich ihre Leiber berührten!

Der kleine Wal brach aus seinem Element, blies mit Luft gefüllte Fontänen aus seinem Blasrohr und tanzte mit einer Leichtigkeit im Meer, dass es eine Freude war, ihm zu zusehen.

»Sieht er nicht gut aus?« Ruadhan lachte und ihre Augen leuchteten.

»Rudert schneller!«, forderte Rogned. »Es ist so weit! Wir müssen mit den anderen Booten eine Reihe bilden! Strengt euch an oder wollt ihr, dass wir später beim Grindfest als schwache Weiber ausgelacht werden?«

Thyra gab die Schöpfschale an Bergthora weiter und griff vom Jagdfieber gepackt zum Riemen.

»Schneller!«, brüllte Rogned. »Wir jagen jetzt den Grindabod! Schneller! Packt die Riemen! Schneller!«

Thyra sah zur linken und zur rechten Seite. Es waren unzählige Boote, die sich auf dem wilden, ungestümen Meer zu einer langen Kette vor der Bucht formten.

Der Grind wurde von den *faereyiarnern* und den *Ascomanni* eingekreist.

Zähneknirschend zogen alle die Riemen durch die Wellen.

»Wenn ihr nicht schneller rudert, werden wir verhungern!«, rief Rogned.

Thyra hörte es.

»Wenn wir wieder an Land sind, erwürge ich dich«, knurrte sie. Sie warf einen Blick über ihre rechte Schulter. »Es müssen 30, 40 oder 50 Boote sein.«

»Rudert!«, schrie Rogned.

»Sofort, wenn ich an Land bin«, verstärkte Thyra murmelnd ihr Versprechen.

Die Boote bildeten eine lange Reihe und trieben die Grindwale vor sich her. Immer enger schwammen die kleinen Wale. Immer hektischer und eiliger blitzen die kleinen Rückenfinnen aus dem Wasser.

»Ja!« Ruadhan war voller Adrenalin. »Versucht es! Schwimmt vor uns davon!« Sie lachte irre und Thyra dachte intuitiv: ›Dieser Berserkerin möchte ich im Kampf nicht gegenüberstehen!‹

»Schwimmt in die *hvalvágir*[90]«, rief Bergthora. »Flieht vor unseren Booten. Schwimmt!«

Immer eiliger glitten die Ruder über das Meer und tauchten kräftig ziehend durchs Wasser. Die Wikingerboote flogen über die See.

Das Jagdfieber packte jeden.

Ausnahmslos.

Ein *faereyiarner* fing zu singen an und hunderte Stimmen fielen in den Gesang ein. Er vibrierte magisch über der schäumenden Oberfläche des Ozeans.

»Grind fliehe.

Grind schwimme.

Grind lasse dich töten von Wikingerhand!«

---

90 Walbucht.

Immer wieder die gleichen Worte.

Der gleiche Refrain.

Thyra fiel mit ein. Und dann hörte sie, durch den Atem des Windes und den Klang des Meeres. - Den Ruf der Wale!

Atemlos hielt sie den Riemen fest und hörte staunend den Gesang der fliehenden Wale. Mit weit geöffneten Augen und offenem Mund tippte Thyra die *lochlannach* an und flüsterte: »Ruadhan. Hör! Sie singen!«

»Und wie sie singen!«, zog Ruadhan kräftig ihren Riemen durch das aufpeitschende Meer und lachte grimmig. »Sie rufen die Götter um Hilfe an!«

»Sie rufen die Götter? Ein Wal?« Thyra schüttelte entsetzt ihren Kopf. »Das ist Blasphemie!«

Hastig warf Ruadhan einen Blick auf Thyra. »Rudere! Verdammt!«, schnauzte sie Thyra an. »Wir fallen zurück! Wir müssen in der Linie der Boote bleiben, sonst brechen die Wale aus. Sie sind zu schnell und können zu leicht entkommen!« Kräftig zog Ruadhan am Ruder. »Wir müssen den Grind einkreisen und weiter in die Bucht treiben!«

Als Thyra ihr zu schleppend den Riemen griff, schlug die Kriegerin zu.

»Pack endlich zu und rudere!«

Erschrocken umklammerte Thyra den Rudergriff und reihte sich in den Takt der Schläge ein.

»Sie steuern die Walbucht Hvalvik an!«, erkannte Elfa, die vor Bergthora saß.

»Hvalvik?«

Aesa keuchte. Sie war die schwere Arbeit am Riemen nicht gewohnt. Auch Ellisif hinter Aesa ächzte von der ungewohnten Tätigkeit.

»Dieser Ort nennt sich so.« Ellisif schnaufte. »Weil sich dort der Grind zum *grindadráp* hervorragend einkreisen lässt.«

»... und töten lässt«, vervollständigte Gyda grinsend.

Sie wischte sich das Salzwasser von den Augen und starrte zum fliehenden Wal.

Die Hure grinste.

»Die Färöer jagen in dieser *hvalvágir* viele, viele Jahre. Daher ihr Name – Hvalvik.«

Thyra hörte gespannt zu. Ihre Handflächen brannten vom Salz des Meeres, dem festen Zupacken und dem Reiben auf dem Holzgriff. Sie merkte es nicht! Das Jagdfieber hatte sie gefangen!

»Da!«, rief Thyra, kam wieder aus dem Takt und erntete einen strengen, vorwurfsvollen Blick von Malmfrid. »In der Bucht stehen Menschen!«

»Was denkst du denn!«, höhnte Malmfrid. »Es ist *grindadráp*! Hast du geglaubt, wir machen alles vom *grindabátur* aus?«

Endlich konnte die Bäuerin ihr überlegenes Wissen Thyra gegenüber ausspielen und genoss es.

Doch zu Malmfrids Ärger bemerkte es die *thraell* nicht. Zu gefangen war Thyra von der schnellen Flucht der Wale, die in immer kürzeren Abständen die Meeresoberfläche durchstießen und hektisch Blasfontänen in die Höhe schossen. Ihre grauglänzenden Leiber berührten sich in der Enge und ihr verzweifelter Gesang jagte Schauer über ihre Haut.

Der eiskalte Wind blies ins Gesicht. Das Wasser schwappte in die Boote. Keiner bemerkte es. Niemand schöpfte das Wasser. Die Boote fuhren immer dichter zusammen. Die Ruderblätter der einzelnen Boote klatschten aneinander, so dicht fuhr die Reihe.

Dann plötzlich! Niemand ruderte mehr!

Es gab kein Kommando! Kein Befehl, der von Boot zu Boot wanderte und die Jagd unterbrach.

Trotzdem!

Kein Ruderschlag!

Der Gesang stockte urplötzlich! Nur der Wind flüsterte über die schäumende See.

Stille!

Ehrfürchtige Totenstille schwang über die Köpfe in den unzähligen Booten.

Hunderte Wale schwammen in der engen Bucht. Dem flachen Strand entgegen. Für sie gab es kein Entkommen mehr!

Langsam löste sich das ehrfürchtige Schweigen und die Männer und Frauen griffen, ohne den Blick von den Walen zu nehmen, zu ihren *grindareidskapur*, dem Fanghaken und ihrem Grindwalmesser.

Thyras Herz klopfte und auch sie streifte sich, ohne ihren Blick abzuwenden, den Bogen, von der Schulter, ertastete die Pfeile und wartete, wie alle anderen.

Eine ungreifbare Spannung sirrte durch Luft. Die Jäger lauerten in den Booten.

Der Todesgesang der kleinen grauen Wale.

Der flüsternde Wind.

Die schäumende Gischt im aufgewühlten Meer.

Das Platschen der Wellen gegen die Boote!

Plötzlich!

Der volltönende Ruf aus dem Ruferhorn. Lang, auffordernd – todbringend.

Dann!

Ein ohrenbetäubendes Gebrüll! Der Schlachtruf der Wikinger! Er schallte von den Booten an die Küste. Vibrierte über die Rücken der Wale, übers Meer zum Strand.

Auch Thyra schrie! Sie bemerkte es nicht!

Alle Frauen standen breitbeinig im schwankenden Boot. Den Blick starr auf die Wale gerichtet. Ihre spitzen Fanghaken zum Wurf bereit.

Thyra spannte ihren Bogen.

Zielte!

Wartete!

Ihr Atem ging kurz und schnell. Der Blick starr auf den Grind.

Dann!

Noch ein Ruf!

Das Horn forderte zum Töten auf! Sie schrie und schoss!

Die Frauen im Boot schrien und warfen die spitzen Fanghaken! Sie trafen die Tiere und töteten! Zogen den am Tau befestigten Haken zu sich. Rissen mit einer geschickten Bewegung den Haken aus dem Fleisch des Grinds und visierten erneut an.

Die Männer brüllten! Warfen ihre Speere und Fanghaken auf den im flachen, brodelnden Wasser schwimmenden kleinen schwarzen Wal. Zogen die Haken heraus, zielten, warfen, töteten und trafen erneut.

Warmes rotes dickes Blut zog in langen schlingernden Bahnen aus den Fleischwunden, der verzweifelten, tödlich verletzten Tiere ins Meer. Das klare Wasser verfärbte sich blutrot.

Thyra schoss. Der Pfeil drang tief in den Wal. Er blutete und tauchte mit dem Pfeil hinunter ins flache Wasser. Verschwand!

Sie nahm den nächsten Pfeil und schoss.

Das Wasser brodelte. Die kleinen Wale sprangen übereinander, schrien und schlugen gepeinigt mit den Schwanzflossen auf die Wasseroberfläche. Sie sprangen über ihre toten Gefährten. Quälten sich in Todesangst.

Vom Blau des Meeres war nichts mehr zu sehen.

Seine Farbe war jetzt blutrot!

Thyra hatte ihre Pfeile verschossen. Ungläubig griff sie zum leeren Behälter. Auch im Stiefelschaft steckte keiner mehr.

Ruadhan schrie und warf ihren spitzen Fanghaken ins Herz eines schwarzen Wales. Das Tau landete klatschend im Wasser. Ruadhan lachte und zog den Fanghaken aus dem Fleisch. Sie packte den nassen Griff. Spannte ihren Körper. Zielte. Warf. Traf.

Thyra sah sich fieberhaft im Boot um.

»Haben wir keine Fanghaken mehr?«, rief sie impulsiv und versuchte die erregten Stimmen der Jagd zu übertönen. »Oder einen Speer?«

Sie bekam keine Antwort.

Das Jagdfieber hatte alle gepackt.

Hektisch warf sie einen Blick zum Nachbarboot und erstarrte.

»Gorm«, flüsterte sie.

Dort stand er. An der Reling der *dreki* und warf kraftvoll seinen Speer. Thyra schluckte. Sie sah sein kräftiges Muskelspiel unter der nassen Tunika. Er drehte sich kurz zu Siguror um, der laut lachend das Seil seines Fanghakens zu sich zog.

Sie starrte Gorm an, konnte ihren Blick nicht abwenden. Thyra sah, wie der Wind an seinem Haar und seiner Tunika zerrte und schluckte. Irgendetwas in ihrem Bauch flatterte kribbelnd. Unbewusst griff Thyra zum Griff ihres Messers.

›Ich wollte irgendwas. Nur was?‹

Sie nahm ihren Blick nicht von dem großen Mann.

Plötzlich stockte ihr Atem. Gorm hielt seinen Speer zum Wurf bereit. Doch er zögerte und drehte seinen Kopf, sah sie an.

Ihre Blicke trafen sich. Tief sah er in ihre Augen. Es entstand dieses eine, so stark verbindende Band.

Thyra zitterte.

›Ich liebe ihn! Verdammt! Ich liebe diesen Mann! Warum nur? Er ist ein Heide und ich bin …‹

»Sklavin!«, fuhr Bergdis Thyra an.

Sie hatte gesehen, mit welchem Blick Thyra Gorm ansah. Und sie erkannte, mit welcher Intensität Gorm die Liebe erwiderte, als er diese verdammte Sklavin anblickte.

›Sie muss sterben! Noch heute!‹, erkannte Bergdis und schnauzte Thyra barsch an: »Stehe nicht so unnütz herum!«

Nervös griff Bergdis in ihr weißblondes Haar.

›Sie stiehlt meinen Platz an der Seite des Häuptlings. Doch ich werde die Frau an Gorms Seite! Denn ich werde als Königin herrschen!‹

Erschrocken sah Thyra Bergdis an.

»Wenn du nicht mehr jagen kannst, schöpfe Wasser aus dem Boot. Und zwar schnell!«

Bergdis warf mit Genuss den Fanghaken in das Fleisch des Grinds und grübelte fieberhaft.

›Sie muss über Bord gehen. Sie muss zum *grindahvalur* und mit ihm sterben.‹

Ein zufriedenes Lächeln glitt über ihr schönes Gesicht.

»Das ist gut«, knurrte sie zufrieden und zog den Fanghaken zu sich. »Sehr gut.«

Die Wikinger setzten die Boote quer zum Strand auf die Sandbank und begrenzten so die Walbucht. Fest lagen die Schiffe im Halbkreis auf dem sandigen Meeresgrund und kesselten den *grindahvalur* ein.

Für einen Moment blieb Thyra regungslos stehen und ihr Blick wanderte über die kleine Bucht.

Sie sah Jäger am blutigen, weißen Sandstrand.

Unablässig zogen die vielen Menschen den Grindwal an Land. Thyra sah, wie sie den langen Holzgriff hielten, weit ausholten und den stumpfen Fanghaken mit einem kräftigen Hieb ins Blasrohr des Tieres schlugen, sich umdrehten und den oft nicht toten, sondern nur verletzten und zappelnden Wal auf den flachen Strand zogen.

Die Frauen am Strand erwarteten die Männer. Sie hielten lange Messer in ihren Händen und schnitten dem Wal die Kehle durch. Der kleine Grindwal schlug noch kurz und kräftig mit der Schwanzflosse auf den blutigen Sand. Dann erstarben seine Bewegungen und die Todesschreie und der lebendige Glanz in seinen braunen Augen erlosch. Das schimmernde Glitzern des Tageslichtes auf seiner schwarzbraunen nassen Haut verlor sein Funkeln, während der Sand und das Blut trockneten.

Er war tot.

Das warme Blut sickerte aus der tiefen Wunde seiner Kehle. Doch seine Augen starrten blicklos, angefüllt mit den weißen Körnern des Seesandes in den grauen Himmel.

Der *grindahvalur* starb vor den zerklüfteten Felsen der Färöer Klippen der *hvalvágir* auf dem jetzt blutroten Seesand.

Thyra blinzelte. Gischt spritzte ihr ins Gesicht. Mit einer Hand wischte sie sich das blutige Salzwasser von den Augen. Sie spuckte es aus und verzog das Gesicht. Es schmeckte merkwürdig, nach Eisen. Thyra hockte auf den Knien und schöpfte das blassrote Wasser über die Reling.

Der Wind trug die Stimmen der Wikinger und die Schreie der Wale weit hinaus übers Meer, in die Bucht und über das felsige Land.

Hunderte Wale drängten sich in Todesangst immer näher an den flachen Strand der Küste. Sie ahnten nicht, dass dort der Tod wartete!

Thyra zitterte vor Wut und Aufregung. Zornig warf sie die Schale ins Boot. Das Jagdfieber hatte Thyra fest im Griff.

»Soll Bergdis doch zur Hölle gehen!«, fluchte sie und stellte sich aufrecht ins schwankende *foroyskur bátur*.

Ungeduldig und schwer atmend starrte Thyra auf die dicht aneinander gedrängten *grindahvalur*. Ein Schauer lief ihr über die Haut. Unbewusst griff sie zum langen Messer am Gürtel und sah verwundert hinab auf ihre Hand, die jetzt das Messer trug. Wieder ließ sie ihren Blick über die glänzenden Walkörper wandern, zögerte kurz und blickte durch ein Blutloch des schimmernden Wassers, auf den weißen, sandigen Meeresgrund.

»Es ist nicht tief«, erkannte Thyra leise im Selbstgespräch. »Ich könnte dort stehen! Außerdem kann ich schwimmen!«

Auffordernd sah Thyra Ruadhan an.

»Was ist?«

Die Kriegerin warf den blutigen Fanghaken einem *grindahvalur* ins Fleisch und zog den Haken heraus.

»Keine Pfeile mehr?« Ruadhan lachte und schlug Thyra auf die Schulter. »Schöpfe du das Wasser aus dem Boot, dann hast du eine Aufgabe!«

Thyra hob ihr Messer in die Höhe und zeigte es der Kriegerin. Sie starrte die blitzende Schneide herausfordernd an und lachte laut.

»Glaubst du wirklich, dass ich nur Wasser schöpfe?«, rief sie Ruadhan entgegen und drehte sich um. Tief den Geruch von Meer, Blut und Wal einatmend sah sie zur Bucht und war zum Sprung bereit.

»Ohne Pfeile und ohne Speer und Fanghaken!«

»Wünsche mir Glück!«, rief Thyra der Kriegerin über die Schulter zu und sprang mit einem weiten Satz übermütig ins Meer.

»Thyra!«, schrie Ruadhan, doch ihr Griff ging ins Leere. Die Sklavin war schon im Walgetümmel untergegangen.

Das Wasser schlug über Thyra zusammen. Ein kräftiger Flossenschlag in ihre Rippen ließ Thyra nach Luft schnappen.

›Falsch!‹, erkannte sie nur. ›Das war ganz falsch!‹

Sie würgte und schluckte. Thyra paddelte wild mit den Armen, versuchte sich aus dem drängenden Getümmel an die Wasseroberfläche zu arbeiten und ermahnte sich, das Messer nicht fallen zu lassen. Sie musste würgen und wollte wieder atmen.

›Auf keinen Fall! Auf gar keinen Fall atmest du jetzt!‹

Außerdem hatte sie wieder diesen ekligen salzigen, metallenen Geschmack im Mund. Sie zappelte und boxte sich durch die Wale und erreichte würgend die blutschäumende Wasseroberfläche. Prustend schnappte Thyra nach Luft und fluchte.

»Scheiß Idee! Verdammt scheiß Idee!«

Die Wale drückten ihren Körper zusammen. Sie schlugen in Panik mit den Flossen und drückten Thyra erneut unter Wasser. Sie tauchte gurgelnd unter und betastete mit den Füßen den breiigen Meeresgrund.

›Der ist weich und nachgiebig!‹, dachte sie unpassend in dieser chaotischen Situation und stieß sich kräftig mit den Füßen ab. Schoss zwischen dem Grind nach oben und stellte fest – sie konnte nicht stehen!

»Es sah nicht so tief aus! Dachte, ich könnte stehen!«

Ruadhan erstarrte mitten in ihrer Bewegung.

»Sie springt! Dieses verrückte Weib springt zum Grind!«

Ungläubig stupste sie Bergdis an. »Die Sklavin ist im Wasser!«

»Wer ist über Bord gegangen?«

»Thyra!«

»Dummes Weib!«, knurrte Bergdis und drehte sich zum Wasser, damit die Irin ihre mordlüsternen, freudigen Gedanken nicht vom Gesicht ablesen, konnte und versuchte, Thyra im Getümmel ausfindig zu machen.

›Besser kann es ja gar nicht laufen! Entweder wird sie vom Grind unter Wasser gedrückt und ertrinkt oder ein Speer trifft sie! Versehentlich, natürlich!‹

»Sie schwimmt mit dem *grindahvalur*!«, rief Ruadhan staunenden den anderen Frauen zu.

Die Kriegerin formte ihre Hände zu einem Trichter vor dem Mund und rief es den Jägern auf der *dreki* zu.

»Eure Sklavin schwimmt mit dem Grindfisch!«

Bergdis sah aufgeregt übers Getümmel. Unzählige Speere und Fanghaken flogen von den Schiffen auf die kleinen Wale. Die schwarzen Grindwale zappelten und drängten sich dicht aneinander, schwammen wirr und hektisch durcheinander. Doch plötzlich sah Bergdis den kleinen Kopf dieser verflixten *thraell* mitten zwischen den schwarzen Walfischen.

»Das wird ihr Tod sein«, meinte sie emotionslos zur *lochlannach*. »Wie kann man nur so leichtsinnig sein?«

Ruadhan zuckte mit der Schulter und sagte nur lakonisch: »Sie hatte keine Pfeile mehr!«

›Odin und Rán sind mir hold. Sie stirbt und ich muss nichts tun. Was für ein Segen!‹

Gegenüber Ruadhan tat sie aber besorgt.

»Wie leichtsinnig! Es wird unserem Häuptling nicht gefallen, wenn seine Sklavin ertrinkt. Dann kann er sie nicht verkaufen und sein Gewinn verfliegt wie Rauch im Wind!«

Das meinte Bergdis wörtlich, denn dann würde Gorm Thyras Leichnam, sollte er je gefunden werden, verbrennen müssen.

»Diese Sklavin wird entweder vom Wal unter Wasser gedrückt werden oder von einem Speer getroffen werden.«

Bergdis hob ihren spitzen scharfen Fanghaken und zielte.

»Beides ist tödlich!«, murmelte sie lächelnd und fügte in Gedanken hinzu: ›Und ich werde sie treffen!‹

»Das könnte passieren«, nuschelte Ruadhan nachdenklich.

»Was!«, rief Bergdis erschrocken. »Was hast du gesagt?«

»Dann ist meine Arbeit und die gesamte Zeit, die ich investiert habe, umsonst gewesen.«

In Ruadhans Augen fing es abenteuerlich zu funkeln an. Bedächtig legte sie den Fanghaken auf die Bootsplanken, warf übermütig ihre langen Haare in den Nacken und schüttelte lachend den Kopf. »Das kann ich nicht zulassen! Außerdem wollte ich schon immer mit dem *grindahvalur* schwimmen.«

»Was wolltest du?« Bergdis schien verwirrt.

Ruadhan lachte Bergdis irre an und schüttelte ihr langes Haar.

»Wünsche mir Glück, Silberknotenfrau.« Ruadhan warf einen kurzen Blick zur Sklavin und sprang ins kalte Wasser.

»Nein!«, schrie Bergdis gellend.

All ihre Pläne könnten von dieser verrückten Irin ins Wanken gebracht werden.

Gorm drehte erstaunt seinen Kopf zum Frauenboot, das neben der *dreki* im Wasser dümpelte.

»Was ist im Boot der Frauen los?«

»Die Sklavin ist über Bord gegangen«, sagte der etwas einfältige Agmundr zum Häuptling. »Und die *lochlannach* auch!«

»Was?« Gorm und beugte sich suchend über die Reling. »Wo ist sie?«

»Na dort!« Agmundr zeigte mit ausgestrecktem Zeigefinger ins Wasser und wunderte sich über die Reaktion des Häuptlings.

»Sie ist eine *lochlannach* und außerdem kann sie schwimmen!«, meinte Agmundr trocken.

Gorm sah Ruadhan. Sie lachte wild und ihr rotes Haar bildete einen glänzenden roten Schleier auf dem blutweiß schäumenden Meer.

Wild drehte Gorm sich um, packte Agmundr am Kragen und fauchte den erstaunten Wikinger an.

»Wo ist Thyra?«

Eingeschüchtert hob Agmundr wieder seinen Arm.

»Dort!«, antwortete er mit großen Augen. »Beim *grindahavalur*.«

Unbeherrscht stieß Gorm Agmundr von sich und beugte sich erneut suchend über die Reling.

Murmelnd brummelte Agmundr etwas leiser: »Sie ist doch nur eine Sklavin! Nicht viel wert!«

Gorm sah suchend über das brodelnde Meer. »Wo ist sie?«

Er sah nur Flossen, Schnauzen und glänzend schwarze Rücken.

»Thyra. Bitte! Wo bist du?«, flüsterte Gorm erstickt und lauter, mit einem warnenden Unterton in der Stimme. »Agmundr, wenn du mir einen Bären aufbindest, lass ich dich Kielholen!«

»Da ist sie doch!«, beeilte sich Agmundr

Auf keinen Fall wollte er die *dreki* von unten ansehen. Er schauderte und dachte an Gestr, der nach dem Kielholen mit von den Muscheln aufgeschnittenem Leib und verrenktem Körper elendig und schmerzvoll gestorben war.

Er packte Gorm am Unterarm und zeigte energisch auf Thyra.

»Dort, Häuptling! Sieh doch! Sie schwimmt zwischen den Grindwalen!« Agmundr zitterte vor Angst und Erregung.

Gorm folgte mit seinen Augen dem Ziel und endlich sah er sie. Thyra schwamm inmitten der Grindwalherde.

»Dieses verrückte Weib«, zischte er. »Die Wale werden sie erdrücken!«

Agmundr hörte Gorm, zuckte mit den Schultern und wiederholte daraufhin abfällig: »Sie ist doch nur eine Sklavin.«

Zornig drehte Gorm sich zu Agmundr, packte erneut dessen Tunika am Kragen, während er seine Gefühle nur schwer unter Kontrolle bringen konnte. »Hol Siguror! Sofort!«

Er sah zum Frauenboot, wo Bergdis aufgeregt mit den Armen winkte und immer wieder besorgt ins Wasser deutete.

»Ja«, murmelte Gorm und legte seinen Umhang ab. »Ich habe schon verstanden, dass Thyra über Bord gegangen ist.«

»Was ist los?« Keuchend kam Siguror herbeigestürmt.

»Thyra ist über Bord gegangen und schwimmt mitten zwischen dem *grindahvalur*.« Er reichte Siguror sein Schwert. »Ich springe über Bord.«

Er sah Siguror eindringlich an. »Wenn heute der Tag meines Todes sein sollte, werden wir uns nicht in Odins Halle wiedersehen, mein Freund. Ich werde nicht als Krieger auf dem Schlachtfeld sterben!«

Er packte Siguror fest an der Schulter. »Du warst immer mein Freund und bist mein Königsdrengir.«

Er holte tief Luft und warf einen hastigen Blick über die Schulter ins Walgetümmel.

»Du wirst mit meinem Schwert unsere *húskarl* und *drengire* zusammenhalten und in die Heimat führen! Und nun wünsche mir Glück!« Er stellte sich auf die Reling. »Ich kann es gebrauchen!«

Sprachlos stand Siguror an der Reling der *dreki*, hielt Gorms kostbares Häuptlingsschwert und sah, wie er ins Wasser sprang.

»Verdammter Wikinger!«, brüllte er über Bord und starrte hinterher.

Prustend tauchte Gorm aus dem Wasser auf.

»Wir sehen uns in Walhalla!«, schrie Siguror seinem Häuptling zu, der lachend aufblickte und zu den Walen schwamm.

Kopfschüttelnd grinste Siguror und streichelte mit einer Hand seine Bartzöpfe und suchte Thyra inmitten des Tumultes.

»Das muss Liebe sein.«

Dann lachte er laut.

Bergdis schrie und fuchtelte wild mit den Armen. Verdammt noch mal! Wann würde Ketill sie sehen und reagieren? Sie sah mit Entsetzen, dass auch Gorm zu den Walen sprang. Ihr ganzer Plan geriet ins Wanken. Thyra musste sterben!

»Ketill!«, schrie sie unbeherrscht. »Ketill!«

Agmundr glotzte zum Frauenboot.

»Was macht die da?«

»Wer?« Hafr, der gerade seinen Schweiß von der Stirn wischte.

»Na, die da!« Agmundr deutete nachdrücklich mit ausgestrecktem Arm zur Silberknotenfrau.

»Bergdis!«, keuchte Hafr und starrte sie an.

»Na endlich! Thyra!«, schrie sie und deutete mit beiden Armen hektisch zum *grindahvalur*. »Sie ist im Wasser!«

»Was?« Hafr beugte sich weit über die Reling.

»Thyra!«

Wütend verfärbte sich Bergdis Gesicht. War sie denn nur von Trotteln umgeben?

Hafr sah zur Grindwahlschule und dann wieder zu Agmundr.

»Was will sie?«

Agmundr stellte sich hinter Hafr und brummelte: »Na, die Sklavin ist über Bord gegangen und der Häuptling will sie bestimmt verkaufen und sein Silber retten. Er ist ihretwegen ins Wasser gesprungen und dabei ist sie doch gar nicht so viel wert! Und außerdem ist die irische *lochlannach* auch noch ins Wasser gesprungen!« Agmundr rieb sich nachdenklich das Kinn. »Aber vielleicht will der Häuptling auch die Kriegerin retten?«

»Wer? Wer ist im Wasser?«

»Na der Häuptling und die Sklavin und …«

»Thyra«, keuchte Hafr und sein Blick wanderte zornig zu Bergdis. Endlich begriff er Bergdis hektische Reaktion.

»Wo ist sie?«

»Da!«, strahlte Agmundr stolz. »Sie steht mitten zwischen den Walen.«

»Sie steht?«, gedehnt spuckte Hafr die beiden Worte aus.

»Und sieh mal. Sie sticht mit dem Messer die Wale tot!« Agmundr lachte. »So was habe ich noch nie gesehen! Eine Frau mitten zwischen dem zappelnden Grindfischen!«

»Ketill!«, brüllte Hafr zornig. »Ketill!«

Ketill warf gerade sein Speer und verfehlte sein Ziel.

»Verdammt! Was ist denn?«

»Siehst du das!«

Ketill folgte dem ausgestreckten Arm von Hafr und schließlich sah er Ruadhan.

»Verrückte Kriegerin.« Anerkennend grinste er. Doch dann stockte sein Atem. »Thyra!«

Hektisch sah er zu Hafr. Der nickte bedrohlich und vervollständigte: »Und Gorm.«

Langsam ging Ketill im schwankenden Boot zu Hafr, ohne den Blick von Thyra zu nehmen. »Das wäre eine Möglichkeit?«, raunte er Hafr verschwörerisch ins Ohr.

»Gorm ist bei ihr! Und Ruadhan!«

»Dann sterben eben alle!«, flüsterte Ketill böse.

Hafr nahm sein Blick nicht vom Getümmel.

»Alle?«

»Würde sich unsere Meeresgöttin Rán nicht über ein so großes Opfer freuen?«

»Unermesslich!«, stimmte ihm Hafr zu. »Doch wir sollten das Opfer nicht dem Zufall überlassen.«

»Das sollten wir nicht!«, bestätigte Ketill. »Wo sind die Speere?«

Thyra stand auf festem Meeresgrund. Das kalte Wasser reichte ihr bis zum Bauchnabel und der *grindahvalur* quetschte sie unbarmherzig ein. Das Salzwasser spritzte ihr ins Gesicht und verschleierte ihren Blick. Mit der rechten Hand stieß sie dem ersten Wal das Messer in die Brust.

Sie schluckte. Es fühlte sich so leicht an, wie das scharfe Messer durch die glatte feste Haut des Wales schnitt. So einfach! Warm strömte sein Blut ins Wasser. Doch was noch schlimmer war, war der Todesschrei des schwarzen Wales.

Thyra hörte auf zu atmen. Sie würgte und stand stocksteif. Vor ihrem inneren Auge sah sie plötzlich ihre ermordete Gouvernante Ethelgiva und Solvor, die mit abgetrennten Brüsten neben ihrem toten Mann Beorhtric im Staub lag.

Ihr Jagdfieber war verschwunden. Versenkt im Meer, zwischen den Todesschreien der Säugetiere.

»Hallo, *het-ja*!«, keuchte Ruadhan mit einem breiten Grinsen im blutverschmierten Gesicht.

»Ruadhan?«, staunend drehte Thyra sich um.

»Was für eine grandiose Idee!« Ruadhan stieß einem grind das Messer ins Herz. »Du bist schon verrückt. Das muss ich dir lassen!«, brüllte sie Thyra über den Lärm der platschenden Walflossen zu.

»Hey!« Sie wich einem Speer aus und duckte sich. Mürrisch sah Ruadhan zur *dreki*. »Welcher Dummkopf zielt auf uns?« Sie duckte sich erneut, als ein zweiter Speer sie um Haaresbreite verfehlte. »Diesem Hirnlosen auf eurer *dreki* werde ich mein Messer in die Brust rammen, wenn er weiter macht!«

»Wieso *het-ja*?«

Ruadhan nahm den nächsten *grindahvalur* ins Visier und stach zu.

»Weil nur ein Krieger so mutig ist und sich ins Walgetümmel stürzt.«

»Aha«, meinte Thyra unbeeindruckt. »*Het-ja* also. Keine *thrael*?«

Ruadhan arbeitete sich näher an Thyra heran. Wieder flog ein Speer nur wenige Meter von ihnen entfernt auf die Wale.

»Deine Leute müssen blind sein! Sie tippte sich gegen die Stirn. »Im Kopf bist du eine Kriegerin.« Dann fasste sie sich an die Brust zum Herz. »Und hier auch! Es muss nur noch ausgesprochen und verkündet werden.«

»Aha«, erwiderte Thyra lapidar und stieß ihr Messer einem Grind ins Herz. »Und wer sollte das machen?«, keuchte sie und zog das Messer heraus. »Gorm vielleicht?«

»Wäre nicht das Schlechteste. Er ist euer Häuptling und dein Besitzer. Und – komm her *grindahvalur*!«, unterbrach sie lockend ihren Satz. »Komm und opfere deinen Körper unserer Göttin! Sie wird dir zu ewigem Leben verhelfen.«

Kraftvoll packte sie mit beiden Händen den Messergriff, holte aus und schob es bis zum Schaft in den Wal.

»Ahh!«, keuchte die Irin und zog langsam die Klinge aus dem Fleisch. »Es muss ausgesprochen werden.«

Ruadhan watete durchs aufgewühlte braunrote Wasser Thyra entgegen. Auch Thyra zog erneut das Messer aus einem Grind.

»Und es muss ein Führer sein, der es ausspricht!«

»Grandios! Warum sollte Gorm das machen? Ich bin seine *thraell* und vermehre seinen Besitz! Sollte er mich zur Kriegerin erklären …« Thyra bückte sich und wich einem Speer aus. »Verdammt! Wer zielt auf uns?« Sie griff den Speer und zog ihn zu sich heran. »Das war nahe.« Nachdenklich betrachte Thyra die Speerspitze.

Ruadhan riss ihre Augen auf. »Zielt?«, fragte sie gedehnt. »Du meinst jemand will uns töten?«

»Wir sind deutlich zu sehen. Hast du etwa Feinde?«, fauchte Thyra gereizt.

»Viele«, grinste die *lochlannach* und sah mit zusammengekniffenen Augen zur *dreki*. »Doch diese Speerwerfer meinen nicht mich!«

»Du meinst …?«

»Du bist das Ziel!«

Auch Thyra sah jetzt lauernd zur *dreki*.

»Der Häuptling sprang gerade von Bord«, gluckste Ruadhan.

»Gorm!«, raunte Thyra flüsternd und ihr Körper fing zu zittern an.

»Du scheinst ihm ja viel wert zu sein! Für den einen und auch den anderen.«

Die Kriegerin dachte an die Speerwerfer.

Plötzlich drängten sich die Wale eng zusammen und quetschten die Frauen gegeneinander.

»Wir sollten uns auf unsere Aufgabe konzentrieren.«

Schwankend standen sie Rücken an Rücken. »Sonst werden wir bald Rán zu Füßen liegen.«

»Ziele besser!«, rief Hafr Ketill zu. »Verdammt! Gorm hat die Weiber bald erreicht!«

Übellaunig presste Hafr seine Zähne zusammen. »Ziele genauer, dann triffst du beide!«, knurrte er bösartig.

Eiskalt musterte Hafr Ketill, der neben ihm an der Reling stand, an.

»Wolltest du nicht schon immer Häuptling werden?«

Ketill riss lauernd seine Augen auf. Er schwieg gefährlich.

Langsam schritt Hafr auf Ketill zu.

»Mit Bergdis an deiner Seite und auf deinen Schlaffellen. Die wunderschöne Bergdis als deine Königin.«

»Hmpf.«

»Wir sollten es nicht dem Zufall überlassen, dass ein Speer sie trifft!«, streute Hafr seine heimtückische Saat. »Oder der Grind alle unter Wasser drückt.«

»Nein!«, zischte Ketill mordlüstern mit zusammengekniffenen Augen und starrte über die wimmelnde, blutschäumende Meeresbucht.

Fest umklammerte er den hölzernen Griff des Speeres. Hafr sah, wie Ketills Knöchel weiß hervortraten. Der Drachenkopf und der Wolfsschädel auf Ketills behaarten Handrücken lebten.

»Heute wird unsere Zukunft eine entscheidende Wendung nehmen!«

»Ketill!«, schrie Bergdis und erreichte endlich sein Gehör. Fuchtelnd deutete Bergdis zu den Frauen und im Wechsel immer wieder auf Gorm.

Ketill drehte seinen Kopf zur Silberknotenfrau.

»Sie und ich«, flüsterte er ahnungsvoll.

»Du – der neue König der *Ascomanni*. Und Bergdis – deine Gefährtin«, lockte Hafr.

Schlagartig fasste Ketill seinen Entschluss. »Ich springe über Bord. Hier nimm!« Er reichte Hafr den Speer und prüfte den Sitz des Messers. »Sie werden sterben! Heute!«

Entschlossen sah Ketill in Hafrs Gesicht.

»Alle!«

Hafr nickte nur. Seine Saat wuchs.

Rücken an Rücken standen die Frauen im Wasser und töteten den schwarzen Wal. Das Wasser wurde warm vom vielen Blut.

Panisch drückte der *grindahvalur* die toten Gefährten gegen sie. Thyra presste sich gegen Ruadhans Rücken und drückte einen toten Kadaver mit den Füßen von sich.

»Der Wal ist so groß wie ein Wikingerkrieger«, keuchte sie. »Und ebenso stur. Er lässt sich nicht bewegen.«

»Wir sollten aus dem Kessel verschwinden. Sie werden uns erdrücken!«

Gemeinsam bahnten sie sich einen Weg Richtung Ufer. Sie drückten und pressten die toten Wale beiseite. Thyra warf einen Blick über die Schulter.

»Der Speerwerfer hat aufgegeben.«

»Oder keine Speere mehr«, spöttelte Ruadhan. Skeptisch sah sie zur *dreki* und stieß Thyra heftig gegen die Schulter. »Gorm kommt«, gluckste sie vor Vergnügen.

»Was?«

»Und er sieht richtig, richtig sauer aus!«

Thyra sah sich suchend um und riss erschrocken die Augen auf, als sie Gorm zornig durch die panischen und zappelnden Wale und die toten Kadaver auf sich zukommen sah. Ohne Anstrengung bahnte er sich seinen Weg.

»Thyra!«, brüllte er. Und leiser: »Wenn ich dieses Weib in meine Finger bekomme, bringe ich sie um!«

Thyra schluckte, sah zum Strand und wieder auf Gorm. »Ruadhan? Ich will zum Strand! Schnell!«

»Dann solltest du dich auf den Weg machen. Denn dein Häuptling ist schnell und er sieht wie ein Berserker im Kampf aus«, munterte Ruadhan Thyra spöttisch auf.

»Berserker?«

»Mmh.«

»Ich muss zum Strand. Verdammt ist der Grind schwer.«

Ruadhan sah grinsend auf Gorm, der sich athletisch den Weg bahnte.

»Das muss Liebe sein«, feixte sie und rief Thyra über ihre Schulter zu. »Beeile dich. Er kommt näher!«

»Wäre schön, wenn du mir helfen könntest!«

»Um den Zorn deines Häuptlings auf mich zu lenken.« Ruadhan erstach einen verletzten Wal. »Nein danke. Das ist deiner!«

»Meiner?«, rief Thyra und quetschte sich durch eine schmale Lücke von Ruadhan fort.

»Ja!«, lachte die Irin laut. »Sieh ihn dir doch an! Er will dich und keiner sollte sich einem Berserker in den Weg stellen. Das endet für den Gegner immer in einer Katastrophe.«

»Thyra!«, brüllte Gorm.

Sie zuckte zusammen, als sie seine Stimme hörte.

»Thyra! Noch einen Schritt und ich werde dir, wenn wir an Land sind, Fesseln anlegen!«

Sein Zorn vibrierte über die zappelnden Walleiber.

»Und ich weiß auch welche«, gluckste Ruadhan.

Thyra ignorierte beide.

»Ich bringe sie um!«, knurrte Gorm, packte einen Wal und stieß ihn von sich fort. »Thyra!«

Verzweifelt blieb Thyra stehen und sah auf die Wale. »Es sind zu viele! Ich komme nicht durch! Sie lassen mich nicht!«

Langsam drehte sie sich um. Stolz stand sie in der Menge, atmete noch einmal tief durch und sah Gorm ins Gesicht. Sie schluckte, ihre Knie zitterten. Doch sie stand!

Er war nicht mehr weit entfernt. Nur noch wenige Walkadaver schwammen zwischen ihnen. Zornig packte Gorm einen Wal, schob ihn fort und schließlich stand er vor ihr.

Unbändig vor Wut packte er Thyra mit beiden Händen fest den Schultern und sah ihr in die Augen.

»Thyra«, flüsterte er rau und sämtlicher Ärger war fort. »Mach so etwas nie wieder!«

Thyra stand zitternd vor ihm, mitten zwischen dem *grindah-valur*. Sie sah zu Gorm hoch, blickte in seine Augen und brachte keinen Ton über ihre Lippen.

Er ertrank in ihrem Blick und umarmte sie plötzlich heftig.

»Du hättest sterben können.«

Er küsste ihr Haar, packte zärtlich mit seinen warmen Händen ihren Kopf und küsste innig ihre Lippen.

»Ich liebe dich.«

Thyra weinte, fühlte seine Lippen und seinen starken Körper.

»Ich liebe dich«, flüsterte sie. »Ich liebe dich!«

Fest umarmte sie ihn und wie durch einen undurchdringlichen Nebelschleier hörte sie kaum Ruadhans warnenden Ruf.

»Thyra!«

Sie umarmte Gorm ganz fest. Es fühlte sich so gut, so …

»Thyra!«

Ruadhan sah, wie Ketill sich einen Weg durch die Menge der getöteten und noch zappelnden Wale bahnte. Die *lochlannach* erkannte am Ausdruck seiner mordlüsternen Augen sein Ziel. Es war der Blick eines Kriegers! Eines Berserkers, der töten wollte! Der nur noch seinen Feind sieht.

Sie folgte dem Blick und sah auf Gorms Rücken. »Er will den Häuptling töten. Er ist nicht auf Waljagd. Er will Gorm töten!«

Ketill schob sich an ihr vorbei. Er sah sie gar nicht. Er hatte seine Augen fest auf sein Opfer gerichtet. In einer Hand sah die *lochlannach* sein Messer im schwächer werdenden Sonnenlicht aufblitzen. Es war nicht rot vom Blut der Wale.

»Es soll Gorms Blut tragen«, erkannte Ruadhan und ohne es bewusst zu wollen, folgte sie Ketill.

Jetzt war sie keine Waljägerin mehr.

Jetzt war sie nur noch eine Kriegerin!

Eine gefährliche *het-ja*!

Thyra sah an Gorm vorbei und erkannte Ketill, wie er sich durch die Walkadaver kämpfte.

»Ketill?«, fragte sie sich unbewusst. »Will er auch im Meer jagen?«

Sie blinzelte. Thyra konnte und wollte sich nicht von diesem wundervollen Gefühl der Nähe und der Liebe in Gorms Armen lösen. Dann sah sie Ruadhan, die Ketill folgte.

Thyra wurde stutzig. Irgendetwas im Gesichtsausdruck der Kriegerin warnte sie. Unbewusst umfasste sie das Messer in ihrer Hand fester.

Sie wusste nicht warum. Ketill war Gorms Krieger, sein ergebener *húskarl*. Sein zuverlässiger Wikinger, der dem Häuptling bis zu seinem Tod die Treue geschworen hatte.

Er kam näher!

Sie sah sein Gesicht und wusste, was falsch an seinem Ausdruck war. Es war das fanatisch glänzende Feuer in seinen Augen. Ein wahnsinniges Irrlicht, das den Tod bringen wollte.

»Wir gehen zum Strand«, hörte sie Gorm noch, aber sie ignorierte seine Worte. Sah nur noch Ketill!

Sie befreite sich aus Gorms Umarmung und bewegte sich geschmeidig an ihm vorbei.

Ketill war nur noch wenige Meter entfernt.

»Was soll das?"«, stellte sie sich zwischen Gorm und Ketill.

»Dann stirbst du eben vor Gorm!« Ketill hob sein Messer.

Kalt lächelnd sah Thyra Ketill näher kommen und starrte ihn aus skrupellosen Augen an. »Komm zu mir!«, zischte sie gefährlich leise. »Ich habe jetzt Übung im Töten.«

Verdutzt wirbelte Gorm herum.

»Was …?«

»Komm!«, lockte Thyra unheilvoll zischend und winkte den Wikingerkrieger mit einer Hand zu sich. »Komm her Ketill. Komm.«

Sämtliche Muskeln waren gespannt.

Jetzt war sie eine *het-ja*!

Gorm sah Ketill. Dahinter Ruadhan. Er warf einen flüchtigen Blick auf Thyra und fühlte plötzlich, wie sich seine Nackenhaare warnend aufstellten.

»Tod der *thraell*!« Ketill und sprang Thyra entgegen.

Gorm griff zum Messer.

Thyra wartete, lauernd, eiskalt.

»Komm und küsse mein Messer.«

Sie hielt es im blutigen Wasser verborgen. Ketill sah es nicht! Blind stürmte er auf Thyra zu, hob sein Messer und warf sich brüllend auf die Sklavin.

Blitzschnell und eiskalt schnellte Thyras Messerhand aus Ráns Tiefen in die Luft.

Sie sah das wahnsinnige Feuer in seinen Augen.

»Jetzt stirbst du«, schrie sie und roch schon seinen stinkenden Atem.

Tief stach Thyra ihr Messer in Ketills Brust und war erstaunt, wie leicht es ging. Leichter als durch das feste Fleisch des Wales drang ihr Messer durch seine Kleidung, durch seine Haut, sein Fleisch.

Ein kleiner Widerstand.

»Das müssen die Rippen sein«, dachte sie irrsinnigerweise. Dann war alles ganz leicht. Ihre Hand wurde warm. Irgendetwas warmes, flüssiges umschmeichelte ihre Haut.

Sie sah in Ketills erstauntes Gesicht. Sie roch seinen letzten Atemzug und seinen Schweiß auf der Haut, während er über ihr zusammenbrach und sie mit seinem schweren Körper unter Wasser drückte.

Erst jetzt bekam Thyra Panik.

Sie gurgelte und zappelte, schluckte Wasser und würgte. Thyra wusste nicht, wo oben oder unten war. Sie hatte den Boden unter den Füßen verloren! Drehte sich panisch im Strudel der vielen toten Körper.

Sie fühlte, wie jemand an ihrer Tunika zog.

»Rán! Die Meeresgöttin holt mich!«, schrie sie lautlos und schluckte noch mehr Salzwasser. Dann war sie oben. Konnte atmen. Sehen. Hören und fühlen, husten und – sich übergeben!

»*Het-ja*!«, hörte sie Gorm befehlen. »Stell dich hin! Hör auf zu kotzen!«

Thyra schwankte, wurde vom Grind geschubst und von Gorm gehalten.

»Thyra!«, schrie Ruadhan, die sich stürmisch zu Thyra und Gorm vorgearbeitet hatte. Skeptisch betrachtete Ruadhan Ketills Körper, der leblos neben den Walkadavern dümpelte. Wortlos packte sie seinen Schopf und zog Ketills schweren Kopf grob aus dem Wasser.

»Was hast du getan?« Ihre Augen wanderten vom Krieger zu Thyra und wieder zurück.

Irritiert sah Thyra die Irin mit großen Augen an.

»Keine Ahnung?«

Ruadhan beugte sich über Ketills ausdrucksloses Gesicht und betrachtete es eingehend.

»Der ist tot«, stellte sie unumwunden fest und ließ den Kopf wieder ins Wasser plumpsen.

»Warum wollte er dich töten, Gorm?« Sie sah dem Häuptling direkt ins Gesicht.

»Mich töten?«

Gorm zweifelte am Verstand der Irin.

»Sicher!«

»Warum sollte Ketill eine Sklavin töten wollen? Im kalten Wasser!« Sie schüttelte den Kopf. »Das hätte er auf der Insel einfacher gehabt.«

»Während der Waljagd?«

»Gibt es einen besseren Zeitpunkt?«

Thyra betrachtete Ketill, der neben den Walkadavern im Wasser dümpelte.

Ihr wurde wieder übel.

»Ich habe ihn getötet!« Entsetzt sah sie von Gorm zu Ruadhan.

»So etwas machen Krieger nun mal«, schüttelte Ruadhan stirnrunzelnd den Kopf und ignorierte Thyras körperliche Beschwerden.

»Er wollte dich töten, Häuptling. Dir das Messer in den Rücken rammen! Hey! Wer zielt mit dem Speer auf uns?« Mit einem Sprung ließ sie sich seitwärts auf die Wale fallen, rappelte sich hastig wieder auf und wischte mit sich mit einer drastischen Handbewegung das Wasser von den Augen.

»Du musst sehr beliebt sein! Auf deinem Schiff musst du noch jemanden haben, der dir nach dem Leben trachtet! Und außerdem will er dich nicht in Odins Hallen sehen! Dein netter

Feind gönnt es dir nicht, dass du als ruhmreicher Krieger auf dem Schlachtfeld stirbst!«

Nachdenklich kniff Gorm die Augen zusammen und starrte zur *dreki*. Alle Männer standen an der Reling und warfen ihre Fanghaken und Speere ins Walgetümmel. Es könnte jeder gewesen sein. Oder war es nur Zufall?

»Kommt«, befahl er energisch. Packte die immer noch würgende Thyra am Arm und zog sie mit sich. »Zur Küste!«

Ruadhan warf noch einen skeptischen Blick zur *dreki* und folgte dem dänischen Häuptling.

Niemand beachtete das Frauenboot, wo Bergdis mit zornig funkelnden Augen breitbeinig auf den rutschigen Planken stand und mit den Zähnen knirschte.

»Dieser Tölpel!«, zischte sie bösartig. »Lässt sich von diesem Weib töten.«

Ein fetter Kloß setzte sich in ihrer Kehle fest.

›Du hast Ketill doch geliebt!‹, flatterte ein Gedankenflug vorüber.

»Einen Schwächling?«, antwortete Bergdis gefährlich leise und wischte sich ungestüm die Tränen von den Wangen. »Er hat meinen Plan zerstört! Lässt sich von einer Sklavin töten! Pah! Er wäre nie der richtige Häuptling an meiner Seite gewesen. Zu schwach! Zu ungeschickt!«

›Und tot‹, sprach eine leise Stimme unbewusst.

»Das auch noch! Ich brauche einen neuen Plan«, flüsterte sie und kniff nachdenklich die Augen zusammen.

Lauernd warf sie einen Blick zur *dreki*, auf den großen zornigen Wikingerkrieger, der mit geballten Fäusten immer wieder auf die Reling schlug, auf Hafr.

»Du hasst Thyra!«, grübelte Bergdis für einen winzigen Moment. »Du bist vollkommen! Du wirst mein Werkzeug sein!«

* * *

Gnupas stand neben Vestlioi, dem *logsogmuadur*, am Rande der Klippen von *hvalvágir*, der Walbucht und betrachtete das spektakuläre Schauspiel von Mensch und Wal. Der Wind blies ihnen ins Gesicht und trug ihnen den Duft von Salz, Blut und Schweiß zu.

»Die Weissagung erfüllt sich«, murmelte Gnupas lächelnd.

Der *logsogmuadur* sah zur Hohen Frau zur *ry-n-d-r gryl-a*.

»So wie du es sahst?«

»Habe ich schon jemals etwas falsch gesehen?«, zischte Gnupas ihn an.

Doch der *logsogmuadur* lächelte nur.

Die Jäger standen im eiskalten Wasser und kämpften mit jedem Grind. Sie steckten den *blásturongul*[91] dem Grind ins Blasloch und zogen so die schwere Last an Land. Den in der Bucht schwimmenden, noch lebenden Walen, bohrten sie den *sóknarongul*[92] in den Speck, stießen ihn tief ins Fleisch und zogen so den *grindahvalur* aus dem Wasser.

Am Strand reihten sie die getöteten Tiere in langen, gleichmäßigen Reihen auf. Sie arbeiteten schwer, bis die untergehende rotglühende Sonne nur noch einen winzigen Abstand zum Meer hatte. Fast den Horizont berührte.

Kein Wal zappelte mehr in *hvalvágir*.

Das Wasser war jetzt ruhig, spiegelglatt. Keine Welle, weder vom Wind noch vom Wal zerstörte die in der Abendsonne glänzende Ebene.

Das Wasser in *hvalvágir* leuchtete tiefrot.

Grímur schritt stolz an den langen Reihen der *grindir* entlang. Sein langhaariger weißer Eisbärenumhang umwehte seine stattliche Figur.

---

91 Ein spezieller stumpfer Haken, mit einem Seil am Ende.

92 Spitzer Haken.

»Wir werden in diesem Winter nicht hungern.« Zufrieden atmete Grímur den Duft des Walfleisches ein.

Der *logsogmuadur* begleitete den Häuptling der Färöer, bückte sich, hob die Schwanzflosse eines schwarzen Wales in die Höhe und ließ sie kurz darauf auf den Strandsand fallen.

»Dieser Grind hat einen Wert von einem *skinn*[93] und in dieser Bucht liegen bestimmt 1.100 Grind.«

»Ja«, brummte Grímur zufrieden. »Und jeder *skinn* bedeutet 38 kg[94] *tvost*[95] und 34 kg *spik*[96].«

»Wir werden nicht hungern«, bestätigte der *logsogmuadur* und rieb sich zufrieden den Bauch. »Außerdem hatten wir kaum Verluste. Einer hat sich mit einem Fanghaken in den Fuß gestochen.« Er lachte leise. »So ein Tölpel! Dann haben wir noch einen Armbruch und einige konnten mit dem Messer nicht richtig umgehen und schlitzten sich die eigene Haut auf.«

Grímur knurrte verächtlich, schwieg aber.

»Nur die *Ascomanni* haben einen Toten zu beklagen.« Sein Blick wanderte nachdenklich zu Gorm und ohne Übergang sagte Vestlioi: »Er starb allerdings unter merkwürdigen Umständen.«

Plötzlich blitzen Grímurs Augen gefährlich auf.

»Merkwürdige Umstände?«

»Einer seiner Krieger wollte Gorm im Walgetümmel erdolchen.«

»Gorm erdolchen?« Erstaunt richtete Grímur seinen Blick auf den dänischen Häuptling, der am Ufer mit Ongull sprach.

»Thyra hat seinen Feind getötet.«

»Die Sklavin?«, stieß Grímur erstaunt aus und ein Lächeln zog über sein Gesicht.

---

93 Färöische Maßeinheit.

94 Die Maßeinheit kg gab es damals noch nicht. Dieses ist hier zum besseren Verständnis geschrieben.

95 Grindwalfleisch.

96 Speck.

»So hat mir Ruadhan berichtet«, meinte Vestlioi nüchtern.

Grímur schüttelte leise lachend seinen Kopf.

»Also diese *thraell* erstaunt mich immer wieder! Wo ist sie jetzt?«

Vestlioi hob seinen Arm und zeigte in die Nähe von Gorm.

»Dort.«

»Und was hat unser großer dänischer Häuptling vor?«

»Mit Gorm habe ich noch nicht gesprochen. Aber mit Gnupas!«

Nun drehte Grímur seinen Kopf und sah den *logsogmuadur* forschend an.

»Was heckt diese alte *fál-a* nun wieder aus?«

Vestlioi grinste verschlagen. »Sie will aus der *thraell* eine *het-ja* machen.«

Verwundert hob Grímur eine Augenbraue an und starrte nachdenklich auf Thyra.

»Eine Angeln-Frau als Wikingerkriegerin? Ist das klug?«

»Sie ist eine Königstocher! Sie ist die Nichte von Alfred dem Großen!« Vestlioi rieb sich bedächtig den Bart. »Und sie hasst ihren Onkel. Er hat sie den Dänen vor die Füße geworfen!«

»Wie das?«

»Gorm hat sie im Dorf Oxfordshire gefangenen. Durch Zufall! Er wusste nicht, wer sie war, welch wertvollen Schatz ihm unsere Götter in die Hände spielten. Doch als er herausbekam, welchen Wert sie hatte, wollte er Thyra als Geisel beim feindlichen König Alfred dem Großen gegen seine gefangenen Wikingerkrieger eintauschen.

Der *logsogmuadur* lächelte verschmitzt, während sein Blick übers Meer wanderte. Dorthin, wo die Sonne rotgolden versank. Leise sprach er weiter.

»Gorm wollte Thyra an Alfred verkaufen. Aber der hatte an seiner Nichte offensichtlich kein Interesse mehr. Er hat sie Gorm in aller Öffentlichkeit geschenkt.«

»Oh!«

»Genau! Oh!«, stimmte Vestlioi ihm kopfnickend zu. »Er hat die Tochter seines Bruders verschmäht und sie seinem Feind vor die Füße geworfen. Thyra muss Alfred hassen.«

Vestlioi sah wieder auf Thyra, die neben Gorm getreten war und sich mit ihm unterhielt. »Diese Sklavin könnte von großem Wert sein. Besonders als *het-ja*!«

Der *logsogmuadur* sah den *jar-l* der Färöer lauernd an.

»Sie kennt die Kriegsgewohnheiten von Alfred und seinem Gefolge. Sie weiß, welche Ländereien dem Feind am Herzen liegen und hoffentlich weiß sie auch, wo dieser König seine Schwächen hat.«

Der Wind böte kräftig vom Meer her auf und Vestlioi schlug sich den Umhang fröstelnd um die Schultern.

»Sklavinnen, die uns dienen und uns zu Willen sind, haben wir genug! Diese Frau ist keine Sklavin! Sieh sie dir an! Sie ist eine Kämpferin! Eine Wikingerin! Eine *het-ja*! Was wäre sie als Sklavin wert? Nichts!«

Er schwieg für einen kleinen Moment und sah auf das Paar.

»Doch eine *het-ja*, die unserem Wikingervolk und unseren Göttern dient, mit dem Wissen, wie der Feind taktiert und welche Gewohnheiten er hat, wo seine Schwachpunkte sind und welche Ziele für Alfred begehrenswert sind, ist sehr viel wertvoller.«

Grímur schwieg einen Atemzug lang und starrte auf Thyra und Gorm.

»Und was sagt der Däne dazu?« Er deutete mit einer knappen Handbewegung auf Gorm.

Vestlioi zuckte gleichmütig mit der Schulter.

»Hat er eine Wahl?«

Laut fing Grímur zu lachen an. »Hat er nicht!«

* * *

Bergdis kletterte mit versteinertem Gesicht aus dem Frauenboot an Land.

Das *grindadráp* war beendet, die Wale getötet und Ketill lag leblos am Ufer. Zwei Männer hatten seinen Körper geborgen und abseits vom Grind im Windschatten der Klippen auf die feuchte Erde gelegt.

Langsam dämmerte es Bergdis, dass sie ihren Verbündeten auf dem Weg zu Macht und Ruhm verloren hatte.

›Warum wollte er Gorm töten?‹, fragte sie sich immer wieder. ›Thyra zu töten hätte gereicht!‹

Sie griff sich die am Ufer gestapelten Fanghaken und trug sie zu Bergthoras Haus. Zu gerne wäre sie zu Ketills Leichnam gegangen. Sie wollte ihn sehen, berühren und fühlen, dass er kalt war. Damit sie verstand, begriff, dass er tot war.

Doch es ging nicht!

Bergdis wusste, der *jar-l* Grímur Kamban und der Häuptling Gorm Grymme standen zusammen mit der *fál-a* Gnupas und Vestlioi, dem *logsogmuadur* vor Ketills Leichnam. Sie musste sich gedulden.

»Ich gehe, wenn alle schlafen. Wenn der Mond am Himmel steht und die Sterne leuchten. Dann komme ich dich besuchen Ketill.«

Die silberne Mondsichel schmiegte sich an den Rücken des Bergkammes. Wie gebückte, traurige Wichtelmänner hockten die Wachholderbüsche auf dem Bergrücken und schienen zu leben. Der frisch gefallene Schnee knirschte unter ihren Füßen. Ihr Umhang berührte die weiße Pracht und glitt darüber hinweg. Sie fror. Doch nicht nur die Kälte ließ Bergdis frösteln. Es war der Tod. Sie war auf dem Weg zu Ketill.

Sie hatte es ihm versprochen!

»Er ist tot«, versuchte sie sich zu beruhigen. Sein Körper ist kalt und bewegungslos.

›Und sein Geist? Wo ist der?‹

»Ketill war im Leben schwach und dumm! Warum sollte es jetzt anders sein?«, giftete Bergdis.

›Vielleicht sind dort noch mehr Geistwesen?‹ dachte Bergdis.

»Vielleicht! Vielleicht auch nicht!«, fauchte sie böse und machte sich an den steilen, nicht ungefährlichen Abstieg zur Walfischbucht.

Geröll löste sich und kullerte laut klackernd den schmalen Weg entlang. Die Silberknotenfrau biss sich auf die Lippen, ihr Herz schlug pochend gegen die Brust.

»Es sind keine Geistwesen da. Nur sein kalter, toter Körper.«

Sie rutschte aus und griff in die Zweige eines Busches.

»Schlimm genug, dass er kalt ist und ich in sein steifes Gesicht mit diesen entseelten Augen sehen muss. Wenn ich nur schon wieder zurück wäre.«

Endlich hatte sie den Fuß der Klippe erreicht. Atmete tief durch und blickte sich suchend um.

Leise schoben die Wellen gegen den flachen Strand, wirbelten Sandkörner und zerbrochene Muschelschalen gegeneinander, um knisternd im Sand zu versinken.

Lautlos schritt Bergdis am plätschernden Ufer entlang. Die schwach schimmernde Mondsichel ließ die aufgereihten, hunderte toten Walkörper schwarz auf dem weißen Sandstrand glänzen. Bergdis schluckte.

Blutgeruch schwängerte den sanften Wind.

»Wale haben keine Seelen. Pferde haben Seelen. Aber ein Fisch nicht!«

Ihr war übel vor Angst.

»Verdammt! Wo haben sie ihn hingelegt?«, fauchte sie, wie um sich selbst Mut zu machen und blickte sich mit zitternden Knien um.

Langsam ging Bergdis weiter.

»Er muss doch irgendwo sein.«

Unermüdlich zerrte der Wind an ihrem blonden Haar und der Kleidung. Wie eine Leichenauswählerin, eine Walküre, welche die

Toten sucht, um sie in Odins Hallen zu bringen, glitt die Silberknotenfrau am Strand, an den getöteten Grindwalen entlang.

Bergdis biss sich auf die Lippen. Sie fühlte, wie jeder ihrer Schritte im nassen weichen Sand versank.

Sie sah nicht nach unten, drehte sich nicht um. Sie wusste, dass der weiße Schnee das Blut der Wale bedeckte.

Und ihr graute davor, sich zu vergewissern. Zu sehen, wie die Abdrücke ihrer Füße im Seesand sich jetzt mit Blut durch den unberührten Schnee dunkelrot füllten.

Mit Blut gefüllte Fußspuren im weißen Schnee.

Ihre Schritte wurden kürzer. Nicht mehr so zielstrebig, so energisch.

Sie ging zum Fuß der Klippen, umrundete die herabgefallenen Felsen. Suchte hinter jedem dunklen Winkel, blickte hinter jeden größeren Felsbrocken, in jede Nische, doch fand ihn nicht.

»Ketill! Wo bist du?«

Ihre Zähne klapperten vor Angst.

»Wenn ich dich nicht finde, verschwinde ich«, versprach sie sich und dem toten Ketill.

»Warum?«, fragte eine männliche Stimme süffisant.

Bergdis blieb abrupt stehen. Erstarrt! Angst fraß sich durch ihren Körper. Die Füße fest im tiefen Sand gemeißelt. Keinen Schritt konnte sie mehr gehen.

Sie konnte nicht mehr atmen. Sie wollte es! Versuchte es! Doch nur ein panisches Röcheln drang bis zu ihrer Kehle. Sie packte sich an den Hals. Riss vor Angst gelähmt die Augen auf!

»Ich ersticke!«

Sie wollte rennen! Weglaufen! Es ging nicht!

›Ketills Geist!‹, dachte sie entsetzt. ›Er ist da!‹

»Was suchst du hier? Mitten in der Nacht?«

Dunkel hallte eine tiefe Stimme aus dem Schatten und langsam schälte sich eine vom Schatten der Klippen geschützte Gestalt heraus.

Bergdis röchelte gequält, war einer Ohnmacht nahe.

»Geister! Geister!«

Die Gestalt kam näher.

»Sie ist so wirklich! So normal!«, fing Bergdis zögernd vernünftig zu denken an.

Die Gestalt kam näher und endlich beschien das schwache Mondlicht das Gesicht.

»Hafr!«, keuchte Bergdis erleichtert. Mühsam setzte ihre Atmung wieder ein.

»Was suchst du hier? Mitten in der Nacht?« Hafr stand jetzt genau vor Bergdis.

Die Silberknotenfrau hatte sich wieder unter Kontrolle und antwortete schnippisch: »Dich bestimmt nicht! Wo ist Ketill?«

Hafr drehte sich etwas zur Seite und deutete auf den gestreckten dunklen Fleck vor der Klippe.

»Dort liegt er!«

Bergdis ging einige Schritte auf Ketill zu, doch Hafr packte sie am Arm.

»Er sieht nicht gut aus!«, warnte er und etwas leiser. »Und außerdem ist er schon lange kalt.«

»Lass mich los!«, fauchte schneidend Bergdis. Wieder völlig Herr ihrer Sinne.

Sofort nahm Hafr seine Hand von der Frau.

»Dein Wille«, meinte er lakonisch.

Bergdis sah Hafr nur spöttisch an. »Was sonst«, und ging zu Ketill.

Dort lag er.

Die Augen geschlossen, der Mund offen. Die getrockneten Lippen hatten sich schmerzverzerrt zurückgezogen und so traten die hellen Zähne bestialisch hervor. Seine Haare standen vom Salzwasser, dem Sand und dem Wind getrocknet wirr ab. Die offene Wunde auf der Brust war versiegt. Nur eine angetrocknete blutige Spur über dem Stoff seiner Tunika erzählte von der Todesursache.

Langsam kniete Bergdis neben seinem Körper. Berührte ihn.

»Er wird nicht in Odins Halle neben den Mutigen sitzen. Er wird nicht von den Walküren begrüßt werden und durch die Tore Walhallas schreiten.« Hafr trat hinter Bergdis.

Bergdis legte ihren Kopf in den Nacken und sah zu ihm auf. Bedächtig stellte sie sich hin.

»Nein. Das wird er nicht.«

»Er war ein guter Krieger.«

»Rán holte Ketill in ihr schreckliches Totenreich auf dem Meeresgrund.« Bergdis schluckte und fauchte Hafr plötzlich herausfordernd an. »Und alles nur wegen dieser *thraell* Dieser Angeln-Frau! Sie hat ihn ermordet!«

»Thyra!«, spuckte Hafr den Namen aus und sah für einen kurzen Moment durch Bergdis hindurch. »Sie wird immer gefährlicher.«

Bergdis lächelte jetzt sanft.

»Ich hasse sie!«

»Dann sind wir schon zu zweit«, schmeichelte die Silberknotenfrau. Sie sah Hafrs geballte Fäuste.

›Du wirst mein williges Werkzeug sein‹, erkannte die Silberknotenfrau und umfasste partnerschaftlich sein breites Handgelenk.

»Zu zweit werden wir diese *thraell* aus unserem Volk der mutigen Wikinger stoßen! Sie gehört nicht zu uns! Sie ist wie ein giftiger Stachel im Fleisch. Wie eine eitrige Wunde, die nicht heilt. Sie muss sterben!«

Die Worte waren heraus und Bergdis sah Hafr lauernd an. Hatte sie zu viel gewagt?

»Wie?« Hafr war blind vor Hass und starrte auf Ketills Leichnam.

Langsam streichelte Bergdis mit ihrer Hand an Hafrs Arm zur Schulter hinauf.

»Das lass nur meine Sorge sein«, schmeichelte sie. »Wichtig ist doch nur, dass sie stirbt.«

Bergdis umfasste jetzt mit einer Hand sein Kinn und forderte Hafrs Blick.

»Bist du dabei?«, forderte sie streng.

Hafr löste sich aus der Erstarrung und betrachtete das attraktive Gesicht dieser tückischen Frau.

»Das fragst du noch?«

Damit war die Partnerschaft besiegelt.

* * *

Ein eisiger Schneesturm, angespickt mit verkrusteten Eiskristallen zog über den Archipel.

Wie Glasperlensplitter flog der Schnee über die Ebene, berührte kaum die flache Erde und klatschte gegen den steilen Felsen, wo die klebende Schneemasse zu immer ungeheuerlicheren Gebilden heranwuchs und massive Schneedächer an den Bergüberständen und Schluchten bildeten. Hinter den einzelnen Felsen, in den Schluchten und Felsvorsprüngen legten sich die Flocken sanft und liebevoll auf die kalte Erde und verwandelten die bizarre Landschaft in eine andere, verzauberte weiße Welt.

Es war Tag. Das Licht der Sonne wurde von den strahlend weißen Schneekristallen aufgesogen und nur graues Dämmerlicht berührte die Erde. Nur langsam ging die Wikingerprozession den schmalen Pfad durch den hohen Schnee hinauf zum Steinkreis, zum Thingplatz.

Es war ein besonderer *thing*.

Das erste *thing* nach der Wintersonnenwende. Und das erste Mal, dass ausgewählte Frauen an den Gerichtstagen teilnehmen durften.

Sie gingen alle hintereinander, jeder trat in die Spur des Vordermannes.

Die Wikinger trugen brennende Fackeln. Sie waren eingehüllt in ihre wertvollsten Felle und edelsten Gewänder.

Tiefe Männerstimmen sangen ein Lied zu Ehren Thors und Odins und trotzten dem Sturm.

Gnupas stützte sich auf ihren langen, skurril gebogenen Stock und ging schleppend hinter dem *logsogmuadur*. Das Gedächtnis, der Gesetzte, der die Wikinger zum *thing* hinaufführte. Gefolgt von Gorm und Grímur.

Sie keuchte angestrengt. Der Schweiß lief ihr an der Wirbelsäule hinab.

»Das wird mein letztes *thing* sein«, erkannte Gnupas ohne Bedauern.

Sie blinzelte sich die nassen Schneeflocken von ihren mit Falten ummantelten Augen und fing schelmisch zu grinsen an.

»Doch ich sorge dafür, dass mich niemand vergisst!«

Eine außergewöhnliche Kraft floss durch ihren alten Körper, während sie sich im Laufen aufrichtete, ihre Arme dem Himmel entgegenstreckte und ihr faltenreiches Gesicht dem Schneesturm auslieferte.

Gnupas Augen blitzten herausfordernd und mit knarrender Altweiberstimme fing die Zauberfrau auffordernd zu sprechen an.

»Frigga!«, rief sie die Göttin an. »Frigga! Beschützerin des Lebens, Gattin des Odins, Göttin der Weisheit. Trete mit dem gefiederten Kleid des Falken an meine Seite.«

Die *fál-a* holte Atem.

»Freyja! Gattin des Odr, Göttin der Liebe! Trete an meine andere Seite. Trage deine Halskette Brisingamen und trage auch du, dein Falkengewand. Bezaubere mit deiner Schönheit und unterstütze mich mit deiner Klugheit.«

Aesa, die hinter Gnupas schritt, horchte erstaunt auf und ein eisiger Schauer, der nicht von der Kälte des Tages herrührte, gefror über ihre Haut.

»Sie ruft unsere Göttinnen!«, flüsterte die *laek-n-a* entsetzt und schluckte.

»Urd!«, rief Gnupas gegen den Wind. »Ich lege das Schicksal der *thraell* Thyra in deine göttlichen Hände. Skuld! Werfe die Schuld über Ketills Tod auf die Person, die sie zu verantworten hat und Werdandi …!«

Jetzt zögerte Gnupas zum ersten Mal. Noch nie zuvor in der Geschichte der Wikingerfrauen hatte es eine Sklavin geschafft, von einer *thraell*, zur *het-ja* aufzusteigen.

»Werdandi! Lasse diese *thraell* Thyra zur *het-ja* Thyra werden. Zur starken, klugen, weisen Kriegerin unseres Volkes. Eine Kriegerin an Gorms Seite. Ich bitte dich, Erce, Göttin der Erde, unterstütze Vár, unsere Asin, unsere Schutzgöttin der Verträge und Abkommen, in ihren Bemühungen, Thyra ihrer Bestimmung zuzuführen.«

Erschöpft ließ Gnupas die Arme fallen und wäre in den Schnee gestürzt, hätte Aesa sie nicht aufgefangen.

»Ich halte dich.«

Die alte Zauberfrau fühlte die starken Arme der Heilerin und lächelte ruhig.

»Nicht nur Thyras Schicksal wird heute besiegelt«, murmelte sie zufrieden. »Auch deines und …« Sie zögerte kurz. »Meines.«

Die freien Färöer Wikinger, die im *thing* ein Sprachrecht besaßen, gruppierten sich mit den *styrimannr* der Drachenflotte um Grímur Kamban und Gorm, die mit dem *logsogmuadur* Vestlioi, dem *go-d-i* Ingjaldr, die *ry-n-d-r gryl-a* Gnupas mit der *laek-n-a* Aesa und der *thraell* Thyra inmitten der heiligen Steine standen.

Nervös zappelte Thyra neben Aesa.

»Steh still!«, zischte Aesa leise, ohne die anderen aus den Augen zu lassen.

Doch Thyra konnte nicht! Die Angst fraß sie auf. Die einzige Erklärung für sie war, dass an diesem besonderen Tag eine Sklavin den Göttern geopfert werden sollte. Sie warf einen schüchternen Blick auf Gorm, der sie liebevoll anlächelte und ihre Vermutung für einen winzigen Moment zerstörte. Doch dann war die Angst wieder da, denn sie war die einzige *thraell* im heiligen Steinkreis.

Die *karlars* und die *styrimannr* trugen die brennenden Fackeln, die zischend Schneeflocken fraßen. Sie erleuchteten mit ihrem orangeroten Schimmer den Wintertag und warfen mit dem Feuer ein gespenstisch schwaches Licht auf die hohen mystischen Runensteine des *things*.

Der *logsogmuadur* holte tief Atem und wollte gerade zum Sprechen ansetzten, als Gnupas in einer herrischen Bewegung ihre Arme hochriss, in den Himmel starrte und laut hallend rief: »Odin!«

Der *logsogmuadur* sah die *fál-a* zornig an.

»Seit wann eröffnen Frauen das *thing*?«, schnauzte er.

Gnupas ließ sich nicht von Vestlioi beeindrucken. Sie warf ihm einen spöttischen Blick zu und wiederholte herrisch: »Odin und Thor! Gesellt euch zu unseren Göttinnen! Sie warten auf euch!«

Sie machte eine kleine Pause. Ungläubiges Gemurmel setzte ein.

»Wie erwartet«, nuschelte Gnupas zufrieden und warf einen Seitenblick auf den *logsogmuadur*.

›Ich kenne dich Vestlioi. Du bist mir nicht gewachsen. Und du weißt es auch!‹

Erneut stieß das alte Runenkundige Zauberweib ihre Arme in den Himmel.

›Doch als mein Liebhaber warst du immer vollkommen‹, schmunzelte Gnupas und erinnerte sich an die hingebungsvollen Nächte, bevor sie weitersprach.

»Erce, unsere Erdgöttin weilt schon hier!« Ihre betagte Stimme klang plötzlich klar und deutlich wie in jungen Jahren. »Freyja und Frigga in ihrem Falkengewand umkreisen uns.«

Zufrieden erkannte sie, wie die *karlars* und auch einige der *styrimannr* sich erschrocken umblickten.

»Werdandi, Skuld, Vár, Urd stehen neben mir.«

Langsam senkte Gnupas ihre Arme. Blickte zuerst Grímur und Gorm, dann Vestlioi, Ingjaldr und Aesa und zuletzt Thyra fest in die Augen.

»Heute ist ein großer Tag. Nicht nur für Thyra! Für alle Wikingerfrauen. Darum stehen uns unsere mächtigen Göttinnen zur Seite.«

›Oh mein Gott!‹, dachte Thyra entsetzt und ihre Beine fingen unkontrolliert zu zittern an. ›Jetzt ist mein Leben vorbei!‹

Aesa lächelte.

›Gerissenes altes Weib! Man darf dich nicht unterschätzen!‹

Zielbewusst visierte Gnupas die *laek-n-a* an und winkte die Heilerin zu sich.

»Gebe ihn mir!«, fauchte sie.

Irritiert ging Aesa einige Schritte auf die Zauberfrau zu.

»Was?«, tuschelte sie leise.

»Den Schafslederbeutel in deiner Hand. Was sonst?«, zischte Gnupas ungeduldig.

Sie packte den mit Schafsblut gefüllten Lederbalg, zückte so schnell, dass kaum jemand es sehen konnte, ein kleines Messer aus einer Falte der Tunika und stach flink ein Loch ins Leder. Sofort spritze das rote Blut mit einem energischen Strahl heraus und färbte den weißen Schnee blutig.

Aesa starrte entsetzt auf die rote Linie der blutroten Tropfen im blütenweißen Schnee.

»Die Midgardschlange«, hauchte sie entsetzt und sah die *ry-n-d-r gryl-a* mit weit aufgerissenen Augen an.

Gnupas hörte Aesas Worte und lächelte in sich hinein. Sie kniff das Loch im Schafslederbeutel mit den Fingern zu und bahnte sich einen Weg durch die Menge. Ehrfurchtsvoll traten die *karlar* und die *styrimannr* zurück. Bildeten eine Gasse für die Frau, die mit den Göttern sprach.

›Sie haben immer noch Achtung vor mir! Gut so!‹

Die *fál-a* ging mit kleinen Schritten durch die mit Fackeln beleuchtete Gasse. Der Schnee tanzte wie wirbelnde Blumenblätter vom Himmel und legte sich sanft.

Gnupas blieb vor dem ersten beschrifteten Runenstein stehen. Sah hinauf. Lächelte und drehte sich mit ernstem Gesicht abrupt um.

»Sie sind da!«, rief sie. »Freyja und Frigga umkreisen in ihrem braunen Falkenkleid den Steinkreis. Fühlt ihr den Windhauch ihrer Flügel?«

Sie grinste spöttisch, als sie sah, wie einige Wikinger sorgsam ihre Köpfe hoben und durch das Schneegestöber den Platz absuchten.

Nur der *logsogmuadur* blickte skeptisch.

»Dich überzeuge ich auch noch, mein lieber Vestlioi!«, murmelte Gnupas spöttisch und hob die Stimme. »Seht Ihr? Erce schreitet mit Urd, Werdandi, Skuld und Vár um die *thraell* Thyra herum!«

»Frevel!«, brüllte ein Wikinger aus der Gasse. Thyra zuckte zusammen, doch Gnupas suchte den Rufer.

»Wer wagt es?«, knurrte die *fál-a* böse. »Wer wagt es, sich den Göttinnen und mir entgegenzustellen?«

Keine Antwort.

Der Mann zog sich im Gemenge zurück.

»Elender Feigling. Möge dich Odin vor den Toren Walhallas verschmähen!«

»Frauen und Sklaven dürfen keinem *thing* beiwohnen. Das ist ein Frevel gegen unsere Götter!« Jetzt trat der Mann hervor.

»Hafr!«, keuchte Aesa.

›Wer sonst?‹

»Du!«, schmetterte Gnupas Hafr mit ausgestrecktem Arm entgegen. »Du willst dich über die Götter stellen? Du willst ihren Willen anzweifeln? Wer bist du, dass du es wagst, deine Stimme gegen unsere Götter und Göttinnen zu erheben? Wer bist du, dass du es wagst, dich auf ein Podest mit dem *jar-l* Grímur, dem Dänenhäuptling Gorm, dem *logsogmuadur* Vestiolioi und dem *go-d-i* Ingjaldr zu stellen?«

Die alte Hexe drehte sich wirbelnd im Kreis.

»Du bist ein einfacher Krieger! Thyra hat unseren Dänenhäuptling gegen einen Meuchelmörder verteidigt. Sie hat Gorm das Leben gerettet. Wer bist du, dass du es wagst, den Willen der Götter und Göttinnen und den Willen deiner Stammesführer infrage zu stellen?«

Stimmgewaltig mähte Gnupas Hafr nieder.

›Kleiner schmächtiger dummer Krieger. Dachtest du, du könntest mich aufhalten?‹ Gnupas lachte innerlich.

»Vor dir steht die Hohe Zauberfrau der Wikinger-Clans und Hexe. Willst du es auch mit mir aufnehmen?«

Erschüttert sah Hafr sich in der Menge Hilfe suchend um.

Keiner sprach. Niemand trat ihm zur Seite.

›Schlappschwänze‹, dachte Hafr, zuckte zusammen und knirschte zornig mit den Zähnen. ›Ihr denkt alle das Gleiche! Frauen und Sklaven gehören keinem *thing* an. Das ist ein heiliges Gebot der Götter. Jeder von euch denkt es! Doch keiner wagt zu widersprechen!‹ Hasserfüllt trat er zwischen die eng zusammenstehenden Wikinger. ›Meine Zeit kommt schon noch!‹

Gnupas warf noch einen Blick über die freien Männer.

»Ist sonst noch jemand unter euch Hafrs Meinung?«

Sie erkannte, wie der eine und der andere unruhig auf der Stelle trampelte. Doch niemand trat hervor oder sprach nur ein einziges Wort.

Tief atmete Gnupas die Winterluft ein und drehte sich zum heiligen Stein um, nahm ihre Finger vom Loch im Schafslederbeutel und spritze das Blut gegen den ersten Stein.

»Die Göttinnen sind bei uns! Sie umgeben uns! Sie schützen uns und bestrafen diejenigen, die sie hindern!«

Gnupas lächelte in sich hinein.

›Das wird auch den letzten Verschwörer zum Schweigen bringen.‹

Laut sagte sie zum Runenstein: »Dieses Blut wird dir gegeben.«

Erhaben schritt die Zauberfrau zum weiteren Stein.

»Dieses Blut gibt Nahrung und löscht den Durst.«

Sie ging von einem Runenstein zum nächsten.

Als sie den letzten heiligen Stein mit Blut befleckte, schritt sie majestätisch durch die Gruppe der Krieger, die eine Gasse bildeten und den Weg, zu den Frauen in der Mitte des Thingplatzes, freigaben. Die *ry-n-d-r gryl-a* hob den Lederbeutel hoch, quetschte das letzte Schafsblut heraus und bespritzte Thyra.

»Vom heutigen Tag an bist du keine *thraell*, keine Sklavin unseres Wikingervolkes, mehr.«

Viel Blut lief über Thyras Gesicht.

»Du hast Tapferkeit und Mut bewiesen. Während des *grinda-dráps* und im Kampf gegen den toten Krieger, dessen Namen niemand nennen darf.«

Das Blut lief Thyra über die Stirn, tropfte über das Auge, lief über die Wangen. Ehrfürchtig sah sie in die Augen der *fál-a*.

›Sie sieht nicht mehr alt aus‹, erkannte Thyra. ›Die Götter sind in ihr!‹

»Königstochter! Du bist eine mutige Frau! Du verstehst es mit dem Schwert und dem Messer zu kämpfen. Du hast mit uns für Nahrung gesorgt und den Grind mit Pfeil und Bogen gejagt. Du hast das Leben des Dänenhäuptlings gerettet!«

Gnupas machte eine theatralische Pause, drehte sich im Kreis und sah jeden *karlar*, jeden *styrimannr* und jeden *drengir* an, danach den *jar-l*, die heiligen Männer und Gorm. Bis sich der Blick ihrer klugen Augen wieder auf Thyra legte.

»Ab heute bist du keine *thraell* mehr! Königstochter des Ethelred von Wessex und seiner Gemahlin Wulfthryth, Nichte des Königs Alfred des Großen.«

Gnupas hob ihre mächtige Stimme und eine magische Aura umgab ihren Körper. Nichts erinnerte mehr an die alte gebrechliche

Frau vom frühen Morgen, die kaum den Weg zum Steinkreis bewältigen konnte.

»Ab heute bist du eine Wikingerkriegerin unseres Volkes! Eine *het-ja*!«, rief Gnupas stolz.

Thyra schluckte, fühlte ihr Blut in den Adern rauschen. Sie ahnte schwach, welche Bedeutung der heutige Tag in ihrem Leben und für das Volk der Wikinger haben sollte.

»*Het-ja* Thyra«, ließ Gnupas ihre Stimme über die Menge gleiten. »Siehst du die Göttin Freyja in ihrem Falkengewand?«

Thyra wagte einen Blick über ihre Schulter zu den mystischen Steinen, sah aber niemanden.

»Die Wanengöttin Freyja ist die erste Frau unseres Gottes Odin. Sie ist die Beschützerin des Lebens. Göttin der Weisheit und Kugheit. Sie ist unsere Schutzgöttin, die Göttin der Liebe und der Fruchtbarkeit.«

Kurz warf Gnupas lächelnd einen Blick auf Gorm.

»Siehst du unsere Göttin Frigga? Wie sie mit ihrem braunen Falkengefieder pfeilschnell um uns herumfliegt?«

Gnupas erkannte, wie einige Männer heftig einatmeten und mit ihren Blicken die Steine abtasteten.

»Frigga ist die zweite Frau des Odin. Sie ist die Hauptgöttin der Asen. Beide Göttinnen stehen dir zur Seite. Sie werden dich in deinem Leben begleiten, schützen und beraten.«

Dann schwenkte Gnupas heftig den Beutel herum und gutmütig lächelnd betrachtete die *fál-a* nun die *laek-n-a*.

»Aesa, mit dem Blut des heiligen Tieres wirst du vom heutigen Tage an eine *fál-a* und meine würdige Nachfolgerin sein. Die neue *ry-n-d-r gryl-a*!«, rief Gnupas laut und deutlich, während sie in die aufgerissenen Augen der Heilerin sah.

Weich sah Gnupas mit ihren faltenumringten klugen Augen Aesa an und nickte ihr aufmunternd zu.

Leise raunte sie: »Es ist so weit, Aesa. Ich werde nicht ins Dorf zurückkehren.«

Gnupas stellte sich aufrecht hin und rief schneidend: »Heute opfere ich mein Blut und mein Leben den Göttern. Am Tag des ersten *thing* nach dieser Wintersonnenwende bricht eine neue Zeit an. An diesem Tag, an dem wir Winkerfrauen in den heiligen Steinkreis getreten sind.« Sie sah sich drohend um. »Von diesem Tag an werden heilige Frauen und Kriegerinnen an jedem *thing* teilnehmen und mein Geist wird immer über euch schweben und beobachten und zur Not«, sie lächelte böse, »strafen!«

Gnupas sah zu Aesa.

»Vom heutigen Tage an, geht meine volle Zauberkraft und das gesamte Wissen, aller Generationen der Zauberfrauen auf dich über. Die Göttinnen werden dich beschützen und auf deinem Weg führen und leiten. Du bist meine würdige Nachfolgerin. Die *ry-n-d-r gryl-a* unseres Wikingervolkes!«

Gnupas streckte ihren Arm aus und ohne den *logsogmuadur* anzusehen, winkte sie ihn befehlend zu sich.

Vestlioi sah kurz auf Grímur. Der *jar-l* nickte ihm einwilligend zu, erst dann folgte der Bewahrer der Gesetze der Anweisung der Hexe.

»Hallo Vestlioi«, lächelte Gnupas, als er an ihre Seite trat. »Heute ist ein bedeutsamer Tag. Verwahre ihn gut in deinem Gedächtnis und erzähle ihn an jedem Feuer, auf jedem Fest, während jeder Reise und in jedem Land. Der heutige Tag ist der erste Tag, einer prächtigen Zukunft des Wikingervolkes, die viele, viele hundert Jahre andauern wird und mit Ehrfurcht von Freund und Feind erzählt werden wird.«

Sie sah ihren Geliebten aus der Jugend ihn fast liebevoll an und plötzlich wurde ihre Stimme ganz weich und leise. »Du warst der einzige Mann, den ich je geliebt habe.« Sanft streichelte Gnupas über Vestliois Wange. »In deinen Armen habe ich mich immer geborgen gefühlt.«

»Gnupas«, flüsterte Vestlioi ahnungsvoll. »Was hast du vor?« Doch sie lächelte nur.

Gnupas hob ihre kräftige Stimme gegen den Schneesturm. Nichts erinnerte an die zarte, junge, unerfahrene Frau, die sie in Vestliois Armen gewesen war.

Sie hob ihre faltigen Arme, drehte sich im Kreis und blieb mit ihrem Blick an Grímur und Gorm hängen.

»Grímur. Ich opfere mein Leben heute unseren Göttern. Aesa ist vom heutigen Tage an die *ry-n-d-r gryl-a* unseres Volkes. Sie ist die *fál-a* der Wikinger!«

Gnupas schwieg und schluckte. Ihre Kraft versiegte, sie merkte es deutlich.

›Ich muss mich beeilen. Ich habe nicht mehr viel Zeit!‹

»Gorm.« Eindringlich sah sie den Dänen an. »Ich gebe dir Thyra, diese Kriegerin, an deine Seite. Sie wird deine *het-ja* sein.«

Gnupas senkte ihre Arme, ging auf Vestlioi zu und blickte in die Augen des *logsogmuadur*. »Vestlioi«, sagte sie sanft, sodass nur er es hören konnte. »Wenn ich nicht …«

Sie stockte, kurz.

»Wenn ich nicht die *ry-n-d-r gryl-a* und die *fál-a* unseres Volkes gewesen wäre«, Gnupas sah ihm tief in die Augen, »dann wäre ich gerne deine Frau geworden. Im Leben war es mir nicht vergönnt, lange in deinen Armen zu liegen.«

Gnupas Augen wurden feucht.

»Doch im Tod werde ich bei dir sein.«

Sie zückte das Messer, und noch ehe Vestlioi eingreifen konnte, rammte sie es sich in die Brust.

Sie schrie nicht. Kein Ton kam aus ihrer Kehle. Sie sah ihn nur aus großen weichen Augen an.

»Gnupas!«

Vestlioi packte verzweifelt ihre Schulter.

Doch die große *fál-a* schwankte und brach zusammen.

Er fing sie auf und legte die Wikingerin sanft auf den weichen, kalten Schnee. »Gnupas. « Seine Stimme brach. »Warum?«

Sie lächelte, sah die Tränen in seinen Augen.

»Ich habe nur dich geliebt. Das sollst du noch wissen, nur dich.«

Dann brachen ihre Augen.

Aesa schrie und sprang auf Gnupas zu. Sie kniete sich neben den entseelten, warmen Körper in den tiefen Schnee und starrte fassungslos in das tote Gesicht der großen Zauberfrau.

»Sie ist tot«, sagte Vestlioi tonlos.

Dann sackte sein Oberkörper über Gnupas zusammen. Er krallte seine Hände in ihren weichen Körper und weinte. Ganz still und gequält.

»Sie hat sich den Göttern geweiht«, sagte Aesa ruhig und legte eine Hand auf Vestliois Schulter. »Sie weilt jetzt bei der Göttin Freyja und unseren Göttinnen.«

Thyra schlug die Hand vor den Mund und wich entsetzt zurück. Abrupt prallte sie gegen Gorms Brust. Erschrocken blickte sie in sein Gesicht, doch von ihm beschützt, blieb sie dort stehen. Er legte eine Hand um ihre Taille und zog sie noch dichter zu sich heran.

Grímur blickte mit versteinerter Miene auf die tote Zauberfrau. Sah den gebrochenen *logsogmuadur* und die neue *ry-n-d-r gryl-a*.

Der Schneesturm hielt seinen Atem an.

Jeder konnte das leise Knistern der Fackeln hören. Die unruhigen Flammen warfen ein gespenstisches Licht auf die Menschen im blutigen Schnee vor der toten alten Zauberfrau.

Langsam trat Grímur zur neuen *ry-n-d-r gryl-a*, legte seine Hand auf ihre Schulter und sagte ehrfurchtgebietend: »Erhebe dich, runenkundige Zauberfrau.«

Aesa hob ihren Kopf und sah Grímur traurig an.

Er beugte sich tief zu Aesa hinab und flüsterte: »Aesa, stehe auf.«

Sie schluckte, erhob sich und stellte sich beherrscht neben Grímur.

»*Logsogmuadur*«, befahl Grímur. »Erhebe dich.«

Vestlioi sah den *jar-l* nicht an. Er legte Gnupas Oberkörper sanft in den Schnee und erhob sich. Versteinert biss er sich auf die Lippen, sah ins blasse Gesicht der alten und ehemals so wunderschönen Frau.

Dann gab er sich einen Ruck und erinnerte sich an seine Aufgabe. Er war der Bewahrer der Gesetze. Er war das wandelnde Gedächtnis der Wikinger. Er war der *logsogmuadur*, der sich alle Beschlüsse merken und wenn es verlangt wurde, vortragen musste.

Langsam nickte er Grímur gefasst zu.

Der mächtige *jar-l* der *faereyiarner* hob beide Arme dem Himmel entgegen. Sein Eisbärfellumhang fiel zurück.

»Dieses ist ein besonderes *thing*. Das *atfararthing*[97]! Die *Ascomanni* haben eine neue *ry-n-d-r gryl-a*.«

Er legte eine Hand auf Aesas Schulter.

»Aesa. Vom heutigen Tage bis zu deinem Lebensende wirst du die runenkundige Zauberfrau und *fál-a* unseres Volkes sein.«

Grímur sah Vestlioi an. Doch dann wanderte sein Blick plötzlich zu Thyra.

»Thyra! *Het-ja*! Dein Leben als *thraell* der Wikinger ist gestorben. Trete vor!«, verlangte er.

Thyra warf einen entsetzten Blick auf den *jar-l*.

›Ich gehe nicht!‹ Instinktiv presste sie sich dichter an Gorm.

Doch Gorm gab ihr einen Stoß in den Rücken und sie stolperte vorwärts. Gorm warf einen kurzen nachdenklichen Blick auf den *jar-l*, der ihm kaum merklich zunickte.

»Thyra wird vom heutigen Tage an einen Sitz im Kreise der Krieger haben.«

Grímur sah in die ernsten Gesichter der *karlar* und *styrimannr*.

»Ist unter euch einer, der sein Stimmrecht gebrauchen will und gegen den Willen der toten Zauberfrau und Hexe, die jetzt neben

---

97   Vollstreckungsthing; Vollstreckungsversammlung.

der Göttin Freyja und unseren Göttinnen sitzt, Widerspruch erhebt? Ist ein Krieger – ein freier Mann – unter uns nicht gewillt, diese Wikingerin und jetzige *het-ja* an seinem Feuer zu empfangen? Einer, der dieser Wikingerfrau beim *thing* das Stimmrecht versagen will? Der dieser Kriegerin ihren ehemaligen Platz als *thraell* am Herd zuweisen will?«

Er sah in die Gesichter seines Volkes. Manche blickten zustimmend, andere ärgerlich oder unentschlossen.

Er sah, wie einige zögerten, sich auf die Lippen bissen und doch schwiegen.

Dann blickte er in Hafrs Gesicht. Der pure Hass schleuderte ihm aus den Augen des Wikingerkriegers entgegen.

»Hafr!«, forderte Grímur den Krieger heraus. »Hast du etwas zu sagen?«

Hafr verschluckte sich, erstickte fast an seinen zornigen Worten.

»Thyra soll eine *het-ja* der Wikinger sein«, knurrte er bösartig.

»Hast du Einwände?«

Hafr schnaufte. Sein Gesicht verfärbte sich zornesrot. Doch er schüttelte den Kopf und schwieg.

Grímur nickte, drehte sich zur *het-ja* und forderte Gorm auf, vor Thyra zu treten.

»Gnupas hat bestimmt, dass sie Gorms *het-ja* ist.« Er lächelte den Dänenhäuptling verschlagen an. »Dann soll sie jetzt den Treueid auf dich schwören.«

Thyra sah verwirrt von einem zum anderen.

›Was soll ich?‹

»Gorm, nimm dein Schwert. Thyra, halte mit dem Dänenhäuptling den Griff seines Schwertes und spreche mir nach.«

Thyra tat wie ihr geheißen. Sie umfasste Gorms kalten Schwertgriff und fühlte die Wärme seiner Hand über ihrer Hand. Und wusste, was jetzt geschah, war richtig.

»Thyra, schwöre nun«, forderte Grímur und gab die Worte vor: »Ich schöre dir, *edl-ing-r* Gorm Grymme, mit meinem Leben deines zu beschützen. Dir im Kampf auf dem Schlachtfeld zur Seite zu stehen. Mit dir von Land zu Land zu segeln, Habe und Ruhm, dir und mir zu Ehren zu erstreiten.«

Thyra sah tief in Gorms Augen und dachte etwas ganz anderes.

›Ich liebe dich Gorm Grymme.‹

»Thyra Danebod, Kriegerin unseres Wikingervolkes. Ab heute gehörst du zu mir. Du bist jetzt meine *het-ja*«, flogen Gorms Worte mit kräftiger Stimme über die Köpfe seines Volkes, durch das Schneegestöber, über die mystischen Runensteine zu den Göttern.

Er sah Thyra an und sie las das Versprechen in seinen Augen.

›Du gehörst zu mir.‹

Sie nickte wortlos.

Grímur wartete, bis die beiden ihren Eid geleistet hatten, dann rief er mit volltönender Stimme: »Aesa! *Ry-n-d-r gryl-a* und *fál-a*! Vom heutigen Tag an wirst du bei jedem *thing* dabei sein. Dein Rat soll gehört werden und dein Wort soll wie die Stimme eines Kriegers zählen.«

Erneut sah er sich im Kreise der *karlar*, *drengire* und der *styri-mannr* um. Doch er erntete nur Zustimmung.

»*Logsogmuadur*. Erzähle jedem, was sich heute zugetragen hat. Bewahre es gut in deinem Gedächtnis.«

Der Winterwind blähte auf und wirbelte Schneeflocken in winzigen Tornados auf.

»Das *atfararthing* ist beendet. Aesa verabschiede die Götter und Göttinnen. Danke ihnen. Wir werden ins Tal gehen und uns in meinem Haus an mein Feuer setzen und *nabíd* aus unseren Hörnern trinken.«

Gorm umfasste immer noch das Schwert und fühlte die Wärme ihrer Hand, hörte verschwommen Grímurs Worte, verstand sie dennoch nicht.

Er sah nur Thyra, hatte nur Augen für die Frau, die ihm ihre Treue geschworen hatte. Er hielt ihre Hand fest und beugte sich langsam vor, bis er den Duft einatmete.

»Ich liebe dich«, raunte Gorm leise. »Jetzt gehörst du zu mir.«
Thyra lächelte Gorm an. Sie liebte diesen Mann, mehr als sie
es sich eingestehen wollte. »Nicht ganz. Nur als *het-ja*.« Sie sah ihn
an. »Nicht als dein Eheweib.«

* * *

Die Wikinger drängten sich in Grímurs Haus. Aber es waren zu
viele, also wurde vor dem Haus ein großes Feuer entzündet. Die
Frauen bewirteten ihre Männer mit Brot und gebratenem Grind-
fleisch, dazu tranken sie *nabíd* und Molke. Sie unterhielten sich
leise, während das Feuer wärmte.

Zu außergewöhnlich und fraglich erschien vielen die Entscheidung der toten runenkundigen Zauberfrau Gnupas und des
Häuptlings Grímur, Frauen beim *thing* zuzulassen. Besonders der Tod
der alten Zauberfrau ließ bei einigen, böse Vorahnungen aufsteigen.

»Dieses *thing* war ziemlich eigenwillig. Wir hatten keine Vor-
bereitungszeit. Er dauerte nur einen einzigen Tag. Niemand
wusste, was besprochen werden sollte. Niemand von uns hatte
eine Ahnung. So konnten wir uns nicht vorbereiten und nichts
besprechen!«, hetzte Hafr.

»Wir werden uns daran gewöhnen«, meinte Cuaran ver-
mittelnd. »Außerdem sind es ja nur zwei Frauen, die ein Stimmrecht im *thing* besitzen.«

»Drei!«, wütete Hafr. »Hat Grímur nicht gesagt *Kriegerinnen*?«

»Ja«, wunderte sich Cuaran. »Das hat er.«

»Und ist Ruadhan, die *lochlannach*, keine Kriegerin?«

Cuaran riss erstaunt seine Augen auf.

»Stimmt! Es sitzen drei Frauen im *thing*.«

»Und eine davon ist diese Thyra!«, spuckte Hafr.

Cuaran starrte ins Feuer.

»Es könnte eine kluge und weise Entscheidung sein. Bedenke,
sie ist von Adel. Sie saß beim König Alfred des Großen, während

er sich über Kriegsangelegenheiten mit seinen Untergebenen besprach. Sie könnte wissen, welches seine Ziele sind. Was er plant!«

»Dafür hätte er sie nur fragen brauchen!«, ächzte Hafr.

»Stimmt«, nickte Thengill, Bergthoras Bruder. »Aber bist du schon einmal in den Kampf gezogen, mit so einer leckeren Braut neben dir? Jeder Feind wird sein Schwertarm sinken lassen, wenn er so ein Weib vor sich sieht.«

Er formte seine Hände vor der Brust und tanzte auf der Stelle. Alle lachten. Nur Hafr brütete stumm vor sich hin.

»Trinken wir auf den Rat der Götter!« Cuaran hob sein Horn. »Auf die weisen Entscheidungen unserer Häuptlinge und der toten Zauberfrau!«

»Mögen die Götter uns Glück und Reichtum, Ruhm und Ehre bescheren!«, dröhnten die kräftigen Männerstimmen im Chor.

Alle tranken, nur Hafr wollte am *nabíd* schier ersticken.

* * *

Allein stand Thyra am Rand der Klippe und starrte ins Meer. Der Wind blies ihr ins Gesicht und zerrte am offenen Haar.

Die Möwen schrien und die Wellen krachten tosend gegen den Fels. Der Umhang blähte sich im Wind und die salzige Gischt benetzte ihre Haut.

Am Horizont sah Thyra wie sich die Wellenberge auftürmten und gegen die Wolken stießen.

Sie war allein, sah in die unendliche Weite und erkannte dennoch nichts.

»Wohin geht mein Leben? Soviel ist geschehen.«

Sie schloss die Augen.

»Eine *thraell* war ich. Eine *het-ja* bin ich jetzt.«

Abrupt öffnete sie ihre Augen. Ein waberndes Nordlicht flackerte gelbgrün am Horizont, tanzte am Himmel sein irres Licht.

»Und nun?«

Epilog

Es war dunkel im Haus. Nur schwach glommen die Holzscheite. Gorm schloss leise die Tür und verriegelte sie.

Er sagte nichts.

Langsam ging Thyra zum Feuer und hielt wärmend ihre Hände über die Glut. Sie atmete schwer. Fühlte, wie seine Augen über ihren Körper tasteten. Spürte, wie er hinter sie trat. Ihr Körper war in Aufruhr, zitterte, begehrte ihn, fühlte.

Eng angeschmiegt stand Gorm hinter Thyra. Er beugte sein Gesicht zu ihr und sog ihren Duft ein, strich eine Haarsträhne zur Seite. Als Nächstes küsste er zärtlich ihren pulsierenden Hals.

Thyra legte ihren Kopf zurück und schmiegte sich gegen Gorm.

»Ich habe mich nach dir gesehnt«, flüsterte Gorm rau und umfasste sie fester.

»Küss mich!«, forderte Thyra und drehte sich zu ihm. »Küss mich!«

Ihre Lippen zitterten. Sie konnte nicht mehr stehen. Die Kraft ihrer Beine versagte und sie hielt sich an Gorm fest.

Er drückte ihren warmen Körper an sich und fühlte ihre runden Brüste und die harten Brustwarzen durch den Stoff auf seiner Haut. Mit der anderen Hand griff er in ihr offenes Haar. Er presste seine Lippen auf ihren Mund.

Ihre Finger zitterten unkontrolliert. Thyra war nicht in der Lage den Knoten des Gürtels zu lösen.

Gorm half. Sie küsste ihn und griff seinen Gürtel. Schaffte es, ihn zu öffnen. Ließ ihn fallen und hob seine Tunika, doch Gorm war schneller. Er riss sich den hinderlichen Stoff vom Leib und zog ihre Tunika über den Kopf.

Schwer atmend stand sie vor ihm. Die Glut des Feuers zeichnete Ornamente auf ihre nackten Körper. Sie schluckte, als sie Gorms Körper betrachtete. Fast sanft legte sie ihre Hände auf seine muskulöse Brust.

Thyra atmete seinen Duft. Fühlte seinen Schweiß. Roch ihn und konnte sich nicht mehr beherrschen.

»Du gehörst zu mir, *het-ja*!«

Glossar

hásetar	Rudermannschaft
jar-l	Fürst
nor-eg-r sí-d-a	Norwegens Küste
ry-n-d-r gryl-a, auch fál-a	Runenkundiges Zauberweib, auch Hohe Frau, Hexe
leggja í rétt	Das Schiff treiben lassen
162 vika sjáfar	162 Seemeilen = 300 km.
38 vika sjáfar	38 Seemeilen = ca. 70 km
76 vika sjáfar	76 Seemeilen = 140 km
Ambátt	Sklavin
Ascomanni	Dänische Wikinger
askr	Schiff
atfararthing	Vollstreckungsthing; Vollstreckungs- versammlung
Beiz-l-a.	Bitte
Berserkir	Berserker auch Bärenhemd
blásturongul	Ein spezieller stumpfer Haken, mit einem Seil am Ende
brau-d	Brot
burhs	Burgen Schafslederbeutel
byrr	Burgen
danskir víginar	Von hinten einfallender Wind
dreng	Tötung

drengir	Krieger
drengiren	Ehrenwerte Männer, mächtige Männer, junge Männer, die sich Habe und Ruhm erstreiten wollen. Die den mächtigen Häuptlingen und Bauern dienen, aber auch reife und rüstige Männer.
drykkr	Molke
duph	dänische Wikinger, Dänen
Edl-ing-r	Häuptling
daegr	Tag
ek	Ich
engl-a-r	Engländer
Eoh	Eibe
Eolx	Schutz
faereyiar	Mann von der Insel
faereyiar	Färöer-Inseln
faereyiarner	Der Färöer
faereyiarnerin	Die Färöerin
Fál-a	Hexe
Fardrengire	Mächtige Männer, die von Land zu Land segeln
faxi byrjar	Seefahrer, die von Land zu Land segeln
feit-r-r au-d-r	Windpferd
Filaga	Fettes Weib
forkr	Kamerad
foroyskur bátur	Peilstock

fótur	Färöerboot zur Jagd
fy-g-l-a	Vogelfängerin
gammr	Greif
ganga til borda	Notdurf über die Reling
go-d-i	Priester der Wikinger
graenlendingar	Grönland
grindabod	Grind-Boot
grindadráp	Grindalarm
grindahvalur	Grindwalfang
grindaráp	Grindwal
grindareidskapur	Gindgerätschaften, wie Fanghaken, Taue und die Grindwalmesser
Grünlands	Grönland, im Sommer grünes Land
gullbringa	Goldbrust
haidabýr	Haitabu, Wikingerstadt in Schleswig-Holstein, Deutschland
hangistaz	Hengst
hárknifr	Rasiermesser
hásetar	Rudermannschaft
havilla	Richtungsloses umhertreiben
het-ja	Kriegerin
Herold	Verkünder, Bote, Vorbote
herskip	Kriegsschiff mit 30 Sitzen an jeder Seite
hjallin	Spezieller Holzschuppen zum Trocknen des Fisches
hudarketill	Kochkessel

húdfat	Ledersack zum Schlafen, Doppel-schlafsack
húdfatléger	Schlafgenossen
húskarl	Freie Männer im Gefolge des Mächtigen, die sich dem Häuptling verpflichtet haben, im bei seinen Unternehmen beizustehen. Sie genießen freien Unterhalt und leben im Haus des Mächtigen. Sie verpflichten sich aber, ihm bei allen Unternehmungen beizustehen.
Karlar	Unfreier Bauer
Komþú	Felskluft
konur	Männer, die dem Häuptling dienen
Kvend-i	Weiber
laek-n-a	Heilerin
landnordr	Nordosten
Leeseite	Dem Wind zugewandte Seite
leggja í rétt	Das Schiff treiben lassen
leidarstein	Ein Wegstern zur Navigation
leidsógumadr	Lotse
lochlannach	Irische Wikingerin
logsogmuadur	Vorsitzende der Versammlung
logting	Gerichtsversammlung des Wikingervolkes Versammlung, Gerichtsverhandlung, thing
Luvseite	Dem Wind abgewandte Seite
Lytingartjald	Hinterdeck

matsveinn bei-n-ir	Koch
mey-l-a, thraell, ambatt	Sklavin
mót	Kleines Mädchen
mýl-in-n	Name des Mondes
nabíd	Alkoholisches Getränk
naut	Alkoholisches Getränk
Nei	Vieh
nid-du-r	Grimmige Kriegerin
njósnarskútur	Grimmiger Krieger
Nyd	Späherschiff
pigg-ja pik	Heiden
Ragnarök	Götterdämmerung
Riemen	Langes Holzruder/Paddel oder auch Ruderblatt
Riklingr	Heilbuttstreifen
rúm	Raum
rús	Russische Wikinger
ry-nd-d-r gryl-a	runenkundiges Zauberweib
ság-a	Seherin
sall-ad-r	Gesalzener Fisch
sjáfar	Seemeilen
skinnklaedi	Kleidung auf See, zusammengenähte, wasserfeste Lederhäute, die vor Nässe schützen
skiparií	Schiffsmann
skipreiduthing	Klärung der Schifffahrtsrouten, Schiffhandel und Ankerplätze

skreid	Stockfisch
Skuld	Schuld
sly	Schlei, ein Fjord in Schleswig-Holstein
snaeland	Island, Schneeland
spik	Speck
stafntjald	Ausguck Fahrwasser
styrimannr	Schiffsführer, er steht im Rang gleich hinter dem edl-ing-r, dem Häuptling
sút-ar-i	Schuster
tjaldur	Austernfischer, der Frühlingsbote
tvost	Grindwalfleisch
ulfr elfar	Wolfsmantel
Urd	Schicksalsnorne
Uthlaupsship	Seeräuberschiff
Útnordr	Nordwesten
útsudr	Südwesten
Valhöll	Walhalla
valr	Gefallenen der Schlacht
vedrviti	Wetterfahne
vika sjáfar	Seemeilen, 162 Seemeilen = 300 Kilometer
waepentaec	Waffen, wie Schilder und Schwerter aneinanderschlagen
Werdandi	Werden
wik	Bucht, Handelsplatz

Berufe auf der *dreki* und Schlafgenossen
(*húdfadfélagar*)

Backbord, links, 26 Sitze

Stevenschmied, Ausguck Fahrwasser	Bergfin	} Schlafgenossen
Stevenschmied, Ausguck Fahrwasser	Gizur	
Plankenhauer, Wachaufgabe Segel	Einar	} Schlafgenossen
Plankenhauer, Wachaufgabe Segel	Arnthor	
Nagelschmied, Wache Landungsbrücke	Ulf	} Schlafgenossen
Nagelschmied, Wache Landungsbrücke	Aalakr	
Versorgt das Vieh	Broddr	} Schlafgenossen
Koch	Vester	
Schiffszimmermann	Orlyg	} Schlafgenossen
Zimmermann	Gunnar	
Waffenmacher für Bogen und Pfeile	Konall	} Schlafgenossen
Waffenmacher für Bogen und Pfeile	Eirikr	
Waffenschmied für Messer und Schwerter	Dagfuss	} Schlafgenossen
Gerber, Rufer mit Ruferhorn auf der dreki beim Einlaufen in den Häfen	Finnr	

Mast	Horor	} Schlafgenossen
Mast	Ofeigr	
Kochgehilfe	Skiori	} Schlafgenossen
Segelmacher	Galti	
Segelmacher	Asroor	} Schlafgenossen
Perlen- und Glasmacher	Dalkr	
Schuster	Refr	} Schlafgenossen
Ausguck und herstellen	Pall	
Ankertau		
Ausguck und herstellen	Isleifr	
Ankertau		} Schlafgenossen
Versorgt das Vieh	Agmundr	
Waffenschmied für Messer	Hafr	} Schlafgenossen
und Schwerter Segelmacher	Ketill	

Besatzung der *dreki*, dem Wikingerschiff

Die dänischen Wikinger

Namen	Berufe auf Altnordisch: set-a	Schlafgenosse in einem Lederschlafsack húdfadfélagar á ei-n-n húdfat
Aalakar	Wache Landungsstelle und Nagelschmied vak-a skek-il-l en kló smi-d-r	Schlafgenosse von Ulf
Aesa	Kräuterfrau und Heilerin jurt bed-ja en laek-n-a	
Afaldr	Schiffszimmermann as-k-r fle-t af-i	Schlafgenosse von Geiri
Agmundr	Versorgt das Vieh ann-kvist-a pat bú	Schlafgenosse von Isleifr
Arnthor	Wachaufgabe für Segel und Plankenhauer rávärdr en pla-nk-a hnaf-a	Schlafgenosse von Einar
Asroor	Segelmacher dúk-r ger-a	Schlafgenosse von Dalkr
Bergfin	Ausguck Fahrwasser und Stevenschmied stafnbúas en bard smí-d-r	Schlafgenossen von Gizur
Bergdis	Silberknotenfrau sil-fr fal-d-r bed-ja	

Bersi	Bernsteinschleifer raf slíp-ari	Schlafgenosse von Tindr
Boovarr	Seiler reip-ar-i	Schlafgenosse von Josurr
Broddr	Versorgt das Vieh ann- kvist-a pat bú	Schlafgenosse von Vester
Dagfuss	Waffenschmied für Messer und Schwerter mal-m-r smí-d-r fyr kní- f-r en att-i	Schlafgenosse von Finnr
Dalkr	Glas- und Perlenmacher gler pael-a ger-a	Schlafgenossen von Asroor
Einar	Wachaufgabe für Segel und Plankenhauer vak-r fyr dúk-r en pla- nk-a hnaf-a	Schlafgenosse von Arnthor
Eirikr	Waffenmacher für Bogen und Pfeile mal-m-r-ger-a fyr al-m-r en akk-a	Schlafgenosse von Konall
Ethelgiva	Gouvernante von Thyra in Oxfordshire	
Fargrim	Ausguck Feind und Kammmacher sjóarvördr en ka-m-b-r ger-a	Schlafgenosse von Knut
Finnr	Gerber und Rufer auf der dreki beim Einlaufen in Häfen	Schlafgenosse von Dagfuss
Froori	Bronzegießer	Schlafgenosse von Gils

Galti	Segelmacher dúk-r ger-a	Schlafgenosse von Skiori
Geiri	lernt Waffenmacher get-a mal-m-r ger-a	Schlafgenosse von Snoorri
Gils	Kammmacher ka-m-b-r ger-a	Schlafgenosse von Froori
Gizur	Ausguck Fahrwasser und Stevenschmied stafnbúar en bard smi- d-r	Schlafgenosse von Bergfin
Gnupas	Runenkundiges Zauberweib und Hexe ry-n-d-r gryl-a en fál-a	
Gorm	Schiffsführer und Häuptling der dänischen Flotte styrimannr en edl-ing-r in-n duph flo-t-i	Schlafgenosse von Siguror
Gunnar	Zimmermann sto-k-k-a af-i	Schlafgenosse von Orlyg
Hafr	Waffenschmied für Mes- ser und Schwerter mal-mr smi-d-r fyr kní-f- r en att-i	Schlafgenosse von Ketill
Hallgeirr	Überwacht den Mast der dreki vak-a sig-l-a in-n dreki	Schlafgenosse von Bjorg
Horor	Überwacht den Mast der dreki vak-a sig-l-a in-n dreki	Schlafgenosse von Ofeigr

Isleifr	Ausguck Ankertau und Taumacher strengvördr en rei-p ger-a	Schlafgenosse von Agmundr
Josurr	Seiler reip-ar-i	Schlafgenosse von Boovarr
Kali	Lotsengehilfe	Schlafgenosse von Njal
Kalman	Rudermann am Steuer der dreki ár af-i á gjald in-n dreki	schläft allein
Ketill	Segelmacher dúr-k ger-a	Schlafgenosse von Hafr
Knut	Ausguck Feind und Goldschmied sjónar-vördr en gul-l-smi-d-r	Schlafgenosse von Fargrim
Konall	Waffenmacher für Bogen und Pfeile mal-m-r ger-a fyr al-m-r en akk-a	Schlafgenosse von Eirikr
Moror	Glasperlenmacher gler pael-a ger-a	Schlafgenosse von Oli
Njal	Lotse	Schlafgenosse von Kali
Ofeigr	Überwacht den Mast der dreki vak-a sig-l-a in-n dreki	Schlafgenosse von Horor
Oli	Wachaufgabe für Segel und Schmied vak-a fyr dúk-r fyr smi-d-r	Schlafgenosse von Moror

Ongull	Steuermann auf der dreki stef-n-ir in-n	Schlafgenosse von Ulkell
Orlyg	Schiffszimmermann as-k-r fle-t af-i	Schlafgenosse von Gunnar
Pall	Ausguck Ankertau und Taumacher strengvördr en rei-p ger-a	Schlafgenosse von Refr
Refr	Schuster sút-ar-i	Schlafgenosse von Pall
Siguror	Königsdrengir auf der dreki	Schlafgenosse von Gorm
Skiori	Kochgehilfe (Koch- helfer) matsveinn bei-n-ir	Schlafgenosse von Galti
Snoorri	Wachaufgabe Segel und Kürschner rávärdr en ski-n-nari	Schlafgenosse von Gestr, später von Thyra
Styrmir	Waffenschmied für Mes- ser und Schwerter mal-m-r smi-d-r fyr kní- f-r en att-i	Schlafgenosse von Tanni
Svatrr	Töpfer, Topfmacher pott-r ger-a	Schlafgenosse von Vigfuss
Tanni	Bogenmacher und bester Schütze alm-r ger-a en baz-t-r sky-t-ar-i	Schlafgenosse von Styrmir
Tindr	Bernsteinschleifer raf slíp-ari	Schlafgenosse von Bersi

Torkel	Überwacht den Mast der dreki vak-a sig-l-a in-n dreki	Schlafgenosse von Hallgeirr
Ulf	Wache Landungsstelle und Stevenschmied vak-r skek-il-l en bard smid-r	Schlafgenosse von Aalakr
Ulkell	Seiler reip-ar-i	Schlafgenosse von Ongull
Vester	Koch Matsveinn	Schlafgenosse von Broddr
Vigfusss	Schuster sút-ar-i	Schlafgenosse von Svartrr

Die färöischen Wikinger

Name	Beruf
Bergthora	Tuchhändlerin, lae-ja kaup-mad-r
Elfa	Fischerin, fisk-ar-i Muschel-sammlerin, har-p-a byrg-ja Vogelfängerin fy-g-l-i
Ellisif	wunderschöne dicke Hure hö-r-a, Weberin byrd-a
Grímur Kamban	Häuptling und Entdecker der Färöer-Inseln. Erster Däne deniscra manna oder faereyianer. Fürst jar-l
Gyda	Gerberin
Haraldr	

Ingimundr	Schmied, smi-d-r
Ingjaldr	Priester go-d-i
Malmfrid	Bäuerin húsfreyja
Manni	
Oddbjorg	Seherin ság-a
Ottar	5-jähriger Junge
Rogned	Holzhandwerkerin
Ruadhan	Kriegerin, Irin Lochlannach
Thengill	Bruder von Bergthora der Tuchhändlerin
Vestlioi	Vorsitzende des thing, das Gedächtnis der Gesetzte, der logsmogmuadur

Historie Thyra und Gorm

Thyra Danebod

Thyra Danebod *870 oder 881, † ca. 935 oder 940 oder 950 .

Sie ist die jüngste Tochter des angelsächsischen Königs Ethelred von Wessex (*837 - 871) und seiner Frau Wulfthryth. Sie ist die Nichte des Königs Alfred des Großen von England.

Thyra ist die jüngste und fünfte Tochter des Königs Ethelred von Wessex. Er stirbt in der Schlacht von Merton, als Thyra ein Jahr alt ist.

22-jährig wird sie als Geisel von Wessex nach Jütland verschleppt und durch Heirat die spätere Königin von Dänemark.

892 wird Thyra Danebod 22-jährig von den Wikingern aus Oxfordshire geraubt. Thyra ist schlank, aber nicht zierlich. Sie ist eine hübsche Frau und dennoch keine Schönheit. Fast zu spät zum Heiraten.

Sie entwickelt sich zu einer klugen Kämpferin und später gefährlichen Kriegerin.

Die mächtige Wikingerkönigin der Jelling-Dynastie ist eine charismatische Anführerin. Als tatkräftige Ehefrau von Gorm der gamle, und mutigen entschlossenen Mutter von fünf Kindern, versteht sie es, ihr Volk zu führen und zu vereinen.

Sie errichtete das Danewerk bei Haitabu, ein Wikingerort in der Nähe der heutigen Stadt Schleswig, um ihr Volk vor kriegerischen Angriffen zu schützen.

Gorm errichtete einen großen Runenstein zu Ehren seines Weibes Thyra, wo sie als Erneuerer Dänemarks, als Wohltäterin, Heil, Segen und Zierde Dänemarks beschrieben wird.

Sie war eine stolze, mutige, kluge und entschlossene Königin des dänischen Volkes.

Aus der Ehe 899 evtl. auch erst 902, mit Gorm den gamle (*860 – ca. 950), des späteren Königs Dänemarks gehen fünf Kinder hervor.

Connor	*899 – 940, verheiratet mit Ranulf de Crépon
Gunnhild	*900–954, verheiratet mit König Erik I. Blutaxt von Norwegen und Northumbrien
Harald Blauzahn	*910 – 01.11.987, verheiratet mit Gunhild, verheiratet mit Prinzessin Tove von Mecklenburg, verheiratet mit Prinzessin Gyrihte von Schweden
Knut Daast	* ---, ermordet 940, Herzog von Holstein
Torke	* ---, gefallen 985

Geschichtlich gesichert gilt der Ausbau des Walls durch die dänische Königin Thyra im 10. Jahrhundert, das Danewerk in Schleswig-Holstein bei Haitabu.

Sie war es, die alle arbeitsfähigen dänischen Männer aufbot für die Errichtung des Danewerks. Jenes Grenzwalls, der sich als Schutz gegen die südlichen Feinde der Dänen quer über die engste Stelle Jütlands zog.

Thyra stand im Ruf ihrer großen Schönheit, den Scharfsinn eines Nester, der Verschlagenheit eines Odysseus, der Weisheit Salomo.

Gorm Grymme, auch Gorm Gormsen und Gorm den gamle (Gorm der Alte)

Gorm *860, † 935 oder 950 oder 958

Ist 892 ein 32-jähriger dänischer Häuptling und Schiffsführer der *dreki*, einem Kriegsschiff der Wikinger. Gorm ist ein kluger, disziplinierter und ruhiger Mann, der trotzdem kaltblütig und konsequent seine Ziele verfolgt.

Er verliebt sich in seine Geisel Thyra und nimmt sie zur Frau. Gorm besteigt den dänischen Thron 934

Der spätere König von Dänemark ist zu seiner Zeit der mächtigste Herrscher in Jütland.

Er ist ein heidnischer *Ascomanni*, der 30 Jahre lang über sein Volk herrscht.

Thyra und Gorm sind die Gründer der dänischen Jelling-Dynastie. Sie sind die Vorfahren in direkter Linie zum heutigen dänischen Königshaus.

In Jelling steht der Runenstein für Thyra. Ihr Abbild des Runensteines ist heute in jedem dänischen Pass zu sehen.

Historischer Kontext

In Haitabu, aldnordisch *heidabyr*, lebten damals circa 1000 bis 1500 Einwohner.

Handwerker, Fischer, Bauern, Krieger und Sklaven, lebten mit ihren Familien in der Wikingerstadt. Der Ort liegt wenige Kilometer westlich vom Ochsenweg, der jahrhundertelang die entscheidende Süd-Nord-Verbindung zwischen Hamburg bis Viborg in Jütland war.

Eine West-Ost-Richtung gab die Seehandelsroute der Wikinger, zwischen der Nord- und Ostsee. Sie bestand aus den Flüssen Eider, Treene, Rheider-Au und der Schlei.

Das Wikingerdorf in Haitabu, sowie das Wikingermuseum, das archäologische Landesmuseum Schloss Gottorf, die Universität in Kiel, sowie die Archäologen, das Nationalmuseet in Dänemark/Jelling, die sich auf die Welt der Wikinger spezialisiert haben, gaben mir über die damalige Zeit detaillierte Auskunft. Besonders ausdrucksstark waren und sind die Wikinger und Wikingerinnen, welche diese Zeit in ihrem Leben auf das genaueste Integrieren.

Meinen allerherzlichsten Dank.

Die Wikingervölker der einzelnen nordischen Länder

Ascomanni
llgemein die skandinavischen Wikinger. Sie wurden auch Eschenmänner genannt, denn ihre Schiffe wurden unterhalb der Wasserlinie aus Eiche, aber oberhalb der Wasser-linie aus Eschenholz gebaut, welches weiß erscheint. Daher Asco = Esche

duph
die Schwarzen, die dänischen Wikinger

finn
die Weißen, die norwegischen Wikinger. Der Name »die Weißen« führt auf die Schutz-schildfarbe zurück.

lochlannach
irische Wikinger

rús
die Wikinger in den östlichen Gebieten, wie z.B. Lettland oder im russischen Raum.

Die styrimannr (Schiffsführer) der dänischen Wikingerflotte

Elfraor

styrimannr des Kriegsschiffes *ulfr elfar*
(Wolf der Flüsse)
ein *halfprigtugt* mit 25 *sessa* ca 50 Nordmänner
Elfraor ist ein glatzköpfiger Königsdrengir
(Männer, ohne Land, die dem Häuptling
dienen)

Cuaran

styrimannr des Kriegsschiffes *faxi byrjar*
(Windpferd)
ein *halfprigtugt* mit 25 *sessa* ca. 50 Nordmänner.
Cuaran ist ein Königsdrengir.

Nereior

styrimannr des Kriegsschiffes *vargr hafs*
(Wolf des Meeres)
eine *pritugsessa* mit 30 *sessa* ca. 60 Nordmänner
Nereior ist ein Königsdrengir. Gerissen,
schlau, gefährlich, besonnen.

Briningr

styrimannr des Kriegsschiffes *gullbringa*
(Goldbrust)
ein *halfprigtugt* mit 25 *sessa* ca. 50 Nordmänner.
Er ist ein Königsdrengir mit zwei dicken,
blonden Bartzöpfen.

Bror

styrimannr des Kriegsschiffes *ormr inn langi*
(Lange Schlage)
eine *pritugsessa* mit 30 *sessa* ca. 60 Nordmänner.
Er ist ein Königsdrengir.

Yngvarr	*styrimannr* des Kriegsschiffes *gammr* (Greif) ein *halfprigtugt* mit 25 *sessa* ca. 50 Nordmänner. Er ist ein Königsdrengir. Ein hitzköpfiger Hüne.
Israuor	*styrimannr* des Kriegsschiffes *hárknifr* (Rasiermesser) ein *njósnarskútur* Späherschiff, leicht, wenig, schnell. Israuor ist ein Königsdrengir.
Gorm	*styrimannr* des Kriegsschiffes *dreki* (Drache) ein *edl-ing-r* Häuptling der Kriegsflotte mit ca. 450 Kriegern, die 892 England / Oxfordshire überfallen. *halfprigtugt* 25 *sessa* ca. 50 Nordmänner.

Die Hierarchie des Wikingervolkes

König	*reges*; Seekönig ohne Land, aber nur, wenn sie von der königlichen Blutlinie abstammen. Sie führen ein Heer und die Flotte.
Häuptling	*edl-ing-r*
Schiffsführer	*styrimannr*
Königsdrengir	die Männer, die dem Häuptling dienen. Sie bilden die Kerntruppe, wenn der König auf *viking* geht.
drengir	junge Männer, manchmal auch rüstige, älter Männer, oft Bauern, Handwerker, Fischer. Sie sind *drengire*, solange sie sich Habe und Ruhm erstreiten. Sie dienen den mächtigen Häuptlingen.
Fardrengir	die von Land zu Land segeln.
Húskarl	freie Männer, die sich den Mächtigen anschließen und dessen Gefolgte bilden. Sie genießen freien Unterhalt und leben im Haus des Mächtigen. Dieses ist ein riesiges Anwesen. Ein *húskarl* verpflichtet sich, dem Mächtigen bei allen Unternehmungen beizustehen.
Karler	einfache Bauern, einfaches Volk, ohne Besitz
thraell	Sklaven und Sklavinnen

Kriegsschiffe (*herskip*) der Drachenflotte

dreki   Drache

der *styrimannr*   ist Gorm. Er ist der Häuptling und Anführer der Flotte.

halfprigtugt   ein sehr manövrierfähiges Kriegsschiff mit 25 *sessa* (Sitzen) an Steuer- und Backbord, also sind immer mindestens 50 Personen an Bord.

Segel   Purpurfarben

Rumpf   unterhalb der Wasserlinie besteht das Schiff aus Eichenholz und oberhalb aus Eschenholz. Das Eschenholz liegt über der Wasseroberfläche und mutet weiß an. Daher lautet der Name der dänischen Wikinger *dubh*, die Weißen.

Schilde   in allen leuchtenden Farben und darauf schwarze Abbildungen von Drachenkämpfen und Wikingergöttern.

Galionsfigur   ein Drachenschädel mit einem kräftigen Rumpf und zwei Flügeln

Wetterfahne   im breiten Rand der goldglänzenden *vedrviti* sind ineinander verschlungene Schlingpflanzen eingeritzt. Im lichtdurchfluteten, filigranen Inneren der *vedrviti* ist ein von Ranken und Blattwerk eingebetteter Drache geschmiedet, an dessen Fuß sich ein kleineres Tier verbeißt und an seinem gebogenen Schwanz ein anderes festklammert.

Auf der Spitze der *vedrviti* steht ein drei-
dimensionaler Hirsch. Die *vedrviti* ist an der
Mastspitze befestigt.

ulfr elfar	Wolf der Flüsse
der *styrimannr*	ist Elfraor
ein *halfprigtugt*	25 *sessa* (Sitze) für mindestens 50 Personen
Segel	blau und weiß gestreift
Rumpf	wie bei der *dreki*
Schilde	auf jedem Schild eines Kriegers sind mysti-sche und heidnische Figuren des Wolfes und Symbole der eigenen persönlichen Schutz-zeichen der Wikingerkrieger aufgemalt.
Galionsfigur	ein Wolf mit weit aufgerissenem Schlund
Wetterfahne	die *vedrviti* ist ein Wolf mit aufgerissenem Schlund, der von vielen verschlungenen Flüssen im lichtdurchlässigen Inneren der Fahne geführt wird. Die *vedrviti* ist am Steven befestigt.

faxi byrjar	Windpferd
der *styrimannr*	ist Cuaran
ein *halfprigtugt*	25 *sessa* (Sitze) an Steuer- und Backbord
Segel	braun und sandfarben gestreift
Rumpf	ein *halfprigtugt, wie die bei der dreki*
Schilde	mystische Zeichen vom achtbeinigen Pferd Odins, Sleipnir. Dieses Pferd ist schnell wie der Wind.

Die Schilde sind in Farben der Pferde gehalten: weiß, schwarz, braun und beige und gescheckt. Die mystischen Zeichen sind goldenen und schwarz.

Galionsfigur	Ein Pferdekopf mit wehender Mähne
Wetterfahne	in dieser *vedrviti* ist das achtbeinige Pferd Sleipnir, eingebettet in Ranken und Schlingpflanzen. Die *vedrviti* ist am Steven befestigt.

vargr hafs	Wolf des Meeres
der *styrimannr*	ist Nereior
ein *pritugsessa*	30 *sessa* (Sitze) an Steuer- und Backbord. Es sind mindestens 60 Personen an Bord.
Segel	leuchtend blau
Rumpf	ein *halfprigtugt, wie bei der dreki*
Schilde	die Schilde der Krieger sind alle in den vielfältigen blauen Farben des Meeres gehalten. Die Applikationen der heidnischen Götter und Wolfsabbildungen glänzen Silber.
Galionsfigur	ein Wolf mit angelegten Ohren und fletschenden Zähnen.
Wetterfahne	die *vedrviti* zeigt ein auf den Schaumkronen der Meereswellen tanzenden Wolf. Die *vedrviti* ist am Mast befestigt.

gullbringa	Goldbrust
der *styrimannr*	ist Briningr
halffertugt skip	35 *sessa* (Sitze) an Steuer- und Backbord. Es ist das größte und imposanteste Schiff der Drachenflotte und mindestens 70 Personen Segel leuchtet gelb wie die Sonne. Die Goldstickerei zeigt Thor mit dem Hammer Mjöllnir beim Kampf.
Rumpf	ein *halfprigtugt, wie bei der dreki*
Schilde	jedes Schild zeigt unterschiedliche Darstellungen vom Gott Thor beim Kampf und Odins Walküren auf dem Weg nach Walhalla.
Galionsfigur	keine, doch der gesamte Bug der *gullbringa* strahlt golden.
Wetterfahne	die *vedrviti* zeigt einen Raben, mit weit ausgebreiteten Schwingen und ist am Mast befestigt.

ormr inn langi	Lange Schlange
der *styrimannr*	ist Bror
prigtugtsessa	30 *sessa* (Sitze) für mindestens 60 Personen
Segel	gelb und braun gestreift
Rumpf	ein *halfprigtugt, wie bei der dreki*
Schilde	alle Farben und alle Schlangenformen
Galionsfigur	die riesige Schlange, die nur Bror gehorcht. Die züngelnde Schlange mit ihren eisigen starren Augen windet sich mit dem

muskulösen Reptilienkörper und dem aufgerissenen Maul und den langen Giftzähnen an der Reling vom Bug bis zum Heck entlang.

Wetterfahne
die goldglänzende *vedrviti* zeigt eine sich windende Riesenschlange im lichtdurchlässigen Inneren. Die *vedrviti* ist am Steven befestigt.

gammr   Greif

der *styrimannr*   ist Yngvarr

ein *halfprigtugt*   25 *sessa* (Sitze) für mindestens 50 Personen

Segel   breite braune und schwarze Streifen mit zarten goldenen Linien bestickt.

Schilde   in allen bunten Farben und schwarzen mystischen Zeichen.

Galionsfigur   ein Seeadler

Wetterfahne   ein Greif mit riesigen Fängen und aufgerissenem Schnabel. Die *vedrviti* ist an der Mastspitze befestigt.

hárknifr   Rasiermesser

der *styrimannr*   ist Israuor

ein *njósnarskútur*   ein Späherschiff, leicht, wendig und schnell

Segel   viele braune, blaue und grüne Streifen

Rumpf   ein *halfprigtugt, wie bei der dreki*

Schilde	in den Farben der Erde, der Pflanzen und des Meeres. Alle Götter werden darauf abgebildet.
Galionsfigur	keine
Wetterfahne	aus Eisen, nur scharfe Linien die sich kreuzen. Ist am Steven befestigt.

Nachschlagewerke für die Romane
der Jelling-Dynastie

viking-woman/Jelling-Dynastie

Claudia Banck, Theiss: Auf den Spuren der Wikinger und Slawen

Dr. Udo Waldemar Dieterich, marixverlag: Das Runen-Wörterbuch

Gudrun Jón Hinrichsen (Hrsg.): Die Götter der Wikinger

Judith Jesch, Wiener Frauenverlag, Reihe Frauenforschung Band 22: Frauen der Vikingzeit

Birgit Maixner, Fernhandelszentrum n Welten (Hrsg. Archäologisches Landesmuseum in der Stiftung Schleswig-Holsteinische Landesmuseen Schloß Gottorf Lexikon der Midgard): Haithabu

Rudolf Simek & Hermann Pálsson, Kröner: Altnordische Literatur

Heiko Fritz & Joachim Feik: Deutschland & Dänemark: Auf den Spuren der Wikinger. Band 1

Igor Warneck, Schirner Verlag: Ruf der Runen – Eine Einführung in die Welt der Runen

Wolfgang Laur, Landesmuseen Gottorf (Hrsg. Archäologisches Landesmuseum in der Stiftung Schleswig-Holsteinische Landesmuseen): Runendenkmäler in Schleswig-Holstein und in Nordschleswig

Klaus Düwel, J.B. Metzler: Runenkunde (Sammlung Metzler)

Hildegard Elsner, Wikinger Museum Haithabu (Hrsg. Archäologisches Landesmuseum in der Stiftung Schleswig-Holsteinische Landesmuseen): Schaufenster einer frühen Stadt

Angus Konstam, Tosa: Die Wikinger: Geschichte, Eroberungen, Kultur

Burkhard-Verlag Ernst Heyer: Die Wikinger

Claudia Banck; Theiss: WissenKompakt: Die Wikinger

Historisches Museum der Pfalz Speyer, Edition Minerva: Die Wikinger

John Grant, Evergreen: Die Wikinger – Kultur und Mythen

Peter Sawyer (Hrsg.), Nikol: Die Wikinger: Geschichte und Kultur eines Seefahrervolkes

Rudolf Simek, C.H. Beck Wissen: Die Wikinger (Beck'sche Reihe)

Weltbild Verlag, Reihe Untergegangene Kulturen: Die Wikinger. Abenteurer aus dem Norden

Eric Graf Oxenstierna, fourierverlag: Die Wikinger und Nordgermanen

Gerhard Köbler: Altnordisches-hochdeutsches Wörterbuch

Kurt Schietzel; Wachholtz-Verlag: Spurensuche Haitabu

Die wikingerzeitliche Sprache Skandinaviens ist altnordisch.

Im 9-10. Jahrhundert wurden die Schriften der Wikinger in Runenzeichen in Stein, Holz, Metall und Keramik eingeritzt oder gemeißelt. Diese Runen sind bis heute erhalten.

Die altnordische Sprache und die Schrift sind an eine spätere Epoche angelehnt.

Danke

Ich danke besonders meinem Ehemann, meinen Kindern und »Beutekindern« und meinen Freunden für ihre unablässige Unterstützung. Ihre Meinungen waren und sind immer sehr wertvoll und von großem Nutzen.

Auch den Museumsdirektoren Adam Bak und Hans Ole Matthiesen vom Nationalmuseet Kongernes in Jelling/Dänemark, sowie Ute Drews vom Wikingermuseum Haitabu/Schleswig-Holstein/Deutschland, danke ich für ihre Unterstützung.

Sehr gefreut habe ich mich über die Reaktionen in schriftlicher, mündlicher und auch persönlicher Form meiner Leser.

Ein wirklich großes, großes Danke!

Die Autorin

Andrea Storm (*1964) wuchs in der Nähe der Wikingerstadt Haithabu in Schleswig-Holstein auf. Sie wurde für ihre platt-deutsche Geschichte »So föhlt sik dat also an« im Schreibwett-bewerb des NDR und Radio Bremen »Vertell doch mal« unter dem Titel »Löppt?!« prämiert.

2021 erschien ihr Thriller »Nur ein Stich« (Redrum) und mit ihrem historischen Roman »Feindin der Wikinger« der erste Band ihrer Trilogie über die Jelling-Dynastie im acabus Verlag. Darüber hinaus veröffentlichte die prämierte Autorin bereits zahlreiche Kurzkrimis in Anthologien. Andrea Storm ist verheiratet und lebt in Erfurt.

Andrea Storm
FEINDIN DER WIKINGER
Die Jelling-Dynastie Band 1

kartoniertes Buch
464 Seiten
Preis 18,00 EUR [D]
ISBN 978-3-86282-806-7
lieferbar

E-Book epub
ISBN 978-3-86282-808-1
E-Book PDF
ISBN 978-3-86282-807-4

Bei einem brutalen Überfall der dänischen Wikinger auf ein angelsächsisches Dorf wird Thyra Danebod gefangen genommen. Voller Hass auf ihre Entführer lehnt Thyra sich gegen die brutalen und mordenden Nordmänner auf. Doch ihrem neuen Leben auf dem Wasser und dem Dänenhäuptling Gorm kann sie nicht entkommen. Thyra beginnt, die Sprache, die fremden Gebräuche und die Lebensart des Seefahrervolks zu verstehen. Auch Gorm kann sie immer mehr abgewinnen. Doch kann die Liebe einer Gefangenen zu einem groben Berserker bestehen?

Auf der abenteuerlichen Reise im Drachenboot lernt sie die Fremde kennen, und während die Nordmänner unerbittlich um Macht, Reichtum und Ehre streiten, kämpft Thyra für ihre Freiheit, Liebe und schließlich ihre eigene Identität. Gehört sie an die Seite ihrer Entführer oder an den Hof des angelsächsischen Königs Alfred des Großen?